MARK T. SULLIVAN

Geistertanz

Buch

Eigentlich ist der Dokumentarfilmer Patrick Gallagher in die Kleinstadt Lawton in Vermont gekommen, um die anstehende Heiligsprechung eines Priesters zu recherchieren. Doch als er beim Fischen eine schrecklich zugerichtete Leiche an den Haken bekommt, nimmt sein Aufenthalt eine andere Wendung. Zusammen mit der Polizistin Andie Nightingale gerät er in den Strudel einer faszinierenden Geschichte, die geheim zu halten offensichtlich oberstes Gebot vieler Honoratioren von Lawton ist. In ihrem Mittelpunkt steht das Schicksal der Sioux-Indianerin Many Horses, die das Massaker am Wounded Knee 1890 überlebt hatte und schließlich auf Umwegen nach Vermont gekommen war. In Lawton scheint ihr großes Unrecht widerfahren zu sein, und ihr Tod ist bis heute von einem düsteren Geheimnis umgeben. Doch nun kommt mit jeder Tat des mysteriösen Killers ein weiterer Teil des Schicksals von Many Horses in Form eines Tagebuchs ans Licht. Während die Angst in Lawton weiter um sich greift, werden auch Gallaghers Träume und Visionen von Many Horses immer drängender …

Autor

Mark T. Sullivan, als angesehener Journalist mehrfach für den Pulitzer-Preis nominiert, ist der Autor mehrerer äußerst erfolgreicher Romane. Er lebt mit seiner Frau und seinen beiden Söhnen in Vermont.

Außerdem bei Goldmann erschienen:

Die Jägerin. Roman (44520)

Mark T. Sullivan

Geistertanz

Roman

Aus dem Amerikanischen
von Lutz Kliche

GOLDMANN

Die Originalausgabe erschien 1999
unter dem Titel »Ghost Dance«
bei Avon Books, New York

Dies ist ein Roman. Namen, Personen, Schauplätze und Ereignisse sind entweder Produkt der Phantasie des Autors oder werden fiktional verwendet. Jede Ähnlichkeit mit tatsächlichen Ereignissen, Orten, Organisationen oder Personen, lebenden oder toten, wäre rein zufällig und weder vom Autor noch vom Verlag beabsichtigt.

Umwelthinweis:
Alle bedruckten Materialien dieses Taschenbuches
sind chlorfrei und umweltschonend.

Der Wilhelm Goldmann Verlag, München,
ist ein Unternehmen der Verlagsgruppe Random House GmbH

Taschenbuchausgabe Februar 2002

Umschlaggestaltung: Design Team München
Umschlagfoto: Zefa/Masterfile
Satz: deutsch-türkischer fotosatz, Berlin
Druck: Elsnerdruck, Berlin
Titelnummer: 45058
AB · Herstellung: Sebastian Strohmaier
Made in Germany
ISBN 3-442-45058-6
www.goldmann-verlag.de

1 3 5 7 9 10 8 6 4 2

Für meinen Bruder Matthew,
der mit mehr Mut gekämpft hat,
als ich je für möglich hielt.

Die Toten reden mit Feuerzungen,
jenseits der Sprache der Lebenden.

T. S. Eliot

KAPITEL 1

Es ist der letzte Novembertag des Jahres 1918. Die Green Mountains erheben sich zu beiden Seiten des Bluekill River wie stumme, starre Wächter, die von bösen Machenschaften wissen, doch außerstande sind einzugreifen. Eine dünne Eisschicht hat den Talboden und die steinernen Hausfassaden des Städtchens Lawton überzogen. Oben an den Hängen der Bergspitzen fällt nasser Schnee und bedeckt eine Blockhütte, auf deren Dachboden ein zehnjähriger Junge unter dicken Wolldecken in unruhigem Schlaf liegt.

Zwei Stunden vor Tagesanbruch wird der Junge von einem schleimig-röchelnden Husten im Raum unter ihm aufgeschreckt. Seine halbgeschlossenen Augen nehmen Dutzende von Nagelspitzen wahr, die durch die Dachlatten in die Hütte ragen. Die Nagelspitzen haben die Kälte nach innen geleitet und heben sich reifüberzogen und glänzend gegen das dunkle Holz ab. Wäre da nicht der Husten. Dylan könnte sich vorstellen, er wache draußen unter den Sternen auf, in einer vollkommenen Welt, wo es so etwas wie Sterben gar nicht gibt.

»Dylan! Dylan, wach auf, um Gottes willen!«

Der Junge dreht sich auf dem Strohsack um, der ihm als Bett dient. Der Rauch des Holzfeuers wird von dem beißenden, schweißigen Fiebergeruch überlagert. Das Licht einer Petroleumlampe wirft zuckende Schatten auf die rissigen Wände, den groben Teppich, den einfachen Kiefernholztisch, den sein Vater in dem Jahr gezimmert hat, als er in den Krieg ging, und auf die Bettcouch, auf der seine Schwester liegt. Anna hat seit drei Tagen keinen verständlichen Satz mehr gesprochen und ist jetzt nur noch ein winziges, keuchendes Gesicht in den üppigen Daunenkissen ihrer Mutter.

Hettie McColl wringt über einer Waschschüssel einen Lappen aus, faltet ihn zusammen und legt ihn behutsam auf die glühendheiße Stirn ihrer Tochter. »Mama hat dich lieb, Anna«, flüstert sie dem Mädchen zu, das nichts hören kann.

Dylan sieht auf seine Mutter hinunter und schluckt schwer. Über Nacht ist Hetties tapfere Haltung mit jeder Niederlage im Kampf um Annas Leben etwas mehr zusammengebrochen; ihre Augen liegen schwarz und tief in den Höhlen; ihr Gesicht ist eingefallen, so daß die Wangenknochen hervortreten. Ihre Lippen sind aufgesprungen. Aber vor allem der Ausdruck ihres Gesichts erschüttert den Jungen, ein Ausdruck von Verzweiflung, der die Hoffnung zunichte macht, daß allein ihre Liebe dieses Unheil abwenden kann.

Dylan denkt an seinen Vater, der im Jahr zuvor in den Schützengräben Frankreichs bei einem Senfgasangriff umgekommen ist. Instinktiv zieht sich der Junge in sich selbst zurück; und er erlebt die Welt wie durch kaltes, fließendes Wasser.

»Dylan!« ruft Hettie wieder.

»Was willst du, Ma?« fragt er tonlos.

»Nimm das Pferd und reite in die Stadt, hol den Doktor«, befiehlt sie. »Deiner Schwester geht es sehr schlecht.«

»Gibt keine Ärzte mehr in Lawton, Ma«, antwortet er. »Die sind alle weg, weil sie Angst hatten, sie kriegen es auch.«

Dylan hat gehört, daß in den letzten sechs Monaten zwanzig Millionen Menschen auf der ganzen Welt an der Spanischen Grippe gestorben sind. Mehr als sechshunderttausend hat sie allein in den Vereinigten Staaten dahingerafft, das sind weit mehr als die Soldaten, die während des ganzen Krieges im Kampf gefallen sind. Lawton ist im Staat Vermont die Stadt, die es am schlimmsten getroffen hat. Durch die tödliche Fieberkrankheit, die mit wahnsinnigen Kopfschmerzen und Krämpfen einhergeht, hat Dylan eine Tante, seine Großmutter mütterlicherseits und zwei Vettern verloren. Jetzt ist seine Schwester an der Reihe.

Ein Freund in der Schule hat ihm erzählt, das Ende komme, wenn sich die Lungen mit Flüssigkeit füllen. Anna wird in ihrem Bett ertrinken. Und dann wird ihre Mutter es bekommen, und Dylan hat Angst, daß er übrigbleiben wird, um allein gegen das Fieber zu kämpfen. Der Junge möchte sich am liebsten die Decke über den Kopf ziehen und sich vor dem Grauen verstecken, das den Raum um ihn erfüllt.

»Dann hol den Priester«, schreit seine Mutter voller Verzweiflung. »Anna hat nicht mehr viel Zeit.«

Der Junge hat die Geschichten über den Priester gehört, und plötzlich erwacht seine Hoffnung wieder, daß Anna leben wird. Er zieht seine Lederstiefel an, die schwere Jacke, Mütze und Handschuhe und stürzt in die Nacht hinaus. Er legt der Fuchsstute seines Vaters Zaumzeug an, schwingt sich ohne Sattel auf ihren Rücken und treibt sie mit seinen Absätzen in den Sturm hinaus.

Der Morgen graut schon, als Dylan jenseits der Schneegrenze die Stadt und das Pfarrhaus aus Backstein neben der katholischen St.-Edwards-Kirche erreicht. Der Wind ist stärker geworden und bläst nasses Laub durch den Eisregen. Dylan stolpert auf die Haustür des Pfarrhauses zu und hämmert dagegen, bis endlich ein Licht in der Eingangshalle aufscheint und eine ältere Dame in einem Flanellmorgenmantel öffnet.

»Um Gottes willen, Junge, was ist denn nur los?« schimpft sie. »Es ist ja noch nicht mal hell, und da kommst du schon und schlägst uns fast die Tür ein, und dabei liegt der gute Pater da oben schwerkrank!«

»Meine Schwester hat das Fieber«, stößt er hervor. »Meine Ma schickt mich nach dem Priester, von dem die Leute sagen, er kann es anhalten.«

Die Frau droht mit ihrem dicken Finger und zetert: »Hab' ich nicht eben gesagt, daß er –«

Bevor sie zu Ende sprechen kann, hört Dylan hinter ihr einen röchelnden Husten wie bei seiner Schwester, nur tiefer, heiserer. Er erblickt einen großen, erschöpften Mann. Der Priester erinnert Dylan an einen Reiher vor einem Teich im Frühjahr: gebeugt, hager, nach Fisch lungernd, gelbäugig. Ein ovaler Kranz feucht-silbrigen Haars umgibt einen kahlen Kopf, der so knochig ist, daß er wie ein Totenschädel aussieht. Dylan tritt einen Schritt zurück, als hätte er eine Erscheinung.

Der Priester hustet wieder, bevor er die Hand ausstreckt. »Was ist los, mein Sohn?«

»Meine Schwester«, stammelt Dylan. »Mama sagt, Sie haben ein paar Leuten mit dem Fieber geholfen, und wir haben doch schon unsere Oma und Tante Kate verloren ... Mama hat gehofft ...«

»Ich komme«, sagte der Priester.

Die ältere Dame faßt ihn am Ellenbogen. »Pater D'Angelo, Sie sind doch selbst so krank, und das Wetter ...«

»Ich bin nicht wichtig«, antwortet der Priester mühsam. »Aber das Mädchen. Helfen Sie mir, mich fertig zu machen.«

Dylan läßt den Priester auf dem Pferd reiten. Er führt die Stute am Zügel durch den Regen und in den Schnee, der auf der Höhe der Blockhütte fällt. Pater D'Angelo spricht wenig während der Stunde Wegs, und was er dem Jungen an Ermutigungen sagen will, wird schnell von schweren Hustenanfällen erstickt. Zweimal sieht sich Dylan nach dem Priester um, der vor sich hinstarrt wie in eine bodenlose Tiefe. Zweimal erschauert der Junge und wendet sich ab.

Seine Mutter wartet an der Tür, eine Decke um die Schultern gelegt. Sie ruft mit unterdrücktem Zweifel in der Stimme, als der Priester mühsam von der Stute herabklettert: »Es ist aus, Pater, Sie brauchen sich nicht zu beeilen.«

»Atmet sie noch?« fragt der Priester.

»Nur ganz schwach«, sagt Hettie.

»Dann gibt es noch Hoffnung«, sagt der Priester. Er kommt die Stufen herauf und nimmt den Hut ab.

Hettie fährt sich mit der Hand an den Mund, weil sein Gesicht sie an eine Gestalt erinnert, die sie nachts heimgesucht hat. Wieder und wieder befand sie sich im Traum auf einem Schlachtfeld mit Schützengräben, Rauch und Schlamm. Der Mann mit D'Angelos Gesicht ist Soldat, ein Deserteur, der gefangengenommen und aufs Schlachtfeld zurückgeschickt wurde, nur um zu erfahren, daß seine Einheit aufgerieben war. Einer der Toten im Schützengraben ist Hetties Mann. In ihrem Traum berührt der Deserteur das Gesicht ihres Mannes und beginnt zu weinen. Während sie zusieht, verwandelt sich die Trauer des Deserteurs in Wut, er nimmt sein Gewehr hoch, springt über den Stacheldraht, der den Schützengraben begrenzt, und rennt durchs Niemandsland auf den Feind zu, das Gewehr mit aufgepflanztem Bajonett im Anschlag.

Sollte D'Angelo Hetties Erschrecken über seine Erscheinung bemerken, so zeigt er es nicht, sondern drängt an ihr vorbei in die Küche direkt zu der Bettcouch. Er wirft den langen, schwarzen Mantel ab und kniet neben dem Mädchen nieder, das nun mit weit aufgerissenen Augen von Krämpfen geschüttelt wird. Der Priester zieht die Bettdecke zurück und knöpft das Flanellnachthemd vom Hals bis zum Nabel auf.

Aus einer seiner Taschen holt er einen kleinen Knochen hervor, aus der anderen ein Kruzifix, das im Schnittpunkt von Querbalken und Stamm mit einem roten Edelstein verziert ist. Er legt das Kruzifix, den Knochen und seine Hände auf die sich hebende und senkende Brust des Mädchens und neigt den Kopf zum Gebet.

Dylan beobachtet das alles wie von einem Schneetunnel aus. Ganz weit weg hört er seine Mutter schluchzen. Eine lange Zeit gibt es nur den Priester und seine Schwester am Ende einer glitzernd weißen Röhre, und das unterdrückte Weinen seiner Mutter.

Plötzlich windet sich Annas Oberkörper im Krampf und bäumt sich auf. Ihre Augen rollen in den Höhlen. Die Zunge kommt in wilden Zuckungen aus ihrem Mund. Ein rasselndes Stöhnen entringt sich ihrem Inneren.

»O Gott, nein!« schreit Hettie. Sie schlägt die Hände vors Gesicht und bricht am Türrahmen zusammen.

Der Priester beugt sich über Anna. Seine Finger krümmen sich und zittern. Sein Kinnladen bewegt sich fieberhaft, aber er sagt nichts. Seine Schultern zucken wie die eines Ringers im Clinch. Eine eisige Zunge flattert durch Dylans Brust. Jetzt wird der Priester selbst von Schüttelfrost und Schweißausbrüchen überwältigt. Mit einem dumpfen Klageton läßt er los. Dann schießt eine brackige, gelbliche Flüssigkeit wie dünner Haferbrei aus Annas Mund. Als dies geschieht, schiebt der Priester eine Hand unter den Rücken des Mädchens und rolltes es auf die Seite, damit es das Erbrochene nicht einatmet. Die Krämpfe und das Erbrechen halten einige Minuten an, in denen Dylan, der außerhalb von Zeit und Raum erstarrt ist, das Gefühl hat, einen Blick auf einen namenlosen Ort zwischen zwei Welten zu werfen. So plötzlich wie sie begannen, hören Annas Krämpfe wieder auf, und sie sinkt ruhig auf das Sofa zurück. Einen Moment ist sie ganz still. Kein Atmen. Kein Husten. Kein Stöhnen. Eine unheimliche Stille.

Dann beginnt Anna, lebhaft zu atmen, flach zunächst, doch ohne Anstrengung; und dann stärker, tiefer und trokken. Ihre Augenlider flattern und öffnen sich, ihre Blicke gleiten haltlos und voller Angst über das unbekannte Bild des bleichen Priesters, der über ihr betet; dann wendet sie sich Dylan zu und lächelt freundlich, als sie ihn erkennt, bevor ihre Augen weiter zur Tür wandern.

»Mama?« flüstert Anna.

Hettie hebt verwundert den Kopf. Sie drängt sich hastig an dem Jungen vorbei. Pater D'Angelo steht unsicher auf, um die Frau ihre Tochter umarmen zu lassen. Der kalte, weiße Tunnel um Dylan herum schmilzt. Dylan geht mit ausgestreckter Hand auf den Priester zu, will ihn berühren, als ob schon diese Berührung alle Wunden des vergangenen Jahres heilen könnte.

Doch bevor der Junge bei ihm ist, stolpert Pater D'Angelo, schlägt gegen den Küchentisch und fällt auf die Knie. In dem anschließenden Hustenanfall krümmt sich sein Körper, bis er mit dem Gesicht nach unten auf dem Teppich zusammenbricht.

Dylan und seine Mutter drehen den Priester herum und versuchen, ihn in eine sitzende Stellung zu bringen. Pater D'Angelos Stirn glüht vor Fieber, doch seine Finger fühlen sich kalt an. Sein Körper zuckt. Dylan spürt, wie die Kälte die Handgelenke des Priesters erreicht und zum Ellenbogen hinaufkriecht. In den Augen von Pater D'Angelo steht die nackte Angst, und der Junge weiß, daß der Priester stirbt.

Dylan nimmt des Priesters knochige Hand. »Fürchten Sie sich nicht«, flüstert er sanft. »Sie haben meine Schwester gerettet. Sie kommen bestimmt ins Paradies.«

Bei diesen Worten wird das Entsetzen in den Augen des

Priesters noch größer. Er schüttelt heftig den Kopf, ringt nach Luft und krächzt Worte, die der Junge nicht verstehen kann.

»Was sagen Sie, Pater?« fragt Dylan und hält sein Ohr dicht an des Priesters Mund.

D'Angelo kämpft gegen das Wasser, das langsam seine Brust füllt. Noch einmal schafft er es, Luft zu holen, dann keucht er: »Bete für mich, Junge. Ich bin einer von den Verdammten!«

KAPITEL 2

Freitag, 9. Mai 1998

Kurz vor Anbruch dieses Tages wechselte der Wind seine Richtung und Stärke und verwandelte sich von einer mäßigen südöstlichen Brise in einen erbarmungslosen, unberechenbaren Sturm aus Nord-Nordwest. Die Temperatur sank bis zum Gefrierpunkt. Schneeregen, mit Graupel vermischt, ging über den Green Mountains nieder. Die abnormen Wetterbedingungen markierten in durchaus sinnfälliger Weise den Auftakt zu drei der grausamsten Wochen in der Geschichte Vermonts.

Lawton Mountain bekam den ersten Ansturm der Wetterfront ab. In den oberen Höhenlagen fielen Hagel und Eisregen und bedeckten die erstarrten Bäume mit einer Eisschicht. Als der Sturm seine volle Kraft erreichte, barsten die Stämme unter ihren Kronen und sackten zusammen wie Hunderte gehängter Männer.

Weiter unten an den Berghängen füllte kalter Regen einen Gebirgsbach, der auf weniger als fünf Meilen dreitausend Fuß bergab in die Talmulde von Lawton stürzte. Weitere angeschwollene Rinnsale ergossen sich in den reißenden Bach auf seiner wilden Fahrt ins Tal. Dort, wo sich sein enges Bett zum Bluekill River weitete, einem der bekanntesten Bach- und Braunforellenflüsse im Osten der USA, toste der Fluß kupferfarben und weißschäumend an Zuckerahornbäumen vorbei, die die Wiesen säumten, auf denen schwarzbunte Kühe den ersten Frühlingsklee rupften.

Der Fluß unterspülte seine Ufer in Sichtweite der halbfertigen Zweithäuser der reichen Flachlandbewohner, die dabei waren, Lawton zu ihrem neuesten Wochenendrefugium zu machen; er brauste an Lawtons altem Mühlwerk vorbei, das jetzt Designer-Geschäfte und teure Antiquitätenläden beherbergte, bevor er unter einer rotgedeckten Brücke hindurchschoß und wieder in den Wald hinein- und an einer Wiese vorbeidonnerte, wo Patrick Gallagher in seinem schwarzen Ford Explorer saß und vor sich hin grübelte.

Seine Augen folgten dem wilden Tosen des Flusses: Gewimmel zahlloser ineinander verknäulter Schlangen, ekstatisch zuckender Frauenkörper, ein Strudel, der ihn ins Unbekannte zog. Flüsse waren für Gallagher immer schon ein Ort voller Geheimnis und Trost gewesen. Flüsse erschienen ihm wie Mythen, mit der Fähigkeit, uns über uns selbst hinauszutragen.

Gallaghers Handy klingelte. Es klingelte noch einmal. Und zum drittenmal. Und dann zum viertenmal, bevor er abnahm.

»Pat? Bist du schon in Lawton?«

»Morgen, Jerry«, sagte er leicht genervt. »Ja, und ich bin gesund und munter nach der langen Nachtfahrt. Danke der Nachfrage.«

Gallaghers bester Freund und Kollege, Jerry Matthews, raunzte frustriert. »Ist viel schiefgelaufen in letzter Zeit, Kumpel, aber ich dachte mir, daß du noch Auto fahren kannst.«

»Ich kann das Ortsschild von Lawton und die hübsche kleine überdachte Brücke an der Einfahrt gut von hier aus sehen«, antwortete Gallagher.

»Eine überdachte Brücke?« schnaufte Jerry. »Das heißt, es gibt einen Fluß dort oben.«

»Das heißt es normalerweise.«

»Du bist doch ein Arsch«, rief Matthews erbost. »Von einem Fluß hast du mir nichts erzählt. Du hast nur von Vermont gesprochen. Von einem Film über diesen Pater D'Angelo, der heiliggesprochen werden soll. Von einem Fluß war nie die Rede.«

»Der Bluekill River fließt eben zufällig hier vorbei, Jerry.«

»Quatsch!« brüllte der zurück. »Du hast im letzten Jahr drei Projekte versaut, weil du andauernd in irgendwelchen Flüssen gestanden hast wie ein Idiot, der sich durch Angeln seinen Platz im Irrenhaus verdienen will. Wir müssen in drei Monaten einen Dokumentarfilm abliefern, Pat. Drei Monate. Du kannst jetzt nicht fischen. Du mußt jetzt arbeiten, oder es ist aus mit unserer Partnerschaft. Verstehst du? Aus!«

Der Himmel wirkte schlackig, aschfarben. Der Fluß sah verdammt kalt aus. »Gehst du morgen zur Hochzeit?« fragte Gallagher.

»O Mann, ich hab' dir schon tausendmal gesagt, hak' das ab, vergiß Emily«, stöhnte Jerry. »Molly Francis vom Discovery Channel sagt, sie geben uns keinen Pfennig mehr, wenn wir diesen Film nicht pünktlich abliefern. Dick Howard von *Geographic* ruft nicht mal mehr zurück, wenn ich ihm eine Nachricht hinterlasse. Ein abgeschlossenes Projekt brauchen wir, Pat! Egal, was für eins!«

»Gehst du hin oder nicht?« fragte Gallagher noch einmal.

»Ja, ich gehe hin«, sagte Jerry ungeduldig. »Eine alte Freundin hat mich zu ihrer Hochzeit eingeladen, da gehe ich eben hin. Also ich mach' jetzt besser Schluß. Ich soll morgen nachmittag um vier in Charleston in der Kirche sein. Ich muß bald zum Flughafen.«

Gallagher fiel gegen das Lenkrad. Nebelschwaden zogen unter der Brücke durch und verweilten über dem Fluß. »Kirche?«

Jerrys Stimme wurde eine Spur weicher. »Ja. Ist schon komisch, was?«

»Nein«, meinte Gallagher. »Das Komische ist, daß ich morgen, an demselben Tag, an dem meine Exfrau heiratet, kaum ein Jahr, nachdem sie mich verlassen hat, vierzig werde.«

»Beschissen, was? Aber verdammt noch mal, den Besten von uns geht's mal dreckig. Wir kommen weinend zur Welt, werden auf unansehnliche Weise alt und geben den Löffel ab.«

»Und was kommt dann?«

»Das ist das große Geheimnis«, meinte Jerry. »Mach dich an die Arbeit, Pat. Um unser beider willen.«

Es klickte in der Leitung. Der Regen fiel jetzt in dichten Schleiern, und der Fluß, der von Ufer zu Ufer ein reißender Strom geworden war, schichtete weiße Schaumfetzen übereinander. Gallagher drehte den Zündschlüssel um, legte den Gang ein und fuhr auf die Brücke zu. Er hatte fast vierundzwanzig Stunden nicht mehr geschlafen und brauchte dringend ein Bett. Die Bohlen von Lawtons überdachter Brücke krachten, knarrten und rumpelten unter den Reifen seines Wagens. Er bemerkte eine rasche Bewegung hoch oben in den Dachbalken der Brücke, verlangsamte sein Tempo und entdeckte zu seiner Überraschung eine große Eule, die auf ihn herunterstarrte. Der Vogel zwinkerte mit den Augen, plusterte sein Gefieder auf und öffnete den ebenholzschwarzen Schnabel. Dann schwang er sich vom Balken herab und fiel wie eine Bombe auf die Windschutzscheibe des Geländewagens zu. Er streckte die Krallen vor, rollte die Zunge ein und schnappte mit dem Schnabel.

Gallagher trat heftig auf die Bremse. Da war ein schrilles Knirschen, wie wenn ein Diamant Glas schnitte, als die Krallen des Vogels gegen die Windschutzscheibe schlugen.

Dieses beunruhigende Ereignis beschäftigte ihn noch lange, nachdem er die Brücke längst hinter sich gelassen hatte und nach links auf die Hauptstraße in Richtung des Stadtzentrums von Lawton eingebogen war. Die sogenannte »Südstadt« von Lawton ist ein Wohngebiet von fast planmäßiger Putzigkeit. Alle Häuser in diesem aus zwölf Blocks bestehenden Bezirk haben entweder Backsteinfassaden mit schwarzen Fensterläden oder sind aus weißem Holz mit grünen Fensterläden, viele davon sehr schön restaurierte Gebäude aus dem 19. Jahrhundert. Alle zehn Meter glimmt eine gußeiserne Laterne. Alle zwanzig Meter steht eine gußeiserne Bank neben einem Blumenkübel.

Die Norman-Rockwell-Fassade verläuft dort, wo sich die Hauptstraße teilt und um einen hektargroßen Dorfanger herumführt. Ein Staketenzaun im Kolonialstil umgibt die Grünanlage. Die Mitte der Wiesenfläche ist von einem blendend weiß gestrichenen Pavillon mit grünen Verzierungen markiert. Zu beiden Seiten des Parks stehen weitere restaurierte Gebäude, darunter die Bücherei, ein kleines Theater und »The Lawton House«, eine Luxusherberge, die der *Conde Nast Traveller* eines der besten Hotels von New England genannt hat.

Hinter dem Anger liegt Lawtons aufstrebendes Einkaufszentrum, wo rot gepflasterte Wege den Touristen zu Kunstgalerien, verschiedenen Läden, Buchhandlungen und modischen Restaurants führen.

An jenem Tag lagen Lawtons Straßen jedoch beinahe ausgestorben da. Touristen und Einwohner waren gleichermaßen vom Sturm in die Häuser getrieben worden. Die wenigen mutigen Männer und Frauen, die sich in das rauhe Wetter gewagt hatten, liefen gebeugt, mit blassen, verkniffenen Gesichtern durch den peitschenden, kalten Regen.

Zwei Meilen weiter nördlich erreichte er den »Otterslide General Store«, die einzige belebte Stelle auf der nur dünn besiedelten Nordseite von Lawton, ein langes, schindelgedecktes Gebäude, wo es T-Shirts und Ahornsirup für die Fremden zu kaufen gab und Artikel des täglichen Bedarfs für die Einheimischen, die keine Lust hatten, in die Stadt zu fahren.

Gallagher bog auf den kiesbedeckten Parkplatz ein, stellte den Motor ab und musterte sich kurz im Rückspiegel. Ein Meter neunzig groß, knapp hundert Kilo schwer, einigermaßen in Form. Kurzgeschnittenes, kupferfarbenes Haar. Helle Sommersprossen. Ein freundlicher, selbstbewußter Typ, den nicht wenige Frauen attraktiv gefunden hatten, inzwischen gealtert, mit Falten im Gesicht und graumelierten Haaren, vor allem an den Schläfen. Tränensäcke hingen unter tiefliegenden, blutunterlaufenen grünen Augen, die zu dem zerstreuten Blick zusammengekniffen waren, den Soldaten den »Tausend-Yard-Blick« nennen.

»Wozu, Pat?« fragte er sein Spiegelbild. »Verdammt, wozu noch?«

So saß Gallagher mehrere Minuten lang hilflos da und sah zu, wie die Scheibenwischer des Explorers den Kampf gegen den strömenden Regen verloren, bis er endlich die Energie aufbrachte, den Reißverschluß seiner gewachsten Jacke hochzuziehen, seine Yankee-Baseballmütze tief in die Stirn zu drücken und aus dem Wagen zu steigen. Nach der sechsstündigen Fahrt von Manhattan bis hier herauf fühlten sich seine Beine kalt und prickelnd taub an.

Nachdem er eine ganze Weile so im Regen gestanden hatte, war endlich soviel Gefühl in seine Beine zurückgekehrt, daß er unsicher auf den Laden zugehen konnte. Die Tür öffnete sich, und ein Mann und eine Frau mittleren Alters in gelben Öljacken kamen heraus. Ihr Gespräch verstummte abrupt, als sie Gallagher wahrnahmen, und ein deutlicher Ausdruck des Mißtrauens huschte über ihre Gesichter.

Die Tür quietschte, als er eintrat. Propangaslampen, die von der Decke herunterhingen, erleuchteten das Innere des Ladens nur schwach. Der Sturm mußte die Stromversorgung unterbrochen haben. Eine Frau in Jeans und grüner Regenjacke stellte einen Liter Milch und ein halbes Dutzend Eier auf die Theke vor einen dicken Mann mit ölig schwarzem Haar und dürftigem Bart. Die Frau wandte sich um und klopfte sich mit dem Finger an die Lippen, als überlegte sie, ob sie etwas vergessen habe.

Selbst in dem Halbdunkel, das hier drinnen herrschte, sah sie noch eindrucksvoll aus – ungefähr ein Meter achtzig groß, schlank, mit schläfrigen, ovalen Augen, breiten, hohen Wangenknochen und einer rotbraunen Haarmähne, die ihr auf die Schultern fiel und Gallagher an die Bluesdiva Bonnie Raitt erinnerte. Mit der kraftvollen Eleganz einer durchtrainierten Athletin glitt sie vom Tresen fort. Als sie in den Gang mit den Broten trat, warf sie Gallagher einen Blick zu, und einen Augenblick lang raste sein Herz. Diese Reaktion überraschte ihn; es war schon sehr, sehr lange her, daß er etwas stark empfunden hatte. Doch im nächsten Moment schüttelte er das Gefühl schon wieder als den normalen hormonellen Reflex ab, den jeder erwachsene Mann zeigen würde, der fast achtzehn Monate zölibatär gelebt hatte.

»Was darf's sein, mein Herr?« fragte der dicke Mann hinter dem Tresen mit dem breiten Akzent der Vermont-Berge. Seine Haut sah ungesund wächsern aus. Seine Augen waren schiefergrau; sie wanderten unruhig umher und vermieden es, ihn direkt anzusehen.

»Ich bin fremd hier«, setzte Gallagher an.

»Das sehe ich«, meinte der Mann und kratzte sich skeptisch den Bart.

»Ich suche eine Unterkunft für ein paar Tage und einen Angelplatz«, fuhr er fort. »Gibt es hier in der Gegend Hütten zu vermieten?«

Der Mann verzog den Mund, als hätte er etwas Ranziges gegessen, dann schüttelte er den Kopf. »Nee, so was gibt's hier in Lawton nicht.«

»Ich habe eine Hütte zu vermieten«, sagte eine sanfte, kehlige Stimme.

Als Gallagher sich umwandte, stand die Frau vor ihm und musterte ihn aufmerksam. Sein Herz begann wieder spürbar zu klopfen. Aus der Nähe sah er, daß sie eine anmutig geschwungene Nase, volle Lippen und tiefbraune Augen besaß. Aber sie hatte weder das frühe Grau in ihrem Haar getönt, noch Make-up aufgelegt, um die beginnenden Falten in ihrem Gesicht zu überdecken. Sie war Mitte Dreißig und von einer natürlichen Schönheit; doch über ihrer ganzen Erscheinung lag ein Hauch von Melancholie, der sie älter wirken ließ, als hätte sie schon eine Menge durchgemacht in ihrem Leben und mehr harte Zeiten erlebt, als sie verdiente.

»Prima«, sagte Gallagher und warf dem Mann hinter der Theke einen vorwurfsvollen Blick zu, während dieser die Frau finster anstarrte.

»Ich glaub' zwar selbst nicht dran«, fuhr sie fort, »aber viele, die in der Hütte übernachtet haben, behaupten, es spukt darin. Ich sag' das den Interessenten immer gleich zu Anfang, weil sie es früher oder später doch von irgendeinem Deppen in der Stadt hören. Stimmt's, Bernie?«

Das Gesicht des Ladenbesitzers rötete sich, und sein Blick verfinsterte sich noch mehr. »Wenn du meinst, Andie.«

»Wie weit ist es zum Bluekill River – von der Hütte aus, meine ich?« fragte Gallagher.

»Fünfzig Meter.«

»Ich nehm' sie.«

Sie zog belustigt eine Augenbraue in die Höhe. »Warum fahren Sie nicht hinter mir her und sehen sie sich erst einmal an, bevor Sie den Scheck ausstellen, Mr. ...?«

»Gallagher. Patrick Gallagher.«

Sie streifte ihn im Vorbeigehen und legte ein Brot auf die Theke. »Ich heiße Andromeda Nightingale. Die meisten Leute hier nennen mich Andie.«

»Ein freundlicher, hilfsbereiter Typ, dieser Bernie«, sagte Gallagher und nickte in Richtung des Ladens zurück, während Andie Nightingale ihre Einkäufe auf dem Vordersitz ihres bejahrten blauen Toyota-Pick-ups verstaute. Der Regen hatte nachgelassen, doch der Wind war immer noch so stark, daß sich das rostige Coca-Cola-Schild vor dem »Otterslide General Store« quietschend in seinen Scharnieren bewegte.

Sie zuckte die Achseln. »Die Leute in Vermont sind Fremden gegenüber nie gleich freundlich, vor allem solche Typen wie Bernie Chittenden nicht«, erklärte sie sachlich. »Folgen Sie mir. Die Hütte liegt ein paar Meilen weiter an der River Road.«

Gallagher lief zu seinem Explorer zurück und ließ den Motor an. Sie winkte ihm aus dem Fenster zu, dann legte sie den Gang ein und fuhr los. Die Fahrt führte in Richtung Osten, und die asphaltierte Straße ging bald in einen schlammigen, von Furchen durchzogenen Weg über. Sie kamen an mehreren Häusern vorbei, bevor der Weg nach Süden abbog und sich durch eine mit Buchen und Ahorn bestandene Senke schlängelte. Gallagher vermutete, daß sie einen Bogen um die Stadt schlugen und sie hinter sich ließen. Tatsächlich erstreckten sich zu beiden Seiten des Weges Felder, als sie aus dem Laubwald herauskamen, und mehrere hundert Meter nach Westen hin konnte er den Bluekill River ausmachen. Sie fuhren an einem schmucken, weißgestrichenen Farmhaus mit Scheune vorbei, das östlich der Straße lag. Vor dem Haus erstreckte sich ein frisch umgegrabener Garten von einem Viertelhektar. »Nightingale« stand in verblichenen Lettern auf dem Briefkasten.

Sie fuhren jedoch an der Einfahrt vorbei, um hundert Meter weiter nach rechts abzubiegen und eine Schneise hinunterzurumpeln, die an einer Hecke neben einem Maisfeld entlangführte. Zweihundert Meter weiter ging das Feld mit seiner Hecke in ein Wäldchen aus grellweißen Birken über. Zwischen den Stämmen duckte sich ein merkwürdig aussehendes kleines Haus.

Die rechte Seite zeigte die klassischen Linien eines hölzernen Farmhauses aus dem späten neunzehnten Jahrhundert mit seiner umlaufenden Veranda. Doch die linke Seite war unnatürlich schräg; drei Meter unterhalb der Schieferdachspitze begann die Wand schroff nach unten abzufallen. An dieser Seite gab es weder Türen noch Fenster. Die Holzbohlen waren krumm und verwittert.

Andie Nightingale stieg aus ihrem Pick-up, kletterte auf die wacklige Veranda und hantierte mit einem Schlüsselbund. Die Tür war mit zwei Schlössern gesichert. Während sie sich an einem der beiden, einem Zahlenschloß, zu schaffen machte, fragte Gallagher: »Sind Sie und Ihr Mann Farmer?«

»Bin nicht verheiratet und auch kein Farmer«, erwiderte sie und drehte an der Kombination des Schlosses, das leise quietschte und dann aufsprang. »Ich verpachte mein Land an andere Farmer, um die Steuern bezahlen zu können. Ich selbst bin Sergeant bei der Kriminalpolizei. Wir ermitteln in den Mordfällen von Vermont.«

»Tatsächlich?« sagte er und sah sie mit noch größerer Hochachtung an. »Ich mache Filme. Dokumentarfilme.«

Sie warf ihm einen anerkennenden Blick zu. »Wie ein Reporter?«

»So ähnlich, könnte man sagen.«

»Ich mag Reporter nicht besonders«, meinte sie dann und steckte einen Schlüssel in das untere Schloß. Der Bolzen fuhr zurück, und eine Böe blies die Tür auf. Spinnweben wurden vom Türrahmen geweht. Modrige Luft schlug ihnen entgegen, und sie mußten beide husten und niesen. In wenigen Sekunden war die abgestandene Luft jedoch verflogen.

Außer einer Vorratskammer und einem Abstellraum wurde das gesamte Erdgeschoß der Hütte von einer Küche gebildet, deren Einrichtung aus einem Spülbecken mit roter Handpumpe, einem einfachen Gasherd, einem altehrwürdigen Ashley-Holzofen und einem rohbehauenen Tisch mit nicht zusammenpassenden Stühlen bestand.

»Was Sie da sehen, ist ungefähr das, was Sie bekommen«, sagte sie. »Das Schlafzimmer ist oben. Ich nehme hundertfünfzig die Woche.«

»Ich miete es für einen Monat«, antwortete Gallagher und langte nach seinem Scheckbuch.

»Sie wollen einen Monat lang fischen?« fragte sie ungläubig.

»Und für einen Dokumentarfilm Informationen über Pater D'Angelo zusammentragen«, sagte er. »Wissen Sie etwas über ihn?«

Nightingale zuckte die Achseln. »Nur, daß er hier angeblich Wunder wirkte und daß die Kirche die Kanonisierung eingeleitet hat. Monsignore Timothy McColl von der St.-Edwards-Kirche ist derjenige, mit dem Sie sprechen sollten. Das ist der Experte dafür.«

McColls Name stand schon in Gallaghers Notizbuch. Jerry hatte angerufen und ein Interview für Montagmorgen für ihn vorbereitet.

Nachdem er ihr den Scheck ausgestellt hatte, bemerkte Gallagher zwei gerahmte Stiche neben dem Treppenaufgang. Einer von ihnen zeigte einen Mann mit einem aufgedunsenen Gesicht in einem hochlehnigen Sessel. Er war völlig kahlköpfig und sehr korpulent. Er hatte eine platte Pfannkuchennase und die unnatürliche Augenpartie des Albinos. Auf dem zweiten Stich saß eine Gruppe Menschen mit dem Rücken zum Betrachter vor dem Eingang einer Höhle. Eine Person, die wie eine Indianerin aussah, stand auf einem Felsen über der Höhle und hatte die Hand zu der Gruppe ausgestreckt. Ein Vollmond hing über dem Kopfschmuck der Indianerin am Himmel.

»Das ist ja was ganz Besonderes«, sagte Gallagher.

»Der Albino hieß Caleb Danby«, antwortete Nightingale, als wiederholte sie eine oft erzählte Geschichte. »Er hat diese Hütte einfach vom Hause seines Bruders Joshua auf der anderen Seite der Stadt abgeschnitten, kurz vor der Jahrhundertwende. Die Danby-Brüder waren Medien, die Lawton in den neunziger Jahren des vergangenen Jahrhunderts zu einem spiritistischen Zentrum machten. Sie hielten Séancen ab, bei denen sich angeblich Geister materialisierten. Dann zerstritten sich die Brüder, die Gründe kennt keiner so richtig; Joshua Danby verschwand spurlos, und die Séancen hörten auf. Caleb brachte die Hütte hier an den Fluß herunter und wohnte ein Jahr darin, bevor er Selbstmord beging: Er stieß sich ein Schlachtermesser ins Herz.«

»Sie scherzen, nicht wahr?« fragte Gallagher und rieb sich die Brust.

»In meinem Geschäft scherzt man nicht über solche Sachen«, entgegnete Nightingale kühl. Sie wandte sich um, als wollte sie gehen, und ihm wurde bewußt, daß er bald allein in der Hütte sein würde.

»Sind Sie mit ihnen verwandt?« fragte er, um sie noch ein

wenig länger zum Bleiben zu bewegen. »Mit den Danbys, meine ich.«

Sie schüttelte ihre rotbraune Mähne. »Der letzte Danby hat Lawton vor langer Zeit verlassen.«

»Und die Indianerin?«

Bei dieser Frage zögerte Nightingale, und ihr Gesicht nahm einen gequälten Ausdruck an. Sie sah aus dem Fenster und zum Waldrand auf der anderen Seite des Flusses hinüber. »Die Indianerin ist ein Rätsel.«

Erstaunt über ihre plötzliche Ernsthaftigkeit fragte Gallagher: »Also wer spukt hier denn nun?«

»Wie? Oh, Caleb, denke ich«, antwortete sie mit einer betont wegwerfenden Handbewegung. »Ich habe mich nie besonders um diese alte Geschichte gekümmert.«

Sie beantwortete ihm noch ein paar weitere Fragen nach der Hütte und nach Einkaufsmöglichkeiten in der Stadt für Lebensmittel und Bettwäsche. Dann sagte sie, sie sei spät dran für ihre Schicht, und verabschiedete sich. Gallagher sah ihr nach, als sie davonfuhr, und wurde sich noch einmal bewußt, wie seltsam Andie Nightingales Gegenwart ihn berührt hatte. Sie war sehr schön. Wenn seine Reaktion rein hormonell gewesen war, auch gut. Er fühlte sich so gut wie seit langem nicht mehr.

Doch während er Angelruten, Gepäck, Kameratasche und Computer auslud, sank seine Hochstimmung wieder. Als er schließlich alles im Haus verstaut und ein wenig aufgeräumt hatte, spürte er nur zu deutlich, wie ihm die Stille in der Hütte in den Ohren summte. Wie ein Junkie, der den nächsten Schuß braucht, starrte Gallagher aus dem Fenster und auf den Fluß, von dem er sich den rauschenden Lärm erhoffte, der die Stille übertönen könnte. Doch inzwischen hatte es wieder stark zu regnen begonnen. Der Bluekill River kochte förmlich über, viel zu gefährlich zum Fischen.

Fast eine Stunde, bevor ihn die totale Erschöpfung nach oben auf die kahle Matratze und unter einen Haufen staubiger Wolldecken zwang, saß Gallagher in einem Adirondack-Sessel auf der Veranda vor der Hütte, sah auf den vorbeifließenden Bluekill River und gab sich alle Mühe, nicht über die Scherben seines verpfuschten Lebens nachzugrübeln.

KAPITEL 3

Samstag, 10. Mai

Nach einem zehnstündigen unruhigen Schlaf erwachte Gallagher kurz nach Tagesanbruch bei den Klängen einer sanft geschlagenen Tanzrassel und dem fernen Dröhnen einer ledernen Trommel. Merkwürdigkeiten, die er als Überbleibsel eines schwindenden Traums beiseite zu schieben vermochte. Draußen heulte immer noch der Sturm. Der Radiosender von Lawton kündigte an, daß das Schlimmste gegen Mittag vorüber sein würde. Um die Zeit totzuschlagen, bevor er an den Fluß hinuntergehen konnte, fuhr Gallagher in die Stadt, frühstückte, kaufte Lebensmittel, Bettwäsche und Handtücher ein und rief dann im Pfarrbüro der St.-Edwards-Kirche an, um das Interview mit Monsignore McColl für Montagmorgen zu bestätigen.

Um die Mittagszeit schwächte sich der Regen zu einem Nieseln ab. Gallagher knotete seine Watestiefel doppelt zu, streifte die Schutzmanschetten über die Hosenbeine, nahm seine Sechser-Angelrute mit der Rolle und eilte zum Bluekill River hinunter in dem Bemühen, den Ausbruch einer Migräne abzuwehren, die ihn schon den ganzen Morgen über bedroht hatte; als könnte das hypnotische Pulsieren des rauschenden Wassers die emotionalen Schrauben lösen, die in seinem Kopf fest angezogen waren.

Der Fluß war immer noch hoch und wild, aber Gallagher machte nicht an diesem Ufer halt. Er benutzte die mit Spikes versehene Wateausrüstung, um sich den Weg in die reißende Strömung zu ertasten. Zweimal strauchelte er und konnte nur knapp das Gleichgewicht halten gegen den ständigen Druck, der auf seine Kniekehlen ausgeübt wurde.

Endlich fand Gallagher sicheren Stand auf einer Sandbank und befestigte einen hellroten Blinker an der Angel. Die einzige schwache Hoffnung, daß in dem aufgewühlten Wasser eine Forelle biß. Dann ließ er ein wenig Schnur ab und hob die Angelrute auf ein Uhr, bevor er die Spitze mit steifem Arm nach vorn schnellen ließ, um sie bei zehn Uhr abrupt zu stoppen. Im naßkalten Nebel straffte sich die Schnur auf ihrem Weg nach hinten, beschrieb bei der Vorwärtsbewegung einen Bogen, flog dann sauber nach vorn und sank am gegenüberliegenden Ufer ins zimtfarbene Wasser. Er holte schnell die Schnur ein, bis der rote Blinker wieder an der Wasseroberfläche erschien, hob die Angelrute und warf noch einmal. Die ein ums andre Mal ausgeführten fließenden Bewegungen leerten seinen Kopf, wie ein Mantra das bei einem buddhistischen Mönch vermag.

Als nach einer halben Stunde noch immer kein Fisch angebissen hatte, wählte Gallagher einen gelben Marabu, einen Köder, der eher in den Gewässern des Westens benutzt wird, warf ihn aus und beobachtete, wie seine fluoreszierende Sinkschnur rasch stromabwärts trieb. Seine Gedanken kehrten trübsinnig zu seiner mißlichen Lage zurück. Er beging seinen vierzigsten Geburtstag allein in einer Hütte irgendwo im ländlichen Vermont, während seine Exfrau Emily wieder heiratete. Es war eine Übung in größtem Selbstmitleid, aber Gallagher war das gleichgültig, und er hatte sich schon darauf eingestellt, völlig in diesem Gefühl zu versinken, als die Spule an seiner Angelrute zu rotieren begann und mehr

Schnur ins schäumende Wasser zog. Die Angelschnur tanzte in einer Schlangenlinie hypnotisch hin und her. Sie wurde zu allen Angelschnüren, die Gallagher je geworfen hatte, auch zu der, die über seinen Kopf hinweggesurrt und im schlammigen Wasser des Ganges versunken war. Sechs Jahre zuvor.

Das Ghat, die breite Steintreppe, die das Flußufer bildete, wimmelte von Männern, Frauen und Kindern, die darauf warteten, im Wasser des Flusses baden zu können. Ziegen meckerten. Eine Kuh muhte in der Spätnachmittagssonne. Sechs halb eingeäscherte Leichname lagen auf der untersten Stufe am Wasser und warteten darauf, in die Mitte des heiligen Flusses gebracht und in die Ewigkeit entlassen zu werden.

Gallagher achtete nicht auf die erstaunten Blicke, die seine Angelausrüstung auf sich zog, und watete vom Ghat in die Strömung hinein. Er rechnete nicht mit irgendeinem Fang. Aber es war ein langer Reisetag gewesen, und er hatte jetzt das Bedürfnis, das Wasser um sich zu fühlen. Nachdem er die Angelschnur eine halbe Stunde ausgeworfen und wieder eingeholt hatte, war er dem Zauber des Ganges erlegen.

»Orvis kommt nach Allahabad«, rief eine rauchige Frauenstimme plötzlich. »Hat man so was schon gesehen!«

Gallagher hielt in seinen Bewegungen inne und warf einen Blick über die Schulter. Die Stimme gehörte zu einer stark gebauten Frau mit einem dicken, blonden Pferdeschwanz, der unter einer Boston-Red-Sox-Baseballmütze hervorlugte. Sie hatte ein kantiges, sommersprossiges Gesicht, blitzende grüne Augen, eine kecke Nase und einen Ausdruck, als wäre sie ständig in Gedanken. Sie trug eine runde Sonnenbrille und einen roten Batikrock, den sie hochgezogen und an ihren Hüften festgesteckt hatte. Ein einfaches, weißes T-Shirt bändigte ihre freischwingenden Brüste. Eine Leica baumelte ihr um den Hals, über ihrer Schulter hing eine Kameratasche. Sie kam weiter in die Strömung gewatet, sah Gallagher von oben bis unten an und lachte laut los.

»Ein paar Freunde haben mich da oben auf der Straße angehalten, um mir zu erzählen, daß irgendein verrückter Amerikaner rote Federn an einer orangenen Schnur in den Ganges wirft«, sagte sie schließlich. »Vielleicht bin ich ja auch nicht ganz dicht, aber das mußte ich einfach sehen.«

»Die Einheimischen zum Lachen bringen ist nur ein Teil meines Jobs«, frotzelte Gallagher zurück.

Bevor sie antworten konnte, tauchte eine mehrere hundert Köpfe zählende Menschenmenge auf der obersten Stufe der Steintreppe auf; die Menschen sangen und trugen violette Blumen in den Händen. Noch Tausende mehr erschienen auf den Ghats, die der Kurve des Flusses nach Norden folgten. In Zehnergruppen warfen sie nacheinander ihre Blumen ins Wasser, wateten dann hinterher und begannen, sich zu waschen. In wenigen Minuten waren die beiden von zahllosen Menschen und schwimmenden Kränzen aus violetten Blumen umgeben, die sich im Zwielicht der Dämmerung drehten. Die Frau machte Aufnahmen mit ihrer Kamera. Gallagher konnte seine Augen nicht von ihr lösen, vor allem nicht von ihren Schenkeln, die kraftvoll aussahen und nußbraun gebrannt waren.

»Was passiert hier eigentlich?« fragte er. »Baden die hier jeden Tag so ausgiebig?«

»Einmal im Jahr kommen sie, um sich von ihren Sünden reinzuwaschen«, antwortete sie, während sie weiter fotografierte. »In den nächsten zehn Tagen wird eine halbe Million Menschen in diesem Flußabschnitt ein Bad nehmen. Die Schriften der Hindus sagen, daß das Fest bis zu den Ursprüngen der Erde zurückreicht, als die Götter noch mit den Dämonen darüber stritten, wer den heiligen Nektar hatte.«

Gallagher beobachtete, wie sich Hunderte von Menschen

Wasser über den Kopf gossen. »Und was bewirkt dieser heilige Nektar?«

»Ein einziger Tropfen garantiert einem die Unsterblichkeit«, sagte sie.

»Dann waschen wir uns also alle hier wegen der Unsterblichkeit?«

»So könnte man sagen.«

»Dann hab' ich also auch eine Chance, unsterblich zu werden?«

Sie schüttelte den Kopf und grinste hinterhältig. »Ich glaube nicht, daß die Wasser der Ewigkeit durch Watestiefel aus Neopren dringen können.«

»Oh«, sagte er nur, und sein Gesicht brannte. Aus irgendeinem Grund war es ihm wichtig, sie zu beeindrucken, und das schien ihm gründlich zu mißlingen.

Sie machte noch ein Foto. »Wer sind Sie eigentlich? Und was tun Sie hier?«

»Patrick Gallagher. Ich mache einen Dokumentarfilm über die Ausbreitung des Hinduismus und nehme die Bauten der alten Tempel als roten Faden der Erzählung.«

»Tatsächlich?« sagte sie und stützte die Hände auf die Hüften. »Ich habe gerade einen Band mit Fotos der Tempel herausgebracht.«

»Dann sind Sie Emily Beckworth?«

Emily Beckworth war in der Szene bekannt dafür, daß sie sich in verschiedenen Kulturen überall auf der Welt unter die Einheimischen mischte und ihren Status als Insider dazu nutzte, die intimsten Bilder zu schießen. In den vergangenen zehn Jahren hatte sie für ihre Bücher über japanische Zen-Mönche und ihre Klöster, die Aborigines im Hinterland Australiens, die Yak-Hirtenvölker in der hinteren Mongolei und die Steinzeitmenschen von Papua-Neuguinea mehrere Auszeichnungen bekommen.

»Die bin ich«, sagte sie und drehte ihre Hüften zur Seite, was in Gallaghers Kopf ein seltsames Summen auslöste.

»Sie wären nicht zufällig daran interessiert, bei uns als Leiterin und Kommentatorin mitzumachen?« konnte er gerade noch krächzen.

»Kommt auf die Bezahlung an.«

Ein Aufblitzen an der kupferfarbenen Oberfläche des Flusses schreckte Gallagher aus seinen Erinnerungen auf.

Es kommt zwar selten vor, doch können braune Forellen bei Hochwasser manchmal ihre Verstecke hinter Felsen und unter Flußufern verlassen, um hochzuschießen und nach toten Insekten, Würmern und sogar Mäusen zu schnappen, die ins Wasser gespült worden sind und an der Oberfläche treiben. Gallagher warf den Haken sechs, sieben Meter stromabwärts und straffte die Schnur. Sofort spürte er einen Ruck und dann ein wiederholtes Zucken, als der Haken an den Kanten eines knochigen Mauls entlangfuhr. Er ließ den Fisch zwei Sekunden lang darauf herumkauen und warf dann sein Handgelenk energisch nach hinten, um den Haken zu setzen. Gallaghers Angelrute bog sich fast vollständig um.

»Ein Riese!« dachte er. Eine Bluekill-Riesenforelle! Ein solcher Fisch konnte einen vierzigsten Geburtstag retten und sogar die Erinnerung an eine frühere Ehefrau verdrängen!

Gallagher versuchte, die Forelle mit der Sechser-Schnur niederzukämpfen, doch er spürte zwölf, fünfzehn Pfund in seinen Händen. Vielleicht sogar mehr! Er würde warten müssen, bis das Biest müde wurde, um eine Chance zu haben, es an Land zu bekommen. Die Schnurrolle drehte sich rasend. Die Schnur surrte durch die Ösen. Der Fisch schoß geradewegs stromabwärts auf eine Silberesche zu, die während der vergangenen Sturmnacht in den Fluß gestürzt war. Wenn der Fisch in die Zweige unter der Wasseroberfläche schwamm, konnte die Schnur reißen. Gallagher stolperte vorwärts und versuchte, die Entfernung zu verkürzen, wobei er die Schnur zwischen den Fingern hielt wie ein Voodoopriester, der sich auf einen Exorzismus vorbereitet.

Die Rute bog sich noch einmal, richtete sich dann schnappend auf und ließ die Schnur locker auf dem Wasser treiben.

»Das gibt's doch nicht!« rief Gallagher und schlug in zorniger Enttäuschung mit der flachen Hand aufs Wasser. »Verdammt noch mal!«

Auf einen solchen Fisch wartet man sein Leben lang. Gallagher wußte das. Und er hätte sich ins seichte Wasser setzen und losheulen mögen über die verpaßte Gelegenheit. Statt dessen stand er eine ganze Weile einfach da und starrte auf die Wasseroberfläche, bevor er laut seufzte und die Schnur aufrollte. Irgendwie mußte der Fisch den Haken aus seinem Kiefer geschüttelt haben, oder er hatte die Zähne in die Schnur bekommen und sich freigesägt. Gallagher hatte ungefähr drei Meter Schnur aufgerollt, als diese sich erneut straffte und ein schweres Gewicht auf ihn zurollte, von der Strömung ergriffen wurde und wieder in die Tiefe gespült wurde.

Er war immer noch am Haken! Aber sehr träge. Hatte er sich verfangen? Schwamm er in immer engeren Kreisen um einen verborgenen Ast, so wie ein Hund seine Kette um einen Baum winden kann?

Mit dem Watestab tastete sich Gallagher voran, wobei er alle paar Meter anhielt, um die Schnur aufzurollen, bis er an das Ende des unteren, treibenden Teils kam. Es verschwand im karamellbraunen Wasser genau vor der halb im Wasser liegenden Esche.

Gallagher versuchte, nicht an die rasiermesserscharfen Zähne einer großen Braunforelle zu denken, legte seine Hand um das sich verjüngende Ende der Vorfachschnur und verfolgte es unter Wasser, Knoten für Knoten daran entlangfahrend bis zum Haken. Die Schnur war straff und vibrierte wie eine Klaviersaite. Seine Finger fanden den Blinker, tasteten weiter, suchten vorsichtig nach dem Haken und dem glitschigen Fleisch des Fisches.

Gallaghers Finger streiften etwas, das sich wie steifer Stoff anfühlte, und er fuhr erschrocken zurück. Sein Herz hämmerte. Noch einmal langte er hinunter, um zu fühlen, was dort am Haken hing.

Es war steifer Stoff.

Gallagher griff mit der ganzen Hand in das Material und zog daran. Er fühlte ein Gewicht auf sich zurollen, das von der Strömung ergriffen und wieder in die Zweige der gestürzten Esche zurückgedrückt wurde. Er klemmte den Korkgriff seiner Angelrute in den herausragenden Ästen des Baumes fest. Dann bückte er sich ins kalte Wasser, langte tief hinein, bekam den Stoff mit beiden Händen zu fassen und zog ihn mit aller Kraft in die Höhe. Das Gewicht kam nach oben. Kurz bevor es die Wasseroberfläche erreichte, rollte es herum, und wie durch ein undurchsichtiges rostfleckiges Leichentuch tauchte ein Gesicht auf.

KAPITEL 4

Gallagher schrie schon, bevor ihm überhaupt bewußt wurde, daß er schrie, und ließ den grünen Stoff los. Kopf und Oberkörper der Leiche glitten unter die Wasseroberfläche zurück, stießen gegen ihn und verschwanden. Gallagher würgte und wirbelte herum, er hatte nur den einen Gedanken: weg, weg von dem, was da im Fluß lag. Er versuchte, ans Ufer zu hasten, indem er mit einer Hand und seinem Watestock wie wild aufs Wasser schlug.

Doch die Strömung packte ihn und warf ihn vornüber in

die Stromschnellen. Gallagher wurde zweimal um sich selbst gewirbelt und gelangte dann prustend wieder an die Oberfläche. Stolpernd kam er auf die Füße und erbrach das brakkige Wasser, das er geschluckt hatte. Die seltsame Taubheit, die Gallagher beinahe ein Jahr lang umgeben hatte, war von einer Sekunde auf die andere weggespült. Jetzt glühten sämtliche Nervenzellen schmerzhaft in seinem Körper. Die weißen Birken standen um die Hütte im Uferwäldchen wie plötzlich eingefrorene Blitze.

Gallagher verschluckte sich an den Schreien, die ihm die Kehle abzuschnüren drohten, und kämpfte sich zu den Birken durch, unfähig, das blutrote Bild abzuschütteln, das sein Hirn durchflutete. Der Mann war völlig entstellt gewesen, sein Körper war von tiefen, ovalen Wunden übersät. Gallagher stolperte ins flache Wasser und kroch die Uferböschung hoch, um dann in einem wahnsinnigen Lauf über das schlammige Maisfeld zu setzen in Richtung River Road und Andie Nightingales Haus.

Die Polizistin war bei der Gartenarbeit und verteilte gerade mit einer Mistgabel Kompost. Sie trug kniehohe grüne Gummistiefel, alte Jeans und eine dunkle Regenjacke. Gallagher stolperte aus dem Feld, über die Straße und in ihren Vorhof hinein, wo er ein paar Meter vor dem Garten auf die Knie fiel und den Aluminiumgeschmack des Adrenalins hinunterwürgte, der ihm den Mund füllte.

»Mr. Gallagher!« rief Andie Nightingale.

»Ein Toter«, stammelte er. »Im Fluß liegt ein Toter.«

Zehn Minuten später lenkte Andie Nightingale ihren zerbeulten Toyota-Pick-up in den Hof der Hütte. Sie sprang heraus, rannte durch das Birkenwäldchen und sprang vom Ufer aus direkt in den Fluß. Gallagher machte an der Böschung halt, unfähig, ihr zu folgen.

»Zeigen Sie mir, wo!« forderte sie ihn auf.

»Nein«, antwortete er und spürte, wie sich sein Magen zusammenkrampfte.

»Sie müssen es mir zeigen«, befahl sie noch einmal.

»Ich ... Ich kann nicht.«

»Ich weiß, daß es nicht leicht ist«, meinte sie und brachte ein professionelles, verständnisvolles Lächeln zustande. »Aber zeigen Sie mir bitte, wo Sie die Leiche entdeckt haben, bevor sie weggespült wird und ich die Taucher holen muß.«

Gallagher spürte wieder den Krampf im Magen, aber Andie Nightingales freundliche Art ermutigte ihn aus irgendeinem Grund dazu, unsicher in den Fluß zu steigen, der einmal sein flüssiges Refugium gewesen war und sich jetzt in einen unheimlichen Strom verwandelt hatte. Sie wateten in die starke Strömung hinaus, und mit jedem Schritt versuchte Gallagher verzweifelt, die wilden Flammen der Panik auszutreten, die in ihm hochschlugen. Sie gelangten zu der umgestürzten Esche, und er zeigte auf die Stelle, wo die Angelschnur im Wasser verschwand.

»Da unten liegt er.«

»Sie werden mir helfen, Mr. Gallagher.« Es war eher ein Befehl als eine Feststellung. Ein seltsamer, schneidender Druck bildete sich hinter seinen Augen, aber er nickte. Hand neben Hand tasteten sie sich die Schnur hinab. Gallagher konzentrierte sich auf die weiche Linie ihres Nackens, als sie zogen. Diesmal kam die Leiche schnell nach oben.

»Oh, mein Gott!« flüsterte Andie Nightingale entsetzt.

Er trug eine grüne Tarnjacke und einen dazu passenden Rucksack. Von der Taille abwärts war er nackt bis auf eine dicke Wollsocke, die an seinem linken Fuß baumelte. Die Metzelei, die an ihm verübt worden war, bot sich den Blicken dar wie ein Rorschach-Test, den sich ein durch und durch krankes Hirn ausgedacht hatte, und Gallagher überkam wieder das verzweifelte Verlangen, ans Ufer zu fliehen.

»Hank Potter«, sagte Andie Nightingale und gab dem in der Strömung treibenden Leichnam eine minimale Identität. Gallagher wurde schwindlig, er bekam Angst, der Fluß könne ihn in die Tiefe ziehen und ihn nie wieder auftauchen lassen.

Über ihrer Schulter erschien das zuckende Blaulicht eines Streifenwagens der Polizei von Vermont, dem ein zweiter und dann ein Krankenwagen folgten. Andie Nightingale hatte ihnen Bescheid gegeben, bevor sie zur Hütte zurückfuhr. Als sie die Fahrzeuge sah, begann ihr Unterkiefer leicht zu zittern, der erste Riß, den er in ihrer sonst so professionellen Haltung entdeckte.

»Los, ziehen wir ihn an Land«, sagte sie schließlich.

Die beiden vierschrötigen, jungen Polizeibeamten merkten, daß sie den Leichnam ans Ufer bringen wollten, und wateten in die Strömung, um ihnen zu helfen. Einer der beiden wurde kreidebleich, als er die Verletzungen sah.

Bis sie das flache Wasser erreicht hatten, waren drei weitere Fahrzeuge im Hof der Hütte angelangt. Eines war eine grüne Limousine ohne besondere Kennzeichen. Das zweite war ein blauer, allradgetriebener Chevy Suburban mit der Aufschrift »Lawton Polizei« auf der Tür. Ein neuer, grauer Dodge-Pick-up bildete das Schlußlicht.

Die Türen des Suburban und der grünen Limousine öffneten sich gleichzeitig. Zwei Männer stiegen aus dem Suburban. Der Fahrer trug ein graues Sweatshirt, auf dessen Brust halbkreisförmig in blauen Lettern »Lawton« stand. Er setzte sich eine Baseballmütze mit goldener Verzierung und der Aufschrift »Chief« auf den Kopf und steckte sich einen Lutscher in den Mund. Sein Begleiter trug die normale Uniform der Ortspolizei. Er war stattlich, Ende Zwanzig, hatte eine Rundschnitt-Frisur, einen Schnauzbart und einen schläfrigen Gesichtsausdruck. Eine weißhaarige Frau um die Fünfzig in einem khakifarbenen Trenchcoat kletterte aus der grünen Limousine. Dann öffnete sich auch die Tür des Pick-up, und ein penibel gekleideter Mann mit rosigem Gesicht und einem auffallenden silbergrauen Schnurrbart stieg aus. Er bellte Befehle in sein Handy. »Mir ist völlig egal, was die Banker in Boston dazu sagen – es ist eine rechtlich einwandfreie Vereinbarung, und sie muß durchkommen. Lawtons Zukunft hängt davon ab. Haben Sie verstanden?«

»Da haben wir ja die ganze Bande«, murmelte Andie Nightingale und fuhr sich unsicher mit den Fingern durchs Haar.

Sie wandte sich zu Gallagher um und deutete zur Hütte. »Warten Sie bitte dort drüben. Ich will noch mit Ihnen sprechen.«

Gallagher trottete zu den Verandastufen, setzte sich und lehnte sich erschöpft gegen einen der Pfosten, die das durchhängende Verandadach trugen. Die Fahrer des Krankenwagens hatten schon ein Laken über die Leiche gebreitet, die jetzt im limonengrünen Gras zwischen zwei Birken lag. Fetzen kalten Bodennebels trieben zwischen den Bäumen und auf die verdeckte Leiche zu. Gallagher erschauerte. Das Erschauern ging in ein starkes Zittern über. Er ging in die Hütte, um aus den Watestiefeln herauszukommen und sich etwas Trockenes anzuziehen. Er schleppte sich nach oben, und als er sich ein Paar flanellgefütterte Khakihosen und einen Wollpullover überzog, verspürte er auf einmal eine starke Übelkeit, so daß er die beiden Flügel des Schlafzimmerfensters weit aufstieß, um frische Luft zu atmen und die Gruppe zu beobachten, die sich im Hof der Hütte versammelt hatte.

Die weißhaarige Frau im Trenchcoat führte Andie Nightingale von den anderen weg. Sie standen jetzt genau unter Gallaghers Fenster, ohne zu merken, daß er ihre Unterhaltung hören konnte.

»Sergeant«, begann die Weißhaarige das Gespräch.

»Lieutenant Bowman«, antwortete Andie Nightingale und lächelte gezwungen. »Ich hatte Sie nicht so schnell hier erwartet.«

»Ich hatte erst vor zwanzig Minuten Dienstschluß und dachte, Sie könnten ein bißchen Hilfe brauchen«, antwortete die Kollegin. Lieutenant Brigid Bowman trug eine dicke Schicht Make-up, die ihre Akne fast verdeckte und ihre mißtrauischen, blaßblauen Augen betonte. Ihr weißes Haar war an den Ohren kurzgeschoren, um die Perlenstecker in den Ohrläppchen besser zur Geltung zu bringen, die zu ihrer Halskette paßten.

Andie Nightingales Hände ballten sich zu Fäusten. »Oder haben Sie sich vielleicht so beeilt, weil Sie nicht wollten, daß ich das hier allein mache?«

»Vielleicht ein bißchen von beidem, Andie«, räumte Brigid Bowman kühl ein.

Bevor Andie Nightingale antworten konnte, näherte sich der kräftige Bursche mit dem »Lawton«-Sweatshirt und der »Chief«-Baseballmütze, gefolgt von seinem schläfrigen Mitarbeiter und dem gut angezogenen, dicklichen Mann mit dem Walroßschnauzbart, der gerade dabei war, sein Handy zuzuklappen.

Der Chief hieß Mike Kerris. Er war ungefähr in Gallaghers Alter, jedoch größer und muskulöser, mit stahlblauen Augen und einem dichten, braunen Haarschopf. Er hatte einen vorstehenden, kantigen Unterkiefer von der Art, die den Gebrauch von Steroiden nahelegt. Er nahm seinen Lutscher aus dem Mund. »Was haben wir denn da?«

Bei seiner Frage nahm Andie Nightingales Gesicht einen aggressiven Ausdruck an. »Hank Potter. Die Leiche ist furchtbar zugerichtet.«

Der Dicke mit dem silbergrauen Schnauzbart fuchtelte mit

seinem Handy in der Luft herum und rief: »Hank Potter! Das ist der Zahnarzt! Der hat doch keinen einzigen Feind in – Was soll das heißen: furchtbar zugerichtet?«

»Schnittwunden, Bürgermeister, ziemlich häßliche«, sagte Andie Nightingale. »Sieht aus, als wäre er zehn-, fünfzehnmal mit einem schweren, scharfen Gegenstand geschlagen worden, bevor man ihn in den Fluß warf. Wollen Sie's sehen?«

Bürgermeister Bruce Powells rosige Gesichtshaut wurde mit einem Schlag so bleich wie ein Forellenbauch. Er fuhr sich mit der Hand über seine brillantinegepflegte, silbergraue Frisur. »In Lawton hat es seit zwanzig Jahren keinen Mord mehr gegeben.«

»Seit achtundzwanzig Jahren, Onkel Bruce«, berichtigte ihn der Chief. Er behielt dabei den Lutscher in einer Backentasche wie ein Eichhörnchen, das an einer Buchecker knabbert.

»Wie lange auch immer, Mike«, meinte der Bürgermeister. Er wies mit dem Handy auf die gesamte Gruppe. »Hört gut zu: Ich will das hier gelöst haben, und zwar schnell, ist das klar? Lawton kann sich eine solche negative Publicity nicht leisten. Vor allem jetzt nicht, wo wir mitten in schwierigen Verhandlungen stehen.«

Lieutenant Bowman klopfte mit der Gummisohle ihres Stiefels auf den schlammigen Boden der Einfahrt. »Unsere Dienststelle weist eine der höchsten Aufklärungsraten im Lande auf, Herr Bürgermeister. Was die Publicity angeht –«

»Zugerichtet!« rief Powell ungläubig aus, bevor Bowman enden konnte. Er fuchtelte mit dem ganzen Arm vor ihrem Gesicht herum. »Das müssen Sie unbedingt geheimhalten. Vor den Reportern. Verdammt noch mal, das klingt ja so, als wäre ein Wahnsinniger in Lawton unterwegs. Das lasse ich nicht zu. Nicht in meiner Stadt.«

Gallagher sah, wie sie alle zu der lakenbedeckten Leiche schauten, als könnten sie nicht an eine solche Möglichkeit glauben. Gallagher hatte die Leiche zuerst gesehen. Er glaubte sehr wohl, daß es sein konnte.

»Wir werden in diesem Punkt soweit wie möglich Zurückhaltung üben«, versprach Lieutenant Bowman.

»Lawton ist eine Kleinstadt«, warf der Polizist mit dem Rundschnitt ein. »Ist schwierig, hier was geheimzuhalten.« Ein sarkastisches Lächeln glitt über Andie Nightingales Gesicht, als sie den Bürgermeister und den örtlichen Polizeichef ansah und sagte: »Und ich hatte immer gedacht, Lawton sei eine Stadt voller Geheimnisse.«

Der Bürgermeister rieb sich mit dem Finger seinen buschigen Schnauzbart und starrte Andie Nightingale wortlos an. Der Polizeichef fuhr sich mit der Zunge über die Lippen. Der Lutscher hatte seine Zunge violett gefärbt. Seine Lider sanken halb herunter wie bei einer Eidechse, die nach einem Insekt schnappen will. Dann wandte er sich wieder Bowman zu: »Wer wird den Fall übernehmen? Nichts gegen Sergeant Nightingale, aber wir wissen doch alle, daß sie bei ihrer Vergangenheit vielleicht nicht die richtige –«

»Wie können Sie es wagen!« rief Andie Nightingale empört aus.

»Das reicht, Sergeant!« schnitt ihr Lieutenant Bowman das Wort ab. »Sergeant Nightingale wird den Fall fürs erste übernehmen, unter meiner direkten Aufsicht. Irgendwelche Einwände?«

Kerris warf seinem Mitarbeiter einen Blick zu, sah dann den Bürgermeister an und zuckte die Achseln. Er setzte eine betont freundliche Miene auf. »Ich bin sicher, Sergeant Nightingale und ich werden einen Modus für unsere Zusammenarbeit finden.«

Andie Nightingale sagte nichts darauf. Das Licht im Birkenwäldchen verblaßte plötzlich, als eine Sturmwolke über dem Fluß aufzog. Es begann wieder zu regnen. Ein Beamter von der Spurensicherung zog das Laken von Hank Potters Leichnam zurück und machte Aufnahmen. Die metallenen Lichtblitze ließen die Birken leuchtendweiß schimmern, wie auf einem Schwarzweißfoto, das in Silbertönen abgezogen wird.

»Lösen Sie den Fall schnell«, knurrte Powell. »Das ist alles, was ich will.« Dann watschelte der Bürgermeister zu seinem Pick-up zurück, wobei er schon wieder eine Nummer auf seinem Handy wählte.

Jetzt schaukelte ein grüner Lieferwagen auf die Lichtung und hielt an. Ein untersetzter Mann mit buschigem Haar, buschigen Augenbrauen und einer großen Nase mit haarigen Nasenlöchern stieg aus. Melvin Allen, der stellvertretende staatliche Gerichtsmediziner.

Sie gingen alle auf Melvin Allen zu. Bis Gallagher sich seine Wanderstiefel angezogen hatte, die Treppe hinunter- und auf die Veranda hinausgegangen war, hatten sich alle um die Leiche versammelt. Der Gerichtsarzt zog an seinem Ohrläppchen und wandte beim Anblick der Leiche den Kopf ruckartig hin und her. Der Mitarbeiter von Kerris, Phil Gavrilis, lehnte mit geschlossenen Augen an einer Birke, Polizeichef Kerris tat so, als wäre er nicht nur ein Kleinstadtpolizist, sondern ein abgehärteter Cop aus dem New Yorker Morddezernat. Er zuckte nicht mit der Wimper.

Andie Nightingale fragte: »Können Sie mir sagen, womit er erschlagen wurde und wie lange er im Fluß gelegen hat?«

Der Gerichtsarzt schüttelte seinen ersten Schock angesichts der entsetzlichen Wunden ab und kniete neben der Leiche nieder. Er nahm Potters Kopf in seine in Latexhandschuhen steckenden Hände und drehte ihn nach links und rechts. Mit den Fingern untersuchte er eine der Wunden, die durch die Löcher in der Tarnjacke hindurch sichtbar waren. Gallagher konnte nicht länger hinsehen. Er starrte zum Himmel empor und stellte sich vor, er wäre in Montana am Taylor Fork River südlich von Bozeman und angelte Forellen an einem heißen Julitag.

»Kann ich nicht mit Sicherheit sagen, bis ich ihn auf dem Tisch unter den Lampen habe«, antwortete Allen schließlich. »Doch wenn ich raten sollte, dann würde ich sagen: eine Art einfache Machete oder ein Beil. Sehen Sie die kleinen elliptischen Unebenheiten an der Wunde? Die Schneide war handgeschärft.«

Allen sah sich noch einmal die Wunden an und ließ seinen Blick dann tiefer gleiten. »Da er nicht aufgedunsen ist, würde ich meinen, er hat nicht länger als acht Stunden im Wasser gelegen. Und – auch wenn ich es nicht gern sage – er scheint vergewaltigt worden zu sein, bevor er umgebracht wurde. Hat er eine Art Doppelleben geführt?«

»Sie meinen, wie ...«, begann Gavrilis.

»Hank Potter?« rief Kerris aus. »Auf keinen Fall. Der hat doch an der Universität Football gespielt.«

Melvin Allen zuckte die Achseln. »Wie dem auch sei. Auf jeden Fall werd' ich mehr wissen, sobald ich ihn auf dem Tisch habe. Montag morgen ist Autopsie. Um Punkt halb sieben.«

Ringsum war ein Stöhnen zu hören. Allen war bekannt dafür, daß er seine Autopsien in aller Herrgottsfrühe abhielt.

»Wer hat die Leiche gefunden?« fragte Lieutenant Bowman. Andie Nightingale zeigte auf Gallagher, der immer noch auf der Veranda saß. Er winkte schwach, und sie kamen alle zu ihm herüber, außer Gavrilis, der das Funkgerät rauschen hörte und zum Suburban lief. Gallagher stand auf, und Kerris warf ihm einen prüfenden Blick zu, den er ignorierte. Sie stellten ein paar grundsätzliche Fragen – woher er stamme, was er beruflich mache, weshalb er die Hütte gemietet habe. Gallagher leierte folgsam die wichtigsten Dinge seines Lebenslaufs herunter wie ein Alzheimer-Patient, der sich bemüht, die letzte Kontrolle über seine Identität nicht zu verlieren – daß er seinen Doktor in Anthropologie an der Cornell University gemacht hatte, wo vergleichende Mythologie sein Spezialgebiet gewesen war. Er hatte ein Jahr lang als Assistent in Harvard gearbeitet, bevor er die Universität verließ und als Kulturreporter bei *The Boston Globe* anfing, sozusagen auf den Spuren von Tom Woolfe. Drei Jahre später gewann Gallagher den Pulitzer-Preis für eine Artikelserie, die sich mit dem Leben von Kindern in den Kampfgebieten von Glaubenskriegen beschäftigte. In den letzten sieben Jahren hatte er Dokumentargeschichten und -filme für *National Geographic,* PBS und den »Discovery Channel« geschrieben und produziert. Der größte Teil seiner Arbeit konzentrierte sich auf die Wechselwirkung von Kultur und Religion.

»So, so«, meinte Kerris lakonisch, als Gallagher geendet hatte. Er besaß eine Art, einen mit zusammengezogenen Brauen anzusehen, die einem das Gefühl gab, man könne in seiner Gegenwart gedemütigt werden. »Und was machen Sie hier? In Lawton gibt's keine fremde Religion.«

»Ich angle«, entgegnete Gallagher scharf. »Aber ich sammle auch noch Informationen über Pater D'Angelo – den Priester, der hier vor achtzig Jahren starb und kurz vor seinem Tod noch Wunder wirkte.«

»Was soll mit ihm sein?« fragte Kerris, und seine Brauen zogen sich noch mehr zusammen.

»D'Angelo soll heiliggesprochen werden«, antwortete Gallagher. »Ich plane ein Filmprojekt über die Heiligsprechung in der katholischen Kirche.«

In diesem Augenblick rief Kerris' Mitarbeiter vom Suburban herüber: »Chief, auf der Wache hat eben Paula Potter angerufen und Hank als vermißt gemeldet. Sie vermutet, er habe sich bei der Truthahnjagd ein Bein gebrochen.«

Lieutenant Bowman klickte ihre dunkelroten Fingernägel zusammen und wandte sich Andie Nightingale zu. »Werden Sie allein damit fertig?«

»Ich fahr gleich hin«, antwortete diese und warf den anderen einen unsicheren Blick zu.

»Danach habe ich nicht gefragt.«

Andie Nightingale zog die Schultern hoch. »Ich werd' schon damit fertig werden, Brigid.«

Brigid Bowman klickte wieder ihre Fingernägel gegeneinander. »Rufen Sie mich an, wenn Sie da oben was finden?«

Nightingale biß die Zähne aufeinander. »Auf jeden Fall.«

Kerris rollte seinen Lutscher mit der Zunge von der einen Backentasche in die andere, offensichtlich freute er sich über ihr Unbehagen. Er sagte: »Ich sorge dafür, daß meine Leute das Flußufer auf dieser Seite der Stadt absuchen. Vielleicht finden wir ja seine Hose und den anderen Socken.«

»Bin ich entlassen?« fragte Gallagher.

Andie Nightingale gelang ein echtes Lächeln, das ihm das Herz erwärmte. »Ja. Aber verlassen Sie Lawton nicht, ohne Bescheid zu geben. Ich brauche Sie noch für ein paar weitere Fragen.«

»Und in der Zwischenzeit?«

»In der Zwischenzeit können Sie ja für Ihren Film recherchieren und fischen«, antwortete sie.

KAPITEL 5

Paula Potter lehnte am Eingang zum Hühnerstall, das Gesicht dem rauhen Nordwestwind zugewandt, der vom Lawton Mountain blies, wo noch Winter herrschte und die Bäume noch keine Knospen trugen. Sie starrte in den zinnfarbenen Himmel, der mit einem Streifen purpurroter, ovaler Wolken tätowiert war.

Normalerweise redete die schlanke Brünette gern, gestikulierte lebhaft, war schlagfertig und rechthaberisch. Jetzt stand sie stumm da und stemmte die verkrampften Hände in die Taschen der grauen Wolljacke, die sie über ihrem Jeanskleid, den Kniestrümpfen und blauen Wollclogs trug. Sie blickte verständnislos vor sich hin, nun schon einige Minuten, seit Andie Nightingale ihr die Nachricht überbracht hatte, daß die Leiche ihres Mannes im Bluekill River gefunden worden sei.

Schließlich brach Paula ihr Schweigen. »Linsenförmige Wolken«, sagte sie.

»Wie bitte?« fragte Andie Nightingale.

»Diese kleinen Purpurwolken nennt man linsenförmig«, erklärte Paula. »Hank war ein Wetterfreak. Vermont und die Jagden, wissen Sie? Er sagte immer, linsenförmige Wolken entstehen durch Turbulenzen hoch oben in der Atmosphäre. Linsenförmige Wolken sind wie Omen, die einen Sturm ankündigen. Aber der Sturm ist doch längst da, nicht wahr?«

Bei diesen letzten Worten verlor sie den letzten Rest Selbstbeherrschung. Angesichts der Unbegreiflichkeit ihres Verlustes fiel ihr der Kiefer herunter, und sie versuchte, ihren Mund mit der rechten Hand zu bedecken, während sie schon mit weitaufgerissenen Augen über den unebenen Boden der Scheune taumelte. Andie Nightingale packte die Frau und zog sie an sich. Über Paulas bebende Schulter hinweg beobachtete sie, wie die linsenförmigen Wolken einen Bogen am Horizont bildeten.

Jetzt donnerte ein roter Jeep die Einfahrt herauf und hielt unter den kahlen Ästen einer verwitterten Ulme, die den Vorgarten der Potters beherrschte. Eine ältere Version von Paula stieg aus. Ellen LaVacque lief mit aschgrauem Gesicht auf ihre Schwester zu.

Zehn Minuten später sagte Paula: »Ich muß reingehen und es den Jungs sagen.«

»Das wird schwer werden«, meinte Ellen. »Sie denken bestimmt, die Welt geht unter.«

»Das lasse ich nicht zu«, sagte Paula resolut. »Er wird immer bei uns sein. Nicht wahr?«

Die Frage hing so lange in der Luft, daß Andie Nightingale zusammenzuckte. »Paula, ich muß dir ein paar schwierige Fragen stellen.«

Paula schniefte, nickte aber. »Das habe ich mir gedacht.«

»Hatte Hank irgendwelche Feinde?«

»Feinde!?« rief Ellen aus.

»Er hatte keine Feinde«, sagte Paula mit fester Stimme. Dann stockte sie und begann zu schluchzen. »Soviel ich weiß, jedenfalls.«

Andie Nightingale holte tief Luft. »Paula, tut mir leid, daß ich dich das fragen muß, aber hast du jemals den Verdacht gehabt, daß er ein Doppelleben führen könnte?«

»Nein, nie!« schrie Paula.

Ihre Schwester mischte sich aufgebracht ein. »Hank war der fleißigste, treueste Mann, den ich je kennengelernt habe.«

Nach ihrem Ausbruch herrschte einen Moment Stille. Paula zerknüllte ihr Taschentuch in der Hand, dann fragte sie: »Was für eine Art Doppelleben denn?«

»Finanziell, sexuell, emotional, alles, was man sich vorstellen kann«, meinte Andie Nightingale.

Paula sah ihre Schwester an und schüttelte dann den Kopf. »Wenn er nicht in seiner Praxis war, dann arbeitete er entweder im Garten, spielte mit unseren Söhnen oder ging jagen oder fischen.«

Andie Nightingale nickte. »Was hat Hank denn heute morgen routinemäßig gemacht?«

»Er ist nach seinem Plan vorgegangen«, sagte Paula. »Er hatte immer einen Jagdplan, wo er hingehen wollte und was er als erstes am Morgen tun würde.«

»Und heute morgen?«

»Bei dem schlechten Wetter hatte er beschlossen, hier in der Nähe am Lawton Mountain auf der anderen Seite des Flusses zu jagen«, antwortete sie und machte eine unbestimmte Handbewegung Richtung Westen.

»Okay«, sagte Andie Nightingale aufmunternd. »Abgesehen von seinem Plan, was hat er als erstes heute morgen gemacht?«

Paula überlegte einen Augenblick und sagte dann: »Um halb vier aufgestanden. Lange Unterwäsche und dicke Socken angezogen. Dann direkt hier zu seiner Jagdkammer rausgegangen. Seine Kleidung genommen, die Truthahnweste, das Gewehr, die Köder und seinen Rucksack. Wenn er den Fluß überqueren wollte, hat er immer den kleinen Steg benutzt, den er im letzten Herbst repariert hat. Der ist da unten im Wald hinter dem Obstgarten.«

Andie Nightingale blickte über das Feld zum Wald. Die glänzenden, schwarzen Stämme der Tannen sahen gegen das vergilbte, tote, hohe Gras des Obstgartens wie Tusche aus, die sich über feines Briefpapier ergossen hat. Die kahlen Apfelbäume im Vordergrund glichen den verbogenen Drahtgestellen alter Regenschirme, von denen der Wintersturm den Stoff abgerissen hat.

»Geh und red' mit deinen Jungs«, sagte Andie Nightingale zu Paula. »Es tut mir so leid für sie.«

Auf ihrer Suche nach Spuren bahnte sich Andie Nightingale einen Weg durch das hohe Gras des Obstgartens zum Tannenwäldchen hin. Mit jedem Schritt wurde das Tosen des

Flusses ohrenbetäubender. Und mit jedem Schritt erhob sich der Lawton Mountain drohender und riesiger über ihr.

In dem dämmrigen Licht unter den Tannen stieß sie auf eine Hose aus Tarnstoff, die zu der Jacke paßte, mit der Hank Potter gefunden worden war. In einem Himbeerstrauch entdeckte sie ein Paar hohe Gummistiefel. Mit der Taschenlampe suchte sie nach Spuren in dem weichen, nassen Boden. Doch Sturm und Regen hatten alles abgewaschen.

An dem steilen Ufer, das zum Steg hinunterführte, erkannte sie kleine Vertiefungen im Schlamm, die nahelegten, daß hier Absätze den Abhang hinuntergeglitten waren. Doch fand sie keine deutlichen Fußabdrücke, die bestätigt hätten, daß Potter oder sein Angreifer hier vor Tagesanbruch entlanggegangen waren.

Die Brückenpfeiler aus dickem, verwittertem Stahl waren in eine Granitplatte fünf Meter über dem Fluß getrieben. Neue, zwei Zoll starke Stahlseile waren daran befestigt und über den zehn Meter breiten Abgrund gespannt worden. An diesen waren Planken mit U-Bolzen festgemacht. Geländer aus Strick verliefen parallel zu den Stahlseilen.

Andie Nightingale trat auf die Brücke über dem rauschenden Wasser. Die Brücke schwankte im Wind, und sie mußte nach den Stricken greifen, um das Gleichgewicht zu halten. In der Mitte der Brücke waren die Schwankungen am stärksten; dort blieb sie stehen und warf einen Blick in die Tiefe. Schwarze Strudel drehten sich, und messerscharfe Felsen zerschnitten die Wasseroberfläche. Sie wollte sich schon zum Gehen wenden, als sie eine dunkle Verfärbung auf den Holzplanken nahe dem gegenüberliegenden Ufer entdeckte.

Blut. Und noch mehr Blut auf dem Geländer aus Stricken, und Blutspritzer auf den herausragenden Felsen unter der Brücke. Wenn es sein Blut war, dann hatte man Hank Potter auf der Brücke über dem Bluekill River umgebracht.

Andie Nightingale lief die Böschung hinauf, durch das Tannenwäldchen und in den Obstgarten hinaus, der jetzt in der Abenddämmerung lag. Sie hörte einen Schrei. Eine Tür schlug, und ein strohblonder Junge von ungefähr acht Jahren rannte blindlings über den Hof und kletterte, so schnell er konnte, auf der Leiter hoch, die an eine Kiefer genagelt war und zu einem Baumhaus führte. Der Wind trieb ihr die Tränen in die Augen, und ihr leerer Magen machte sich bemerkbar.

Paula Potter trat aus dem Haus und hielt nach dem Jungen Ausschau. Andie Nightingale ging zu ihr. »Paula, ich muß dich bitten, mit deinen beiden Söhnen zu Ellen zu gehen«, sagte sie. »Ich will die Kollegen von der Spurensicherung verständigen.«

Paula sah sie verständnislos an. »Hast du was gefunden?«

»Genug, um Unterstützung zu holen.«

»Oh«, sagte sie und knetete ihre Hände. »Ich ... Ich war auf der Suche nach Nathan, meinem Ältesten.«

Nightingale deutete auf das Baumhaus. »Er sitzt dort oben. Entschuldige, aber bevor du zu ihm gehst, kannst du mir die Jagdkammer zeigen, die du erwähnt hast?«

Paula sah vom Baumhaus zu Andie und nickte dann unsicher.

Der Wind frischte wieder auf, als sie zum Hühnerstall hinübergingen, und sie stemmten sich ihm schweigend entgegen. Im Stall ging Paula direkt auf die mit zwei Vorhängeschlössern versehene Tür zu. »Wie seltsam«, bemerkte sie, während sie nach den Schlössern griff, die offen in den Ösen hingen. »Hank würde niemals –«

Andie Nightingale faßte Paula am Handgelenk. »Nicht berühren.«

Sie holte dünne Latexhandschuhe hervor und nahm dann vorsichtig die Schlösser aus den Ösen. Dann schaltete sie das Licht an und öffnete die Tür.

Die kleine Kammer roch nach Zedernholz, sie hatte die Größe eines begehbaren Wandschranks. Auf der rechten Seite, gleich bei der Tür, waren in verschiedener Höhe Haken für Jagdkleidung angebracht. Daneben befand sich ein eingebauter Gewehrschrank mit Glastür und Platz für acht Waffen, in dem drei Büchsen mit Zielfernrohr, ein Kleinkalibergewehr, ein Vorderlader mit Kunststoffschaft und stählernem Lauf, eine doppelläufige Schrotflinte und zwei Pumpguns, eine mit hölzernem Kolben und blauschwarzem Lauf, eine mit tarnfarbenem Kunststoffschaft, untergebracht waren. Ein Stahlkabel lief in der Länge des Gewehrschranks durch den Abzugsschutz der Waffen. Unter dem Kasten mit Glastür befanden sich mit Zedernholz ausgeschlagene Kiefernschubladen und -fächer. Neben dem Waffenschrank gab es noch ein Stiefelregal, über dem an mehreren Haken verschiedene Jagdutensilien hingen, ein paar hüfthohe Watestiefel und ein brusthoher Wateanzug. Am anderen Ende des Kämmerchens stand eine niedrige Kiefernkommode.

»Besaß er mehr als eine Truthahnflinte?« fragte Andie Nightingale.

»Nein«, antwortete Paula. »Weshalb?«

»Weil er das Gewehr gar nicht aus dem Schrank genommen hat«, sagte sie.

»Dann hat er seinen Mörder getroffen, bevor er hierherkam«, meinte Paula. Sie begann wieder zu weinen.

Nightingale nahm sie in den Arm, bis sie sich etwas beruhigt hatte, und fragte dann: »Kommt dir außer den offenen Schlössern noch etwas anders vor?«

Paula blinzelte, schneuzte sich und sah sich in dem Raum um. »Nein, alles sieht so aus wie immer. Außer –«

Sie zeigte auf die Kiefernkommode. »Die untere Schublade steht halb offen. Dort bewahrte Hank die Munition auf. Unter Verschluß. Er hielt den Jungs immer wieder Predigten über die Sicherheitsmaßnahmen im Umgang mit Waffen.« Sie hielt inne, ihr Kinn zitterte. »Hast du gehört? Ich rede schon in der Vergangenheit über ihn. Andie ... Ich muß meinen Jungen suchen. Er braucht mich.«

»Ich mute dir wirklich viel zu«, sagte Andie beruhigend. »Bitte entschuldige. Geh nur.«

Als Paula verschwunden war, ging sie zur Kommode hinüber und zog die Schublade ganz auf. Es lagen vier schwere, schwarze Munitionskästen darin, jeder mit einem Vorhängeschloß gesichert. An einem von ihnen war das Schloß geöffnet. Sie zog es aus der Öse, klappte den Kasten auf, sah, daß er mit Schrotpatronen gefüllt war, und ließ dann ihren Blick zum Kastendeckel gleiten.

An seiner Innenseite war mit Klebeband ein Stück weißes Zeichenpapier angebracht. Darauf war eine Gestalt gezeichnet, die ein Boot über einen Fluß ruderte.

Das Wesen hatte den Körperbau eines Mannes, trug jedoch einen Geierschnabel und spitze Tierohren; anstelle der Haare wuchsen ihm Schlangen aus dem Kopf. Die Augen bestanden aus schwarzen Höhlen. Der Mund war mit einem Faden zugenäht. Das Wesen und das Boot waren mit präzisen, feinen schwarzen Strichen gezeichnet. Dieser Teil des Bildes besaß die Qualität einer alten Buchillustration.

Das Wasser unter dem Boot und der Gestalt war allerdings rostrot und mit grobem Strich gemalt wie die Fingerzeichnung eines Kindes. Verwundert zog Andie Nightingale an ihrem linken goldenen Ohrstecker. Warum sollte Potter diese makabre Zeichnung in einen seiner Munitionskästen kleben? War er der Künstler? Wenn es hier noch weitere Zeichnungen gab, mußte sie die psychologischen Dimensionen berücksichtigen und den Gang der Ermittlungen neu planen.

Etwas an dem Material der Zeichnung störte sie ebenfalls. Sie holte den Kasten aus der Schublade, setzte ihn auf die

Kommode und drehte die Lampe so, daß sie das Bild besser untersuchen konnte. Dann sah sie sich den Fluß aus der Nähe an.

Ihr Kopf wurde plötzlich bleischwer, als ob ein ungeheurer Druck auf ihm lastete. Eiskalter Schweiß rann ihr über den Nacken und den Rücken hinunter.

Der Fluß war mit Blut gemalt.

KAPITEL 6

Ein zweiter heftiger Sturm fegte kurz nach Einbruch der Dunkelheit über die Green Mountains, brach Zweige von den Birken und rüttelte an den Butzenscheibenfenstern von Gallaghers Hütte. Das alte Gebälk krachte und ächzte bei jeder Windböe. Modriges, braunes Laub wirbelte auf und füllte die Reifenspuren, die die Streifenwagen, der Krankenwagen und der Kleinbus des Gerichtsmediziners, mit dem Hank Potters Leichnam vom Fluß abtransportiert worden war, hinterlassen hatten.

Im Laufe der Jahre hatte Gallagher gelernt, solche schrecklichen Erlebnisse in einer Art geistiger Gruft zu begraben. Doch die Erinnerung an Potter, wie er aus den Tiefen des Bluekill River aufgetaucht war, widersetzte sich dieser Verdrängung. Sie verfolgte ihn, als er sich bemühte, sich durch den Stapel Informationen über die katholische Heiligsprechung zu lesen, den ihm sein Partner, Jerry Matthews, in die Hand gedrückt hatte, bevor er Manhattan verließ. Das Bild Potters drängte sich in Gallaghers Gedanken, als er oben in der Hütte sein Bett machte und sein Angelzeug ordnete. Es bedrängte ihn, während er versuchte, ein offizielles Geburtstagsmahl mit gekaufter Forelle zu seinem Vierzigsten zuzubereiten.

Warum Potter und nicht ich? fragte sich Gallagher und sah zu, wie die Butter in der Pfanne schmolz. Welche Kräftekonstellation hatte bestimmt, daß dieser Tag sein letzter sein sollte, während mein Leben weitergeht? Und dann stellte sich Gallagher die Frage, der er schon den ganzen Tag auszuweichen suchte: Aufgrund welcher Kräftekonstellation hatte seine Frau ihn verlassen, war er nun vierzig und allein?

Mechanisch bereitete er die Forelle zu und aß sie, jedoch ohne Genuß. Um irgend etwas zu tun, sah er sich die Stiche mit der Indianerin über der Höhle und dem in Trance versunkenen Albinomedium Caleb Danby noch einmal an. Da war etwas in seiner schlaffen Haltung, das Gallagher an seinen Vater erinnerte.

Seamus Gallagher war in Brooklyn zur Welt gekommen und aufgewachsen, als Sohn eines trunksüchtigen Steinmetzes und gläubigen Katholiken, der sein Leben damit verbrachte, religiöse Statuen für die Kirchen im Nordosten der Vereinigten Staaten zu fertigen. Aus Gründen, die Gallagher nie ganz verstanden hatte, lehnte sein Vater, als er ein Teenager geworden war, Gott und seines Vaters Steinmetzgewerbe völlig ab. Seamus besuchte abends das »City College of New York« und machte mit siebenundzwanzig an der Fordham University sein Examen als Jurist. Mit dreißig war er ein gefragter Anwalt für Arbeitsrecht und aktives Mitglied bei der »American Communist Labour Union« und der Amerikanischen Kommunistischen Partei. Gallaghers Vater war ein stämmiger Mann mit einem borstigen, graumelierten Bart, einem spiegelglatten, kahlen Kopf und durchdringenden Augen hinter Brillengläsern aus schwarzem Kunststoff.

Er lernte Gallaghers Mutter, Agnes Flanagan, im Jahre 1958 auf einer Party des *Progressive Magazine* kennen. Agnes war eine der besten Autorinnen des Blattes, eine dünne, streng wirkende Frau mit einem schmalen Gesicht, Kettenraucherin und Verfasserin eleganter, scharfer Essays gegen das kapitalistische Establishment. In ihr, so glaubte Gallagher, hatte sein Vater die Personifizierung der wichtigsten Stützen seines Lebens gefunden: linke Ideale und Alkohol.

Bei ihrer ersten Verabredung fuhren sie nach Coney Island, ließen einen Drachen steigen und tranken sich am Strand ordentlich einen an. Neun Monate später kam Gallagher zur Welt. »Ein Versehen infolge von zuviel Sonne und zuviel Wodka«, so pflegte sein Vater Gallagher zu beschreiben, wenn er eine seiner düsteren Stimmungen hatte, die immer mehr zunahmen, je älter Gallagher wurde.

Seamus blieb abends nur selten zu Hause, war fast immer in einer Versammlung oder Besprechung, bei der er den Vorsitz hatte und an die sich ein längerer Aufenthalt in der nächsten Kneipe anschloß. Er bezeichnete sich als militanten Atheisten, und als Gallagher acht Jahre alt war, fungierte sein Vater als Anwalt und Sprecher einer Gruppe, die erfolgreich gegen die New Yorker Schulbehörde klagte und durchsetzte, daß das Gebet im Klassenzimmer verboten wurde.

Am Tag nach der entscheidenden Gerichtsverhandlung wurde Gallagher, als er die Rutschbahn auf dem Schulhof heruntergeglitten war, von einer Gruppe Kinder umringt, die ihn mit »Du rotes Schwein! Du gottloser Scheißkerl!« beschimpften.

Gallagher sah den Stein nicht, der ihn am Kopf traf.

Ohne Erinnerung an die drei Tage, die er im Koma verbracht hatte, wachte er wieder auf. Als Seamus ihn im Krankenhaus besuchte, fragte Gallagher ihn als erstes nach Gott.

»Den gibt es nicht, Patrick«, erwiderte Seamus kalt. Er nahm die Brille ab, um sie an seinem Hemdsärmel zu putzen. Wie immer roch sein Atem leicht nach Alkohol.

»Woher weißt du das?« fragte Gallagher.

»Das hat man im Gefühl oder auch nicht«, antwortete sein

Vater. »Ich fühle nichts, also glaube ich auch an nichts. Und du solltest das auch nicht tun.«

»Aber was passiert dann, wenn wir sterben?«

»Nichts«, sagte Gallaghers Vater. »Dann ist einfach nur Schluß.«

»Und sonst nichts?« hatte Gallagher nachgebohrt. »Wir kommen nicht irgendwohin, in den Himmel oder so?«

»Himmel«, schnaubte der Vater. »Hör zu, wir tauchen aus dem Dunkel auf und sinken wieder ins Dunkel zurück.«

Gallagher wuchs in einem typischen Backsteinbau in Brooklyn auf. Dort kam niemals genug Licht durch die Fenster oder von den Lampen, um das Halbdunkel in den Ecken zu besiegen. Seine freundlichsten Erinnerungen an seine Mutter waren die, in denen er sie in ihrem kleinen Arbeitszimmer neben dem Wohnzimmer sah, wo sie mit zwei Fingern auf ihrer alten Smith Corona hämmerte und nebenbei Mentholzigaretten rauchte und an einer Bloody Mary nippte.

Agnes war keine besonders liebevolle Mutter. Das heißt nicht, daß sie Gallagher vernachlässigte oder gar körperlich mißhandelte. Das tat sie nie. Doch nahm sie ihn kaum einmal in den Arm oder küßte ihn, es sei denn, sie war betrunken. Und wie die meisten Kinder von Alkoholikern lernte Gallagher bald, wie leer die durch Alkohol hervorgerufenen Gefühle sind.

Immerhin weckte Agnes in Gallagher die Leidenschaft für Bücher. Sie brachte ihm das Lesen bei, als er vier Jahre alt war – zum Teil, so glaubte er, um ihn zu beschäftigen, während sie arbeitete. Wie dem auch sei, Bücher wurden Gallaghers Zuflucht vor der Kälte, in der er aufwuchs.

Als Gallagher vierzehn wurde, hatte die Trinkerei seinen Vater völlig zerstört. Es gab keinen einzelnen dramatischen Vorfall, der Seamus' Niedergang beschleunigt hätte, nur eine stetige Häufung von Rückschlägen – zweimal Gefängnis während Antikriegsdemonstrationen, eine Reihe verlorener Fälle, Ärger mit der Regierung –, die Krisen auslösten, die neue Rückschläge nach sich zogen und immer so weiter in einer großen abwärtsführenden Spirale.

Eines Nachmittags, als Gallagher fünfzehn war, bestieg er nach einem Ausflug seiner Klasse ins Naturkundemuseum die U-Bahn von Manhattan nach Brooklyn. Es war einer der schönsten Tage seines Lebens gewesen. Die Klasse hatte einen Vortrag von einem der Kuratoren über die Masken des Dogon-Stammes in Mali in Westafrika gehört. Der Kurator hatte über den Glauben der Dogon gesprochen, daß Menschen und Tiere gleichermaßen eine Seelensubstanz besitzen, die Nyama genannt wird und die nach dem Tode in einer Maske zurückkehrt wie der über einen Meter lange hölzerne Vogelkopf, den er für alle sichtbar in die Höhe hielt. Die Masken konnten benutzt werden, um die Seelen von Toten zu vertreiben, die den Lebenden unter Umständen Leid zufügten.

Gallagher war aus dem Vortrag gegangen, fasziniert von der Vorstellung, daß die Naturvölker überall auf der Welt Erklärungen dafür hatten, warum wir existieren und was nach unserem Tod kommt. An jenem Tag hatte er beschlossen, Anthropologie zu studieren.

Aber als er mit seinen Klassenkameraden und seinem Lehrer den U-Bahnwagen betrat, entdeckte er zu seinem Entsetzen seinen Vater, der völlig betrunken auf einem der Sitze hing. Seamus sang leise gegen das Fenster und hob dann den Finger zu seinem eigenen Spiegelbild, wobei er einen Satz aus seinem Schlußplädoyer im Schulgebetsfall zitierte. Mehrere Klassenkameraden von Gallagher, die Seamus nicht erkannten, begannen zu kichern und Witze über den verrückten Betrunkenen zu machen. Seamus drehte den Kopf, und seine Augen richteten sich auf alle, bevor sie an seinem Sohn hängenblieben. Gallagher wandte sich von seinem Vater ab, tat so, als erkenne er ihn auch nicht, und lachte laut mit den anderen.

Eine Woche später kam Gallagher aus der Schule nach Hause und fand die Haustür unverschlossen. Die Vorhänge waren zugezogen, und es brannte kein Licht. Die Heizung war abgestellt. Seamus hatte es gern kalt im Haus.

Agnes hatte Gallagher am Abend zuvor gesagt, sie würde diesen Tag, an dem sie Redaktionsschluß hatte, im Büro zubringen. Er ging durchs Haus, zog die Vorhänge auf und knipste eine Lampe nach der anderen an, bis er in die Küche kam. Sie sah noch genauso aus wie am Morgen, bevor er in die Schule ging – übersät mit Partymüll: Aschenbecher voller Zigarettenkippen, halb ausgetrunkene Gläser, leere Flaschen.

Gallagher wusch die Gläser ab, leerte die Aschenbecher und warf die Bier- und Wodkaflaschen in den Mülleimer. Er brauchte ungefähr vierzig Minuten für dieses liebgewonnene Ritual. Dann schüttete er den übriggebliebenen Wodka ins Spülbecken, damit seine Eltern wenigstens den Gang zum Laden an der Ecke auf sich nehmen mußten. Das war der tägliche Akt seiner Rebellion.

Als er mit allem fertig war, ging er nach oben, um seine Hausaufgaben zu machen. Im Vorbeigehen warf er einen Blick nach links ins Schlafzimmer seiner Eltern.

Seamus hing an einem Strick, den er um eines der Heizungsrohre geschlungen hatte. Er hinterließ keine Zeile.

Es gab eine öffentliche Trauerfeier, bei der alle, mit denen Seamus vor seinem Abstieg bei verschiedenen Anlässen zusammengearbeitet hatte, auftauchten und ihn in den Himmel hoben. Und danach brachte man in einem Pub Toasts auf ihn aus. Das eigentliche Begräbnis fand erst statt, als die Erde aufgetaut war. An dem rauhen Apriltag auf einem Friedhof in Queens waren nur Gallagher und seine Mutter und der Sarg anwesend.

Zwei Männer mit Schaufeln warteten ungefähr hundert Meter abseits. Gallagher fragte seine Mutter, ob sie nicht vielleicht etwas sagen sollten. Sie sah auf den Kiefernsarg hinab.

»Ich hasse dich, Shea«, sagte sie.

Gallagher verstand sie, auch er haßte seinen Vater, weil Selbstmord für diejenigen, die an ein Leben danach glauben, auf dem Gedanken beruht, daß man diese Welt für etwas Besseres verläßt. Gallaghers alter Herr hatte nicht geglaubt. Er war einfach von Bord gegangen und hatte Frau und Sohn für nichts und wieder nichts im Stich gelassen. Doch wurde Gallaghers Haß von der Erinnerung an Seamus' hilflosen Gesichtsausdruck gedämpft, als er in der U-Bahn über ihn gelacht hatte.

Die aufgeblendeten Scheinwerfer eines Pick-ups schossen plötzlich durch das Fenster der Hütte und schreckten Gallagher aus seinen Erinnerungen auf. Er hatte sich seit Jahren nicht erlaubt, an seinen Vater zu denken, und meinte, er sei über Seamus' Tod hinweggekommen. Doch aus irgendeinem Grund hatte er in diesem Augenblick das dringende Bedürfnis, mit Seamus zu sprechen, sich zu erklären.

Andie Nightingales klappriger Toyota fuhr vor, und Gallaghers Stimmung besserte sich merklich. Irgend etwas an ihr erinnerte ihn an einen hübschen Vogel, der tapfer durch die Gegend hüpft und seinen gebrochenen Flügel vor der Welt zu verbergen sucht.

Er öffnete die Tür. In ihrem Haar glänzten Regentropfen, und ihre Wangen glühten von dem kalten Wind. Sie wirkte nervös, doch sah sie insgesamt wunderschön aus, nach Art einer Frau aus dem Gebirge.

Er begrüßte sie mit einem Lächeln. »Sie sehen aus, als hätten Sie genauso einen harten Tag gehabt wie ich. Kann ich Ihnen ein Stück Forelle anbieten? Sie stammt aus dem Laden, aber was anderes habe ich leider nicht.«

Sie antwortete nicht sofort, sondern schob sich an ihm vorbei, ohne auch nur sein Lächeln zu erwidern. »Sie sind doch eine Art Experte für Religionen und Mythologien, stimmt's?«

Die Frage holte Gallagher auf den Boden der Tatsachen zurück. »Und ich dachte schon, Sie wollten mir einfach nur einen Besuch abstatten.«

»Sind Sie nun einer oder nicht?« wiederholte sie sachlich.

»Ich weiß einigermaßen Bescheid darüber.«

»Wo waren Sie heute morgen zwischen drei und vier Uhr?«

»Da hab' ich mich in dem durchgelegenen Bett dort oben herumgewälzt«, sagte er. Die Richtung gefiel ihm nicht, die die Unterhaltung nahm. »Was soll das alles, Ms. Nightingale? Oder soll ich Sie mit ›Sergeant‹ anreden?«

»Gibt's irgendwelche Zeugen dafür, daß Sie da oben waren?«

»Ich glaube, ich muß Sie tatsächlich mit ›Sergeant‹ anreden«, meinte er. »Zeugen? Ja, ein Trio Mäuse.«

»Ich meine es ernst, Mr. Gallagher.«

»Ich auch. Einer der kleinen Banditen hat einen Entenflügel angenagt, den ich mitgebracht hatte, um Köder fürs Angeln damit zu knüpfen. Was ist, brauche ich jetzt einen Anwalt?«

»Brauchen Sie einen?«

»Erzählen Sie mir nicht, daß Sie glauben, ich hätte den Zahnarzt ermordet und Sie dann gerufen, um ihn zu finden!«

»Es ging mir durch den Kopf«, gestand sie.

Gallagher rieb sich die Schläfen mit den Fingerspitzen. »Besser geht's gar nicht, was? Hören Sie zu, Sergeant

Nightingale, Sie sind Teil des schlimmsten Tages meines Lebens geworden – heute ist mein vierzigster Geburtstag, meine Exfrau, meine Exfrau ... ach, vergessen Sie das ... und dann finde ich eine Leiche im Fluß. Aber das einzige, was ich in der letzten Zeit getötet habe, war eine Kakerlake, die unter dem Spülbecken hervorkam. Wenn Sie noch mehr Fragen haben, rufe ich besser einen Anwalt.«

Nightingale sah ihn lange aufmerksam an, dann wurde ihr Gesichtsausdruck um einige Grade weicher, als hätte sie beschlossen, die Gangart ihres Verhörs zu ändern. »Haben Sie jemals von einem Mythos über einen blutroten Fluß gehört?«

Gallagher verzog das Gesicht und überlegte, worauf sie mit ihrer Frage hinauswollte, bevor er antwortete: »Dazu fällt mir auf Anhieb nichts ein. Ist das alles, was Sie haben – einen blutroten Fluß? Ist das ein griechischer, römischer, sumerischer Mythos oder was?«

»Das weiß ich auch nicht.«

»Kann Ihnen nicht helfen, wenn Sie nicht mehr haben.«

Nightingale zögerte einen Augenblick, griff dann in ihren Regenmantel und holte eine mit einem Reißverschluß verschlossene Beweismitteltasche hervor. Sie streifte sich dünne Latex-Handschuhe über, zog eine Zeichnung aus der Tasche und legte sie unter die Gaslampe auf den Küchentisch.

Gallagher sah sich die Gestalt, das Boot und den Fluß aus der Nähe an und spürte, wie ihm die Knie weich wurden.

»Das Rot, ist das ...?«

»Ja.«

»Von dem Mann, den ich gefunden habe?«

»Das nehme ich an«, sagte sie. »Wir werden Tests machen lassen.«

In der Vergangenheit hatte die Nähe des Todes Gallagher fast immer in einen Lähmungszustand versetzt; trotz seiner jahrelangen Forschungen und Filmarbeiten über andere Religionen und Kulturen hatte er keine klaren Indizien gefunden, um seines Vaters Unglauben in bezug auf Gott und ein Leben nach dem Tode widerlegen zu können. Die Angst vor der Endgültigkeit des Todes saß sehr tief bei ihm.

Aber er ließ sich auf dem Holzstuhl nieder und betrachtete diesen Bestandteil eines bösartigen Verbrechens mit beinahe so etwas wie Ehrfurcht. Das männliche Wesen, das das Boot ruderte – mit seinem Schnabel und den Tierohren, den Schlangenhaaren und dem zugenähten Mund –, kam ihm irgendwie bekannt vor, doch so verfremdet, daß er seine Bedeutung nicht sofort einordnen konnte.

»Weshalb sind Sie so sicher, daß dies aus einem Mythos stammt?«

»Weil der Mörder das sagt«, antwortete Andie Nightingale und drehte die Zeichnung um. »Nicht berühren.«

Gallagher nickte unsicher, als er begriff, daß sie ihn immer noch beobachtete. Er drehte das Gas der Lampe über dem Tisch weiter auf, doch das Glas des Stiches mit der Indianerin an der Wand reflektierte das Licht so stark, daß er es wieder kleiner stellen mußte, um die Schrift gut entziffern zu können. Sein Mund wurde trocken, als er die Worte las, die mit der gleichen schwarzen Tinte niedergeschrieben waren, mit der man die Zeichnung des rudernden Wesens angefertigt hatte.

Im Mythos ist das Wasser des Flusses tief und blutrot. Ich bin der taube, stumme und blinde Fährmann ans andere Ufer gewesen. Ich habe deinen Haß gespürt, Lawton, seit dem Tag meiner Geburt. Ich habe deinen Verrat gerochen und geschmeckt. Du hast gestohlen, was uns gehörte. Du hast mich dazu verdammt, die goldene Münze zu nehmen. Du hast mich dazu verdammt zu fühlen, wie der hölzerne Bug gegen das schlammige Ufer mit den schwarzen Pappeln stößt, und niemals die Felder dahinter kennenzulernen. Lawton, ich werde dein Lotse zur Hölle sein. Doch nur der Fährmann wird vom anderen Ufer zurückkehren.

Draußen steigerte sich der Wind zu einem heulenden Sturm. Die Tür flog auf, und nasses Laub wehte herein. Nightingale stemmte ihre Schulter gegen die Tür und schloß sie, während Gallagher die Notiz immer wieder las. In dem Jahr nach Emilys Weggang war er trübsinnig gewesen, träge, ohne jedes Interesse. Nun war sein Geist entflammt, während er über die Worte und die Zeichnung nachdachte. Der Schnabel, das Boot, der Fährmann, die Goldmünze. Er erkannte plötzlich einen Zusammenhang.

»Charun«, sagte Gallagher erregt.

Andie Nightingale setzte sich auf den Stuhl ihm gegenüber. »Wer?«

Er buchstabierte den Namen: »C-H-A-R-U-N. Er kommt in den Unterweltmythen verschiedener alter Kulturen vor. Die Etrusker glaubten, er sei der männliche Dämon, der die Toten in das Jenseits geleitete. Charun trug diese Züge« – er deutete auf den Schnabel, die spitzen Ohren, die blinden Augen und den zugenähten Mund –, »aber er ruderte kein Boot. Er trug einen Hammer oder eine Axt, wenn ich mich recht erinnere. Das maritime Element taucht erst bei den Griechen auf, wo er zu Charon wird: C-H-A-R-O-N.«

»Und wer ist das?« fragte Andie Nightingale, ganz offensichtlich verwirrt.

»Der Fährmann, der die Toten über den Acheron, den Fluß der Traurigkeit rudert«, antwortete Gallagher und sah wieder auf den Text. »Er mußte mit einer Goldmünze bezahlt werden, die den Toten auf den Mund gelegt wurde. Das andere Ufer des Acheron war angeblich mit schwarzen Pappeln bewachsen, durch die sich die Toten allein ihren Weg suchen mußten, bis sie das Jenseits erreichten.«

Nightingale schüttelte den Kopf und versuchte, das alles zu begreifen. Er konnte förmlich sehen, wie ihre Gedanken in Bewegung kamen: Ein Mörder schlich in Vermont umher, ein Wahnsinniger, der sich selbst für die Verkörperung eines alten Todesmythos hielt. Hätte Gallagher nicht die Leiche von Hank Potter gesehen, er hätte dies alles lachend abtun können wie eine übertriebene Hollywood-Geschichte. Doch er hatte die Leiche gesehen.

Sie griff nach dem Blatt Papier und las es noch einmal. »Wurde Charun in dem Mythos etwas gestohlen?« fragte sie.

»Das ist nicht die richtige Frage. Charun ist eine unbedeutende Figur in Geschichten, die von größeren Göttern handeln«, antwortete er. »Ich meine, Sie sollten sich mehr dafür interessieren, wem er den Brief geschrieben hat.«

Gallagher stand auf und kam um den Tisch herum, so daß sie beide den Text lesen konnten. Ihre Kleider rochen, als hätten sie Kiefernzweige gestreift.

Nightingale wandte sich auf ihrem Stuhl um und lehnte sich zurück. »Was meinen Sie damit?«

Gallagher zeigte auf die Textmitte. »Er, der Mörder, wendet sich an ein Du in dem Brief. Er sagt ›Lawton ... Du hast gestohlen, was uns gehörte. Du hast mich verdammt ...‹ Er spricht von ›deinem Verrat‹ und ›deinem Haß‹. Er sagt ›Lawton, ich werde dein Lotse zur Hölle sein‹.«

»Dann ist das die Rache an der Stadt für irgendein Unrecht, das ihm, wie er glaubt, angetan wurde.«

»Das und Schlimmeres«, antwortete Gallagher. »Der Brief ist wie ein Orakel geschrieben, was im mythologischen Sinne Warnung und Versprechen bedeutet.«

Andie Nightingale starrte auf den Schluß des Briefes. Ihre Schultern zuckten, als sie sich der Tragweite der Situation bewußt wurde. »Sie wollen damit sagen, daß er wieder töten wird, nicht wahr?«

KAPITEL 7

Zwei Stunden später ging Andie Nightingale zwischen dem Tisch in ihrer Küche und dem als Wintergarten dienenden Alkoven auf und ab. Jedesmal kam sie an einem roten emaillierten Holzherd auf einem Backsteinfundament vorbei, sowie an zwei gepolsterten Ledersesseln, einem Regal mit Koch- und Gartenbüchern und einer Anrichte aus Naturkiefer, die sie noch nicht ganz lackiert hatte.

Bei jedem Gang blieb sie vor dem Telefon auf der Anrichte stehen und klopfte mit dem Finger gegen die Kaffeetasse, die sie in den Händen hielt. Plötzlich klingelte das Telefon von selbst. Sie schrak zusammen und verschüttete etwas von ihrem Kaffee. Mit zitternder Hand nahm sie den Hörer ab.

»Hallo?«

»Andie, Liebes, bist du es?« fragte eine ältere Frauenstimme. Sie klang so weich und voll wie heiße Schokolade.

»Ja, Olga, ich bin's«, gab Andie zurück und lächelte erleichtert.

Olga Dawson war die beste Freundin von Andies verstorbener Mutter gewesen. Sie war achtundsiebzig und durch drei leichte Schlaganfälle, die sie in den vergangenen achtzehn Monaten erlitten hatte, etwas langsamer geworden. Olga lebte dort, wo sie fast ihr gesamtes Leben verbracht hatte: auf einer Farm an einer Sackgasse, die von der River Road abging, sechseinhalb Meilen von Andie Nightingales Haus entfernt.

»Es ist wieder jemand ums Haus herumgestrichen«, klagte die alte Frau.

Andie klemmte sich den Hörer zwischen Ohr und Schulter und ging zum Alkoven hinüber, wo sie ihre Pflanzen hielt. Sie sah sich aufmerksam die Erde um die Tomatensetzlinge an und begann dann, eine Fuchsie umzutopfen, die sie wohlbehalten durch den Winter gebracht hatte. »Glaubst du, daß jetzt auch jemand da ist?«

»Vor ein paar Stunden, in der Abenddämmerung.«

»Soll ich morgen mal vorbeikommen und nachsehen?«

»Oh, das wäre nett von dir, Liebes«, antwortete Olga. »Ruf aber vorher an, damit ich dir was vorsetzen kann.«

»Mach' ich«, versprach Andie.

»Vielleicht war ein Bär im Garten, weil er auf das junge Gras scharf war«, sagte Olga und machte eine kleine Pause. »Erinnerst du dich noch daran, als wir zur Bärenhöhle gegangen sind?«

»Also, wie sollte ich das wohl vergessen?« fragte Andie zurück und lachte dabei. »Da war ich sieben, und du hast mir erzählt, die Höhle oben am Lawton Mountain sei die größte Bärenhöhle der Welt.«

»Ach, Liebes, ich vergesse so vieles«, seufzte Olga. »Aber manche Erinnerungen leuchten noch ganz hell.«

»Aber natürlich«, beruhigte Andie sie. »Jetzt siehst du dir Jay Leno an, aber nicht im Bett rauchen! Sagen wir morgen gegen zehn?«

»Das wäre wunderbar. Gute Nacht, Liebes.«

Immer noch nachdenklich lächelnd legte Andie Nightingale den Hörer auf. Olga hatte in den letzten fünf Jahren mindestens einmal pro Woche einen Fremden um ihre Farm herumstreichen sehen, und es war immer blinder Alarm gewesen. Auf diese Weise sagte sie Andie, daß sie sich einsam fühlte. Gedanken an Tee und Olgas selbstgebackenen Apfelkuchen trösteten Nightingale, als sie Feuer im Herd machte, um die Kälte zu vertreiben, die der zunehmende Sturm mit sich gebracht hatte. Doch als das Feuer knisterte, stand sie wieder da und starrte auf das Telefon, bis sie schließlich seufzend den Hörer abnahm und eine Nummer wählte.

»Brigid«, begann sie, fast bevor Lieutenant Bowman »Hallo« gesagt hatte. »Ich muß weiter an diesem Fall bleiben.«

»Warum sollten Sie nicht?« fragte Brigid Bowman leichthin.

Lieutenant Bowman stammte aus einer alten Familie von Vermont-Yankees aus Plymouth und besaß einen brüsken Umgangston, der fast als rüde bezeichnet werden konnte. Sie war nicht nur eine kluge Polizistin, sondern auch eine gewiefte, ehrgeizige Staatsbeamtin. Mit Vierunddreißig war sie die erste Kriminalbeamtin in der Polizeigeschichte des Staates Vermont geworden. Mit Sechsundvierzig hatte man sie zum ersten weiblichen Lieutenant der Kriminalpolizei des Staates ernannt. Es wurde gemunkelt, daß man sie bald zum Captain machen würde.

Nightingale informierte sie über die Zeichnung, den Brief und Gallaghers Erklärung zum Charun-Mythos. Nachdem Lieutenant Bowman sie alles noch einmal hatte wiederholen lassen, entstand eine längere Stille am anderen Ende der Leitung. »Warum haben Sie mich nicht gleich angerufen?«

Nightingale drehte an dem goldenen Stecker in ihrem linken Ohrläppchen und antwortete: »Weil ich Ihnen zeigen wollte, daß ich diese Beweisstücke dazu nutzen könnte, den Fall voranzubringen, was ich auch getan habe.«

»Indem Sie die Spurensicherung nicht benachrichtigten und den Brief mit einem möglichen Verdächtigen besprachen?« Bowman sprach mit erhobener Stimme. »Haben Sie nicht gehört, wie dieser Gallagher erzählte, daß er Anthropologe ist, ein Mythenexperte?«

»Natürlich«, erwiderte Andie Nightingale. »Ich habe ihn aber lange verhört, und mein Instinkt sagt mir, daß er es nicht gewesen ist. Ich gebe zu, er ist ein etwas konfuser New Yorker, doch wenn das das einzige Motiv für diesen Mord sein soll, dann hätten wir jedes Wochenende fünfzigtausend Verdächtige in Vermont.«

»Er ist unser Hauptverdächtiger«, beharrte Bowman.

»Ich schließe ihn ja noch gar nicht aus«, lenkte Andie ein. »Und ich habe Potters Haus versiegelt und seine Frau mit den Kindern zu ihrer Schwester geschickt, bis die Spurensicherung mit ihrer Arbeit fertig ist. Die Kollegen werden gleich morgen früh da sein.«

Schweigen. Dann fragte Bowman: »Wie fühlen Sie sich?«

»Gut.«

»Bestimmt?«

»Brigid, es ist jetzt zwei Jahre her.« Andie drehte Knoten ins Telefonkabel.

»Ich weiß, aber daß Sie so was wie den Brief nicht gemeldet haben ...«

»Ich werde mit dem Fall schon fertig, das müssen Sie mir glauben. Das haben Sie früher ja auch getan.«

Eine dritte lange Pause entstand zwischen ihnen, dann sagte Bowman: »Wir ziehen das Tag für Tag durch.«

»Danke, Brigid.«

»Ich will Ihren Bericht gleich morgen früh auf meinem Schreibtisch haben«, fuhr Bowman fort. »Und ich will, daß die Zeichnung und die Jagdkammer auf Fingerabdrücke untersucht und fotografiert werden und daß eine Kopie des ganzen Vorgangs an das FBI geschickt wird. Klar?«

»Ja.«

»Die Presse bombardiert uns mit Anrufen. Ich hoffe nur, Ihr Mr. Gallagher posaunt nichts über den Brief aus. So entsteht Hysterie.«

»Ich habe ihn gebeten, mit niemandem über den Brief oder die Leiche zu sprechen«, sagte Nightingale. »Ich hätte gern

Ihre Erlaubnis, weiter mit ihm im Gespräch zu bleiben. Er scheint Einblick in die Denkweise des Mörders zu haben.«

»Vielleicht, weil er der Mörder ist«, meinte Bowman. »Ich will dabei sein, wenn Sie das nächste Mal mit Mr. Gallagher reden.«

»Geht in Ordnung«, versprach Andie. »Und, Brigid ...?«

»Ja bitte?«

»Danke für die Chance. Wir sehen uns bei der Autopsie Montag früh.«

Nightingale legte den Hörer auf, warf die Fäuste in die Luft, schüttelte sie und führte einen kleinen Freudentanz auf. Beinahe sofort verebbte ihr Hochgefühl jedoch wieder. Ihre Handflächen schwitzten und die Zunge schwoll ihr im Mund. Ihre Aufmerksamkeit kehrte zu der Fuchsie zurück, der sie sich schnell wieder widmete. Sie topfte die Pflanze vollends um, setzte sich dann an ihren Computer und versuchte, den Bericht zu schreiben, aber sie wurde von einer nervösen Unruhe befallen.

Mach dir was zu essen, sagte sie sich. Sie legte eine CD von Sade auf und hörte zu, wie die rauchige Stimme der Sängerin den Raum zu füllen begann. Einen Moment lang sang sie mit, bis ihre Stimme nicht mehr folgen konnte.

Sie konzentrierte sich auf ihre Atmung, während sie einen großen Topf mit Wasser füllte und auf den Herd stellte. Aus einer Schublade neben dem Herd holte sie eine mittelgroße Pfanne und stellte sie auf eine andere Herdplatte. Aus einem Plastikbehälter, den sie schon früher an diesem Tag aus dem Gefrierfach genommen hatte, goß sie eine Spaghettisauce in die Pfanne und öffnete dann eine Tür des Hängeschranks über der Theke, um Knoblauchpulver herauszuholen, da sie keine frischen Zehen mehr im Haus hatte.

Sie schob Vanillestangen, Soya- und Worcestershiresauce zur Seite und suchte nach dem richtigen Behälter. Ihre Hand langte tiefer in den Schrank und holte farbige Kuchenstreusel und eine Dose Backpulver hervor. Sie hielt inne, als sie eine lang vergessene Flasche Sherry zum Kochen erblickte.

Mehrere Minuten stand sie so da und starrte vor sich hin wie Paula Potter, als sie vom Tod ihres Mannes erfahren hatte. Ihr Atem ging flach und stoßweise, bis sie das Knoblauchpulver neben dem Sherry entdeckte. Sie griff danach, warf die Schranktür zu, wirbelte herum und starrte in den Raum.

»Es wird schon alles werden«, sagte sie laut mit unsicherer Stimme.

Doch in dem regenüberströmten Fenster auf der anderen Seite der Küche sah sie ihr Spiegelbild. Aus Nightingales Gesicht war die Farbe gewichen. Ihre Hände zitterten vor Angst.

KAPITEL 8

Montag, 12. Mai

Nach Mitternacht ließ der Regen endlich nach. Der Wind legte sich, der Fluß floß ruhiger und der Himmel nahm die blaue Färbung eines ungewöhnlichen, für die Jahreszeit viel zu frühen Hochdrucksystems über Alberta an. Um halb acht Uhr morgens lag die Temperatur kaum bei fünf Grad.

Doch im Büro des staatlichen Gerichtsmediziners in Burlington schimpfte Lawtons Polizeichef Mike Kerris nicht über das Wetter. »Ich will wissen, weshalb ich nicht schon vor sechsunddreißig Stunden über diesen Brief informiert wurde.«

Lieutenant Bowman, Andie Nightingale und Mel Allen, der stellvertretende gerichtsmedizinische Direktor, saßen um einen einfachen Konferenztisch. Kerris stand. Sein graues Sweatshirt mit der Aufschrift »Lawton« sah aus, als hätte er darin geschlafen. Seine stahlblauen Augen waren blutunterlaufen und wäßrig. Während der ganzen Autopsie, die soeben zu Ende gegangen war, hatte er Kaffee in sich hineingeschüttet.

»Wir wollten sichergehen, daß die Fingerfarbe Potters Blut war, damit Sie sich nicht umsonst aufregen«, meinte Lieutenant Bowman. Sie trug ein blaßgelbes Kostüm. »Das hat sich jetzt bestätigt, und so haben wir es Ihnen berichtet.«

Außer der Übereinstimmung von Potters Blutgruppe mit derjenigen des Blutes auf dem Brief und an der Brücke hatte der Gerichtsmediziner bei der Autopsie wenig Interessantes gefunden.

Eine genaue Untersuchung der Wunden an Kopf und Rücken des Zahnarztes hatte keine neuen Erkenntnisse über die Art der Waffe erbracht, die sie suchten. Soviel war jedoch sicher: In Anbetracht von Potters körperlicher Größe und Statur sowie dem Winkel und der Tiefe der Schläge, mußte der Mörder über 1,80 Meter groß und besonders kräftig sein. Er hatte von hinten zugeschlagen, möglicherweise während oder nach der Vergewaltigung. Allen meinte, daß er, obwohl sich die Beweislage durch den Aufenthalt der Leiche im Fluß verschlechtert hatte, genügend Samenflüssigkeit habe sammeln können, um eine DNS-Analyse vorzunehmen, wenn ein Hauptverdächtiger auftauchen sollte.

Unterdessen hatten die Leute von der Spurensicherung keinerlei unbekannte Fingerabdrücke in Potters Jagdkammer gefunden, genausowenig im oder am Munitionskasten oder auf der Brücke. Das Blut war mit einem behandschuhten Finger auf das Papier gemalt worden. Die schwarze Tinte und das Zeichenpapier waren von höchster Qualität, doch eine Marke, die es in jedem guten Geschäft für Künstlerbedarf zu kaufen gab.

Andie Nightingale hatte ihren Bericht an die FBI-Einheit für Verhaltenswissenschaften in Quantico, Virginia, geschickt, doch die Spezialisten hatten dort eine Menge Fälle zu bearbeiten. Eine psychologische Beschreibung des Mörders konnte bis zu zwei Wochen dauern. Der einzige weitere physische Hinweis, den die Spurensicherung hatte finden können, waren die schwachen Stiefelabdrücke, Größe 13, im Matsch unter der Dachtraufe von Potters Hühnerstall.

»Wir wollen hier nicht herumstreiten«, sagte Allen. Er leckte seinen Finger an und versuchte, ein besonders widerspenstiges Haar an seiner Augenbraue festzukleben. »Konzentrieren wir uns auf die Beweisstücke. Er ist ein Hüne von Mann. So groß wie du, Mike.«

»Seine Schuhe sind mir scheißegal«, knurrte Kerris. Er streifte die Ärmel seines Sweatshirts an seinen Armen hoch, bevor er diese vor der Brust kreuzte. »Man will mich aus den Ermittlungen im brutalsten Mord in der Geschichte von Lawton ausschließen.« Er schnippte mit den Fingern und wies mit dem Kinn in Nightingales Richtung. »Jetzt verstehe ich. Du machst das, damit die Leute vergessen, daß –«

Lieutenant Bowman fiel ihm ins Wort. »Das hat nichts damit zu tun, Chief.«

»Von wegen«, konterte Kerris. »Und ich will Ihnen noch was sagen: Bürgermeister Powell wird ganz schön sauer sein, wenn er von dieser Zeichnung erfährt. Er steckt mitten in schwierigen Verhandlungen und muß alles unter Kontrolle behalten.«

Andie Nightingale schnaubte verächtlich. »Mike, es ist mir ziemlich gleichgültig, ob irgendein Investor aus New Jersey, der ein Hundert-Millionen-Dollar-Hotel am Berg bauen möchte, weiter glaubt, Lawton sei eine perfekte Gemeinde in Vermont. Das ist es nämlich nicht. Ist es nie gewesen. Das solltest du doch besser wissen als die meisten anderen, oder?«

Der Blick, den Kerris Nightingale zuwarf, hätte töten können.

KAPITEL 9

Zwei Stunden später faltete Patrick Gallagher den *Rutland Herald* wieder zusammen und schob seinen Frühstücksteller im Miss Lawton Diner zurück, einem Speiselokal in der Stadtmitte zwischen dem Hard-Cider-Geschenkeladen und einem Geschäft der Ralph-Lauren-Kette. Die Tische in den Wandnischen und die roten Drehhocker an der Theke waren von Einheimischen besetzt: Milchwagenfahrer saßen neben Anwälten, und Müsli essende Umweltschützer zwängten sich neben Countrymusic-Sänger und übernächtigte Truthahnjäger. Alle unterhielten sich leise und besorgt über den Mord oder lasen die Artikel darüber in der Zeitung.

Die erste Seite des *Herald* brachte eine lange Fortsetzung des Artikels vom Sonntag neben einer Reportage über die ökologischen Auswirkungen des Komplexes aus Hotels und Eigentumswohnungen, der am Fuße des kleinen Skigebiets am Lawton Mountain gebaut werden sollte. Gallagher überflog diesen Artikel, bis Bürgermeister Powell mit einer Platitüde über Lawtons Entwicklung ins 21. Jahrhundert zitiert wurde.

Der Folgebericht über den Mord an Potter war viel interessanter, und er las ihn noch ein zweites Mal. Der Bericht beschrieb, wie die Spurensicherung der Staatspolizei Haus und Grundstück des Zahnarztes untersucht hatte. Dann identifizierte der Artikel eine Brücke über den Bluekill River als wahrscheinlichen Schauplatz des Mordes, ohne jedoch den Brief und die Zeichnung zu erwähnen, die Gallagher zwei Abende zuvor gesehen hatte.

Lieutenant Bowman, nicht Andie Nightingale, hatte Fragen über den Fall beantwortet. Sie und Chief Kerris hatten am Sonntag erklärt, daß die Polizei des Staates Vermont und die örtlichen Polizeibehörden bei den Ermittlungen bestens zusammenarbeiteten. Am zweiten Tag der Geschichte war Gallagher zweitrangig geworden, man sprach von ihm als »einem urlaubenden New Yorker Angler, der Potters Leiche im Bluekill River gefunden hatte«.

Gallagher hatte es abgelehnt, mit dem jungen Reporter zu sprechen, der ihn am Sonntagnachmittag angerufen hatte. Ihm war klar, wenn er das Geheimnis des Briefes ausplauderte, würde ihn die Polizei völlig außen vor lassen. Seit er die Zeichnung gesehen hatte, war ihm der Fall nicht mehr aus dem Kopf gegangen. Dabei hatte sich der Tenor seiner Fragen von der philosophischen auf die praktische Ebene verlagert. Kannte Hank Potter seinen Mörder? Der Ton des Briefes ließ darauf schließen, daß Rache zu den Motiven des Mörders gehörte. Rache an dem Zahnarzt? Oder Rache an Lawton? Oder beides zusammen?

Für Gallagher war das Nachdenken über den Mord wie ein spätes Erwachen nach einem langen, schweren Schlaf in heißer Sommersonne. Das Erforschen unbekannter Sitten und Gebräuche hatte ihn schon immer mit neuen Energien erfüllt. Ein Mordfall schien Gallagher genau die richtige Kultur zum Auskundschaften zu sein. Und, wie er zugeben mußte, genau die richtige Art, der Selbsterforschung aus dem Wege zu gehen.

Und da war Andie Nightingale. An sie hatte er genauso oft gedacht wie an die Einzelheiten des Verbrechens, eine Tatsache, die er als etwas Positives zu sehen versuchte. Seit Emily ihn verlassen hatte, war Gallagher an weiblicher Gesellschaft nicht allzu interessiert gewesen. Am Sonntag hatte er jedoch mehrfach versucht, Andie anzurufen, um nach dem Stand der Ermittlungen zu fragen, aber auch, um ihre Stimme zu hören. Doch bei ihr zu Hause hatte niemand abgenommen, und der Mann in der Telefonzentrale der Staatspolizei von

Vermont, in Bethel, gab ihm die Auskunft, sie sei dienstlich unterwegs.

Gallagher hatte überlegt, ob er nicht Jerry Matthews anrufen sollte, um ihn zu überzeugen, daß eine Reportage über die Auswirkungen eines Mordes auf eine Kleinstadt in New England viel interessanter sei als ein Dokumentarfilm über einen Priester vom Anfang des Jahrhunderts und die katholischen Riten der Heiligsprechung.

Er beschloß jedoch, sein Schicksal nicht herauszufordern. Gallagher hatte im vergangenen Jahr schon drei Projekte wegen ausgiebiger Angelexpeditionen aufgegeben. Wenn er jetzt ankündigte, er würde die Recherchen über Pater D'Angelo einstellen, würde Jerry wahrscheinlich seine Sachen packen und ihre Zusammenarbeit wäre ein für allemal vorbei.

Deshalb ließ er sich einen alternativen Plan einfallen: Er würde für beides recherchieren.

Gallagher leerte seine Kaffeetasse, zahlte bei der Kellnerin und trat auf die Hauptstraße von Lawton hinaus. Er wollte gerade den Zebrastreifen zum Dorfanger überqueren, als der dunkelblaue Chevy Suburban von Chief Kerris heranfuhr und ihm den Weg versperrte. Sein Stellvertreter Gavrilis saß auf dem Beifahrersitz und sah mit seiner Ponyfrisur aus, als hätte man ihm mit einem Topf die Haare geschnitten. Kerris saugte an seinem Lutscher und schob sich die Sonnenbrille nach oben, während das elektrische Fenster herabsank.

»Na, immer noch bei uns, Mr. Gallagher?« sagte Kerris mit spöttischem Unterton. »Ich dachte, die Leiche im Bluekill hätte Ihnen den Geschmack am Angeln in den hiesigen Gewässern verdorben.«

»Ich bin ja nicht nur zum Angeln hier«, entgegnete Gallagher. »Ich hab' Ihnen doch neulich schon gesagt, daß ich für einen Film über Pater D'Angelo recherchiere.«

»Ach ja, stimmt, das sagten Sie wohl«, antwortete Kerris. Dann streckte er den Zeige- und Mittelfinger seiner rechten Hand wie einen Revolver aus und zeigte mit dem Lauf auf Gallagher. »Ich habe den Brief gesehen, Pat«, erklärte er. »Ich beobachte Sie. Jeder, der in Lawton eine Rolle spielt, beobachtet Sie.«

Die Reifen des Chevy quietschten, als er davonfuhr. Fünf Jahre zuvor hatte Gallagher eine längere Zeit in Tokio verbracht, um einen Film über die Verflechtung von Kampfkunst, Religion und japanischer Kultur zusammenzustellen. Die meiste Zeit hielt er sich in einem Aikido-Dojo auf. Der Sensei dort lehrte eine besonders brutale Grifftechnik, die »kote gaeshi« hieß und bei der das Handgelenk des Angreifers so lange geknickt wurde, bis er aufgab oder den Bruch dreier Knochen in Unterarm und Hand hinnehmen mußte.

In diesem Augenblick überkam Gallagher das unwiderstehliche Verlangen, diese Technik an Chief Kerris auszuprobieren.

Es war fast zehn, als Gallagher die Grünanlagen durchquert hatte und drei Straßen weiter nach Osten ging, wo die Newton Street auf die Whelton Lane traf. Die katholische St.-Edwards-Kirche war ein weißer Holzbau mit einem einzigen Turm, der zwischen hundertjährigen Ahornstämmen aufstieg, deren Zweige die ersten roten Frühjahrsknospen trugen. Das angrenzende Pfarrhaus mit seiner Steinfassade bedurfte dringend einer Restauration. Um den Garten dahinter lief eine hohe Backsteinmauer. Über allen Mauern ragte wie ein ständiger Schatten der Stadt der Lawton Mountain auf. Dort oben standen die Bäume kahl und zinnfarben und verhießen noch keinen baldigen Frühling.

Er öffnete das Tor, stieg die Stufen zur Veranda empor und

klopfte. Weil er eher zu der ungestümen Sorte gehörte, wartete er nicht auf eine Antwort, sondern drehte am Türknopf und trat sofort ein. Das Innere des Pfarrhauses war ganz mit dunklem Holz getäfelt und mit roten Orientteppichen ausgelegt. An den Wänden des schmalen Flurs, der von der Diele ausging, hingen Fotografien und gemalte Porträts der verschiedenen Priester, die der katholischen Gemeinde von Lawton gedient hatten.

Eines davon zog die Aufmerksamkeit besonders auf sich: das in Öl gemalte Porträt eines Priesters mit einem schmerzhaften Ausdruck um den Mund. Bis auf einen weißen Haarkranz war sein Schädel kahl. In den Händen eine Bibel haltend, stand er in einem Garten neben einer Ziervogeltränke, in deren Mitte drei kleine steinerne Pferde zu sehen waren.

In diesem Augenblick steckte eine Frau den Kopf aus einer Tür zu seiner Rechten.

»Ich meinte, ich hätte es klopfen hören, aber ich war gerade am Telefon«, zwitscherte Libby Curtin, die Gemeindesekretärin. Sie war Mitte Zwanzig und trug ihr kastanienbraunes Haar in einem Zopf, der ihr bis zur Taille reichte. Ein einfaches Holzkreuz baumelte an ihrem Hals über einer schlichten braunen Bluse, deren Ausschnitt mit Gänseblümchen bestickt war. Sie trug eine Oma-Brille, weite blaue Hosen und Wollsocken in Birkenstocksandalen.

»Sie sind der Filmemacher, stimmt's?« fragte sie. »Sie wollen einen Film über Pater D'Angelo drehen.«

»So ungefähr«, sagte Gallagher.

»Gott sei Lob und Dank!« rief sie aus, klatschte in die Hände und verneigte sich, wobei sie unentwegt strahlte. Dann sah sie zu dem Ölbild hoch und senkte ihre Stimme zu einem Flüstern. »Ist es nicht ein Jammer mit Pater D'Angelo?«

»Ein Jammer?«

Sie zeigte auf ein Loch in dem Bild, das sich an der linken Hüfte des Paters befand und die Größe eines Teebeutels hatte.

»Bei uns wurde vor ein paar Monaten eingebrochen, und der Einbrecher hat das Bild vom Haken gestoßen«, erklärte sie mit leiser, verschwörerischer Stimme, die bei Gallagher ein Lächeln hervorrief. »Monsignore McColl war außer sich, das kann ich Ihnen sagen. Ein Einbruch im Pfarrhaus! Monsignore McColl wird schon mal böse, aber so wütend hab' ich ihn noch nie erlebt.«

»Kann ich mir vorstellen.«

»Ich sag' ihm, daß Sie hier sind.«

Libby Curtin eilte den Gang hinunter, klopfte an eine große, geschnitzte Flügeltür, hinter der sie gleich darauf verschwand. Gallagher sah zu dem Gemälde hoch und fragte sich, ob D'Angelos Geschichte wohl packend genug sein würde, um als roter Faden für einen einstündigen Dokumentarfilm zu dienen. Und ob D'Angelos Geschichte packend genug wäre, ihn davon abzuhalten, dauernd an Potter, Andie Nightingale und einen Mörder zu denken, der sich selbst als Charun sah. Gallagher zog ein Notizbuch aus der Tasche seiner Regenjacke und trug mißmutig ein, daß das Bild mit der richtigen Beleuchtung trotz seiner Beschädigung eine dramatische Einstellung für den Film abgeben könnte.

Die Flügeltür öffnete sich wieder. Libby Curtin steckte den Kopf heraus und winkte ihn herein.

Gallagher trat durch die Tür und blieb abrupt stehen. Monsignore McColl ließ den schweren eichenen Schreibtisch, hinter dem er aufgestanden war, winzig erscheinen. Er war ein Grizzlybär von einem Mann, Ende Vierzig, mit rotbraunem Bürstenhaar, einem kurzgeschnittenen, graumelierten Bart und einem Stiernacken, der seinen Priesterkragen zu sprengen drohte. Er hatte die Ärmel seines schwarzen Hemdes aufgekrempelt und ließ ein Paar Unterarme und Hände sehen, die man bei einem alternden Steinmetz erwartet hätte, nicht aber bei einem Priester.

Monsignore McColls riesige Pranke ließ Gallaghers Hand nahezu verschwinden. Er drückte fest genug zu, um Gallagher zu zeigen, daß seine Körperkraft echt war, ließ dann los und sank in seinen gepolsterten Drehstuhl zurück. Der Priester verzog das Gesicht, als er auf einen Stuhl in gotischem Stil wies, der vor dem Schreibtisch stand. Er rieb sich den Bauch. »Würden Sie mich, bitte, einen Augenblick entschuldigen?« fragte er. »Ich habe in letzter Zeit Probleme mit dem Magen.«

Er ging in ein kleines Badezimmer und schloß die Tür hinter sich.

Gallagher nutzte die Gelegenheit, um seinen Blick über die Gegenstände im Büro des Priesters schweifen zu lassen und vielleicht ein paar Hinweise auf dessen Persönlichkeit zu bekommen. Hinter dem Schreibtisch befanden sich mehrere hölzerne Aktenschränke und das obligatorische Kruzifix. Auf der rechten Seite hingen drei Fotografien. Auf der einen stand Monsignore mit reglosem Gesicht vor einer weißgekalkten Kirche unter Palmen, umgeben von Kindern in weißen Uniformen. Auf einer älteren Schwarzweißfotografie sah man einen viel jüngeren McColl im Schnee mit einer Gruppe ebenso ernst dreinblickender Jungen vor einem älteren Backsteingebäude. Einer der Knaben, ein blonder Junge mit einem abwesenden Gesichtsausdruck, erinnerte Gallagher seltsamerweise an sich selbst als Kind. Auf dem dritten Foto saß McColl auf einem Berggipfel, mit einer Schneebrille und einem Rucksack, der mit Seilen und anderer Kletterausrüstung beladen war. Neben den Fotografien waren an hölzernen Haken mehrere hellackierte Körbe angebracht, ein Bolo-Messer in einer mit reicher hellfarbiger Perlenstickerei verzierten Scheide und eine Halskette aus gebleichten Muscheln. Das Arbeitszimmer war in sanftes Licht getaucht, das durch ein Bleiglasfenster fiel, welches auf den Garten hinausging. Dort badete eine Zwergdrossel in einem Vogelbecken, dessen Mitte von drei kleinen Steinpferden gebildet wurde. Das gleiche Vogelbecken, das auf dem beschädigten Gemälde im Flur abgebildet war.

»Entschuldigen Sie, daß ich Sie warten ließ«, knurrte Monsignore McColl, als er aus dem Badezimmer trat. »Nun denn, Mr. Gallagher, sind Sie Katholik oder ein verlorenes Schaf?«

»Weder noch«, sagte Gallagher. »Ich bin Atheist.«

Des Priesters rechte Augenbraue hob sich. »Ich dachte, Mrs. Curtin habe gesagt, Sie interessierten sich für Pater D'Angelo?«

»So ist es.«

»Weshalb sollte sich ein Atheist für einen Priester interessieren?«

Gallagher erklärte die Hintergründe und gab McColl Beispiele für seine anderen Filmprojekte.

»Sie drehen Filme über Religion und sind selbst nicht gläubig?« fragte Monsignore McColl.

Gallagher wich der Frage aus, indem er ihm erzählte, wie bei Jerry Matthews und ihm das Interesse für Pater D'Angelo und das Verfahren der Heiligsprechung geweckt worden war, als sie zwei Jahre zuvor China bereist und von der kürzlichen Heiligsprechung eines Priesters erfahren hatten, der dort in den vierziger Jahren des 19. Jahrhunderts Missionar gewesen war.

»John Gabriel Perboyre«, brummte der Priester bestätigend. »Von den Soldaten des Kaisers bei einer Verfolgungsaktion gefoltert, an einen Balken gehängt und stranguliert. Ich selbst war acht Jahre lang Missionar. Auf der Yucatán-Halbinsel. Alle Missionare kennen die Geschichte von Pater Perboyre.«

Gallagher nickte und erklärte seinen Wunsch, anhand der Geschichte von Perboyre und anderen einem Laienpublikum die katholische Heiligentradition zu erklären. Jerry hatte in einem Artikel eines katholischen Nachrichtendienstes über die Heiligsprechung eine kurze Notiz zu Pater D'Angelo gefunden. Gallagher hatte beschlossen, nach Lawton zu kommen, um zu angeln und die ersten Recherchen für den Film zu machen.

Monsignore McColl wurde hellhörig, als er erwähnte, er sei auch zum Angeln in Lawton. »Sind Sie derjenige, der Hank Potter gefunden hat?«

»Ja.«

»Ich werde am Mittwochmorgen die Totenmesse für ihn lesen«, sagte der Priester. Er zupfte an seinem Bart und beobachtete ihn. »Was hat Ihnen die Polizei denn gesagt?«

»Nicht viel«, log Gallagher. »Ich war wohl nur zur falschen Zeit am falschen Ort.«

Der Monsignore trommelte mit den Fingern auf die Schreibtischplatte und sah einige Augenblicke zu dem Vogelbecken im Garten hinaus. Dann räusperte er sich. »Was den Film über Pater D'Angelo angeht, kommen Sie am besten in zwanzig Jahren wieder. Es dauert lange, einen Heiligen zu machen.«

Gallagher setzte sich auf seinem Stuhl zurecht, als er merkte, daß ihm ein Kampf bevorstand.

»Ich habe keine zwanzig Jahre, und außerdem sind wir an Pater D'Angelo interessiert, gerade weil sich das Verfahren bei ihm noch im Anfangsstadium befindet.«

»Sicher gibt es noch andere, die Ihren Bedürfnissen besser entsprechen«, erwiderte McColl.

»Ich habe das Gefühl, Sie machen sich nicht allzuviel Hoffnung auf sein Verfahren.«

Kleine blaue Äderchen traten an den Schläfen des Priesters

hervor, und er warf Gallagher einen kalten Blick zu. »Ich habe es mir zur Lebensaufgabe gemacht, mich darum zu kümmern, daß Pater D'Angelo heiliggesprochen wird, und ich werde nicht zulassen, daß ein verdammter Atheist –«

»He, he, he«, unterbrach ihn Gallagher. »Meine persönlichen Überzeugungen beziehungsweise ihr Fehlen haben damit überhaupt nichts zu tun.«

»Ach, tatsächlich?«

»Ich bin objektiv und fair, wenn ich ein Thema dokumentiere. Ich kann Ihnen gern Referenzen geben.«

McColl machte ein schnalzendes Geräusch mit den Lippen und schüttelte dann den Kopf. »Es ist zu früh dafür, daß jemand von außen darin herumwühlt; das schadet der Sache des Paters.«

»Wissen Sie vielleicht etwas, das ich nicht wissen soll?«

McColls ohnehin schon gerötetes Gesicht wurde feuerrot. »Ganz und gar nicht! Aber jemanden für das Heiligsprechungsverfahren vorzuschlagen ist eine delikate Angelegenheit. Ich werde es nicht von Ihrem Sensationsjournalismus in Gefahr bringen lassen.«

»Sensationsjournalismus!« rief Gallagher empört aus und wurde sich im nächsten Moment bewußt, daß das Gespräch außer Kontrolle geraten war. Er brauchte einen Augenblick, um sich zu beruhigen, und sprach dann langsamer und leiser weiter. »Schauen Sie, Monsignore McColl, wenn ich es richtig verstehe, spielt die Politik eine wichtige Rolle beim Prozeß der Heiligsprechung. Wenn Sie sich so sicher sind, daß Pater D'Angelo ihrer würdig ist, dann sehe ich nur Positives darin, seinen Fall neben dem von etablierten Heiligen wie Pater Perboyre zu behandeln.«

McColl antwortete nicht darauf. Er betrachtete seine riesige Hand, die sich um einen unsichtbaren Gegenstand schloß und öffnete. Gallagher setzte alles auf eine Karte.

»Wissen Sie, ich kann mit so was gut umgehen. Ich bekomme meine Geschichte, so oder so. Ich schaff das immer. Doch ich würde viel lieber mit Ihnen zusammenarbeiten. Sie kennen den Mann. Sie können mir die richtige Richtung weisen.«

Der Priester drehte sich in seinem Sessel hin und her, preßte seine dicken Finger zusammen und sah in den Garten hinaus. So saß er fast eine Minute lang da, bewegte die Lippen und machte jene schnalzenden Geräusche. Gallagher wollte schon aufstehen und gehen, als McColl lospolterte: »Wenn ich das Gefühl bekommen sollte, Sie dienen Pater D'Angelos Sache nicht, ziehe ich meine Unterstützung sofort zurück. Verstanden?«

KAPITEL 10

Zur gleichen Zeit wurde in einem alten, gelben Farmhaus am Fuße der Südflanke des Lawton Mountain Olga Dawsons zierlicher Körper von Schluchzen geschüttelt.

Andie Nightingale hielt die alte Frau fest gegen ihre Brust gedrückt. Sie rieb den Rücken ihrer blauen Strickjacke und tröstete sie wie ein kleines Kind, bis Olgas Weinen weniger wurde und schließlich ganz aufhörte. Olga Dawson war einstmals mit ebenholzschwarzen Augen, einer Porzellanhaut und rubinroten Lippen gesegnet gewesen, so wie man es in alten Schwarzweißfilmen bewundern kann. Andies Mutter hatte immer gesagt, Olga hätte das Gesicht eines Stars gehabt.

Jetzt war Olga achtundsiebzig und immer noch kräftig genug, einen Holzofen den ganzen Winter über in Gang zu halten. Doch Linien, so fein wie das filigrane Geäst der Roteiche vor ihrem Küchenfenster, überzogen ihre von Altersflecken übersäte Haut. Ihre Wangen zuckten, eine ständige

Mahnung an die drei leichten Schlaganfälle, die sie in den vergangenen anderthalb Jahren erlitten hatte.

»Es tut mir leid, Liebes«, sagte Olga, während sie sich auf der Couch geradesetzte und sich die Augen mit einem Taschentuch trocknete. »Ich weiß nicht, was über mich gekommen ist.«

Eine weiße Tibetkatze schlich ins Zimmer. Olga streckte abwesend die Hand nach ihr aus. Die Katze fauchte und machte einen Buckel. Die alte Frau zog hastig ihre Hand zurück und schimpfte: »Tess, du böses, böses Mädchen!«

Andie machte ein lockendes Geräusch mit der Zunge. Die Katze duckte sich, sprang auf Andies Schoß und schnurrte zufrieden. Die verwilderte Katze war Olga zwei Jahre zuvor zugelaufen. Tess duldete Olga, aber Andie liebte sie.

Olga klagte: »Heute morgen wollte ich für das kleine Scheusal Milch aus dem Kühlschrank holen, aber ich habe andauernd den Saft rausgeholt. Ich wußte genau, was ich tat, doch ich konnte meine Hände nicht dazu bringen, das zu tun, was mein Hirn wollte.«

Ihre Augen füllten sich wieder mit Tränen. »Ich werde eine Last für dich, Andie. Es ist nicht in Ordnung, daß eine junge Frau auf eine alte Schachtel wie mich aufpassen muß. Du solltest mit einem gutaussehenden jungen Mann unterwegs sein.«

Andie Nightingales Züge erstarrten einen Augenblick, dann sagte sie: »Ich fürchte, für gutaussehende junge Männer tauge ich nicht mehr.«

»Du darfst nicht zulassen, daß die Vergangenheit die Gegenwart bestimmt«, meinte Olga.

»Das läßt sich unmöglich verhindern«, entgegnete Andie nachdenklich, bevor sie die Katze auf den Boden setzte und Olga herumdrehte. Sie nahm eine Haarbürste mit Perlmuttgriff in die Hand und begann, Olgas langes, silbergraues Haar damit zu bearbeiten. »Und du bist keine Last und keine alte Schachtel. Du bist das einzige an Familie, was ich noch habe. Denk' nur mal dran, wo du vor einem Jahr warst.«

»Vor einem Jahr war ich im Krankenhaus«, sagte die alte Frau mißmutig.

»Und sieh nur, wie du dich wieder erholt hast. Wenn du mit der Therapie weitermachst, wird's dir wieder besser gehen.« Die alte Frau ergriff diesen Strohhalm. »Wirklich?«

»Aber natürlich«, antwortete Nightingale und flocht den Zopf zu Ende.

Olga schwieg einen Moment, dann sprang sie auf. »Fast hätte ich es vergessen. Ich habe dir einen Kuchen gebacken.«

Im Laufe der Jahre hatte Olga für ihre Kuchen bei der jährlichen Herbstmesse von Vermont ein halbes Dutzend Preise gewonnen. Doch Andie hatte einen Bericht über Hank Potters Autopsie von diesem Morgen und die anschließende Konferenz zu schreiben. »Liebling, ich habe keine Zeit.«

»Unsinn. Du ißt ein Stück Kuchen. Und trinkst eine Tasse Earl Grey.«

Mit diesen Worten eilte die alte Dame aus dem Wohnzimmer in die Küche. Andie stand auf und folgte ihr stirnrunzelnd. Olgas Zustand schien bei jedem Besuch schlechter geworden zu sein, sie wurde immer vergeßlicher, unsicherer. Sogar die so oft wiederholten Geschichten aus ihrer gemeinsamen Kindheit mit Andies Mutter wurden allmählich immer verworrener. Die Sprachtherapeutin, zu der Andie Olga einmal die Woche brachte, meinte, die Schlaganfälle hätten eine leichte Form von Demenz zur Folge gehabt. Andie setzte sich auf einen Stuhl am Küchentisch, und während sie die alte Frau beobachtete, forschte sie nach weiteren Anzeichen der Verschlechterung.

Olga schnitt geschickt ein Stück von dem Apfelkuchen ab, legte es auf einen Teller und tat noch eine Kugel Vanilleeis dazu. Dann stellte sie den Teller und eine dampfende Tasse

Tee vor Andie auf den Tisch. Nachdem sie noch ein Scheit Holz in den Ofen geschoben hatte, trat sie ans Küchenfenster und sah an der Eiche vorbei zu dem alten Kuhstall hinüber. Narzissentriebe lugten aus dem sprießenden Gras hervor, das einen Pfad säumte, der zwischen hohen Lavendelsträuchern hindurchführte, die ihre ersten Knospen zeigten.

»Der verrückteste Frühling, den ich je erlebt habe, und ich habe viele Frühlinge in Vermont erlebt«, sagte sie. »Meinst du, die Bären haben schon ihre Höhlen verlassen?«

»Wahrscheinlich schon vor einem Monat oder noch länger«, antwortete Andie. Die Frage überraschte sie nicht. Die alte Frau hatte sich immer lebhaft für Bären interessiert.

Olga faßte sich ans Kinn. Eine einfache Geste, doch bei der alten Frau geriet es zu einer Geste der Verwirrung. »Die Indianer hielten Bären für heilige Tiere«, sagte sie. »Hast du das gewußt?«

»Ich glaube, ich habe es schon mal irgendwo gelesen«, antwortete Andie und war nur halb bei der Sache. Sie konzentrierte sich verwundert auf den Geschmack des Kuchens. Die Decke war so gut wie immer, aber die alte Dame hatte vergessen, Muskatnuß, Zimt und Zucker hineinzutun.

»Olga, ich werde dir für morgen einen Termin bei der Sprachtherapeutin besorgen.«

Olga wandte sich um und näherte ihr Gesicht einem Kalender, der über dem Spülbecken hing. »Aber mein Termin ist doch erst am Donnerstag.«

»Ich weiß. Ich möchte aber trotzdem, daß sie mit dir spricht ... über deine Vergeßlichkeit.«

Olga nickte bedrückt. »Wenn du meinst, Liebes.«

Andie bekam den letzten Bissen Kuchen mit einem Mundvoll Eiskrem hinunter und verkündete dann: »Ich muß jetzt los. Geht's dir auch gut?«

»Um so einen alten Vogel umzuhauen, gehört schon noch

mehr dazu als ein Kälteeinbruch!« antwortete Olga fröhlich. Doch im nächsten Augenblick fiel die Heiterkeit von ihr ab. Sie rang die Hände, während Andie sich eine Daunenweste und eine grüne Regenjacke überzog und nach ihrem Notizbuch griff. Olga eilte zu ihr und ergriff ihre Handgelenke mit unerwarteter Kraft. Das Zucken in ihren Wangen wollte nicht mehr aufhören.

»Es ist schwer, Geheimnisse zu bewahren«, brachte Olga zögernd und mit großer Anstrengung hervor. Sie machte eine Pause, als versuchte sie herauszufinden, woher sie diesen Gedanken hatte, und fuhr dann fort: »Manchmal ist das Bewahren eines Geheimnisses die mutigste Sache der Welt.«

Olgas Blick verlor sich in der Ferne. »Ich glaube, Bären pflegen ihre Geheimnisse in Höhlen aufzubewahren, meinst du nicht?«

Das Licht, das durchs Küchenfenster hereinfiel, warf Schatten auf das Gesicht der alten Frau.

»Du hast recht«, sagte Andie. »In Höhlen bewahren Bären ihre Geheimnisse auf. Aber jetzt, meine Liebe, muß ich zur Arbeit zurück.«

Olgas Griff wurde fester. »Ich wollte ... Ich wollte dir was erzählen, aber ich kann ... ich kann mich nicht daran erinnern ...«

»Es muß halt bis morgen warten.« Andie entwand sich sanft dem Griff der alten Frau. »Ich bin um elf hier, um dich zur Therapie zu bringen.«

Die alte Frau sah aus, als wollte sie wieder zu weinen beginnen, aber sie beherrschte sich. »Komm man schon früh«, bat sie. »Der Bär ist wieder um das Haus herumgestrichen, und ich bin mir sicher, daß ich dir etwas erzählen muß, daß ich dir etwas geben muß. Es ... Es wird mir inzwischen sicher wieder einfallen.«

»Da bin ich mir sicher«, beruhigte Andie sie. »Ich rufe die

Sprachtherapeutin an, sobald ich wieder im Büro bin, und verlege den Termin vor. Und nicht im Bett rauchen, hörst du?«

Olgas verwirrter Gesichtsausdruck verwandelte sich in ein verstehendes Lächeln: »Nein, Liebes, nur im Schaukelstuhl und mit dem Aschenbecher auf dem Schoß.«

Andie gab ihr einen Kuß auf die Wange und ging aus der Tür. Der Motor ihres Pick-ups brauchte lange, bis er ansprang. Der Wagen hatte mehr als hundertfünfzigtausend Meilen auf dem Buckel. Ihr Mechaniker hatte sie gewarnt, daß der Anlasser dabei war, seinen Geist aufzugeben, aber sie hatte noch keine Zeit gefunden, ihn reparieren zu lassen. Endlich sprang der Motor an, und sie legte den Rückwärtsgang ein. Als sie an der Küchentür vorbeifuhr, verlangsamte sie ihr Tempo und winkte der alten Frau zu, die zurückgrüßte, als wäre sie ein kleines Mädchen, das den Bären in einer Zirkusparade zuwinkt.

KAPITEL 11

Der Grabstein, ein Rechteck aus rosafarbenem Marmor, begrenzte einen Grashügel in der äußersten nordöstlichen Ecke des Gartens hinter dem Pfarrhaus von St. Edwards.

PATER VICTOR D'ANGELO,
18. MÄRZ 1859–29. APRIL 1918
GOTT SEI DER UNSTERBLICHEN SEELE
DEINES DIENERS GNÄDIG

Gallagher brach schon beim Betrachten des Grabes der Schweiß aus, und er versuchte seine Beklemmung mit einer saloppen Bemerkung zu überspielen: »Das sieht ja nicht nach allzuviel Vertrauen in die Heiligkeit aus.«

»Es ist eine für die Zeit recht typische Grabinschrift«, erwiderte Monsignore McColl. »Sicherlich nichts, worauf Rom besonders achten würde.«

Der Priester fröstelte und zog den Reißverschluß seiner Windjacke höher zu seinem stiernackigen Hals herauf. Über einen roten Lehmweg, der an einer zwei Meter hohen Backsteinmauer und ausgewachsenen Rottannen vorbeiführte, gingen sie zum Pfarrhaus zurück.

»Worauf wird Rom denn besonders achten?« fragte Gallagher. »Was ich für den Moment brauche, sind die Höhepunkte in Pater D'Angelos Geschichte. Einzelheiten können wir später mit der Kamera nachholen.«

Monsignore McColl blieb mit gespreizten Beinen vor einer Magnolie stehen und legte die Hände auf dem Rücken zusammen wie ein Feldwebel vor seinen Rekruten. Die Knospen an der Magnolie waren schon kurz vor dem Aufbrechen gewesen, als der Kälte- und Regeneinbruch kam. Die Lippen der kleinen, braunen Kegel waren an den Spitzen aufgebrochen und zeigten ihr rotes Inneres, in der Schwebe zwischen Winter und Frühling.

»Pater D'Angelo wurde im Jahre 1859 in der italienischen Provinz Kalabrien geboren. Er war das zweite Kind eines tiefgläubigen katholischen Steinmetzmeisters, der in die Vereinigten Staaten auswanderte, als Victor fünf war«, begann Monsignore McColl. »Sein Vater arbeitete in den Marmorbrüchen bei Proctor, hier im Staate Vermont. Und wir wissen anhand der wenigen Schriftstücke, die aus jener Zeit erhalten sind, daß er den Jungen anhielt, ein gottgefälliges Leben zu führen. Victor trat mit siebzehn ins Priesterseminar ein und wurde mit vierundzwanzig ordiniert.

Er betreute Pfarrgemeinden in Bellows Falls und Arlington, bevor er nach Norden zog und 1891 nach Lawton kam«, fuhr der Priester fort. »Den Briefen nach, die er an seine Eltern schrieb, gefielen ihm Stadt und Pfarre. Er blieb hier bis zu seinem Tode im Jahre 1918. Er erlebte gute und schlechte Zeiten hier.«

»Schlechte Zeiten?«

»Lawton war eine aufstrebende Stadt, als Pater D'Angelo kam«, antwortete Monsignore McColl und wies mit einer Schulter zur Stadt hin. »Es gab Textilfabriken am Fluß. Auf einer Nebenlinie der Eisenbahn konnten die Unternehmen ihre Waren nach Süden befördern. Und es gab eine florierende Landwirtschaft um die Stadt herum. Doch kurz nach der Jahrhundertwende brach Lawtons Wirtschaft zusammen. Die Textilbetriebe wurden geschlossen. Die Eisenbahngesellschaft befand, daß es sich nicht lohnte, die Bahnlinie aufrechtzuerhalten. Es war ein ziemlich heruntergekommener Ort, als ich hier aufwuchs. Das hat sich natürlich alles geändert, seit Bürgermeister Powell die Erneuerung der Stadt so hervorragend in die Wege geleitet hat.

Trotz dieser wirtschaftlichen Rückschläge machte Pater D'Angelo St. Edwards jedoch zu einer blühenden Pfarrgemeinde«, fuhr der Priester mit seiner dozierenden Stimme fort. »Er organisierte Wohltätigkeitsveranstaltungen für die Armen, baute 1897 die katholische Schule und 1906 dann die Kirche. Alles an und für sich bewundernswerte Anstrengungen.«

»Doch nicht unbedingt das Werk eines Heiligen.«

»Nein«, stimmte Monsignore McColl zu. Er wandte sich um und schlug den Rückweg zum Pfarrhaus ein. »Doch das änderte sich alles im Jahre 1909. Die erhaltenen Unterlagen zeigen, daß er in einem christlichen Sinne immer charismatischer wurde. Er sprach in Zungen. Was, ehrlich gesagt, im bischöflichen Ordinariat in Burlington für einige Verwunderung sorgte. Aber er überstand zwei Untersuchungen.«

»Untersuchungen worüber?« Gallagher blieb ein paar

Schritte vor dem Vogelbecken stehen und betrachtete die kleinen steinernen Pferde.

»Untersuchungen über sein Handauflegen«, antwortete der Priester. Seine Pranke schloß sich um Gallaghers Ellenbogen und führte ihn weg in Richtung Pfarrhaus. »Einige dachten, er sei verrückt geworden. Doch seit ewigen Zeiten haben die Menschen nicht verstanden, daß mystisches Erleben und Wahnsinn sehr verwandte Erfahrungen sind. Der Wahnsinnige ertrinkt in dem Wasser, in dem der Mystiker schwimmt.«

»War er also ein Gesundbeter? Ein katholischer Gesundbeter?« fragte Gallagher.

Monsignore McColl nickte. »Es gibt unbestätigte Berichte, die bis 1908 zurückreichen, daß Pater D'Angelo in schweigender Anrufung Gottes über Sterbenden gebetet und sie wieder zum Leben erweckt hat. Doch erst während der Spanischen-Grippe-Epidemie in den Jahren 1917 und 1918 lassen sich auch Augenzeugen für die Wunder finden. Nach meiner Schätzung rettete er vierzehn Menschen.«

»Es gibt Augenzeugen für die Wundertaten?« fragte Gallagher ungläubig.

»Sieben, um genau zu sein«, gab der Priester zurück. »Einer von ihnen war mein Vater. Er hat erlebt, wie seine Schwester Anna gerettet wurde.«

Sein Gesicht erhellte sich bei dieser Erinnerung. »Die Rettung meiner Tante Anna war Pater D'Angelos letzte Tat auf Erden. Er starb gleich danach in den Armen meines Vaters. Diese Geschichte weckte in mir den Wunsch, Priester zu werden wie Pater D'Angelo. In der Tat, je mehr ich über ihn in Erfahrung bringe, und das ist in den letzten Jahren eine ganze Menge gewesen, um so mehr bin ich davon überzeugt, daß Pater D'Angelo ein Vermittler von Gottes übernatürlichen Kräften war.«

»Ist der Heilige dadurch definiert, daß er übernatürliche Kräfte zeigt?«

»Wunder sind ein Beweis«, sagte Monsignore McColl. Er sah jetzt mit einem verzückten Ausdruck zu D'Angelos Grabstein zurück.

»Wie wird man denn eigentlich zum Heiligen«, fragte Gallagher. Zwar kannte er die Antwort schon aus den Informationen, die ihm Jerry gegeben hatte, doch wollte er die Erklärung des Priesters hören.

Der Priester skizzierte in groben Zügen die Schritte, die D'Angelos Fall nehmen würde. Zunächst mußte Monsignore McColl die Akte zusammenstellen und das Material seinem Bischof zur Genehmigung schicken. Nach einer ersten Durchsicht im bischöflichen Ordinariat würde die Akte dann nach Rom geschickt, wo man sie im Büro des Advocatus Diaboli und der Kongregation der Heiligen einer genauen Prüfung unterzöge. Sobald Rom die Unterlagen annähme und bestätigte, würde D'Angelo für »ehrwürdig« erklärt werden.

»Auf die Ehrwürdigkeit folgt die Seligsprechung«, fuhr McColl fort. »Um unter die ›Seligen‹ aufgenommen zu werden, prüft die Kongregation das Leben der betreffenden Person, ihre Tugenden, das angeblich Heiligmäßige, die seelsorgerische Arbeit und schriftliche Äußerungen. Für die Seligsprechung ist der Beweis eines einzigen Wunders notwendig, normalerweise eine körperliche Heilung, die wissenschaftlich nicht zu erklären ist und die darauf hinweist, daß die Naturgesetze durch die Einwirkung der Person, die für die Heiligsprechung in Frage kommt, außer Kraft gesetzt wurden. Um das Verfahren von der Selig- zur Heiligsprechung zu bewegen, ist normalerweise ein zweites Wunder erforderlich, aber nicht unerläßlich.

Das gesamte Verfahren kann hundert Jahre oder länger dauern«, schloß er.

»Und was genau bedeutet die Heiligsprechung nun für die Kirche?« fragte Gallagher, während er soviel er konnte in sein Notizbuch schrieb.

»Mit der Heiligsprechung verkündet der Papst unter anderem, daß die Person im Himmel bei Jesus ist. Das bedeutet, daß man zu dem Heiligen beten und seine Reliquien verehren kann.«

»Reliquien?« fragte Gallagher und kratzte sich mit dem Ende seines Stifts an der Augenbraue. »Sie meinen so etwas wie Gebeine?«

»Ja, so etwas wie Gebeine«, sagte Monsignore McColl. Seine Stimme klang jetzt leicht gequält. »Die Reliquien werden in der Regel an einen besonderen Platz unter dem Altar einer Kirche gebracht, die den Namen des Heiligen trägt. Es ist mein innigster Wunsch, daß die Reliquien von Pater D'Angelo einmal in einer neuen Kirche untergebracht werden, der Kirche des heiligen D'Angelo von Lawton.«

Die Kirchenglocke läutete die halbe Stunde, und der Priester sagte brüsk: »Ich muß jetzt gehen. Ich habe heute mittag die Messe zu lesen.«

»Kein Problem«, antwortete Gallagher. »Wo kann ich die Augenzeugen der Wunder treffen?«

Das Gesicht des Priesters verdüsterte sich. »Das geht nicht«, meinte er. »Mein Vater war der letzte. Er starb vor zwei Jahren.«

»Aber Sie müssen doch aufgeschrieben haben, was sie sahen, und besitzen sicher Bilder von ihnen, die ich benutzen könnte.«

Monsignore McColls Gesicht verfinsterte sich noch mehr. »Ich habe wohl Aufzeichnungen gemacht, sie sind aber noch nicht als zusammenhängender Bericht verfaßt. Der wird frühestens in einem Jahr vorliegen. Ich sagte Ihnen ja schon, daß die Heiligsprechung ein sehr langwieriger Vorgang ist.«

»Kann ich einen Blick auf Ihre Notizen und die Abschriften der Interviews werfen?«

»Nein!« schnaubte der Priester. »Auf keinen Fall, nicht ohne die Zustimmung des Bischofs.«

»Ich dachte, wir hätten abgemacht, daß Sie mir solange helfen, wie ich der Sache nütze.«

»Mir war nicht klar, was Sie sich ansehen wollten«, entgegnete der Priester eisig. »Ich sammle immer noch das Grundlagenmaterial, das nach Rom geschickt werden soll. Das, was ich habe, ist völlig ungeordnet. Wenn Sie das durchsehen würden ... dann wäre das verfrüht.«

»Aber ich könnte doch den Bischof um Erlaubnis bitten.«

Monsignore McColl schien Mühe zu haben, Ruhe zu bewahren. »Das könnten Sie, aber ich werde empfehlen, daß sie Ihnen nicht gewährt wird. Meine Meinung zu diesem Thema hat viel Gewicht.«

»Ich werde trotzdem fragen und mich dann wieder bei Ihnen melden«, sagte Gallagher munter und streckte dem Priester zum Abschied die Hand entgegen. Für einen Augenblick zeigte sich unverhüllter Zorn auf dessen Gesicht. Er wandte sich wortlos um und stampfte durch den Garten davon.

KAPITEL 12

Dienstag, 13. Mai

Der Nachmittag und Abend nach Gallaghers seltsamen Interview mit Monsignore McColl vergingen ohne besondere Vorkommnisse. Das Büro des Bischofs hatte wissen lassen, es stelle sich hinter den Pfarrer von Lawton, was den Zugang zu den Unterlagen über Pater D'Angelo betreffe.

Frustriert ging Gallagher am Abend fischen, flußabwärts von seiner Hütte aus, denn er konnte sich nicht vorstellen, noch einmal dort in das Wasser zu waten, wo er Hank Potter an die Oberfläche gezogen hatte. Die kalte Luft, die über den Green Mountains hing, verhinderte das Schlüpfen der Insekten, und er mußte sich damit begnügen, künstliche Köder anstatt Trockenfliegen zu benutzen.

Nach Einbruch der Dunkelheit fiel Gallagher ohne Abendessen ins Bett und träumte von Emily Beckworth.

Sie wurden am vierzehnten Tag ihrer gemeinsamen Reise durch den indischen Dschungel ein Liebespaar. Per Boot, Bus und Eisenbahn waren sie weit ins Landesinnere gefahren und hatten bei Dinajpur den Weg nach Norden eingeschlagen, um nach einer alten tantrischen Tempelruine zu suchen, von der Emily gehört hatte, die sie aber bei den Recherchen für ihr Buch nicht hatte finden können.

Ihr Filmteam bestand aus acht Leuten, einschließlich Gallagher und Emily. Nach sechs Tagen erfolgloser Suche waren sie nahe daran, aufzugeben und zum Ganges zurückzukehren. Jerry war schon aufgebrochen, um sich nach neuen Drehplätzen umzusehen. Der Rest der Truppe übernachtete in strohgedeckten Hütten am Rande des Urwalds. In einer der heißen, stickigen Nächte konnte Gallagher nicht schlafen und stand eine Stunde vor Tagesanbruch auf, um einen Spaziergang in Richtung Wald zu unternehmen. Ein kleiner Fluß schlängelte sich aus dem Urwald, und er setzte sich an seinem Ufer nieder und lauschte den Affen, die in der Ferne brüllten.

»Na, beten Sie, daß da Forellen drin sind?«

Gallagher machte einen Satz von ungefähr einem Meter. »Sie müssen so etwas wie ein Raubtier sein.«

»Ich?« fragte Emily und kam einen Schritt näher. Sie zog das dünne, violette Batiktuch fest, das sie als Nachthemd um ihren bemerkenswerten Körper geschlungen hatte.

»Wieso?«

»Weil Sie die untrügliche Fähigkeit haben, sich mir zu nähern, ohne daß ich es merke«, sagte er.

»Leise Sohlen«, sagte sie lächelnd und streckte ihren nackten Fuß aus. Ihre Zehennägel waren mit Henna gefärbt. »Gestern habe ich einen schönen Teich oben am Fluß gefunden, wo es bestimmt Fische gibt. Kommen Sie, ich zeig's Ihnen.«

Im zunehmenden Licht der Morgendämmerung gingen sie den Fluß entlang und unterhielten sich über das Filmprojekt. Emily war überzeugt davon, daß sie den Tempel finden könnten, wenn sie noch ein, zwei Tage in der Gegend blieben. Doch Gallagher meinte, sie sollten weiterreisen und diesen Teil des Films mit den Bildern einer anderen Ruine, zweihundert Kilometer östlich, füllen.

Die Ufererde war schwarz und stank. Blütenübersäte, stechend riechende Kletterpflanzen hingen ineinander verwoben über den Pfad wie die langen Locken eines Rastas. Gallagher mußte Emily über das Wurzelwerk silberborkiger Bäume und durch dichte Bambuswäldchen helfen.

»Wo ist denn nun der Fischteich?« fragte er, nachdem sie fast eine halbe Stunde gelaufen waren.

Sie wies nach vorn auf ein dichtes, grünes Gebüsch, das in Morgenlicht getaucht war. Er zwängte sich durch den Vorhang und erstarrte. Der Teich lag still und wunderschön vor ihm. Insekten schlüpften und stiegen in der schweren Luft auf. Fische klatschten bei ihrer Futtersuche aufs Wasser. Doch am gegenüberliegenden Ufer des Flusses duckte sich ein Tiger. Er hechelte. Seine asiatischen Augen waren gelbe Halbmonde, halb in den Kopf gerollt. Er beobachtete ein junges Wildschwein, das zum Trinken an den Teich gekommen war.

Emily tauchte hinter Gallagher auf, ohne den Jäger wahrzunehmen. Er langte nach hinten und hielt ihr die flache Hand an den Bauch, um sie zu bremsen. Sie drückte gegen seine Hand. Der Tiger sprang.

Gallagher wandte sich um und zischte: »Ein Tiger! Weg hier!«

Sie hörten ein Klatschen, dann quiekte das Schwein gellend, während sie den Pfad zurückrannten. Emily stolperte, verlor das Gleichgewicht und fiel. Er faßte sie unter die Achsel und zog sie hoch, und sie rannten weiter in das Labyrinth von Pfaden, die vom Flußufer wegführten. Sofort bogen sie in eine falsche Wegmündung ein. Fünfhundert Meter weiter standen sie in der Stille des Dschungels vor den Umrissen eines kleinen Steingebäudes, das über und über von gelben Dschungelblüten bedeckt war. Die Luft war vom Duft der Blüten gesättigt. Affen kreischten in den Baumkronen über ihnen.

»Der Tempel!« rief Emily aus. »Wir haben ihn gefunden!«

Sie packte Gallagher und zog ihn zum Eingang. Die Stufen waren aus behauenem rötlichen Felsgestein geformt. Sie mußten die Ranken wegreißen und sich bücken, um hineinzugelangen. Ein Affe flitzte zwischen ihren Beinen durch und erschreckte sie fast zu Tode. Gallagher leuchtete mit seiner Taschenlampe. An den Wänden befanden sich Reliefs und verwitterte Fresken von Frauen und Männern beim Liebesakt.

»Die Tantriker glauben, daß es möglich ist, das Göttliche in uns durch geschlechtliche Vereinigung zu entdecken«, flüsterte Emily.

Vielleicht lag es daran, daß die Angst vor dem Tiger so schnell von der Aufregung abgelöst wurde, den Tempel mit seinen eindeutigen Darstellungen gefunden zu haben, doch war Gallagher sich ihrer Nähe plötzlich stärker bewußt, als er es je bei einer Frau erlebt hatte. Emily starrte ihn an. Eine Welle summender, schwüler Wärme hüllte seinen Kopf ein. Ein sanfter Schimmer Tageslicht fiel jetzt durch den Tempeleingang und tauchte Emilys feuchte Haut in kupfernes Licht. Sie gingen aufeinander zu. Das Tuch fiel von ihr ab.

Irgendwo im Dschungel hörte Gallagher den Tiger brüllen und in der Ferne dumpfe Trommeln.

KAPITEL 13

Die Trommeln kamen näher, wurden lauter und durchdringender, und Gallagher erwachte und wurde sich schlagartig bewußt, daß es heller Morgen war und jemand unaufhörlich an die Tür seiner Hütte hämmerte. Schlaftrunken stand er auf und stolperte die Stufen hinab, spähte durch die Vorhänge und sah, daß es wieder in Strömen regnete. Sein Explorer war das einzige Fahrzeug, das unter den Birken parkte.

Er öffnete die Tür, und Andie Nightingale stand vor ihm im Regen, tropfnaß und mit Tränen in den Augen. »Mein Pick-up ist wieder kaputt«, schluchzte sie. »Und ich brauche ein Auto. Jetzt gleich.«

Der dichte Regen und die Nebelschwaden auf der River Road, die in Serpentinen an die Südflanke des Lawton Mountain hinaufging, wirkten so bedrohlich wie ein glitschiger weißlicher Tunnel, der sich in einen blinden Himmel windet. Der Geländewagen schlingerte wild in der dicken Schlammschicht, die der Sturm auf die Straße gepeitscht hatte.

»Können Sie nicht schneller fahren?« drängte Andie Nightingale.

»Nicht, ohne uns umzubringen«, rief Gallagher zurück und klammerte sich an das Lenkrad.

Sein Schädel dröhnte von der Geschwindigkeit und den Vorfällen dieses Morgens. Es war ein Feuer ausgebrochen. Olga Dawson war tot.

Andie klagte laut vor sich hin, als könnte sie es nicht glauben: »Als ich sie gestern verließ, ging es ihr noch gut, sie war nur etwas durcheinander. Ich hätte bleiben sollen. Ich hätte bei ihr bleiben sollen.«

Dann verfiel sie wieder in Schweigen und forschte in dem Nebel nach bekannten Umrissen. Sie bekam einen Schluckauf vor Aufregung. Gallagher hatte den verzweifelten Wunsch, sie zu beruhigen, aber die Worte blieben ihm im Halse stecken. Am Grab seiner Mutter und an dem Tag, als Emily ihn verließ, hatte Gallagher das gleiche durchgemacht, was er jetzt bei der Polizistin beobachtete.

Seiner Mutter siebenundfünfzig Monate dauernder Bloody-Mary-Suff begann am Tage nach Seamus' Begräbnis. Er hatte sich hinter seinen Büchern vergraben, um ihre Selbstzerstörung nicht mit ansehen zu müssen. Er konnte Agnes' Gegenwart nur ertragen, wenn er gläserne Wände um sich errichtete, die ihn zu einem Zuschauer machten, der eine Tragödie vor sich ablaufen sah wie einen Film.

Agnes erhielt immer weniger Honorarschecks für ihre Artikel. Eine Zeitlang half sie abends beim Fundraising für die ACLU, verlor den Job aber, weil sie sich bei der Arbeit betrank. Ihre Freunde und Gallagher baten sie dringend, sich helfen zu lassen. Sie weigerte sich. »Wodka ist jetzt meine einzige Liebe!« schrie sie. »Das könnt ihr mir nicht nehmen!«

Im Sommer, als Gallagher zum Studium nach Cornell ging, wurde seine Mutter ein Fall für die Sozialhilfe und konnte kaum noch ihre Wohnung unterhalten. Während der Ferien kam er nur selten nach Hause, er zog es vor, sich ein Leben zu erfinden, das mit den Schrecken der Clinton Street nichts zu tun hatte.

In den Osterferien seines zweiten Jahres an der Universität stieß Gallagher in einem Sportgeschäft in der Innenstadt von Ithaca auf Isabel Martin, die gerade eine Rolle für eine Fliegenrute kaufte. Er hatte Isabels Vorlesung besucht, die ihre

Forschungen über die erzwungene Seßhaftigkeit der Tuareg, einen einstmals nomadenhaft lebenden Stamm der westlichen Sahara, zum Thema hatte.

Gallagher ging auf lsabel zu und sagte ihr, daß ihm ihre Vorlesung gefallen habe. Sie war elf Jahre älter als er, eine dunkle Schönheit mit Sinn für Humor und einem lustvollen Lachen. Sie lebte getrennt von ihrem Mann, der an der Universität von Wisconsin lehrte, und arbeitete mit einem Jahresvertrag in Cornell, während sie gleichzeitig eine dauerhafte Position suchte. lsabels liebste Freizeitbeschäftigung war das Forellenfischen, eine Kunst, die sie von ihrem Vater gelernt hatte. Sie und Gallagher unterhielten sich lange über Anthropologie und Fischen. Gallagher hatte noch nie in seinem Leben geangelt, doch ihre Begeisterung steckte ihn sofort an. Sie lud ihn ein, sie an einen kleinen Fluß in der Umgebung zu begleiten, um es zu lernen.

In einem Wirbel von drei Monaten brachte lsabel Martin Gallagher die meditativen Eigenschaften der Angelrute und der Flüsse nahe sowie die körperlichen Vorzüge eines gesunden sexuellen Appetits. Im Juni kehrte sie zu ihrem Mann zurück und ließ ihn weiser, aber auch verwirrter zurück als je zuvor.

Am Tag nach lsabels Abreise bekam Gallagher einen Anruf von einem Sozialarbeiter, der ihn darüber informierte, daß seine Mutter ins Krankenhaus eingewiesen worden war. Es ging rasch bergab mit ihr. Gallagher fuhr nach New York, um Abschied zu nehmen.

Agnes' Haut war so gelb wie eine überreife, beschädigte Zitrone, als er ihr Zimmer betrat. Von dem dauernden Delirium arg mitgenommen, nahm sie die Anwesenheit ihres Sohnes kaum wahr und murmelte nur einen zusammenhängenden Satz, an den er sich halten konnte: »Pat, sei ein guter Junge und hol' deiner Mama ein bißchen Tomatensaft.«

Während der Nacht verlor sie nach und nach das Bewußtsein, je mehr ihre Leber versagte. Sie starb um sechs Uhr morgens und ließ Gallagher innerlich wund zurück. Stundenlang lief er durch die Straßen und gelangte schließlich zum Grab seines Vaters auf dem Friedhof in Queens. Dort stand er und starrte auf das taunasse Gras vor Seamus' Grabstein. Er versuchte, die gläsernen Wände hochzuziehen, aber diesmal wollte es nicht gelingen. Gallagher war vor seines Vaters Grab zusammengebrochen und weinte stundenlang.

Bei ihrer Fahrt die River Road hinauf konnte Gallagher spüren, wie Andie Nightingale gegen das gleiche hoffnungslose Verlustgefühl ankämpfte, das Gefühl, ohne Kompaß oder Rettungsanker ausgesetzt zu sein. Sie schlug sich mit der Faust auf den Schenkel: »Ich habe Olga hilflos allein gelassen. Ich hätte sie mitnehmen müssen.«

»Machen Sie sich keine Vorwürfe«, mahnte er. »Das führt zu nichts.«

Bevor sie antworten konnte, gelangten sie auf eine Anhöhe, von der aus sie die bekannten Blaulichter von Streifenwagen, Feuerwehrautos und Krankenwagen erblickten. Dahinter dampfte das verkohlte Gebälk des Farmhauses im Regen. Rauch stieg von den Balken auf, die das Feuer überstanden hatten, und verschmolz mit dem Nebel zu einem kieselfarbenen Schleier, der sich aufbauschte und über dem Kuhstall und den jenseitigen Feldern wie knotige Finger erhob.

Andie Nightingale war schon herausgesprungen und auf das abgebrannte Haus zugelaufen, bevor Gallagher den Geländewagen zum Stehen brachte. Phil Gavrilis, in einen blauen, knöchellangen Regenmantel gehüllt, trat ihr in den Weg. Der Regen troff ihm von der Hutkrempe herunter. »Sieht übel aus. Wollen Sie wirklich da rauf, Andie?«

»Ja, Phil, das will ich«, sagte sie und versuchte, das Zittern ihres Unterkiefers zu unterdrücken. »Wann ist es passiert?«

»Irgendwann zwischen Mitternacht und Tagesanbruch, bevor der Regen richtig einsetzte. Sonst hätte es hier sicher nicht so stark gebrannt«, antwortete Gavrilis.

»Wo ist Chief Kerris?« fragte sie.

»Noch nicht hier«, sagte Gavrilis, selbst ein wenig verwundert. »Wir haben schon ein paar Funksprüche an ihn abgesetzt, aber er antwortet nicht. Tony Fulton, der Brandexperte, ist schon oben.«

Andie wandte sich um und eilte den Hügel hinauf. Gavrilis ging zu einer Gruppe von Feuerwehrleuten hinüber. Da sie Gallagher mit Andie Nightingale aus dem Explorer steigen sahen, mußten die drei Polizisten und das Dutzend Feuerwehrleute auf dem Hügel gedacht haben, er gehöre irgendwie dazu, denn keiner von ihnen machte Anstalten, ihn davon abzuhalten, ihr zu den rauchenden Überresten des Hauses zu folgen. Andie Nightingale gelangte zu der verkohlten Ruine, warf einen Blick in das, was einmal Olga Dawsons Küche gewesen war, fuhr herum und hielt sich die Hand vor den Mund. Dann stolperte sie zu dem rauchgeschwärzten Stamm der Roteiche und blieb schwer atmend daneben stehen.

Gallagher trat hinzu, um selbst einen Blick hineinzuwerfen.

Olga Dawson lag auf ihrer rechten Seite, inmitten eines Gewirrs aus schwarzen Balken, ungefähr fünf Meter vom rußgeschwärzten Ziegelschornstein entfernt. Einer der Balken war durchgebrannt, und die beiden Hälften bildeten ein V neben dem, was von Olgas Schädel übrig war. Die Flammen hatten sie in eine so starke Hitze gehüllt, daß sich ihre Leiche zusammengekrümmt hatte und aussah wie die verbrannte Skulptur einer betenden Figur. Dutzende von Rissen durchzogen die geschwärzte Haut um ihr Rückgrat.

Gallagher fuhr herum, nahm fünf, sechs lange Schritte an

Andie Nightingale vorbei und würgte. Als er wieder stehen konnte, sagte sie schwach zu ihm: »Sie hätten das nicht sehen sollen.«

»Das ist jetzt ein bißchen zu spät«, japste er.

In diesem Augenblick kam ein untersetzter, schwarzhaariger Mann auf sie zu. Andie Nightingale stand keuchend da und putzte sich die Nase. »Tony, ich habe ihr jeden Tag gesagt, sie solle nicht im Bett rauchen.«

Fulton, der Brandspezialist, schüttelte den Kopf. »Das war keine Zigarette. Ihre Lage und die Brandspuren an der äußeren Brandschutzmauer deuten darauf hin, daß sie durch den Rauch eines Kreosotfeuers das Bewußtsein verlor und dann von einem heißen Blitz eingehüllt wurde. Haben Sie diese drei Zoll langen Risse in ihrer Haut bemerkt?«

Andie Nightingale nickte.

»Die Haut platzt so auf, wenn sie in kurzer Zeit großer Hitze ausgesetzt wird«, meinte Fulton. »Ich tippe auf Schornsteinbrand.«

»Sie hatte ihn erst vor sechs Monaten reinigen lassen.«

Fulton zuckte die Achseln. »Vielleicht vergaß sie auch nur, die Ofentür zu schließen, ein Scheit fiel heraus und setzte den Teppich in Brand.«

Andie Nightingale schob nachdenklich die Lippen vor. Man sah, daß sie nicht zu dieser Theorie neigte. Dann bemerkte sie plötzlich, daß Gallagher immer noch dastand.

»Fahren Sie zu Ihrer Hütte zurück, Pat«, sagte sie. »Ich werde noch eine Weile hier bleiben. Vielen Dank für das Bringen.«

Es war das erste Mal, daß sie »Pat« zu ihm sagte, was er als etwas Positives inmitten der schrecklichen Umstände nahm. »Wenn Sie noch was brauchen, Andie –«

»Ich komm' schon zurecht«, antwortete sie, bevor er den Satz vollenden konnte.

Gallagher nickte abwesend und ging zwischen den Menschen zurück, die im Regen des Spätvormittags herumstanden. Er fühlte sich zu elend zum Fahren, deshalb setzte er sich auf die Stoßstange seines Wagens und sah zu, wie die Regentropfen in eine Pfütze fielen. In jedem neuen Kräuseln des Wassers sah er Olga Dawsons brandgeschwärzten Körper und das Wasser, das aus Hank Potters Mund schoß. Und dann sah er sich selbst.

Das rief das plötzliche Bedürfnis in ihm hervor, einen Gang zu unternehmen. Als könnte die äußere Bewegung sein aufgewühltes Inneres beruhigen. Gallagher wanderte hundert Meter an den Streifenwagen vorbei, bis er auf einen schmalen Pfad stieß, der von dem schlammigen Weg abzweigte und durch ein hölzernes Gartentor führte. Vierzig Meter hügelabwärts teilte sich der Pfad. Der eine Arm führte zum Stall, der andere schlängelte sich durch eine ungemähte Wiese auf den südlichen Waldrand zu.

Nebelfetzen zogen zwischen den Baumstämmen hindurch. Wie hypnotisiert blieb er stehen, während sich in seinem Kopf die Gedanken drängten und aufeinanderstießen. Olga Dawson. Ein verstopfter Schornstein. Oder eine offengelassene Ofentür. Und schon verschwindet sie ins Nichts. Im Gegensatz zu Gallaghers Eltern hatte Olga nichts dazu getan, ihren eigenen Tod zu beschleunigen. Doch war dieselbe Grausamkeit am Werk: In einem Augenblick lebte sie noch, um im nächsten schon tot zu sein. Jetzt war sie nichts anderes mehr als Erinnerung und ein Nachlaß, den jemand wie Gallagher durchforsten konnte, um ihn zu archivieren und zu analysieren. Es gab keinerlei Beweis dafür, daß Olga Dawson in irgendeiner Weise weiter existierte.

Plato, Descartes, Kant – sie alle hatten die Unsterblichkeit der Seele postuliert und den Tod als die Mutation einer Lebensform in eine andere. Gallagher schüttelte den Kopf beim

Gedanken an ihre Theorien und wie er eine nach der anderen für sich verworfen hatte. Dann dachte er an all die Orte auf der Welt, an denen er schon gewesen war: Jerusalem, Äquatorialafrika, Dschidda, Tokio, Himalaja, Peru, Indien. Überall hatte er heilige Männer wundersame Vermutungen über die Unsterblichkeit des Geistes und über Gott äußern hören. Aber nicht ein einziges Mal hatte er einen Beweis gefunden, der so überzeugend gewesen wäre, daß er seines Vaters Evangelium vom Unglauben verworfen hätte. Es lief auf die Frage hinaus: Wo blieb die Erfahrung? Wo war, in allem, was er gehört hatte, das erregende, emotionale ekstatische Gefühl des Unsterblichen und Allwissenden?

Als er da so auf dem von Regen und Wind gepeitschten Feld hinter Olga Dawsons Stall stand, mußte Gallagher zugeben, daß er dem Glauben an irgend etwas oder irgend jemanden bei Emily Beckworth am nächsten gekommen war.

Eine Windböe fegte über das Feld und klatschte ihm den Regen ins Gesicht. Er zog seine Kapuze über und beschloß, an diesem Tag nicht mehr an Emily zu denken. Gallagher wandte dem Wind den Rücken zu und bemerkte eine langhaarige, weiße Katze, die rußbefleckt und miauend im Gras neben der Doppeltür des Stalls hockte.

»Na, komm her, Mieze«, rief er und ging auf die Katze zu, die im Innern des Stalls verschwand. Er folgte ihr. Drinnen war es düster, und er wartete einen Augenblick, bis sich seine Augen daran gewöhnt hatten. Tierboxen säumten den Stall auf beiden Seiten, es roch nach Kühen. Die Katze war nirgends zu sehen. Auf halbem Wege blieb er abrupt auf dem Mittelgang stehen. Auf dem Zementboden trockneten Schmutzklumpen, in die ein Stiefel Z-förmige Muster getreten hatte. Sie führten zur letzten Box im Stall.

An der inneren Rückwand der Box sah er eine offene Falltür. Eine kleine Treppe führte in einen dunklen Tunnel hinab. Gegenüber der Treppe standen kniehohe Gummistiefel ordentlich nebeneinander unter einer roh gezimmerten Bank aus Kiefernholz. Ein pfirsichfarbener Regenmantel, an dem noch ein paar Wassertropfen glitzerten, hing an einem Haken neben einem Pullover aus grauer Islandwolle. Die Katze saß auf der Bank, miaute und sah Gallagher an.

»Komm schon, Mieze«, lockte er wieder. Die Katze zögerte einen Augenblick, kam dann zu ihm herüber und ließ sich von ihm auf den Arm nehmen. Sie schnurrte und drehte sich in seinen Armen auf den Rücken. Spielerisch schlug sie mit den Pfoten nach seinen Wangen.

»Du bist ja eine ganz Süße«, sagte Gallagher und kraulte sie unter dem Kopf. Sie schnurrte.

Er trat einen Schritt in die Box hinein und blickte unwillkürlich von der Katze weg und in den Tunnel mit der Treppe.

Ein Stück Papier war auf einen Nagel unter der Falltür gespießt worden. Die Charun-Figur war diesmal anders gezeichnet. Er hielt seinen Kopf jetzt zum Betrachter gewandt. Ein Streifen Weiß leuchtete am unteren Rand der schwarzen Augenhöhlen. Einer der Fäden, mit denen sein Mund zugenäht war, hing lose herab. Zwischen seinen Beinen stieß ein riesiger, rostrot angemalter Phallus hervor. Eine krallenbewehrte Klaue hielt ihn umklammert.

Das Monster stierte Gallagher an.

KAPITEL 14

Die Katze sprang von Gallaghers Arm herunter. Er lief ihr bis zur Stalltür nach und wollte gerade hinausgehen, als er Andie Nightingale den Pfad herunterkommen sah. Der Regen fiel jetzt in dichten Schleiern. Sie hatte ihre Kapuze übergestülpt und den Kopf dem Wald zugewandt. Er zögerte hinauszutreten, denn sie hatte ihm ja befohlen, das Gelände zu verlassen. Erst findet Gallagher Potters Leiche im Fluß. Dann findet er ein weiteres abartiges Werk des Mörders. Zuviel des Zufalls, dachte er. Der Verdacht wird logischerweise auf mich fallen.

Also beobachtete er Andie durch die angelehnte Tür und hoffte, sie würde wieder fortgehen, damit er zum Auto zurückschleichen und darauf warten konnte, daß jemand anders die Zeichnung entdeckte. An der Weggabelung wandte sich Andie kurz zum Stall. Sein Magen krampfte sich zusammen. Dann nahm sie den Pfad zum Wald.

»Geh weiter«, flüsterte er.

Nach ungefähr zwanzig Schritten hielt sie inne. Eine neue Böe fuhr über die Wiese, und Andie senkte den Kopf, bevor sie wieder einen Schritt tat. Plötzlich versteifte sich ihr Körper. Sie bewegte sich rasch nach rechts, bückte sich, langte in das Gras am Wegrand und hob einen Gegenstand auf, den Gallagher nicht zu erkennen vermochte.

Eine Weile hielt sie den Gegenstand auf ihrer Handfläche und beäugte ihn, als könnte sie nicht glauben, was sie sah. Sie kaute an ihrer Unterlippe und starrte wieder auf ihre Hand, wobei ihr ungläubiges Gesicht ganz offensichtlich den Ausdruck von Bestürzung, dann von Angst annahm.

Sie stopfte das Ding in die rechte Tasche ihrer Windjacke, stand dann einen Moment im Regen, als wüßte sie nicht, was sie jetzt tun sollte. Schließlich hob sie den Kopf. Die Katze kroch unter einem Busch hervor und lief in den Stall zurück, wo sie sich schnurrend vor Gallaghers Füße setzte. Andie kam auf die Stalltür zu, schnalzte mit der Zunge und rief: »Tess, komm her, Tess!«

Gallagher war klar, daß er in der Falle saß, und so trat er aus dem Stall heraus.

Andie blieb abrupt stehen. »Was machen Sie denn hier?«

»Ich ... Ich fühlte mich nicht wohl, nachdem ich ... Mrs. Dawson gesehen hatte«, stammelte er. »Und da bin ich einfach ein bißchen spazieren gegangen, um Luft zu schöpfen –«

»Ich hatte Sie doch gebeten zu fahren.«

»Auf dem Boden im Stall ist Schmutz«, platzte er heraus. »Frischer Schmutz. Er führt zu einer der Boxen ... Da ist wieder eine von Charuns Zeichnungen. Die Wunden an Olgas Leiche stammen nicht von der Hitze!«

»Olga?« sagte Andie. Sie wirkte plötzlich ganz benommen, als hätte ihr ein Schlag auf den Solarplexus die Luft abgedrückt. Dann knickten ihre Knie ein, und sie fiel in den Schlamm. Fünf Zentimeter einer goldenen Kette hingen nun aus ihrer Jackentasche heraus. Sie sah zu Gallagher auf, dann auf die Kette, und das allein schien sie wieder zur Besinnung zu bringen. Sie griff in die andere Tasche und zog zitternd ihre Pistole hervor. »Zurück!« befahl sie.

»He, stecken Sie das Ding weg!« rief er.

»Los, zurück!«

Gallagher trat fünf Schritte zurück. Andie kam wie ein neugeborenes Fohlen wieder auf die Füße und stopfte das Kettenstück in die Tasche zurück, wobei sie ihn beobachtete, wie es ein in die Enge getriebenes Tier tun könnte.

»Ich weiß, was Sie jetzt denken«, sagte er.

»Was denke ich denn?«

»Daß ich da reingegangen bin, um die Zeichnung hinzulegen.«

»Ein Anthropologe, ein Gedankenleser und ein Mörder«, sagte sie. »Eine Menge Talente.«

»Ich habe niemanden umgebracht«, sagte Gallagher. »Wenn ich der Mörder wäre, hätte ich dann nicht die Zeichnung schon gestern nacht hiergelassen? Woher sollte ich wissen, daß Ihr Pick-up nicht funktionieren und ich mit Ihnen hier heraufkommen würde?«

Andie antwortete nicht. Ihre Aufmerksamkeit sprang von Gallagher zum Stall und zurück. Und mit jedem Sprung näherte sich ihr Gesichtsausdruck wieder der Fassungslosigkeit. Sie blinzelte und rieb sich mit der freien Hand die Augen, als blendete sie ein unsichtbares Licht.

Gallagher verteidigte sich erneut. »Weshalb sollte ich warten, bis Mrs. Dawsons Farm von Polizisten wimmelt, um ein Indiz zu hinterlassen? Das tut doch nur ein Idiot!«

Andie zögerte, dann senkte sie die Pistole bis auf Hüfthöhe. »Zeigen Sie's mir. Sie gehen voraus.«

Als sie an die Schmutzklumpen kamen, befahl Andie Gallagher, seine Stiefel auszuziehen und sich gegen die Wand zu stellen. Sie nahm einen Klumpen auf und sah sich das Muster genau an. Die Gummisohlen seiner Stiefel trugen ein Kettenprofil, die Spuren ein Z-förmiges Muster. Sie schleuderte ihre eigenen Stiefel fort und befahl Gallagher mit einer Handbewegung weiterzugehen, wobei sie ihn ermahnte, nicht auf die übrigen Schmutzklumpen zu treten. »Wo ist die Zeichnung?«

»In der letzten Box«, antwortete er. »Sie hängt am Rahmen unter der Falltür.«

»Woher wußten Sie, daß in der Box eine Falltür ist?« fragte sie.

»Wußte ich gar nicht«, protestierte er. »Sie stand offen, als ich kam.«

Gallagher führte sie zu der Box, blieb jedoch auf ihren Befehl draußen stehen. Sie zog Latex-Handschuhe über, ging zu den Stiefeln unter der Kiefernholzbank, nahm sie in die Hand und inspizierte das Profil. Offensichtlich stimmte es mit dem Z-Muster der Schmutzklumpen überein.

»Sie war überhaupt nicht in der Lage, einen Spaziergang zu machen, schon gar nicht nachts«, murmelte sie nachdenklich, mehr zu sich selbst als zu Gallagher gewandt. Sie trat an die Falltür.

»Wohin führt denn die Treppe?« fragte Gallagher.

Doch Andie hörte ihn kaum. Sie war schon von der Zeichnung gefesselt und murmelte nur: »Zu einem Tunnel, der unter dem Hof hindurch ins Haus führt. Olgas Schwiegervater hat ihn in den zwanziger Jahren gebaut, damit er im Winter besser hier rüberkommen und sich um die Kühe kümmern konnte.«

»Hätte sie denn hier rauskommen können?«

»Nein, ich ... ich weiß nicht«, antwortete sie. Sie warf Gallagher einen Blick zu. »Die Zeichnung ... das Monster hat einen ...«

Er nickte.

»Er hat Olga vergewaltigt, bevor er sie umbrachte«, sagte Andie. Sie riß die Zeichnung ab, als wäre es das Gemeinste auf Erden, und es sah für einen Moment so aus, als wollte sie sie in tausend Stücke zerfetzen.

»Nein, nicht!« schrie Gallagher.

Einen Augenblick lang war es totenstill im Stall. »Tun Sie das nicht!« flüsterte er dann noch einmal.

»Sergeant Nightingale?« ertönte plötzlich Lieutenant Brigid Bowmans Stimme vor der Stalltür. »Sind Sie da drin?«

Als sie die Stimme hörte, ließ Andie die Zeichnung fallen, wankte zur Holzbank und ließ sich schwer darauf niederfallen. Ihr klatschnasses Haar hing ihr in wirren Strähnen ins Gesicht. »Ich weiß nicht, was ich tun soll«, stöhnte sie leise vor sich hin.

Brigid Bowman und Chief Mike Kerris waren schon auf der gegenüberliegenden Seite in den Stall getreten.

»Ziehen Sie die Stiefel aus!« rief Gallagher ihnen zu und blickte nervös hin und her. »Nehmen Sie sich zusammen!« zischte er dann. »Lieutenant Bowman kommt jetzt. Sie sollte Sie nicht so sehen.«

Andie schüttelte den Kopf, wie er es einmal bei einem Esel

in der Sahara gesehen hatte, der so brutal geschlagen worden war, daß er sich nicht mehr bewegen wollte. Er ging auf die Polizisten zu und zeigte auf die Schlammspuren. »Sergeant Nightingale möchte, daß hier alle die Stiefel ausziehen, Charun ist hier drin gewesen.«

»Charun?« Lieutenant Bowman zog die Stirn in Falten.

Kerris stöhnte. Er hatte zwar seit dem Vortag die Kleidung gewechselt, doch sah er insgesamt schlechter aus. Er ging gebeugt, die Baseballmütze mit der Aufschrift »Chief« saß verkehrt herum auf dem Kopf. Und die Tränensäcke unter seinen stahlblauen Augen waren größer als Gallaghers.

»Wo ist Sergeant Nightingale?« fragte Lieutenant Bowman scharf.

»Dort hinten in der letzten Box«, antwortete Gallagher und überlegte fieberhaft, wie er die beiden aufhalten könnte. »Es gibt wieder eine Zeichnung.«

Kerris' Augen weiteten sich. Er fingerte nach einem Lutscher in seinen Taschen. »Ich muß meinen Onkel anrufen und ihn darüber informieren«, meinte er.

»Niemand ruft hier irgendwen an, bis ich es sage«, entgegnete Lieutenant Bowman. Sie streifte ihre Stiefel ab und sah Gallagher mißtrauisch an. »Weshalb sind Sie hier, Mr. Gallagher?«

»Ich habe die Zeichnung gefunden und sie dann Sergeant Nightingale gezeigt.«

»Sie haben die Zeichnung gefunden? Chief Kerris, bitte sorgen Sie dafür, daß Mr. Gallagher nicht weggeht«, ordnete Bowman an und schob sich dann an Gallagher vorbei.

Der wollte hinter ihr hereilen, doch Kerris packte ihn am Kragen. Trotz seiner offensichtlichen Ermüdung war er immer noch gut fünf Zentimeter größer und fünfzehn muskulöse Pfund schwerer als Gallagher. Mit einem kräftigen Ruck drehte Kerris Gallagher herum. Sein Atem roch nach

Trauben, der Stiel seines Lutschers lugte aus seinem Mund. »Wo soll's denn hingehen, Schlaumeier?« fragte er.

»Nach Disneyland«, gab Gallagher sarkastisch zurück. »Was geht Sie das an?«

Kerris' Oberlippe verzog sich verächtlich. »Lawton braucht solche wie Sie nicht. Warum fahren Sie nicht einfach nach New York zurück oder woher Sie sind?«

»Schauen Sie, Chief«, sagte Gallagher. »Ich weiß nicht, was Ihr Problem ist, aber ich habe Sergeant Nightingale dabei geholfen, den letzten Brief zu deuten. Ich dachte, ich könnte ihr auch bei diesem helfen.«

»Das kann ich mir lebhaft vorstellen.«

»Was wollen Sie damit sagen?«

Kerris grinste boshaft. »Andie Nightingale sieht verdammt gut aus, was? Ich würd' ihr aber nicht zu nahe kommen an Ihrer Stelle. Sie ist so kalt, daß es gefährlich werden könnte für Ihre ... geistige Gesundheit.«

Bevor Gallagher antworten konnte, rief Lieutenant Bowman mit erregter Stimme: »Chief Kerris, würden Sie bitte Mr. Gallagher hierherbringen?«

Gallagher befürchtete, Andie Nightingale am Boden liegend vorzufinden, doch sie war schon wieder auf den Beinen. Ihr bleiches, feuchtes Gesicht und das sichtbare Zittern ihrer Hände erweckten den Anschein, als hätte sie gerade eine schwere Krankheit überstanden.

Lieutenant Bowmans Kinn war entschlossen vorgeschoben. »Mr. Gallagher, ich möchte Ihre Hütte durchsuchen lassen. Brauche ich dafür einen Durchsuchungsbefehl?«

»Nein, machen Sie nur. Ich habe nichts zu verbergen«, antwortete er.

»Chief Kerris wird das in die Hand nehmen.«

»Wenn er damit zu tun hat, möchte ich gern dabeisein, wenn Sie nichts dagegen haben.«

»Das ist Ihr gutes Recht«, sagte Brigid Bowman. »Für den Moment möchte ich Sie bitten, einen Blick auf diesen Brief zu werfen.«

»Sie wollen einen Verdächtigen den Brief sehen lassen?« wandte Kerris barsch ein, als ob er seinen Ohren nicht traute.

Lieutenant Bowman warf ihm einen nachsichtigen Blick zu. »Wenn Mr. Gallagher der Mörder ist, dann hat er ihn ja wohl schon gesehen, oder? Wenn nicht, dann kann er nur eine Hilfe sein.«

Gallagher zwinkerte Kerris zu und ging dann zur Bank hinüber, wo Andie das Blatt Papier mit der Zeichnung und der Notiz hingelegt hatte. Andie trat einen Schritt zur Seite. Ihr Atem ging keuchend.

Angel war meine Persephone. Ich konnte nicht sehen. Doch wie der alte Mann und Vater sagte sie, sie kenne den Weg. Sie sagte, der kleine Tod würde unser Boot lenken.

Ich werde haben, was Angel jetzt schon sicher weiß. Und wenn noch mehr über den Fluß gerudert werden müssen, bis ich es bekomme, dann soll es so sein. Du hast mich verdammt, Lawton. Jetzt verdamme ich dich!

Angel sagte, wir würden alle sterben. Wir werden alle sterben. Werden wir das andere Ufer sehen?

Der unheimliche Wahnsinn des Briefes jagte Gallagher Schauer über den Rücken und löste ein Hämmern in seinem Kopf aus. Er erinnerte sich an die Zeichnung des stierenden Monsters auf der anderen Seite und zuckte zusammen, zwang sich dann jedoch, die Zeilen noch einmal zu lesen.

»Nun?« fragte Lieutenant Bowman.

»Wir haben es hier mit einem intelligenten, doch sehr kranken Hirn zu tun.«

»Mit sich selbst kennt man sich immer am besten aus«, mischte sich Kerris schon wieder ein.

»Jetzt reicht's, Chief«, wies ihn Bowman zurecht. »Was weiter, Gallagher?«

»Er hat es auf Lawton abgesehen, das heißt, er lebt hier oder hat hier gelebt und meint, er sei von der Gemeinde schlecht behandelt worden. Was mich übrigens ausschließt.«

»Nicht für mich«, sagte Kerris.

»Wer ist Persephone? Wer ist Angel?« fragte Lieutenant Bowman.

»Beides mythologische Figuren, doch aus verschiedenen Kulturen«, antwortete Gallagher und ignorierte Kerris' wütenden Blick. »Persephone stammt aus der griechischen Mythologie. Angel beziehungsweise der Engel ist eine jüdisch-christliche Figur.

Persephone war eine Tochter der Göttin der Ernte, Demeter«, fuhr er fort. »Sie wurde von Hades, dem Herrscher der Unterwelt, entführt und vergewaltigt. Während sie bei ihm war, aß sie drei Granatapfelkerne und wurde dazu verurteilt, für immer als Hades' Braut unter der Erde zu bleiben. Ihre Mutter Demeter suchte ihre Tochter überall, sie trauerte und vernachlässigte völlig die Ernten. Als die Ernten von der Erde verschwanden, tauchte zum ersten Male der Winter auf.

Die Menschen bedrängten die Götter, in dem Streit zu vermitteln, und es kam zu einem Kompromiß. Persephone sollte ein halbes Jahr bei Hades und die andere Hälfte des Jahres bei ihrer Mutter auf der Erde verbringen«, schloß er seinen Vortrag.

Andie Nightingales Stimme erhob sich schrill. »Wie bewegte sich Persephone zwischen Unterwelt und Erde hin und her?«

Gallagher überlegte einen Augenblick und nickte nüchtern. »Charun mußte ihr Fährmann sein.«

»Und Persephone wurde vom Herrscher der Unterwelt vergewaltigt?« Andie stellte diese Frage, als wäre ihr eine spitze Gräte in der Kehle steckengeblieben.

»Ja.«

Kerris wandte mit hochrotem Kopf den Blick ab. »Wenn man mich fragt, ist das alles ein Haufen Blödsinn. Wo sind die echten Beweise?«

»Das würde ich auch gerne wissen«, schloß sich Lieutenant Bowman an. »Mr. Gallagher, hatte Charun mit Persephone eine sexuelle Beziehung in den Mythen? Der Penis – er ist so übertrieben dargestellt.«

Gallagher schüttelte den Kopf. »Charun hatte keinerlei Beziehung dieser Art, soweit ich mich erinnern kann. Er ist eine der weniger wichtigen Figuren in den größeren Mythen.«

»Was ist mit dieser Angel?« fragte Bowman. »Wie paßt die hier rein?«

Gallagher zuckte die Achseln. »Er vermischt diese Bezugspunkte. Das ergibt keinen Sinn. Es sei denn ... der Sinn ist sein persönlicher.«

»Wovon zum Teufel reden Sie?« fragte Kerris verwirrt.

»Seit uralten Zeiten waren die Mythen das Ausdrucksmittel, mit dem die Menschen sich das Unerklärliche erklärbar gemacht haben. Für die alten Griechen war die Legende um Persephone ein Mittel, den Zyklus von Sommer und Winter zu erklären. Aber Ihr Mörder erzählt die Geschichte anders und verändert den Sinn.«

»Wozu?« fragte Bowman.

»Um sie mit seiner eigenen Erfahrung in Einklang zu bringen«, antwortete Gallagher. »Um den Verbrechen, die er begangen hat, einen Sinn zu geben.«

»Oder denen, die er noch begehen wird«, murmelte Andie.

Sie hatte während des letzten Teils der Unterhaltung auf der Bank gesessen und abwesend auf die Falltür gestarrt, die zur Treppe führte. Jetzt legte sie die Hände vor ihrem Bauch zusammen und schaukelte vor und zurück wie eine Wahnsinnige in einer Gummizelle.

»Was sagen Sie da, Sergeant?« fragte Lieutenant Bowman.

»Er hat Olga vergewaltigt, nicht?« stöhnte Andie. »Er hat sie vergewaltigt und sie dann totgeschlagen! Und bevor er sie verbrannte, hat er ihr Blut dazu benutzt, das Bild zu malen.«

Sie schaukelte jetzt schneller. »Er wird uns alle vergewaltigen und umbringen, und wir werden nicht einmal wissen, weshalb.«

Kerris und Bowman tauschten Blicke aus. Bowman setzte sich neben sie auf die Bank. »Andie, bist du okay?«

Die Polizistin starrte sie an, als wären sie Fremde. Dann hielt sie ihren Kopf mit beiden Händen und stöhnte: »Ich weiß es nicht! Ich weiß es einfach nicht!«

Ein Polizeibeamter sollte Andie und die Katze über die River Road nach Hause fahren, und zwar mit der Anweisung von Lieutenant Bowman, daß Andie zwei Wochen Urlaub nahm, um sich auszuruhen. Das Team der Spurensicherung begleitete Kerris und Gallagher zur Hütte. Sie suchten vier Stunden lang, doch wie Gallagher vorhergesagt hatte, fanden sie nichts. Gegen sechs Uhr nachmittags war die Hütte wieder leer.

Gallagher fühlte sich von den Ereignissen des Tages erschöpft. Da er fast vor Hunger starb, briet er sich ein Steak, um dann schon die zweite Nacht die Treppe hinaufzustolpern und völlig angekleidet aufs Bett zu fallen. Mehrere Stunden lang schlief er tief und traumlos; dann kamen die schrecklichen Bilder des Tages an die Oberfläche und wirbelten in jenem intuitiven Zustand am Rande des Bewußtseins durcheinander. Er sah den verkohlten Körper von Olga Dawson, das Monster, das ihm mit seinem blutigen Phallus drohte, und Andies plötzlichen, seltsamen Zusammenbruch.

Dann liefen die Bilder rückwärts, und plötzlich saß Gallagher aufrecht im Bett und sprach in die Dunkelheit hinein: »Andie hat Lieutenant Bowman gar nichts von der goldenen Kette gesagt.«

KAPITEL 15

Draußen wehte ein starker Wind. Der Lichtstrahl von Gallaghers Taschenlampe glitt über das nasse, wirbelnde Laub auf dem Pfad, der von der Hütte auf die River Road hinaus und zu Andies Haus führte. Durch die Hecke konnte er sehen, daß im Erdgeschoß Licht brannte. Er lief, so schnell er konnte, und dachte dabei: Weshalb hatte eine langgediente Polizistin eine goldene Kette verheimlicht, die sie am Tatort eines Mordes gefunden hatte?

Gallagher klopfte an die Hintertür, wartete einen Augenblick und klopfte dann noch einmal lauter. Er vernahm hinter sich ein melodiöses, durchdringendes Geräusch, stutzte, wandte sich um und spähte angestrengt in die Dunkelheit. Es klang wie eine Flöte, die gegen den Rhythmus einer Tanzrassel anblies, das gleiche Geräusch, das er beim Aufwachen vor ein paar Tagen gehört hatte. Doch gleich darauf wurde die Melodie vom Wind verschluckt. Gallagher öffnete die Tür und trat ein, wobei er leise rief: »Hallo! Jemand zu Hause?«

Es war nichts zu hören außer dem Knistern und Knacken des Feuers im Ofen. In der Küche roch es nur nach ihr, doch als er näher kam, war da noch ein anderer Geruch, schrecklich vertraut. So hatte der Atem seiner Mutter gerochen.

Andie hatte die Stirn auf dem Tisch in die Armbeuge ihrer grünen Chamoisbluse gelegt, die sie zu einem Paar Jeans trug. Neben ihrem Ellenbogen stieß ein umgestürztes Saftglas mit dem Rand an eine Wodkaflasche, die zu einem Drittel geleert war. Sie war barfuß. Ihr rechter Arm lag ausgestreckt auf dem Tisch, und eine dünne, goldene Kette hing zwischen ihren gekrümmten Fingern. An der Kette hing ein zierliches Kreuz, das auf ihrer Handfläche ruhte. Dort, wo sich Stamm und Querbalken des Kreuzes trafen, war der Splitter eines kleinen roten Edelsteins eingefaßt.

Neben Andies ausgestrecktem Arm lagen zwei Streifen tannengrünen Stoffes, die an einem gegerbten Lederbeutel befestigt waren, der vielleicht fünfzehn Zentimeter lang und fünfundzwanzig Zentimeter breit und vom Alter rissig war. Ein genaues Ebenbild der Goldkette und des Kreuzes mit dem kleinen roten Edelstein hing halb aus der Öffnung des Beutels, neben einem Bündel vergilbter Blätter, die am linken Rand eingerissen und so brüchig und durchsichtig geworden waren, daß Gallagher die schwachen Spuren einer Handschrift erkennen konnte, obwohl die Seiten nach innen gefaltet waren.

Die alten Papiere lösten eine unerklärliche Übelkeit in ihm aus. Gallaghers Blick glitt wieder zu der Wodkaflasche neben dem ausgestreckten Arm, was die Übelkeit soweit verstärkte, daß eine Flamme in seine Kehle züngelte. Er sah sich selbst als kleinen Jungen in eine Küche laufen, wo er seinen Vater in genau derselben Haltung fand, ihn aufzuwecken versuchte und weinte, weil er Angst hatte, Seamus käme nicht wieder zu sich. Gallagher überkam der Drang, sofort wieder zu gehen und Andie den Kampf mit ihren Dämonen allein führen zu lassen, wie sie es selbst für richtig hielt.

Aber etwas an den vergilbten Papieren zog ihn an, ließ ihn nicht gehen. Gallagher nahm sie in die Hand, setzte sich in den Ledersessel neben dem Ofen und begann zu lesen:

3. November 1893
Heute nacht werden sie mich umbringen. Ich bin mir ganz sicher.

Aber ich habe keine Angst, denn ich muß es ja nur jetzt durchstehen. Danach werde ich mit Ten Trees und Painted Horses tanzen, und der rote Staub wird sich unter unseren Füßen in die warme Luft erheben, und unser Gesang wird wie ein Wirbelwind über die Ebenen wehen.

Ich muß die Augen schließen, um es richtig hören zu können, das Stampfen der Füße, in dem sich tausend, dann zehntausend meiner Brüder und Schwestern finden, und unsere Füße werden wie die donnernden Hufe der Büffel sein, wenn sie wiederkehren. Wir tanzen alle in einem großen Kreis, immer rundherum und rundherum. Bis Wakan Tanka das Stampfen unserer Mokassins gegen die Erde hört und der Himmel aufbricht und wir wieder über die Erde gehen.

Großvater, ich sende eine Stimme. Zu den Himmeln des Universums sende ich eine Stimme hinauf.

Seit Stunden halte ich mich nun schon hier im Kartoffelkeller versteckt. Es gibt hier Möhren, Kartoffeln und Kürbisse genug, um mich davon eine Woche zu ernähren. Und eine Flasche Öl für die Lampe. Und Wasser, das aus der Erde sickert. Ich habe die Pfeife von Ten Trees, die heiligen Steine und genügend Tabak, um die Zeremonien zu Ende zu bringen.

Dann werden sie kommen. Wie sie immer gekommen sind. Aus Gier. Aus Bosheit.

Sie werden ein letztes Mal versuchen, mich dazu zu bewegen, sie die heiligen Dinge zu lehren, die ich von Ten Trees und Kicking Bear gelernt habe. Und dann wird das Töten geschehen. Weil ich eine Squaw bin. Und sie weiß sind. Weil sie glauben, ich gehöre ihnen genauso wie ein Knochen, den sie nehmen oder auf einen Haufen werfen können.

Ich habe keine Angst vor ihnen oder vor dem Tod. Ten Trees hat mich immer gelehrt, daß man dem Tod ins Gesicht sehen soll, wenn er kommt. Er meinte, man muß mit offenen Augen in den Tod gehen, um lauteren Sinnes in das einzugehen, was jenseits liegt.

Ten Trees, Crazy Horse, Sitting Bull, Big Pool, Painted Horses und jetzt ich, Many Horses. Der Winter ist ja auch die Sterbezeit für die Lakota. Der erste Wintersturm kam letzte Nacht, kalt und böse wie ein Rudel Wölfe auf der Jagd. Sie sind unterwegs und suchen mich. Ich werde einige von ihnen töten, bevor ich sterbe.

Wenn ich an meine Mutter, Painted Horses, denke, dann denke ich, wir werden alle so werden wie der Blizzard – eiskalt, mit scharfen Zähnen und auf der Jagd nach der Furie unseres Lebens.

Ich habe mir eine Haarlocke abgeschnitten und sie im Rauch des Süßgrases gebadet, das ich im August am Bluekill gesammelt hatte. Ich habe sie zum Himmel, zur Erde und in die vier Richtungen des Universums gehalten. Dann wickelte ich sie in Hirschleder, wie man es mich gelehrt hat. Dieses Haar kann meine Seele befreien.

Doch wer soll meine Seele und mein Haar beschützen, bis ich befreit werden kann? Wer wird die junge Büffelkuh töten und ihr Fell nehmen? Welche Frau wird sich um mein Bündel kümmern? Welche Frau wird meine Seele an einen Dreifuß hängen, so daß sie nach Süden sieht, und sie mit einer Büffelhaut und den Federn eines Adlers bedecken?

Ich habe keine Angst zu sterben. Ich bin jetzt fertig und für sie bereit. Doch werde ich nicht einfach so gehen wie ein ängstlicher Hirsch, der sich in einer Fallgrube gefangen hat. Ich werde durch die Nacht im Schnee zu meinem geheimen Platz laufen und dort noch ein letztes Mal tanzen. Nach dem Tanz mögen sie kommen, wenn sie den Mut dazu haben.

Großvater, ich sende eine Stimme. Zu den Himmeln des Universums hinauf sende ich eine Stimme.

Ein Druck entstand in Gallaghers Brust, als er diese letzten Zeilen las. Das war ein Stück aus einem alten Tagebuch, obwohl er in all seinen Studien- und Reisejahren nie etwas Ähnliches gelesen hatte – bruchstückhafte, fast halluzinatorische Gedanken, die jemand vor mehr als hundert Jahren unter tödlicher Bedrohung niedergeschrieben hatte. Wer war die Autorin? Was war mit ihr geschehen? Gallaghers Herzschlag beschleunigte sich bei dem Gedanken, daß dies ein wichtiger anthropologischer Fund sein könnte. Er mußte Jerry anrufen.

Der Lederbeutel verrutschte auf seinem Schoß. Eine Locke pechschwarzen Haars, ungefähr fünfzehn Zentimeter lang und zwischen zwei Stücke Wachstuch gelegt, fiel auf seinen Schenkel. Einige Haarsträhnen ragten aus dem Wachstuch hervor. Gallagher fuhr leicht mit den Fingern darüber, zog sie aber rasch zurück, als er ein leichtes Stechen spürte, ähnlich dem Gefühl, das er erlebt hatte, als ihm vor Jahren in Afrika Feuerameisen über die Hand gelaufen waren.

»Das ist doch nicht möglich«, flüsterte er vor sich hin.

Ein lautes Knacken wurde hörbar, als eine Patrone in die Kammer der Pistole geschoben wurde. Gallagher sah von den Haaren auf. Der Lauf von Andie Nightingales Dienstwaffe war direkt auf seine Brust gerichtet.

KAPITEL 16

Andie stützte beide Ellenbogen auf die Tischplatte und hielt den Pistolenkolben mit beiden Händen fest umklammert – nur zwei Meter war er von seinem Gesicht entfernt und tanzte wild auf und nieder. Ein blutunterlaufenes Auge starrte ihn über den Lauf hinweg an. »Tun Sie das sofort zurück, oder ich bringe Sie um«, sagte sie mit schwerer Zunge.

»Was –«

»Machen Sie schon!«

Mit zittrigen Fingern nahm Gallagher das Wachstuch hoch, um die Haare nicht noch einmal berühren zu müssen, und tat es in den Lederbeutel zurück. Dann faltete er die vergilbten Seiten zusammen und steckte sie ebenfalls weg.

»Jetzt schieben Sie den Beutel über den Tisch«, befahl sie. »Aber vorsichtig.«

Alles, was er sehen konnte, war das schwarze Loch der Pistolenmündung, als er den Lederbeutel zu ihr hinüberschob. Sie griff danach und preßte ihn an ihre Brust, dann kam sie um den Tisch herum, wobei sie die Pistole weiter auf ihn gerichtet hielt. »Wer sind Sie?« fragte sie mit ihrer schweren Zunge. »Und was wollen Sie hier?«

»Ich will überhaupt nichts«, stammelte Gallagher. »Ich habe nur gesehen, wie Sie die goldene Kette hinter Olga Dawsons Stall fanden, und mich gefragt, weshalb Sie niemandem davon erzählt haben. Und dann habe ich Sie hier gefunden – bewußtlos neben dem Tagebuch und dem Haarbüschel und den zwei Goldketten mit den Kreuzen.«

Sie sah ihn an wie das Eichhörnchen den Habicht, sagte jedoch nichts.

Gallagher sagte: »Die Schreiberin, das ist eine Indianerin, nicht wahr?«

Mit einer einzigen, raschen Bewegung warf Andie den Lederbeutel auf den Tisch und nahm eine Kampfhaltung ein. »Woher wissen Sie von ihr?« stieß sie heiser hervor. »Antworten Sie, oder ich werde schießen, so wahr mir Gott helfe.«

»Wer glauben Sie denn, wer ich bin?« rief Gallagher.

»Das kranke Schwein, das die beste Freundin meiner Mutter vergewaltigt hat und davor Hank Potter. Und jetzt sind Sie hinter mir und meinem Lederbeutel her.« Sie bewegte sich wie ein Raubtier auf Gallaghers Sessel zu und befahl: »Auf den Boden, das Gesicht nach unten. Beine und Arme auseinander.«

Gallagher glitt von seinem Sessel herunter und ließ sich auf alle Viere nieder. Andie machte leicht schwankend einen Schritt auf ihn zu, als wollte sie ihn niederstoßen. Bevor sie das jedoch tun konnte, schwang er sein rechtes Bein zwischen ihre Fußknöchel und fuhr mit der linken Hand an ihren rechten Ellenbogen, um die Pistole von seinem Gesicht weg zu dirigieren. Der mittlere Knöchel seiner rechten Hand traf sie genau unterhalb des Rippenbogens in die Nierengegend. Sie ließ einen dumpfen Laut hören, als sie rückwärts gegen einen Ständer mit Blumentöpfen und dann zu Boden krachte. Ihre Pistole wirbelte über die Bodendielen. Im Nu war er über ihr und drückte sie an den Handgelenken zu Boden.

»Lassen Sie mich los!« rief Andie und wand sich unter ihm hin und her. »Sie können das nicht tun! Keiner kann –«

»Wenn ich Charun wäre, dann wären Sie jetzt tot!« herrschte Gallagher sie an. »Denken Sie mal darüber nach!«

Keuchend starrten sie sich an. Dann sah Andie nach links und nach rechts, wo Gallaghers Hände ihre Handgelenke umklammert hielten, sah, wie seine Schenkel die ihren niederpreßten, und bat mit vor Anstrengung zitternder Stimme: »Dann lassen Sie mich los, bitte. Ja?«

Gallagher stand auf und trat schnell zurück. »Ihre Pistole liegt unter dem Tisch.«

Andie starrte vor sich hin, als kehrte sie von einer schrecklichen Erinnerung zurück, dann stützte sie sich auf die Ellenbogen. »Wo ... Wo haben Sie so zu kämpfen gelernt?«

»In Tokio«, antwortete er. »Meine ehemalige Frau und ich

haben dort achtzehn Monate verbracht und in einem Aikido-Dojo recherchiert und gedreht. Der Film kommt noch ab und zu in einem der Kabelkanäle.«

Andie ließ Gallagher nicht aus den Augen, während sie seitwärts rutschte und ihre Pistole barg. »Sagen Sie mir, woher Sie wußten, daß das Haar und die Aufzeichnungen von einer Indianerin stammen.«

»Weil sie selbst von sich sagt, daß sie eine Lakota ist. Aber das heißt an sich noch nichts. Es gibt sogar weiße Typen, New-Age-Anhänger aus Westchester County, die in Sedona, Arizona, leben und behaupten, sie seien Lakota. Das Besondere ist der eine Satz, der in dem Tagebuch ein paarmal wiederholt wird: ›Großvater, ich sende eine Stimme.‹ Den habe ich schon mal gehört.«

»Wo denn?« fragte Andie skeptisch.

»Während meiner ersten drei Jahre als Doktorand habe ich für einen Professor, der einen Film über Sitting Bull machte, recherchiert – damals hab' ich überhaupt erst angefangen, mich für Dokumentarfilme zu interessieren. Die Zeile über den ›Großvater‹ kam in den Liedern vor, die die Sioux zu jener Zeit sangen. Wakan Tanka, der Große Geist, wird ab und zu auch Großvater genannt. Sie ist eine Sioux, stimmt's?«

Andie nickte. Ihr Haar war schweißnaß und hing ihr ins Gesicht. Sie strich es zurück.

»Jetzt möchte ich auch ein paar Antworten haben«, sagte er. »Wenn das Tagebuch und die Kreuze mit den Morden zu tun haben, warum haben Sie dann Lieutenant Bowman nichts davon gesagt? Weshalb halten Sie Beweismittel zurück?«

Andie stierte Gallagher haßerfüllt an, hob die Pistole wieder und zielte auf sein Gesicht. In ihren Augen blitzte Wahnsinn auf, und er glaubte, er würde sich jeden Augenblick in die Hose machen. Beruhige sie, dachte er. Beruhige sie, so wie du es immer bei Seamus gemacht hast, wenn er seine Tiraden losließ.

»Reg dich jetzt nicht auf, Andie«, fuhr er in einem sanften, ruhigen Ton fort. »Du hast sicher deine Gründe gehabt. Was dich aber viel mehr bedrückt, ist, daß du wieder mit dem Trinken angefangen hast, stimmt's?«

Ihr Griff um die Waffe wurde fester, und ihr Zeigefinger legte sich auf den Abzug.

Gallagher schluckte, redete aber weiter. »Du fühlst dich schuldig und bist wütend, und du hast Angst, daß du bald wieder ganz an der Flasche hängst, ist es nicht so?«

Eine ganze Weile herrschte Stille, dann entspannte sich ihr Zeigefinger. »Ja«, flüsterte sie niedergeschlagen.

»Es ist nur ein Ausrutscher, nur ein einziges Mal. Du mußt nicht wieder ganz nach unten, wenn du es nicht willst.«

Sie nahm eine Hand von der Waffe. »Ich habe mich so bemüht.«

»Die beste Methode, nicht wieder in das Loch zu fallen, ist Reden, oder?«

Sie nickte.

»Warum hast du Lieutenant Bowman nichts von der Kette erzählt?«

Langsam sank die Pistole zur Seite. Sie fiel ermattet auf einen Küchenstuhl, ein Vogel mit gebrochenem Flügel, und sagte: »Weil ich meiner Mutter versprochen habe, es geheimzuhalten. Und als ich das Kruzifix dort im Schlamm liegen sah, da dachte ich: Olga hat also auch ein Stück von dem Tagebuch gehabt. Und dann hast du Charuns Brief gefunden … und …«

Andies Blick glitt zur Wodkaflasche hinüber, dann stützte sie den Kopf in die Hände und fing an zu schluchzen. Gallagher stand auf, nahm mit einem Griff die Flasche vom Tisch und ging zum Spülbecken, wo er sie mit einer leider vertrauten Bewegung ausleerte.

»Erzähl doch mal von Anfang an«, sagte er dann, während er einen Wasserkessel füllte und auf den Herd setzte.

Sie schniefte, nickte und sah abwesend zur Decke empor, als sähe sie dort im hellen Putz einen Film ablaufen. Knapp drei Jahre zuvor war Andies Mutter von der Leiter gefallen und hatte sich den Oberschenkel gebrochen. Grace Nightingale lag neun Stunden auf dem Küchenboden, bevor ihre Tochter von der Arbeit nach Hause kam und sie fand. Die Sterbeurkunde besagte, daß Grace an einer Lungenentzündung gestorben war, die sie sich nach der Operation an ihrem gebrochenen Bein zugezogen hatte. Grace litt furchtbare Schmerzen, als sie starb, stöhnte unablässig, warf sich unruhig hin und her und fiel immer wieder in tiefe Bewußtlosigkeit.

Um zwei Uhr morgens setzte sie sich kerzengerade im Bett auf und ergriff Andies Arm mit furchteinflößender Kraft. Sie wies ihre Tochter an, sofort nach Hause zu fahren, einen lockeren Ziegel am Kamin im Keller zu suchen und ihr zu bringen, was sie dahinter fände. Andie versuchte, ihre Mutter zu beruhigen, doch das machte die alte Frau nur noch verzweifelter.

»Geh jetzt gleich, Andie, bitte«, hatte sie gebettelt. »Ich wollte nie, daß du es bekommst, aber jetzt gibt es niemand anders mehr. Du mußt sofort hinfahren.«

Allein und mitten in der Nacht fand Andie den Lederbeutel im Kamin. Sie hielt die Haarlocke in der Hand. Sie las, was Gallagher auch später lesen sollte.

»Ich hatte meine Mutter immer für eine ehrliche, einfache Frau gehalten, die mehr als genug Tragisches in ihrem Leben erfahren hatte«, sagte Andie. »Als ich das Bündel im Kamin versteckt fand, da war mir auf einmal, als hätte sie ein Doppelleben geführt, als kennte ich sie plötzlich gar nicht mehr.«

Gallagher schaufelte mit dem Löffel Kaffeepulver in einen

Kaffeezubereiter. Der Wasserkessel pfiff, und er goß das kochende Wasser in den Glasbehälter. Dann füllte er zwei Kaffeebecher und reichte ihr einen davon. Ihre Hände zitterten und weckten in ihm Erinnerungen an seine Eltern, wenn sie beim Frühstück ihren Kater pflegten. Er schluckte und fragte: »Als du mit dem Lederbeutel wieder ins Krankenhaus kamst, was hat deine Mutter da gesagt?«

Andies Unterlippe zitterte. Sie war erleichtert, endlich reden zu können. »Sie sagte, ihr Vater habe ihn ihr gegeben und der habe ihn von meiner Urgroßmutter. Es ist aus dem Tagebuch einer Sioux-Frau, die angeblich vor vielen Jahren in Lawton lebte.«

Weil sie seine nächste Frage ahnte, fuhr Andie gleich fort, sie wisse nicht, wie die Sioux-Indianerin nach Lawton gekommen sei. Ihre Mutter habe gesagt, es hinge alles mit etwas Schrecklichem zusammen, das vor mehr als einem Jahrhundert in Lawton geschehen sei, etwas »Unheiliges«.

Gallagher beugte sich vor. »Was soll das heißen, ›unheilig‹?«

Andie nahm unsicher einen Schluck schwarzen Kaffee. »Meine Mutter war eine strenge Katholikin. Sie sah alles aus der Sicht ihrer Religion. Sie nannte das, was in diesem Lederbeutel steckte, ›Beweis einer Gotteslästerung‹.«

»Ist das alles, was sie gesagt hat?«

»Nein, das ist nicht alles«, antwortete Andie gereizt. »Doch so voll von Medikamenten, wie sie war, ergab das meiste von dem, was sie erzählte, keinen Sinn, außer daß vor langer Zeit einige Leute in Lawton wollten, daß die Geschichte der Sioux-Frau aufbewahrt würde, sie aber keiner einzelnen Person die Aufbewahrung anvertrauen wollten. Deshalb teilten sie das Tagebuch.«

»Wer hat die anderen Teile?«

»Meine Mutter sagte, es gäbe noch sechs weitere, vielleicht

auch noch mehr, aber sie wußte nicht, wer es war. Ihr Vater und ihr Großvater wußten es auch nicht. Es schien fast, als wäre es genau so geplant worden.«

»Von wem?«

Sie zuckte die Achseln. »Das wüßte ich auch gern. Vielleicht könnte ich dann die anderen retten.«

»Du meinst, Charun bringt die Leute um, die Teile des Tagebuchs besitzen?«

»Ja, das glaube ich, ich kann es aber nicht beweisen. Ich habe schon Paula Potter angerufen, um sie zu fragen, ob sie jemals so etwas wie einen Lederbeutel gesehen habe. Sie hatte aber keine Ahnung, wovon ich sprach.«

Gallagher sah sie durchdringend an. »Weshalb hast du Lieutenant Bowman heute morgen nichts von alledem erzählt? Warum rufst du sie nicht an und erzählst es ihr jetzt?«

»Du weißt eigentlich nichts von mir«, stellte sie nachdenklich fest.

Er antwortete nichts darauf. Andie preßte die Faust an den Mund. Die Katze strich durch die Küche und sprang auf Gallaghers Schoß. Sie schnurrte und rieb ihren Kopf unter seinem Kinn. Als Andie dies sah, weiteten sich ihre Augen und nahmen einen sanfteren Ausdruck an.

»Tess mag eigentlich niemanden«, meinte sie verwundert.

»So, so, niemanden«, frotzelte er und kraulte die Katze hinter den Ohren.

»Na gut, mich mag sie auch«, sagte Andie.

»Das wundert mich gar nicht.«

Andie wurde rot und senkte den Kopf, erlaubte sich jedoch ein Lächeln.

Sie gestand, daß in ihrer Familie Alkoholmißbrauch eine Tradition habe. Ihr Vater war ein Farmer, der im Winter Holz schlagen ging. Als Andie sieben war, fiel ihm, als er allein draußen im Wald arbeitete, ein Baum aufs Bein und hielt ihn fest. Er grub sich einen Weg, auf dem er unter dem Baum hervorkommen konnte, und kroch aus dem Wald heraus. Er verlor sein Bein unterhalb des Knies, aber nach sechs Monaten arbeitete er schon wieder.

Doch als ihr älterer Bruder Billy in Vietnam fiel, war es mit ihres Vaters sprichwörtlicher Zähigkeit vorbei. In sieben Jahren trank er sich zu Tode.

»Meine Mutter hat das in fünf Jahren geschafft«, meinte Gallagher lapidar.

»Das tut mir leid.«

»Mir auch wegen deines Vaters.«

Sie schwiegen eine ganze Zeit.

Dann erzählte Andie, sie habe als Teenager Probleme mit Alkohol gehabt, sei jedoch schon zehn Jahre trocken gewesen, als ihre Mutter starb. Zwei Monate nach der Beerdigung fand sie, ein Screwdriver zum Mittagessen sei eine gute Art und Weise, den Schmerz über den Verlust zu dämpfen. Bald gab es Screwdrivers auch schon zum Frühstück.

Ein Jahr, nachdem sie mit dem Trinken begonnen hatte, war sie auf den Fall eines Doppelmordes in Newport an der kanadischen Grenze angesetzt worden. Sie faßte den kanadischen Drogenhändler, der die Morde begangen hatte, ging jedoch nicht richtig mit den Beweisstücken um. Der Verteidiger zwang sie, zuzugeben, daß sie am Tatort unter Alkoholeinfluß gestanden hatte. Der Drogenhändler kam frei. Andie wurde in Urlaub geschickt, absolvierte ein Rehabilitierungsprogramm und rührte zwei Jahre keinen Tropfen an, bis gestern abend. Sie hatte seither auch in keinem richtigen Mordfall mehr ermittelt. Lieutenant Bowman hielt sie davon fern und gab ihr die Fälle, bei denen alte Damen die Treppe hinunterfielen und ohne Zeugen starben.

»Das erklärt immer noch nicht, warum du ihr nichts von den Lederbeuteln erzählt hast ...«

»Weil ich die Nerven verloren habe, okay?« rief sie. »Ist dir das etwa noch nie passiert? Ich fand das Kruzifix auf dem Boden und wußte sofort, Olga mußte auch ein Stück von dem Tagebuch gehabt haben. Dann hast du die zweite Zeichnung gefunden, und ich hatte auf einmal das Gefühl, als schnatterten mehrere Stimmen in meinem Kopf durcheinander, die mir sagten: Mach dies, mach das nicht, sag dies, sag das nicht. Die wurden so laut, daß ich mich selbst nicht mehr reden hören konnte. Dann hat Brigid mir gesagt, ich solle nach Hause gehen. Weißt du, daß es für einen Alkoholiker, der kurz davor ist, wieder mit dem Trinken anzufangen, das Schlimmste ist, wenn man ihn sich selbst überläßt?«

»Ruf sie doch jetzt an«, schlug Gallagher vor. »Red es dir von der Seele.«

Sie schüttelte heftig den Kopf. »Ich habe ihr nicht sofort von der Zeichnung in Hank Potters Haus erzählt, weil ich ihr zeigen wollte, daß ich eine gute Mordkommissarin bin. Das hätte mich fast den Fall gekostet. Wenn ich jetzt ankomme und erzähle, daß ich es noch einmal so gemacht und außerdem getrunken habe, dann kann ich mich von diesem Job verabschieden. Und dieser Job ist mein Lebensinhalt.«

Ihre Prophezeiung schwebte wie ein Trauerflor zwischen ihnen.

»Dann gibt's nur eins, was du tun kannst«, sagte Gallagher und versuchte, so entschlossen zu klingen wie möglich. »Herausfinden, wer Charun ist, und ihn festnehmen, genauso, wie man das immer im Kino sieht.«

»Leichter gesagt als getan«, meinte sie, zeigte jedoch ein Lächeln, das beinahe ein Lachen war. Sie nahm ein Kleenex und putzte sich die Nase.

»Ich helfe dir dabei«, platzte Gallagher heraus.

Sofort sah sie wieder bedrückt aus. »Warum solltest du das tun?«

Gallagher hatte sofort das Gefühl, er sollte sein Angebot lieber wieder zurücknehmen. Was war in ihn gefahren? Ein Teil von ihm wollte aufstehen und gehen. Er hatte genug von den endlosen Lügen, die Trinker ein Leben lang erfinden. Doch da waren diese mysteriösen Zeichnungen und jetzt das Tagebuch einer Sioux-Frau. Und noch etwas anderes.

»Weil ich das Gefühl habe, du und ich, wir sind uns sehr ähnlich«, sagte er. »Und weil du Hilfe brauchst.«

»Hast du je getrunken?« fragte sie.

»Nein«, antwortete er gleichmütig. »Aber ich bin von zwei Trinkern aufgezogen worden. Beide sind am Suff zugrunde gegangen. Und ich kenne das Bedürfnis, den Schmerz abzublocken. Meine ehemalige Frau sagte immer, ich benutze das Anhäufen von Informationen so, wie meine Eltern den Schnaps benutzten – als eine Schutzschicht gegen die bloßliegenden Nervenenden des Lebens.«

Sie sah ihn lange an und lachte dann sogar. »Hat dir schon mal jemand gesagt, daß du sehr seltsam redest?«

»Da bist du nicht die erste.«

Zehn Sekunden lang grinsten sie sich an wie zwei Idioten, dann brach Gallagher den Bann, indem er sagte: »Du mußt doch irgendeine Theorie haben, weshalb Charun wegen des Tagebuchs einer Sioux-Squaw mordet.«

Andie nickte. »In beiden Briefen hat er gesagt, er sei hinter etwas her, das ihm gestohlen worden sei. Er muß der Ansicht sein, die Tagebuchteile gehörten ihm.«

»Dann könnte er indianischer Abstammung sein«, folgerte Gallagher, »ein Nachkomme der Sioux-Frau.«

»Möglicherweise«, stimmte Andie zu.

»Gibt es hier in Lawton irgendein Dokument über ihren Tod?« fragte Gallagher.

»Nach dem Tod meiner Mutter bin ich die alten Zeitungen und die Sterbeurkunden der Gemeinde durchgegangen, habe aber nichts über eine Sioux gefunden«, antwortete sie. »Aber ich hatte ja auch nicht mal einen Namen, nach dem ich hätte suchen können.«

»Hat dir Olga jemals erzählt, daß sie einen Teil des Tagebuches besaß?«

Andie schüttelte den Kopf. »Nie. Aber ich glaube, sie wollte mir davon erzählen, als ich das letzte Mal bei ihr war. Sie sagte irgendwas von Bären und Geheimnissen, und ich war zu beschäftigt mit anderen Dingen, um richtig zuzuhören.«

»Hat nun Olga das Kruzifix auf der Wiese fallen lassen oder der Mörder?«

Andie kaute auf der Innenseite ihrer Wange. »Es hat so viel geregnet, daß alle Fußspuren verwischt waren. Und der Schmutz auf dem Kruzifix hat alle Chancen, daß es Fingerabdrücke geben könnte, zunichte gemacht.«

»Einmal angenommen, sie war es, wo ist sie dann in jener Nacht hingegangen? In den Wald?«

»Sie war ja so schwach. Ich kann mir nicht vorstellen, daß sie das getan hat«, meinte Andie. »Außer ... außer, sie hatte tatsächlich Angst.«

Gallagher versuchte es sich vorzustellen: die alte Dame, die auf ihren Stock gestützt durch den Tunnel in den Stall hinübergeht, um ihre Stiefel und ihren Regenmantel zu holen; die dann, mit der Katze auf dem Arm, durch das hohe Gras der Wiese stolpert, wo sie von dem verfilzten –

Er schnippte mit den Fingern. »Okay, sie hatte Angst. Nehmen wir an, sie kommt auf die Wiese, stolpert und fällt. Und als sie fällt, verliert sie das Kruzifix. Wenn sie den Beutel so gehalten hat wie du, dann ...«

Andie fiel der Unterkiefer herunter. »Als sie stürzte, hatte sie ihren Teil des Tagebuchs bei sich! Sie wollte ihn verstecken!«

»Die Frage ist nur, wo?«

Andie stemmte die Fingerspitzen auf die Tischplatte und starrte auf die Holzmaserung wie ein Hellseher in die Glaskugel. Dann sprang sie vom Stuhl auf. Sie ging durch eine Tür, man hörte es rumoren, und dann kam sie mit kniehohen Gummistiefeln und einer mächtigen Taschenlampe wieder heraus. Ihr Kinn wirkte entschlossen und ihre Augen blitzten erwartungsvoll. »Hol deine Sachen. Wir wollen mal nachsehen, ob die Bären noch in ihren Höhlen sind.«

KAPITEL 17

Mittwoch, 14. Mai

In den letzten schwarzen Stunden dieser Nacht frischte der Wind auf, der einem Tiefdruckgebiet folgte, das zum Golf von Maine zog. Der Mond trat hervor, verschwand, um gleich wieder zwischen den rasch dahinziehenden Wolken aufzutauchen. Der Regen hatte die Erde aufquellen lassen, und jetzt lag der Geruch nach modernder Fäulnis über dem Waldboden. Totes Laub raschelte auf den Buchenzweigen an der verlassenen Holzfällerschneise, die über einen gefährlichen Steilhang zum Gipfel des Lawton Mountain hinaufführte.

Es war fast halb fünf Uhr morgens, als Andie und Gallagher sich mit der Taschenlampe durch die Zweige emporkämpften. Sie kamen durch einen verwilderten Obstgarten, bevor sie eine Reihe von Vorsprüngen erklommen, auf denen Hickory-Bäume auf fahlen Grasflächen wuchsen. Nach einer Stunde Anstieg traten sie aus einem Kiefernwäldchen auf eine Wiese voller Wacholderbüsche hinaus.

Sie sprachen nicht, während sie bergan kletterten. Und der scharfe, harzige Geruch in der Dunkelheit erinnerte Gallagher an eine Gruppe von Kindern und Eltern, die an einem engen Bergpfad im Libanon Ziegen hüteten. Als er jetzt hier den Berg erklomm, sah er sich und Emily in der Sonne des späten Nachmittags auf einem Vorsprung über dem Pfad hocken, wo sie den Duft der Zedern einatmeten und auf Beirut und das Meer hinunterblickten.

Emily hatte ihre Füße in den Sandalen bis an den Saum ihrer Khakishorts hochgezogen. Die Red-Sox-Baseballmütze saß verkehrt herum auf ihrem Kopf, und sie sah sehr müde aus. Seit beinahe zwei Jahren waren sie zusammen unterwegs, als Mann und Frau, als Liebende und Partner. Gallagher machte die Recherchen und schrieb zusammen mit Jerry die Texte. Emily war ihre Kamerafrau geworden. Indien, Tokio, Tansania und nun der Libanon. Gallagher war schon früher in Beirut gewesen, als er an der Artikelserie über Kinder in Kriegsgebieten schrieb, für die er den Pulitzerpreis bekommen hatte. Nun, zehn Jahre später, waren sie zurückgekehrt, um dieselben Kinder wieder aufzuspüren und einen Dokumentarfilm darüber zu drehen, was aus ihnen geworden war.

»Ich möchte Kinder haben«, verkündete Emily plötzlich und unvermittelt.

Die Sonne verschwand hinter dem Berg, und ihr Felsvorsprung wurde in Schatten getaucht. Gallagher sah zu den kleinen Jungen und Mädchen hinunter, die den Bergpfad hinabliefen, und wurde von unerklärlicher Angst erfüllt. »Mir gefällt unser Leben so, wie es ist«, antwortete er.

»Mir auch«, sagte Emily und zupfte an ihrem Pullover. »Aber ab und zu fühle ich mich ein bißchen leer. Wir sind Voyeure, Pat. Wir sehen zu, wie andere Leute ihr Leben führen.«

»Ich fühle mich nicht leer«, sagte er. »Ich habe ja dich.«

Emily kuschelte sich an ihn. Ihre gebräunte Haut hob sich stark gegen den weißen Pullover ab. Als die Ziegenhirten hinter dem Hang verschwanden, sagte Emily: »Es ist halt so ein Gefühl, das ich ab und zu habe.«

Andie knipste ihre Taschenlampe an und leuchtete nach oben, damit Gallagher nicht gegen einen überhängenden Zweig lief. Im Schein der Lampe sah ihr Gesicht ganz gelb und verkatert aus, und er konnte mit ihrem Schweiß immer noch den Wodka riechen. Sie merkte, daß er es merkte, und wandte sich schnell ab. Das Licht ihrer Taschenlampe fiel auf einen Haufen ordentlich aufgeschichteter Schieferplatten. Die Wiese war vor mehr als einem Jahrhundert das Kartoffelfeld einer kleinen Farm gewesen, und alles, was davon noch übrig war, waren die Schieferfundamente, ein Orientierungspunkt, der einst Olga Dawson geholfen hatte, einem kleinen Mädchen das Winterquartier eines Bären zu zeigen.

Sie gingen um die Fundamente herum und bogen zur nördlichen Ecke des Feldes ab. Hier verwandelte sich das Gelände in eine Reihe steiler Felsenhänge, und sie gingen in östlicher Richtung, bis sie einigermaßen Halt fanden. Andie tastete sich an einem Streifen aus Felsen und Erde ungefähr hundertzwanzig Meter hangabwärts. Gallagher rutschte hinterher, wobei er zweimal stürzte.

Der Strahl ihrer Taschenlampe glitt über die Stämme der Bergeschen, Wildkirschen und Rottannen und ließ sie gegen die verdorrten Farnkräuter auf dem kleinen Plateau am Fuße des Hangs dunkel glänzen. Eine Eule schrie in der Morgendämmerung. Eine Schnepfe keckerte. Und aus der Tiefe kollerte ein Truthahn.

Sie standen jetzt auf einem Felsvorsprung, der aus dem Hang herausragte. Andie bahnte sich den Weg in ein Gebüsch aus wilden Himbeeren. Die braunen, dornigen Äste rissen an ihren Regenjacken und traten dann zurück, um einen weiten, ovalen Höhleneingang freizugeben. »Hier hielten Joshua und

Caleb Danby im Sommer ihre Séancen ab«, sagte sie. »Da drin gibt es einen Tunnel, der zu einer zweiten, kleineren Höhle führt, die Olga immer die Bärenhöhle nannte.«

Tatsächlich war die Höhle an ihrem Eingang ungefähr drei Meter hoch und fünf Meter breit, um sich nach gut drei Metern stark zu verjüngen, bis sie eine Röhre von der doppelten Breite von Gallaghers Schultern bildete. Andie leuchtete mit ihrer Taschenlampe die erste Höhle aus. Es war nichts anderes zu sehen als trockene Äste und Blattwerk und Vogelfedern, die in der über den Höhlenboden wehenden feuchten Brise zitterten.

Andie ließ sich auf alle viere nieder und kniete vor dem Tunnel. Ihre Taschenlampe flackerte zweimal auf und erlosch. Gallagher hockte sich mit seiner Lampe neben sie. Der Lichtstrahl der Lampe zerschnitt die Dunkelheit und zeigte, daß die Röhre nach fünf Metern links abzweigte und sich zu einer Grotte erweiterte. Andie kroch zuerst hinein. Die Grottendecke war hoch genug, daß sie stehen konnten. Sie nahm seine Taschenlampe und ließ den Strahl über die rauhen Granitwände, die Decke und den Boden gleiten. Andie hatte kleine Zweige und Gras im Haar.

»Wir jagen Gespenstern nach«, bemerkte sie schließlich seufzend. »Vielleicht war es reiner Zufall, daß ich das Kruzifix auf Olgas Feld gefunden habe. Vielleicht hat es ja doch nichts mit Charun zu tun.«

»Oder Olga hat den Beutel ganz woanders versteckt«, entgegnete Gallagher.

»Ich wüßte nicht, wo ich sonst suchen sollte«, sagte Andie ratlos.

»Gehen wir doch wieder ins Tal hinunter und überlegen, was wir tun können, wenn wir uns ein bißchen ausgeruht haben.«

»Ich glaube, *wir* überlegen uns überhaupt nichts mehr«,

erwiderte sie brüsk. »Es war ein Fehler, dich überhaupt mitzunehmen.«

»Mitnehmen? Wenn ich nicht gewesen wäre, dann wärst du –« Mitten im Satz brach er ab und wollte nicht zu Ende sprechen.

Sie ließ die Schultern hängen. »Na, los, red' weiter. Sag's ruhig.«

Gallagher fühlte sich, als habe er gerade einen kranken Hund getreten. Als sie ihm die Taschenlampe zurückgab, lag der Ausdruck völliger Resignation auf ihrem Gesicht. »Leuchte mir in den Tunnel, damit ich zu meiner Flasche nach Hause gehen kann.«

»Andie, es tut mir leid, ich –«

»Leuchte einfach mit der Lampe, Gallagher. Du hast keinen Grund, an mich zu glauben.«

Wütend über sich selbst ging er in die Hocke und ließ den Lichtstrahl in den Tunnel fallen. Dabei richtete er ihn zufällig einen Augenblick zur Decke, genau dorthin, wo sie in den Tunnel überging. Andie atmete stoßweise. Am Rande eines schmalen Vorsprungs waren ein Stück grünes Band und die schwachen Umrisse eines Lederbeutels gerade noch zu erkennen.

Andie nestelte an den Bändern und schlug die Lasche zurück, während Gallagher leuchtete. Sie zog ein Bündel gefalteter Papiere und zwei polierte Steine hervor.

»In deinem Tagebuchteil wurden Steine erwähnt«, sagte er. Andie nickte und gab sie Gallagher. Er rollte sie in seiner Hand. Sie wurden schnell warm, und er spürte wieder das seltsame Kribbeln, das schon die Haarlocke aus Andies Beutel verursacht hatte. Er ließ sie in Olgas Beutel zurückfallen und richtete dann den Lichtstrahl auf die Papiere, die jetzt auseinandergefaltet auf Andies Knien lagen.

»29. Dezember 1891?« las Andie vor. »Dieser Teil wurde fast zwei Jahre vor meinem geschrieben. Und sieh mal, man kann die eingerissenen Ränder sehen, wo die Seiten aus irgendeinem Buch gerissen wurden.«

Das Licht flackerte. Sie rückten näher zusammen, um gemeinsam lesen zu können. Dabei mußte Gallagher unwillkürlich an Emily denken, wie sie im tantrischen Tempel ihren Sarong fallen ließ, doch brachte ihn der leichte Geruch nach Wodka in Andies Atem schnell wieder zu der umständlichen Handschrift auf dem vergilbten Pergament zurück.

29. Dezember 1891
Miss Mary Parker hat mir an der Missionsschule in Standing Rock Lesen und Schreiben beigebracht. Sie sagte: Sarah, das Schreiben wird dich frei machen. Manche von unseren Leuten in Standing Rock sahen es nicht gern, daß ich die Sprache der Weißen las und schrieb.

Doch Sitting Bull, Painted Horses' Bruder, meinte, es sei gut, wenn ich das Talent dazu hätte, auch wenn ich ein Mädchen sei. Wenn ich die weiße Sprache spräche, könnte ich vielleicht meinem Volke helfen, wieder frei zu werden, sagte er.

Ich weiß nicht so genau, was Freiheit ist. Sitting Bull sprach immer von dem freien Leben, das er am Grand River geführt hatte, als er jung war, vom Büffel und von den Hirschen und dem Adler. Er sprach zu uns von den Donnerwesen, die auf den Felsen hoch oben in den Black Hills lebten und über uns wachten. Doch heute glaube ich, daß ein Sioux nur frei sein kann, wenn er stirbt oder wenn er den Geistertanz tanzt.

Gallagher warf Andie einen Blick zu. »Daher kenne ich den Satz über den ›Großvater‹ aus deinem Teil des Tagebuchs. Er stammt aus dem Geistertanz.«

»Geistertanz?« Ihr Gesicht schien im Schein der Taschenlampe zu glühen.

»Nach dem Krieg in den Black Hills, als Crazy Horse getötet wurde und die letzten Indianer in die Reservate mußten, gab es einen Schamanen vom Volk der Paiute in Nevada namens Wovoka, der eine Vision hatte, in der ihm der Große Geist einen Geistertanz zeigte, mit dem alle Weißen aus Amerika vertrieben werden könnten, die toten Krieger zu neuem Leben erweckt und die Büffelherden zurückgebracht würden. Dieses Ritual war eine seltsame Mischung aus indianischer Tradition und Christentum – mit seiner messianischen Symbolik –, und es breitete sich wie ein Steppenbrand aus, vor allem unter den Sioux. Sitting Bull wurde deshalb umgebracht.«

»Und sie sagt ja, sie sei Sitting Bulls Nichte.«

»Höchst bemerkenswert«, nickte Gallagher.

Mehr als dreißig von uns wanderten in sechs Tagen zum Lager von Big Foot am Cherry Creek, nachdem sie Sitting Bull wegen des Tanzes umgebracht hatten. Dann machten seine und unsere Gruppe sich gemeinsam auf den Weg nach Pine Ridge, um den Schutz von Red Cloud zu suchen.

Einige von uns gingen zu Fuß, einige ritten auf Pferden, manche fuhren auch auf Wagen. Big Foot behielt uns unten am Fluß, damit die Soldaten uns nicht sahen. Der Himmel wurde eisblau und blieb drei Tage lang so. Tag und Nacht zogen wir nach Süden. Big Foot lag krank in einem der Planwagen. Sein Husten klang wie eine rostige Säge, die durch einen grünen Baum gezogen wird.

Am dritten Morgen nach Weihnachten, Miss Parkers Lieblingstag, hielten unsere Wagen. Painted Horses flüsterte, da sei Kavallerie unten an dem Flüßchen, das Wounded Knee genannt werde, in der Nähe von Red Clouds Lager, und wir müßten uns auf die Flucht vorbereiten. Vier Krieger stiegen den Hang hinab, das Morgenlicht ließ die Erde glühen wie einen Kupferpenny. Sie trugen eine weiße Fahne und kamen mit einem Arzt zurück, der sagte, Big Foot habe Keuchhusten.

Bei Sonnenuntergang hatten wir unser Lager aufgeschlagen, und die Soldaten beobachteten uns auf drei Seiten von den Felsen über uns. Ich ging mit Painted Horses in die Schlucht, um Holz für das Feuer zu sammeln. Ein Soldat mit schwarzen Zähnen und mit Haaren, die aussahen wie in Büffelfett getauchte Lederstreifen, fragte mich, ob ich mit ihm an den Fluß hinuntergehen wollte. Ich rannte davon, so schnell ich konnte.

Acht Soldaten und sechs von Big Foots Leuten bewachten den Häuptling. Painted Horses und ich mußten uns um ihn kümmern, weil man wußte, daß Ten Trees uns Medizin gelehrt hatte. Die Soldaten stießen die alten Männer immer wieder mit ihren Gewehren und fragten sie, ob sie am Little Big Horn dabei gewesen seien. Ich hörte, wie Big Foot einem seiner Männer befahl, demütig zu sein, um uns nicht alle zu gefährden.

Ein Trompetenstoß weckte mich bei Tagesanbruch. Painted Horses sagte, den Männern sei befohlen worden, in die Mitte des Lagers zu kommen, um dort mit den Soldaten zu sprechen. Sie deutete zu den Berghängen hinauf und sagte, die Soldaten hätten Gewehre auf Rädern hergebracht.

Sie durchsuchten unsere Planwagen und nahmen unsere Äxte, unsere Messer und Gewehre an sich. Sie richteten die Gewehre auf uns und zogen mit leeren Läufen die Abzüge durch. Über uns konnte ich das Klicken und Nachladen hören.

Als Painted Horses und ich zu der Ratsversammlung ka-

men, hatte meines Vaters Vetter, ein Medizinmann mit dem Namen Yellow Bird, begonnen, gegen die aufgehende Sonne den Geistertanz zu tanzen. Shakes Bird schloß sich ihm an und rief unsere Toten um Hilfe. Auch ich wollte mit ihnen tanzen, doch Painted Horses hielt mich zurück.

Die Soldaten befahlen Yellow Bird und Shakes Bird, sie sollten aufhören, doch sie gehorchten nicht. Yellow Bird sang zu den gesprenkelten Adlern, daß er an unserer Stelle sterben wolle. Er nahm frische Asche vom Feuer des Rates, warf sie in die Luft und sang: »Auf diese Weise will ich gehen, Großvater – zurück zum Staub.«

Einige der Soldaten versuchten, zu Yellow Bird zu gelangen. Andere bedrängten Black Coyote, der alt und krank war und nicht mehr richtig hörte. Sie wollten ihm sein Gewehr entreißen. Bei dem Handgemenge löste sich ein Schuß. Und die Soldaten begannen zu schießen.

Painted Horses wurde bei der ersten Salve getroffen und fiel zu Boden. Ein Teil ihres Arms hing nur noch an einem Fetzen Haut. Sie sah mich an, als wäre sie erstaunt: »Rette dich, Many Horses«, sagte sie.

Die Gewehre auf Rädern krachten wie der Donner. Der kalte, sonnige Tag war mit einem Mal voller Rauch, und es waren nur Schüsse und Schreie zu hören.

Ich richtete meine Mutter auf und zerrte sie aus dem Rauch zu der Schlucht, wo wir Brennholz gesammelt hatten. Wir hätten es beinahe geschafft. Doch die Geschütze donnerten hinter uns her, und Painted Horses reckte sich wie ein Hahn in der Morgendämmerung. Ein Blutstrom schoß aus ihrem Mund, und sie fiel den Hang hinunter in die Pflaumenbüsche, wo sich alte Männer, Frauen und Kinder versteckten.

Die Soldaten ritten auf ihren Pferden an den Rand der Schlucht und schossen hinein. Dann rollten sie die Kanonen heran, und alle, die sich versteckt gehalten hatten, begannen, zum Fluß hinunterzurennen. Doch waren zu viele vor mir, als daß ich es hätte schaffen können, und so schleppte ich Painted Horses' Leiche in ein Zederndickicht und zog sie über mich, während der Donner den Tag erschütterte.

Als es dunkel wurde, ließ das Schießen nach, bis es nur noch so klang wie Holz, wenn es nachts im Feuer knackt, und schließlich bestand die Nacht nur noch aus dem Quietschen der Planwagenräder, dem Stöhnen der Verwundeten und den Rufen von Soldaten in der Ferne. Ich kroch unter meiner Mutter hervor. Ihre Augen standen offen, und ich schloß sie ihr. Ich schnitt ihr eine Haarlocke ab, um ihren Geist befreien zu können, wie es Ten Trees mich gelehrt hatte. Und dann verließ ich sie.

Bei Tagesanbruch ging ich allein in Richtung Süden. Die Sonne hatte sich in den Wolken versteckt, und ein feuchter, kalter Wind blies über das gelbe Gras, in dem die noch warmen Leichen unseres Volkes lagen.

Ein Pferd trat auf einem Felsen über mir Steine los. Der Soldat mit den schwarzen Zähnen und dem wie in Fett getauchten Haar sah mich, lachte und gab seiner Stute die Sporen. Ich lief nicht fort, sondern stand da und wartete auf ihn. Ich betete zu Großvater, daß der Soldat mich erschießen möge. Der Soldat trat mit seinem Stiefel nach mir. Er traf mich an der Kinnlade, und um mich wurde es schwarz wie die Nacht.

Durch den Schmerz, den er mir zwischen den Beinen antat, wachte ich auf. Schnee fiel. Ich ertrug seine Stöße und tat so, als schliefe ich immer noch. Als er auf mich fiel, die Augen geschlossen und den Mund offen und geifernd wie eine Hundeschnauze im Sommer, biß ich ihm die Nase ab und spie sie in den Schnee.

Er heulte auf, rollte von mir herunter und griff sich an sein Gesicht. Ich zog ihm die Pistole aus dem Gürtel und schoß ihm zweimal zwischen die Beine und ließ ihn schreiend zurück.

Von der Höhe des Felsens sah ich, wie von Westen ein Blizzard aufzog. Alle gefrorenen Leichen unseres Volkes lagen gekrümmt tief unter mir, wie verbrannte Äxte, die in den Schnee geworfen waren.

Ich wandte mich um und ging mit dem Pferd des Soldaten nach Osten. Ich sang Todeslieder, während mich der Sturm einholte.

KAPITEL 18

»Die arme Frau«, murmelte Andie zum zwanzigsten Mal, während sie zusammen den Berg hinabstiegen. »Die arme, arme Frau.«

Stundenlang waren sie jetzt schon im Wald unterwegs, schlammbespritzt und benommen vor Müdigkeit. Gallagher konnte kaum noch einen Fuß vor den anderen setzen. Der Regen hatte zwar nachgelassen, aber der Waldboden war durchnäßt und weich unter ihren Schritten. Der Wind hatte wieder nach Nordwesten gedreht, eine steife kanadische Brise, und Gallagher konnte nur mit Mühe verhindern, daß ihm die Zähne klapperten. Aber es gelang ihm nicht, die düsteren Bilder und die Fragen zu verscheuchen, die das Tagebuch hervorgerufen hatte. Wie war Sarah Many Horses, wie sie sie zu nennen begonnen hatten, von Wounded Knee, South Dakota, nach Lawton, Vermont, gelangt? Wenn Many Horses ermordet worden war, wie sie von Andies Teil des Tagebuches her annahmen, wer war dann ihr Mörder gewesen? Und wie hing dieses rätselhafte Geschehen mit den Morden Charuns zusammen?

An den Rändern dieser ganzen Geschichte lauerte ein Gedanke, den Gallagher nicht ignorieren konnte: daß er dieses Puzzle dazu benutzte, sich nicht um seine eigenen Probleme kümmern zu müssen. Nicht daß ihn das überraschte. Nur zerstörte er jetzt vielleicht dadurch seine Zusammenarbeit mit Jerry Matthews; was er sich kaum leisten konnte. Der letzte Blick auf seine Kontoauszüge hatte Gallagher ein ziemlich mulmiges Gefühl verschafft.

Er mußte Jerry über das informieren, was in Lawton vor sich ging.

Sie durchquerten ein Hickorywäldchen knapp oberhalb von Andies Maisfeld. Hundert Meter unter ihnen, auf dem ebenen Weidestück neben dem Feld, sprang ein Mann, der sich wie ein Profifußballer bewegte, über einen umgestürzten Stamm und lief dann im Zickzack in ein Tannenwäldchen, das sich nach Süden erstreckte. Der Mann war von Kopf bis Fuß in einen Tarnanzug aus Hunderten einzelner Stoffstreifen gekleidet. Jeder Streifen war grün, schwarz oder braun gefärbt. In der Hand trug er eine mattschwarze Schrotflinte. Andies Gesicht verzog sich. »Jetzt ist das Grundstück schon seit fünf Jahren umzäunt, und die verdammten Truthahnjäger schleichen hier immer noch rum. Komm mit, er benutzt einen Weg, der um die Felder geht und dann über die Straße zu deiner Hütte führt.«

Mit den dünnen Buchenstämmen als Stützen glitt sie, so schnell sie konnte, den Hang hinunter. Gallaghers Absätze rutschten auf dem nassen Laub aus, und er mußte sich anstrengen, um dicht hinter ihr zu bleiben. Andie bog in das Tannenwäldchen ab, ohne sich umzusehen. Gallagher rannte auf einem mit Kiefern- und Tannennadeln bedeckten Pfad schnaufend hinter ihr her. Der Jäger hatte bei seinem Lauf ganze Humusstücke aus dem Waldboden getreten. An einer Weggabelung war er nach links abgebogen.

Andie bedeutete Gallagher mit einem Wink über die Schulter, den rechten Pfad zu nehmen. Sogar bei weniger als hundert Meter Abstand war der Jäger durch seinen zotteligen Tarnanzug schwer auszumachen. Dann sah Gallagher etwas im dichten Unterholz aufblitzen. Der Jäger rannte gut fünfzig Meter vor ihnen, wo sich die beiden Pfade wieder trafen.

»Halten Sie sofort an!« rief Andie. »Sie befinden sich auf eingezäuntem Privatgelände!«

Der Jäger wirbelte bei ihrem Ruf wie ein Athlet herum. Seine Gesichtsmaske war eine Haube, die über seinem Gesicht und seinen Schultern lag wie die Kapuze eines mittelalterlichen Henkers. Die Stoffstreifen seines Tarnanzugs waren klatschnaß. Sie ließen das Wasser spritzen und schlugen gegen seinen Oberkörper, als er sich zu ihr umdrehte, und er erinnerte Gallagher an das Bild eines Moormenschen, das er einmal gesehen hatte, ein Monster aus der keltischen Sagenwelt, das, bedeckt von Sumpfpflanzen, aus dem Schlamm auftaucht und die Welt in Angst und Schrecken versetzt.

Der Jäger glitt auf sein rechtes Knie nieder und riß mit der gleichen Bewegung seine Waffe an die Schulter.

Obwohl die letzten Reste Wodka ihre Wahrnehmung trübten, bemerkte Andie seine Absicht sofort. Bevor er den Abzugshahn durchzog, hechtete sie hinter einen moosbewachsenen, umgestürzten Stamm; dabei bemerkte sie nicht, daß sich Olga Dawsons Lederbeutel aus der Tasche ihrer Regenjacke löste und durch die Luft wirbelte.

Gallagher stoppte abrupt und sah, wie der Beutel über den Pfad flog und im regennassen Gebüsch landete. Auch die Tarnhaube des Jägers folgte ihrem Flug. Gallagher machte einen Sprung darauf zu. Sofort schwenkte die Flinte in seine Richtung. Dann Mündungsfeuer und ein ohrenbetäubender Knall. Gallaghers Beine knickten ein, und er lag mit dem Gesicht nach unten mitten auf dem Pfad.

»Ich bin getroffen«, sagte Gallagher erstaunt vor sich hin.

Der Jäger schob eine neue Schrotpatrone in den Lauf, erhob sich und zielte auf Gallagher herunter, der den Kopf hob und über die schmale Lichtung in die Schlitze der Haube blickte. Die starren Augen sahen aus wie polierter, schwarzer Marmor. Sie hielten Gallagher in ihrem Bann, so wie eine Kobra ihre Beute erstarren läßt – durch die Spiegelung eines unendlichen, zeitlosen Vakuums, das jegliche Verständigung verwirft.

Andie tauchte hinter dem Baumstamm auf, die Pistole in den zitternden Händen haltend. »Halt! Polizei!« rief sie.

Der Jäger starrte sie an, als erkenne er sie. »Angel!« flüsterte er.

»Lassen Sie die Waffe fallen!« befahl Andie.

Der Jäger schwang die Flinte nach links und zog den Abzug durch. Ein Zweig neben Andie fiel zu Boden. Andie feuerte, ihre Kugel prallte an einem vorspringenden Felsen zur Linken des Jägers ab. Er lud durch, und sie duckte sich wieder hinter den umgestürzten Stamm. Noch einmal schoß er, die Schrotkörner sirrten hoch über ihrem Kopf durch die Luft. Dann wandte der Jäger sich um und rannte davon. Er bewegte sich im Zickzack zwischen den Stämmen hindurch, schlug einen Bogen nach Westen, und mit seinem laubähnlichen Tarnanzug wurde sein Schatten schnell zum Schatten des Waldes. Er war verschwunden.

Andie machte Anstalten, ihn zu verfolgen, doch ihre Beine versagten, und sie mußte sich an einem Baumstamm festhalten. Die Zeit floß auf einmal so zäh wie das Blut, das durch Gallaghers Jeans sickerte.

»Er – er wollte mich umlegen!« stammelte Gallagher. »Oh, Mann, ich blute ja. Ich blute!«

Andie eilte zu ihm hinüber, legte ihren Arm um ihn und meinte beruhigend, es sei nicht so schlimm. Gallagher schloß die Augen und glaubte ihr einfach.

Sie half ihm, sich gegen einen Kiefernstumpf zu lehnen,

holte ein Messer hervor und schnitt einen langen Schlitz in seine Jeans, um sich die Wunde ansehen zu können. Gallagher hatte das Gefühl, als beobachtete er sich selbst wie aus weiter Ferne. Die neun Schrotkugeln unter seiner Haut sahen aus wie Pfefferkörner in Tabascosauce.

»Du wirst Schmerzen und ein paar blaue Flecken haben, aber lebensgefährlich ist es nicht«, verkündete Andie. »Ich bringe dich gleich zum Arzt. Und ich werde Kerris und den Wildhüter rufen, mal sehen, ob die das Schwein fassen können.«

Sie war jetzt ganz geschäftsmäßig. Und Gallagher mußte denken, wenn Andie Nightingale ein Vogel mit gebrochenem Flügel war, dann war sie ein Adler mit gebrochenem Flügel.

Sie half ihm auf die Füße. Gallagher schlingerte leicht, als der Adrenalinstoß aufgebraucht war, die Schwäche des Schocks einsetzte und das Gefühl der Ferne stärker wurde. Andie legte sich seinen Arm um die Schultern. Sie war eine unerwartet starke Frau, und sie erreichten das abgemähte Maisfeld, das zwischen dem Kiefernwald und dem Farmhaus lag, in relativ kurzer Zeit. Der starke, unablässige Regen der letzten Tage hatte die Erde des Feldes klebrig und morastig werden lassen.

Auf halbem Wege über das Feld blieb Andie stehen. Eine Reihe von etwa zwanzig Zentimeter langen Pfützen, abwechselnd rechts und links, durchfurchten den Morast bis dorthin, wo die Maisstoppeln auf ihren Rasen trafen.

»O Gott, nein!« rief sie und machte sich von Gallaghers Gewicht frei. Durch den Matsch sprintete sie auf das Haus zu, und ihm blieb nichts anderes übrig, als hinter ihr herzuhumpeln.

Als Gallagher in die Küche hinkte, hatte sich Andie hysterisch über den Tisch geworfen. »Er hat beide Kreuze, den

Beutel, das Haar, alles!« Erschrocken blieb ihr Mund offen stehen, als ihre Hände auf die Taschen ihrer Regenjacke schlugen. »Olgas Beutel! Wo ist Olgas Beutel?«

Gallaghers Oberschenkel fühlten sich an, als wären Zigaretten auf ihnen ausgedrückt worden. »Er liegt dort draußen«, murmelte er benommen. »Als du in Deckung gingst, ist er in das Gebüsch geflogen, wo die Wege zusammenstießen –« Andie stürzte schon aus der Tür, und Gallagher wurde klar, daß er gerade einen Zusammenstoß mit dem Verrückten überlebt hatte, der hinter den Charun-Zeichnungen steckte. Er schleppte sich zum Spülbecken, würgte und gab seiner tödlichen Erkenntnis nach.

Als Andie wieder ins Haus stürmte, lag Gallagher in dem Schaukelstuhl neben dem Ofen, mit Handtüchern über seinen Schenkeln. Die Verzweiflung auf ihrem Gesicht sagte alles: Der Mörder war zurückgelaufen und hatte auch Olgas Beutel in seinen Besitz gebracht.

Andie lief zu den Schränken, riß Türen auf und warf sie wieder zu. Rot vor Zorn wandte sie sich um und deutete mit dem Finger auf Gallagher. »Wo ist die Flasche?«

Ein Bild aus seiner Erinnerung blitzte in seinem Kopf auf: Er war vierzehn, und seine Mutter schrie ihn aus dem gleichen Grunde auf die gleiche Weise an. Die Steuerung dieser Szenen war wie Fahrradfahren, dachte er, eine einfache, instinktive Handlung, wenn man es einmal gelernt hatte. Man stellte sich einfach dicke, kugelsichere Glasscheiben vor, die um einen in die Höhe gehen. Mit den Glasscheiben kommt Abstand, Trennung, Sicherheit.

»Ich habe sie ausgeleert«, antwortete er.

Andie drehte sich wieder um und suchte fieberhaft zwischen den Gewürzen, bis sich ihre Finger um die Flasche mit dem Kochsherry schlossen.

»Das löst gar nichts«, sagte Gallagher nur.

»Du irrst dich.« Sie hielt die Flasche vor sich, als wäre sie ein kleines Baby. Tränen quollen ihr aus den Augen und rannen über ihr Gesicht. »Manchmal löst es alles.«

Sie drehte den Verschluß auf und starrte in den Flaschenhals hinunter. Sie leckte sich die Lippen. Einen Augenblick lang spielte Gallagher mit dem Gedanken, ihr die Flasche aus der Hand zu reißen. Statt dessen stand er auf und stackste zur Tür.

Draußen schlug ihm der kalte Wind ins Gesicht, machte ihn hellwach und gab ihm die Illusion, er könne allein zu seiner Hütte und seinem Wagen und ins Krankenhaus gelangen. Doch nach dreißig Metern die Einfahrt hinunter wurden seine Beine wie Gummi. Gallagher stolperte und fiel und lag im nassen Kies und wußte nicht, was zum Teufel er jetzt machen sollte.

»Gallagher!«

Er erhob sich mühsam auf die Knie und sah über die Schulter zur Veranda zurück. Dort stand Andie. Sie tat einen Schritt auf ihn zu und goß den Sherry in die Büsche.

KAPITEL 19

Wenn man sich mit einem Trinker einläßt, begibt man sich unweigerlich in ein Netz aus Lügen, auch wenn er auf dem Wege der Besserung ist. Weil sie sich jedoch in ihrer Krise gegen die Flasche entschieden hatte, handelte Gallagher gegen seinen Instinkt zu fliehen und stimmte Andies Vorschlag zu, der Polizei nichts vom Verlust der Tagebücher oder ihrer Begegnung im Wald zu erzählen.

»Man hat mich von diesem Fall suspendiert«, erklärte Andie, während sie ihn in rasendem Tempo zum Hospital fuhr.

»Damit man uns im Dezernat glaubt, brauchen wir klare Beweise. Die Beutel waren unsere Beweise. Jetzt haben wir nichts mehr, was beweist, daß sie überhaupt existierten. Wir müssen etwas finden, was die Morde, den Mörder und das Tagebuch in einen Zusammenhang bringt, sonst wird mir Lieutenant Bowman nicht glauben.«

In seinem benommenen Zustand klang das alles völlig logisch. Vor allem, weil er selbst auch Beweise brauchte. Gallagher brauchte etwas Konkretes, mit dem er Jerry Matthews überzeugen konnte, daß diese Story wichtiger war als die von Pater D'Angelo.

Als sie in die Auffahrt der Lamont-Powell-Memorial-Klinik einbogen, die eher wie ein langgestrecktes Cottage auf Cape Cod aussah als eine Klinik, stimmte Gallagher zu, allerdings unter zwei Bedingungen: Erstens, wenn sie wieder zu trinken anfinge, würde er sofort gehen; zweitens, sobald sie Beweise fänden, die das Tagebuch mit den Morden in Verbindung brächten, würden sie Lieutenant Bowman alles erzählen.

Andie verzog den Mund, nickte jedoch.

Bill Wilson, der diensthabende Arzt in der Ambulanz, war ein sympathischer, untersetzter Mann mit krausem braunem Haar und Fliege. Er gab Gallagher ein paar Spritzen mit Antibiotika, Novocain und einem allgemeinen Schmerzmittel und begann dann, die Schrotkörner aus seinen Beinen zu entfernen.

»Wir werden das melden müssen«, sagte Wilson.

»Hab' ich schon gemacht, Bill«, versicherte Andie ihm. »Ich habe Mr. Gallaghers Aussage selbst aufgenommen.«

In ihrer frei erfundenen Geschichte war Gallagher am frühen Morgen mit seiner Angelrute durch den Wald gewandert, auf der Suche nach einem guten Platz zum Fischen am Bluekill River, nur um direkt in die Schußlinie eines Truthahnjägers zu geraten, der auf einen balzenden Hahn ansaß. Der Jäger hatte Gallagher zu Boden gehen sehen, hatte Angst bekommen und war weggerannt.

»Irgendeine Ahnung, wer der Witzbold war?« fragte Dr. Wilson, während er mit Skalpell und Pinzette ein Schrotkorn unter Gallaghers Haut hervorzog. Man hörte ein klickendes Geräusch, als es in die Schüssel fiel.

Andie ließ sich nicht aus der Ruhe bringen. »Nur, daß er unerlaubt mein Grundstück betreten hatte.«

Das Schmerzmittel ließ Gallagher alles weich und warm empfinden. Er dachte an die Bronzebüste der Person, nach der das Krankenhaus hieß und an der er gerade in der Eingangshalle vorbeigekommen war.

»Lamont Powell, ist der mit dem Bürgermeister verwandt?« fragte er den Arzt.

»Man sollte eher fragen, wer das nicht ist«, warf Andie ein.

»Lamont Powell war der Großvater des jetzigen Bürgermeisters«, sagte Wilson. Er holte wieder ein Schrotkorn heraus. »In einer Kleinstadt wie dieser sind die meisten Leute irgendwie miteinander verwandt.«

»Wer denn zum Beispiel sonst noch?« fragte Gallagher.

Wilson legte den Kopf leicht zur Seite, während er nachdachte. »Chief Kerris zum Beispiel. Er ist der Neffe des Bürgermeisters. Das stimmt doch, Andie, oder nicht?«

Andie verspannte sich und wandte den Blick ab, nickte jedoch.

»Bist du auch mit ihnen verwandt?« fragte Gallagher Andie.

»Ganz sicher nicht!«

Wilson sagte, Gallagher habe die Wahl, entweder über Nacht im Hospital zu bleiben oder zu seiner Hütte zurückzukehren, um sich dort unter Andies Beobachtung auszuruhen. Er entschied sich für letzteres: Gallagher hatte Krankenhäuser noch nie gemocht. Wilson sagte auch, daß er wahrscheinlich Fieber bekommen würde. Wenn das Fieber jedoch länger als vierundzwanzig Stunden anhielte, müsse Gallagher wiederkommen. Der Arzt verschrieb eine Reihe Schmerzmittel und starke Antibiotika und empfahl ihm, die nächsten Tage liegend zu verbringen.

Doch erst als Gallagher auf Krücken von seinem Wagen in die Hütte zurückgehumpelt und ins Bett gekrochen war und die Tabletten geschluckt hatte, die ihm Andie reichte, durchlebte er noch einmal die Schreckensszene im Wald. Gallagher hatte direkt vor der schwarzen Mauer gestanden, die er sich immer am Ende vorgestellt hatte, und nichts gesehen, nicht einmal eine kurze Rückblende seines Lebens. Hatte er denn gar keine Bedeutung? fragte er sich. Würde mein Tod irgend jemandem etwas ausmachen? Hat mir das Leben nichts bedeutet? Gallagher merkte, wie melodramatisch diese Fragen klangen, doch das war ihm gleichgültig. Schauer durchliefen seinen Körper. Er rollte sich wie eine Kugel zusammen und zog die dicken Wolldecken bis ans Kinn hoch.

Andie kam die schmale Treppe herauf, eine Steppdecke unter dem Arm. Sie trug ein grüngelbes »University of Vermont«-Sweatshirt, lange Hosen und Wollsocken. Ihr Haar fiel ihr jetzt ungebändigt über die Schultern wie ein Wasserfall. Erschöpft sank sie mit der Decke über den Knien in den Sessel in der Ecke. Tess, die Katze, tapste die Treppenstufen hoch und rollte sich auf dem Boden zwischen ihnen zusammen.

»Versuch jetzt zu schlafen«, flüsterte Andie. »Ich bin hier, wenn du mich brauchst.«

Gallagher bemühte sich, einzuschlafen, aber die Kälteschauer hörten nicht auf. Andie erhob sich von ihrem Sessel, stieg auf das Bett und legte sich dicht hinter ihn auf die Decken, die Steppdecke noch über sie beide gebreitet.

Es fiel kein Wort. Ihre Körperwärme und der Geruch nach Frau verbanden sich mit der Wirkung des Schmerzmittels, massierten seinen Rücken, beruhigten seinen Kopf in einer dämpfenden Umarmung, und schließlich schlief Gallagher ein.

Dreimal stieg Gallaghers Fieber in dieser Nacht stark an und sank wieder. Jedesmal wechselte Andie die Laken, wusch ihm Gesicht und Brust mit einem heißen Waschlappen, gab ihm weitere Tabletten und kroch wieder unter die Steppdecke.

Eine Stunde vor Tagesanbruch kämpfte er mit dem Fieber, als es ein letztes Mal aufflackerte. Der beständige, warme Schmerz im Nacken breitete sich aus, bis er seinen Kopf wie eine Haube bedeckte und Träume von Emily hervorrief ...

Sie saßen in einem Café ganz in der Nähe des Boulevard St. Germain des Près in Paris. Gallagher bestellte eine Flasche Wein.

»Ich trinke keinen Alkohol«, sagte Emily. Seit Tagen wirkte sie abwesend.

»Wir haben doch heute unseren Jahrestag«, protestierte Gallagher. »Vor vier Jahren haben wir den Tempel gefunden.«

Sie spielte mit dem Ärmel der Lederjacke, die sie sich an diesem Tag gekauft hatte. »Ich bin schwanger, Pat«, sagte sie.

Sein Schädel begann zu brummen. Ihm verschwamm alles vor den Augen. Er hielt sich am Tisch fest und wußte, er würde jetzt nicht aufstehen können, wenn er es versuchte.

»Wie?« fragte er. »Wann?«

»Du weißt genau, wie und wann!«

Die anderen Cafégäste begannen sich nach ihnen umzudrehen. »Was wollen wir jetzt machen?«

»Ich weiß es nicht, Pat«, sagte sie. »Was wollen wir jetzt machen?«

In Gallaghers Traum war es auf einmal Nacht, und der Boulevard St. Germain verwandelte sich in einen Fluß aus Öl. Die Leichen von Hank Potter und Olga Dawson trieben an der Oberfläche und drehten sich in einem Wirbel umeinander. Der Wirbel drehte sich immer schneller, wurde zu einem Strudel und zog die Leichen in die Tiefe.

Er wurde mit ihnen in die Tiefe gerissen und ging in dem Ölfluß unter. Irgendwo in der flüssigen Nacht um sich her hörte er den Rhythmus einer Tanzrassel gegen die zarten Töne einer Holzflöte und den klaren, stolzen Gesang einer Frauenstimme in einer Sprache, die er nicht verstand.

Davon wurde Gallagher wach. Oder wenigstens halbwach. Er träumte jetzt nicht mehr, sondern trieb in einem seltsamen Bewußtseinszustand zwischen Schlafen und Wachen. Er spürte verschwommen, daß er immer noch oben in der Hütte lag, daß Andie hinter ihm döste und daß er viele Stunden geschlafen hatte. Vage fühlte er die Decken um seine Schultern, roch den Mehltaugeruch des Teppichs und hörte den Regen auf das Dach trommeln.

Dann trat aus der Dunkelheit ein heißer Lichtball hervor, ein strahlendes Prisma, das in Abständen rosarote, blaue und gelbe Farbtöne abgab. Der Rhythmus der Rassel klang jetzt gleichmäßiger, wie das Rauschen eines Radios. Der Lichtball wurde größer. Die farbigen Strahlen zerfielen in Lichtpunkte. Jeder einzelne Punkt wurde zur Quelle neuer Strahlung, und im elektrischen Wirbel der Farben nahm Gallagher wie in einem Kaleidoskop das undeutliche Bild einer Frau wahr. Ihr Körper nahm einen schrägen Winkel ein. Ihr Gesicht war abgewandt.

Sie sah aus wie eines jener pointillistischen Gemälde, die, aus der Nähe betrachtet, nichts weiter sind als ein Mischmasch von Punkten, aus der Ferne jedoch eine dynamische Figur in Bewegung erkennen lassen. Nur ihr Bild war in seinem Kopf, wie auf einem Monitor, und jedes Bildelement schien vor überschüssiger Energie zu sprühen, die von Punkt zu Punkt sprang und das genaue Aussehen ihrer Züge verwischte.

Jetzt wurde der Farbwirbel langsamer, um einen fließenden blauen Rock, einfache schwarze Stiefel und einen Umhang aus dickem braunem Büffelfell um ihre Schultern erkennen zu lassen. Ihre Bluse war aus grobem, handgewebtem Stoff, blutrot und mit indigofarbenen Symbolen von Mond und Sonne bestickt. Die Farbpunkte wirbelten und verloren ihre Farbe, bis sie wie ein Schneesturm tanzten. Die Frau hielt die Zügel eines gesattelten Pferdes in ihrer Hand. Sie trottete mit gesenktem Kopf in das endlose Weiß hinein. Das Pferd ging im Krebsgang seitlich gegen den Sturm an, erhob sich dann auf die Hinterbeine und riß an seinem Zügel.

Die Frau hielt es zurück und wandte ihr Gesicht gleichzeitig zu Gallagher: Als sie sprach, hallte ihre Stimme wie in einem Wüstencanyon. »Hilf mir«, bat sie. »Hilf mir weiter!«

Gallagher fuhr schweißgebadet hoch; sein Kopf ging von einer Seite zur anderen, als er in dem halbdunklen Zimmer nach etwas suchte, er wußte selbst nicht genau wonach. Andie wurde davon wach und setzte sich neben ihm auf. »Leg dich hin«, sagte sie beruhigend. »Das ist wieder das Fieber.«

»Nein!« keuchte er und hielt dann mit offenem Munde inne. »Ich habe gerade einen Traum gehabt. Einen, wie ich ihn noch nie in meinem Leben –«

Die Hütte schien plötzlich mit einer geheimen Bedeutung aufgeladen zu sein. »Sie hat hier gelebt, nicht wahr? Sarah? Hier, in diesem Raum. Das ist sie doch dort unten auf den Stichen neben dem Medium?«

»Das ist möglich, ich weiß es aber nicht«, antwortete Andie in einem Ton, wie man ihn einem Dreijährigen gegenüber anwendet. »Diese Stiche sind seit ewigen Zeiten in der Hütte. Jetzt leg dich wieder hin.«

»Du hast mir erzählt, Caleb spukte hier herum«, sagte Gallagher erregt.

Sie lächelte ironisch, als sie ihn wieder in die Kissen drückte. »Weshalb? Hast du etwa seinen Geist gesehen?«

Flügel flatterten in seinem Magen. Ein Geist? Unmöglich. Er glaubte nicht an Geister oder überhaupt an irgendein Leben nach dem Tode.

»Nein«, sagte er schließlich. »Es muß mir nur irgendwie logisch vorgekommen sein, daß sie hier einmal gelebt hat.«

Die Morgendämmerung war gekommen und mit ihr ein orangefarbener Himmel, dessen Licht durch das Fenster hereinfiel und einen weiteren Frühjahrssturm ankündigte. Andie ging in die Küche hinunter, und bald war das Knacken und Knistern des Ofens zu hören; und dann roch er in der sich erwärmenden Luft den Duft gebratener Eier. Gallagher sah aus dem Fenster auf die Kiefern und den Fluß und konnte den Traum nicht abschütteln. Er versuchte, ihn mit seinem Unbewußten zu erklären, das die Ereignisse der vergangenen fünf Tage auf diese Weise verarbeitete. Das war zu erwarten gewesen.

Doch die Beschaffenheit des Traumes – sie war nicht zu erklären. Sarah Many Horses war nicht als ein Körper in irgendeiner erkennbaren Form erschienen, sondern eher als eine Menge aufgeregter Elektronen, die irgendwie in sein Hirn eingedrungen waren. Er fragte sich, ob er dabei war, verrückt zu werden.

Andie erschien mit dem Frühstückstablett in der Tür. Sie stopfte ihm Kissen hinter den Rücken. Um ihm das Tablett auf den Schoß zu stellen, mußte sie sich nah zu ihm herunterbeugen. Sie roch nicht mehr nach Alkohol, sondern nach einer berauschenden Mischung aus schläfriger Frau und Kiefernholzrauch. Die Flügel in Gallaghers Magen flatterten noch ein bißchen schneller, und einen Augenblick lang hatte er die Vorstellung, ihre Haut habe sich in schimmernde Lichtpunkte aufgelöst.

»Ich glaube, heute wirst du dich besser fühlen«, sagte sie.

»Das tue ich schon«, sagte er und sah sie dabei eindringlich an.

Andie wurde rot und wandte sich ab, den Handrücken gegen die Wange gepreßt. Sie nahm ihren Kaffeebecher von einem Schreibtisch aus Tannenholz und setzte sich in den Polstersessel in der Ecke, die Beine unter den Körper gezogen. Sie sah ihn nicht an.

Während Gallagher das Rührei, den Toast und den Kaffee verschlang, schrumpften die Flügel in seinem Magen immer mehr zu Augustschmetterlingen. Als er fertig war, glaubte er durchaus, daß der Traum und sogar der Moment, der sich gerade zwischen ihm und Andie eingestellt hatte, eine physiologische Gegenreaktion gewesen waren, bestehend aus chemischem Ungleichgewicht, Erschöpfung und Hungergefühl.

Andie sah aus dem Fenster zum Bluekill hinüber und biß auf die Haut an ihrem Fingernagel. »Charun ist nicht nur gekommen, um mein Stück von Sarah Many Horses' Tagebuch zu holen«, sagte sie leise. »Und ich muß immerzu denken, daß er zurückkommen wird und dann eine dieser ekelhaften Zeichnungen an meiner Tür hängt.«

Gallagher verschluckte sich an dem Orangensaft, den er gerade trinken wollte. Er sah sie an und hatte ein mulmiges Gefühl im Magen.

»Du bist sicher«, sagte er. »Wir sind sicher.«

»Für den Augenblick.«

Eine Elster landete auf dem Fensterbrett und nickte mit dem Kopf, bevor sie wieder davonflog. Unten im Ofen knackte ein brennendes Scheit. Schließlich sagte sie: »Irgendwoher wußte Charun ja, daß ich einen Teil des Tagebuchs hatte. Er muß auch herausbekommen haben, wer die anderen Teile besitzt.«

»Wie?«

»Das weiß ich nicht, doch wenn er es kann, dann können wir es auch«, antwortete Andie.

»Wo wollen wir also anfangen?«

»Ich hab' keine Ahnung!« rief Andie. Sie warf die Arme in die Höhe. »Meine Mutter hat mir nie erzählt, wo die anderen Tagebuchteile sind, und es ist nicht gerade das, was man als Anzeige in die Zeitung setzen könnte: ›Vorsicht, Einwohner von Vermont. Sie können das nächste Opfer eines Serienmörders werden, wenn Sie im Besitz des Tagebuchs einer Sioux-Frau sind, die nur in der Phantasie einer heruntergekommenen, abhängigen Polizistin existiert.«

»Schlag nicht auf dich selbst ein«, schalt Gallagher. »Das führt zu nichts Gutem.«

»Was weißt du denn davon?« fragte sie in scharfem Ton. »Hast du jemals solche Gedanken gehabt, die immer wiederkehren und jedesmal quälender werden? Hast du je das Gefühl gehabt, sie nur mit einem Schluck zum Schweigen bringen zu können?«

Gallagher wurde plötzlich wütend auf sie. »Nein«, rief er. »Aber ich habe erlebt, was passiert, wenn man versucht, die Stimmen mit der Flasche zum Schweigen zu bringen ... und du hast es auch.«

Sie erschauerte sichtbar bei diesen Worten. Ihre Schultern wurden rund, und sie ließ den Kopf hängen. »Es ist bestimmt unangenehm, hier bei mir zu sein.«

Sein Zorn verflog so schnell, wie er gekommen war. »Manchmal. Aber du bist anders als sie.«

»Ich bin auch eine Trinkerin.«

Gallagher rang um Worte für die widersprüchlichen Gefühle, die ihn hin- und herrissen, und klammerte sich an eines, das ihn selbst überraschte: »Du kennst doch die Geschichte der Frau, nach der du benannt worden bist, nicht wahr? Andromeda?«

Sie winkte ab. »Keine Ahnung. Meine Mutter sagte, es sei der Name von der Mutter ihres Großvaters gewesen. Sie stammten aus Griechenland.«

»Es ist ein Name aus der Mythologie«, erklärte er ihr. »Andromeda war eine große Prinzessin, dazu erzogen, eine Kriegerin zu werden. Du hast Perseus geholfen, ein Held zu werden, Medusa zu töten und einen bösen König zu besiegen.«

Sie lächelte. »Das habe ich alles getan, echt?«

»Ja.«

Wieder schwiegen sie lange und waren sich der Gegenwart des anderen in dem kleinen Zimmer überdeutlich bewußt. Schließlich räusperte sich Andie. »Okay, laß uns weitermachen. Wir müssen eine Liste anlegen von allem, was wir nicht wissen, und uns einen Plan ausdenken.«

In den nächsten dreißig Minuten schrieben sie mehr als ein Dutzend Fragen auf, einschließlich dieser: Wie hing das Tagebuch von Many Horses mit den Morden zusammen? Und wie konnten sie die anderen Tagebuchbesitzer finden, bevor noch weitere von ihnen ermordet wurden?

»Ich glaube, die Antwort steht im Tagebuch selbst«, sagte Andie schließlich. »Und wir haben zwei Teile davon verloren.«

Gallagher dachte darüber nach und schlug dann eine andere Möglichkeit vor: »Wir haben zwei Teile davon verloren, aber wir haben sie gelesen. Wir wissen, was darin steht. Was wir nicht verstehen, ist die Bedeutung. Wenn wir herausfinden können, was die Geschichte von Many Horses so wichtig macht, dann erfahren wir vielleicht, wer so scharf darauf ist, daß er dafür tötet.«

Andie nickte. »Wir müssen mit einem Sioux-Spezialisten sprechen.«

KAPITEL 20

»Lächerlich!« rief Roger Barrett verächtlich und winkte dabei so energisch ab, daß die silbernen Armreifen an seinem linken Handgelenk vernehmlich klapperten. Der Professor war Anfang Fünfzig, hager, hatte ein scharfgeschnittenes Gesicht, einen schwarzen Bürstenhaarschnitt und trug einen Türkisohrring. Barrett war Spezialist für Archivistik an der University of Nebraska und hatte zwei Jahre als Gastprofessor an der Dartmouth School of Native American Studies verbracht. Sein vollgestopftes Arbeitszimmer lag gleich neben der Bibliothek der Hochschule.

»Es existiert wirklich«, bekräftigte Gallagher.

»Unmöglich. Wenn es ein solches Tagebuch gäbe, dann wüßte ich davon«, erklärte Barrett schroff.

»Wir haben es aber gesehen«, beharrte Andie.

»Eine Fälschung höchstwahrscheinlich. Aber bringen Sie es ruhig einmal her, dann werde ich es mir ansehen.«

»Die beiden Teile, die wir hatten, sind uns gestohlen worden«, sagte Andie.

»Dann verschwenden wir hier nur unsere Zeit«, schnaubte Barrett, und mit einer herablassenden Geste, daß er die Unterhaltung als beendet betrachtete, drehte er sich mit seinem Schreibtischstuhl, um in einem Haufen von Schriftstücken auf dem Boden zu kramen.

Andie holte ihre Polizeimarke hervor, lehnte sich über den Schreibtisch und hielt sie dem Professor unter die Nase. »Ich wollte eigentlich meinen offiziellen Status nicht ausnutzen«, sagte sie in sanftem, doch so befehlendem Ton, daß Barrett sich ihnen wieder zuwandte. »Aber das Tagebuch könnte mit ein paar Mordfällen hier in Vermont zu tun haben.«

»Mordfälle!« Barrett setzte sich aufrecht hin. Er spielte mit einem schweren Türkisring. »Von Mordfällen, in die ein Sioux-Tagebuch involviert ist, habe ich nichts gehört.«

Gallagher warf einen Blick auf die Titelseite des *Rutland Herald* auf seinem Schoß und fragte sich, wie lange dieses Schweigen sich wohl noch aufrechterhalten ließ. Lieutenant Bowman hatte es irgendwie geschafft, die Hintergründe von Olga Dawsons Tod von der Presse fernzuhalten. Der Artikel auf der heutigen Regionalseite sprach nur davon, daß über das Feuer immer noch ermittelt werde. Es gab weder einen Hinweis auf Charun, noch auf die Zeichnungen oder die Verbindung zu Hank Potter.

»Wir halten diesen Teil der Ermittlungen geheim«, erklärte Andie. »Professor, könnte ein solches Tagebuch so wertvoll sein, daß jemand dafür einen Mord begeht?«

Barrett rieb seinen knochigen Finger an der Unterlippe. »Aus anthropologischer und aus historischer Sicht würde ich meinen, daß ein von einer Lakota-Indianerin in Englisch geschriebenes Tagebuch aus dem neunzehnten Jahrhundert überaus wertvoll wäre, vor allem, wenn es sich um eine Überlebende des Massakers am Wounded Knee handelte, die uns schildert, wie sie den Geistertanz tanzte.«

»Warum?« fragte Gallagher.

»Weil die Einzelheiten des authentischen Geistertanzes jener Zeit wie ein strenges Geheimnis gehütet wurden«, erklärte Barrett. »Es gibt Beschreibungen von Weißen, die von weitem zugesehen haben. Aber wir haben kein persönliches Zeugnis, kein ›So-wird-es-gemacht‹ von der Spitze der Bewegung.«

Gallagher zog die Augenbrauen hoch. »Gibt es denn aber nicht auch heute noch Angehörige indianischer Stämme, die das Ritual in den Reservaten im Westen praktizieren?«

Barrett nickte. »Ja, schon, aber dieser Geistertanz ist eine moderne Interpretation des Ritus. Man könnte sagen, daß die Zeremonie, so wie sie in den neunziger Jahren des vorigen Jahrhunderts noch praktiziert wurde, am Wounded Knee weitgehend ausgelöscht wurde. Ich will also damit sagen, daß der Wert des Tagebuchs – der geistige und der materielle – von der Person abhängt, die es schrieb, und von dem, was sie schrieb.«

»Wir können Ihnen ja erzählen, was wir gelesen haben«, bot Andie an.

Barrett saß vornübergebeugt, die Ellenbogen auf seinen Schreibtisch gestützt, das Kinn in die Hände gelegt, während sie ihm alles berichteten, was ihnen aus den beiden Tagebuchteilen noch in Erinnerung war.

»Wenn das eine Fälschung ist, dann ist es eine sehr gekonnte«, meinte der Professor, als sie geendet hatten. »Manches von dem, was Sie beschreiben – die Haarlocke zum Beispiel und die Steine –, hat nichts mit dem Geistertanz zu tun, ist aber tief verwurzelt in anderen religiösen Praktiken der Sioux. Die Steine sind heilige Symbole, die die Schamanen bei den verschiedenen Zeremonien benutzen, die das spirituelle Leben der Lakota bis auf den heutigen Tag ausmachen. Das Haar ist besonders mit einer Zeremonie verbunden, die ›Die Befreiung der Seele‹ genannt wird.

Wenn Many Horses sagt, daß ihr Haar sie befreien kann, dann meint sie wahrscheinlich diesen Ritus, der tatsächlich ungefähr um die gleiche Zeit verboten wurde, als man den Geistertanz untersagte«, fuhr Barrett fort. »In der Lakota-Gesellschaft wurde nach dem Tod dem Verstorbenen eine Haarlocke abgeschnitten und in Süßgrasrauch gereinigt, dann in Hirschleder gewickelt und an einem besonderen Platz im Haus eines Verwandten des Toten aufbewahrt. Man glaubte, daß die Seele in dem Haar lebte und mindestens ein Jahr lang dort aufgehoben werden mußte, bevor sie befreit werden konnte. Während dieser Zeit brachte die Familie das für das Ritual Notwendige zusammen – unter anderem einen Umhang aus Büffelfell –, und dann gab es eine große Feier, bei der die Seele freigelassen wurde, um in das Leben im Jenseits einzugehen.«

»Glauben alle Sioux daran?« fragte Andie.

»Nicht so dogmatisch wie ein Katholik oder ein Jude glauben würde«, räumte Barrett ein. »Die Religion der Sioux ist eine charismatische Religion und wird von Generation zu Generation weitergegeben und von jeder Generation neu interpretiert. Deswegen wissen wir auch nicht genau, wie der Geistertanz einmal ausgesehen hat. Jeder oder jede nachfolgende Sioux erfindet in gewissem Sinne seine oder ihre eigene Religion, die auf den spirituellen Traditionen derer beruht, die vor ihnen waren. Was nichts anderes bedeutet, als daß ein bestimmter Sioux an eine Zeremonie wie die Befreiung der Seele glauben kann oder nicht. Wenn er oder sie aber daran glaubt, dann geschieht das mit Leidenschaft.«

Gallagher fragte: »Weshalb hat die Regierung eigentlich damals die Zeremonie der Seelenbefreiung und den Geistertanz verboten?«

»Man muß verstehen, wie die Menschen vor hundert Jahren gedacht haben, um –«

Barrett unterbrach sich selbst mitten im Satz, wandte sich seinem Computer zu und begann, etwas hineinzutippen. Jetzt hörte man das Geräusch eines Modems und dann ein Biepen, als der Computer die Verbindung herstellte. Er tippte eine Reihe von Codes, die von den Worten »Mooney/Tinmouth« gefolgt waren, und drückte »Enter«. Gleich darauf erschien auf dem Bildschirm folgender Text:

TINMOUTH-KORRESPONDENZ IM ZUSAMMENHANG MIT DER UNTERSUCHUNG DER ARMEE ÜBER DIE SCHLACHT AM WOUNDED KNEE UND DEM FELDZUG GEGEN DIE SIOUX 1890–1891. JAMES MOONEY ET AL: BERICHT DES KRIEGSMINISTERS. BAND NEUN, APPENDIX 3, SEITEN 8004–8009. U. S. NATIONALARCHIVE.

Barrett wählte den Eintrag aus und drückte noch einmal »Enter«. Die Abschrift eines Briefes erschien auf dem Schirm, und er drehte ihn so, daß Andie und Gallagher lesen konnten:

Major John Appleby
Kaplan, 7. U. S.-Kavallerieregiment
im Feld nahe der Cheyenne River Agency,
Dakota-Territorium

22. Oktober 1890
Generalmajor Horace Tinmouth
Erster Kaplan
U. S.-Kriegsministerium
Büro des Ministers
Washington, D. C.

Sehr geehrter Herr General,
auf Ihre Bitte hin habe ich sieben Wochen unter den Sioux in den Vertretungen von Standing Rock, Cheyenne Creek und Pine Ridge im Dakota-Territorium verbracht. Ihre Besorgnis über den wachsenden Einfluß des Geistertanzes ist mehr als gerechtfertigt.

Die Situation wird von Tag zu Tag explosiver.

Die gefährlichsten Sioux, einschließlich Sitting Bull und Hump, haben sich dem Ritus angeschlossen. Big Foot erwartet hocherfreut »das Kommen eines Messias«. Alle Krieger unter Big Foot sind im Besitz von Winchester-Repetierbüchsen, General.

Abgesehen davon ist es die ausdrückliche Politik der Vereinigten Staaten, die Indianer in unsere christliche Kultur zu integrieren. Diese Zeremonie stellt einen gewaltigen Rückschritt in unseren Anstrengungen dar, die Traditionen der Wilden auszumerzen.

Vor zwei Wochen bezog ich beim ersten Tageslicht meinen Beobachtungsposten oberhalb des No Water's Camp auf Pine Ridge. Unter mir versammelte sich eine Menge von achthundert Köpfen um eine sieben Meter hohe Espe, die mit Opfergaben geschmückt war.

Durch mein Fernrohr konnte ich beobachten, wie Krieger und Squaws einen Kreis von hundertdreißig Meter Durchmesser bildeten. Die Squaws trugen lockere, weiße Gewänder mit weiten, fließenden Ärmeln. Die Gewänder waren am Hals blau gefärbt, der Ausschnitt war V-förmig und mit Figuren wie Vögeln, Mond und Sternen geschmückt. Die Geistertanzhemden der Krieger waren mit aufgemalten Adlern verziert und mit Federn, die mit dem Kiel am Handgelenk befestigt waren und frei in der Luft flatterten. Viele Tänzer hatten ihre Gesichter rot bemalt, mit schwarzen Halbmonden auf Wange und Stirn.

Als die Sonne aufging, faßten sich die Wilden an den Händen und begannen eine Tanzfigur mit stampfenden Schritten nach links. Ihre Füße wirbelten einen feinen, roten Staub über der Ebene auf. Und ihr abscheulicher Gesang ließ mir die wenigen Haare zu Berge stehen, die ich noch auf dem Kopf habe.

Dies ging so vom Tagesanbruch bis zum Mittag. Kurz nach zwölf Uhr zog von Westen schnell ein Sturm auf, der erste nach einer ermüdenden Hitzeperiode. Der Himmel färbte sich feuerrot. Der Wind wurde immer heftiger, ebenso der Tanz und der Gesang, bis die ganze Meute der Heiden laut heulend durcheinanderwirbelte.

Ich glaube fest an Jesus Christus, General, und Sie wissen auch, daß mein Glaube als Kaplan des 7. Kavallerieregiments seit dem Massaker am Little Big Horn viele Male auf die Probe gestellt worden ist. Aber ich weiß nicht recht, wie ich erklären soll, was anschließend geschah. Die Sturmwolke bewegte sich plötzlich kreisförmig, doch in Gegenrichtung zu den Tänzern unten. Ein nebliger, schwankender Trichter erhob sich aus dem Bauch der Wolken. Regen fiel auf die Tänzer. Blitze zuckten. Donner dröhnte. Wenigstens fünfzig der Tänzer fielen vornüber in den Schlamm.

Sie verfielen in Krämpfe und zuckten, dann blieben sie stocksteif liegen. Manche von ihnen lagen eine Stunde oder länger im Schlamm, während der Sturm tobte und der verrückte Tanz um sie her weiterging.

Gegen dreizehn Uhr zog die Wolke nach Osten ab. Einer nach dem anderen erhoben sich die, die gefallen waren. Ein Teil der Menge löste sich aus dem Kreis und umringte jeden einzelnen derer, die aufgestanden waren. Und immer wenn das geschah, redete und gestikulierte derjenige, der gefallen war, wild, und die ganze Bande geriet nur noch mehr außer sich.

Ich verließ meinen Posten so entsetzt, wie ich es selten in meinem Leben war.

Ich kann immer noch nicht erklären, was an jenem Tag geschah. Doch Sie kennen mich seit fünfzehn Jahren, Herr General, und auch auf die Gefahr hin, daß Sie mich für verrückt halten: Bei der Zeremonie spürte ich die Gegenwart von etwas, dem zum Wohle aller Einhalt geboten werden muß.

Bitte geben Sie meine Besorgnis an den Kriegsminister weiter.

In Christus Ihr
Major John Appleby

Barrett sagte: »Das gibt Ihnen einen Eindruck von der Welt, in der Ihre Tagebuchschreiberin kurz vor dem Massaker lebte.«

Andie deutete auf den Computer: »Wie umfangreich ist Ihr Archiv?«

»Die vollständigste Datenbank ihrer Art«, sagte Barrett stolz.

»Ist Sarah auch darin?« fragte Andie.

Barretts Augenbrauen gingen sofort hoch, und seine eitle Betriebsamkeit kehrte zurück. »Ich habe den Namen noch nie gehört, aber schon möglich, schon möglich. Die meisten Dokumente sind von meinen älteren Studenten eingegeben worden.«

Der Professor drehte den Monitor wieder zu sich herüber. Gallagher stemmte sich mit seinen Krücken hoch und verzog das Gesicht wegen des brennenden Gefühls in seinen Oberschenkeln, kam jedoch um den Schreibtisch herum. Andie folgte ihm. Ein weißer Streifen erschien auf dem glatten, blauen Bildschirm. Barrett tippte: »Lakota/Many Horses.« Der Computer meldete: »Keine Entsprechungen gefunden.«

Barrett sah auf. »Erwähnt sie irgendwelche Verwandte?«

Andie sagte: »Ihre Mutter. Painted Horses.«

Barrett überlegte einen Moment, zuckte dann die Achseln und tippte den Namen. Der Computer meldete wieder: »Keine Entsprechungen gefunden.«

»Sie hat auch einen Mann namens Ten Trees erwähnt«, warf Gallagher ein.

Der Mund des Professors kräuselte sich zu einem verschmitzten Lächeln. »Ten Trees kenne ich.« Er schrieb den Namen in den Computer, drückte »Enter«, und sofort füllte eine Datei den Bildschirm. Die kurze Biographie beschrieb Ten Trees als einen wichtigen Schamanen der Sioux, der im Krieg um die Black Hills Seite an Seite mit Crazy Horse gekämpft hatte. Nach dem Tode von Crazy Horse hatte sich Ten Trees in Kanada Sitting Bull angeschlossen, nur um dort an Lungenentzündung zu sterben. Many Horses wurde nicht erwähnt, doch am Ende des Artikels stand ein Querverweis-Code aus Buchstaben und Zahlen, die durch Semikolon getrennt waren.

»Foto eins«, las Gallagher laut. »Sie haben Fotos von Ten Trees?«

Barrett sah selbst verwundert aus. »Ich habe noch nie eins davon gesehen, aber das heißt es«, sagte er. Er wählte den Code aus und drückte »Enter«.

Ein Biepen, und dann tauchte auf dem Schirm das sepiafarbene Foto eines kräftig gebauten Mannes, einer Frau und eines kleinen Kindes vor einem Tipi auf. Der Mann sah mit hochmütigen, mandelförmigen Augen in die Kamera. Er hatte eine breite Nase, und er trug sein Haar offen und locker bis auf einen Zopf, der mit Rohlederschnüren zusammengebunden und einer einzelnen Feder geschmückt war, die auf die Brust eines kragenlosen, weiten Baumwollhemdes fiel.

Die Frau war überwältigend schön und fast so groß wie der Mann. Sie trug ihr Haar in zwei schwarzen Zöpfen und an ihrem Hals ein breites Band aus Perlen. Der karierte Schal um ihre Schultern paßte zu ihrem Rock. Dennoch war das Mädchen an der Seite der Frau die Ursache, daß Gallagher beinahe die Knie weich wurden.

Nicht älter als fünf, hatte es die sanft gerundeten Wangen seiner Mutter und die tiefliegenden, fast asiatischen Augen seines Vaters, mit denen es schüchtern in die Kamera und über mehr als hundert Jahre hinaussah, auf eine Weise, die ihn schwindlig machte.

»Wo kommt dieses Bild her?« fragte Gallagher mit zitternder Stimme.

Barrett fuhr zum Rand des Bildes hinunter. »Ten Trees mit Familie; Mary-Parker-Familienstammbäume- und Fotografiensammlung, Historische Gesellschaft von Rapid City, Rapid City, Süddakota.«

»Sie hat geschrieben, Mary Parker sei ihre Lehrerin an der Missionsschule in Standing Rock gewesen!« sagte Andie heiser. »Dieses Mädchen muß Many Horses sein!«

In Gallaghers Kopf drehte sich alles noch schneller, und er glaubte, er würde ohnmächtig werden. Es war unmöglich, aber wahr: Das kleine Mädchen hatte das junge Gesicht der Frau aus seinem Traum.

»Alles in Ordnung mit dir, Pat?« fragte Andie besorgt.

»Ich fühle mich etwas schwach«, antwortete er. »Meine Beine.«

Sie halfen Gallagher zu einem Stuhl, auf dem er sich wie in einem tiefen Schock niederließ. Barrett suchte noch ein wenig weiter, und es bestätigte sich, daß Mary Parker von 1880 an zehn Jahre lang Lehrerin an der katholischen Missionsschule in dem Reservat gewesen war. Dann lud er das Foto herunter und druckte es aus. »Tut mir leid, daß ich Ihnen nicht mehr helfen konnte«, sagte er, als er Andie das Bild überreichte.

»Sie haben uns mehr geholfen, als Sie ahnen«, antwortete sie. »Pat, ich glaube, ich weiß, wie wir die anderen Teile von Many Horses' Tagebuch finden können.«

KAPITEL 21

»Warum die Kirche?« fragte Gallagher, als er zwei Stunden später humpelnd aus dem Pick-up stieg. Sie standen auf dem Parkplatz gegenüber der St.-Edwards-Kirche in Lawton. Tauben schwangen sich vom Glockenturm in einen feuchten, frischen Wind, der stark aus Nordosten blies. Ein gezacktes Fenster mattblauen Himmels öffnete sich kurz und schloß sich wieder unter dem Dach des Sturms.

»Die Kruzifixe«, sagte Andie. »Wenn die Lederbeutel alle ein Kruzifix enthielten, dann kann man annehmen, daß die Leute, die sie besitzen, so sind wie meine Mutter und Olga, Nachfahren von Katholiken, die um die Jahrhundertwende hier in Lawton gelebt haben. Wenn Professor Barrett Miss Mary Parker in alten Dokumenten finden kann, dann können wir vielleicht die anderen Besitzer in den Kirchenurkunden finden.«

Gallagher nickte. Doch seine Gedanken schweiften ab wie schon mehrfach, seit sie Barretts Arbeitszimmer verlassen hatten. Wie war es möglich, daß das Mädchen aus dem Fotoarchiv mit der Frau aus seinem Traum übereinstimmte? Gallaghers Haut juckte, als hätte er sich mit irgend etwas infiziert.

In diesen beunruhigenden Gedanken versunken, humpelte er auf seinen Krücken auf die Straße hinaus. Da raste plötzlich ein kirschroter, hochgelegter Ford-Pick-up mit Geländereifen und einer Reihe Scheinwerfer auf der Fahrerkabine auf ihn zu. Andie riß ihn zurück. Die Stoßstange des Pick-ups streifte sein Hosenbein. Gallagher konnte gerade noch den Fahrer ausmachen: Bernie Chittenden, der unfreundliche Besitzer von Lawtons General Store, warf ihm im Vorbeifahren einen haßerfüllten Blick zu. Dann gab er Gas, bog mit quietschenden Reifen um die nächste Ecke und war verschwunden.

»He!« rief ihm Andie nach.

Fast gleichzeitig bog ein blauer Chevy Suburban auf die Whelton Lane ein. Chief Mike Kerris hielt vor ihnen und ließ sein Fenster herunter. Er war allein. Auf dem Rücksitz seines Wagens lagen zwei Wurfangelruten. Er zog langsam seinen Lutscher aus dem Mund, den er zu einem Haifischgrinsen verzog.

»Dein Vetter wollte uns gerade überfahren!« herrschte Andie ihn an.

»Welcher Vetter?« fragte Kerris lakonisch. »Ich habe eine Menge Vetter.«

»Bernie Chittenden.«

»Bernie?« Kerris lachte und schob die Baseballmütze auf seinem Kopf zurück. »Kann ich mir nicht vorstellen. Bernie ist ein bißchen komisch, aber der tut keiner Fliege was zuleide. Der geht ja nicht mal auf die Jagd.«

»Ich sag' dir doch, er hätte beinahe Pat umgefahren.«

»Pat?« grinste Kerris anzüglich. »Hat Bernie Sie angefahren, Pat?«

»Um ein Haar.«

»Na also«, sagte Kerris wegwerfend. »Aber wenn es euch glücklich macht, kann ich ja mal mit dem Burschen reden bei Gelegenheit. Ach, übrigens, was macht der Urlaub zur geistigen Gesundheit, Andie?«

Andies Körper versteifte sich, ihre Fingernägel gruben sich in die Handflächen. »Hab' gut zu tun.«

Das Grinsen auf Kerris' Gesicht verschwand. »Nicht in meiner Stadt, will ich hoffen. Nicht, solange du suspendiert bist.«

»Ich bin ein Bürger wie jeder andere, Mike«, sagte sie ruhig. »Von Rechts wegen sollte ich über die Straße gehen können, ohne Angst haben zu müssen, daß ich dabei überfahren werde. Von Rechts wegen sollte ich mit jedem reden können, mit dem ich reden will.«

Kerris' Augen verengten sich zu Schlitzen. Eine bonbonrote Zunge zuckte über seine Lippen. »Wenn du jetzt, wo du offiziell nichts hier zu suchen hast, deine Nase in offizielle Angelegenheiten steckst, dann nehm' ich dich fest, Andie, wegen Behinderung der Justiz.«

»Justiz!« schnaubte Andie verächtlich. »Du weißt ja nicht mal, was das bedeutet.«

Der Polizeichef starrte sie plötzlich mit einem Haß an, der Gallagher überraschte. »Ich habe sieben Jahre dafür bezahlt. Was willst du denn noch, Andie? Meine Haut?«

»Habe ich die nicht auch verloren?« fragte sie wütend zurück.

Kerris legte den Gang ein, fuhr aber noch nicht an. »Das ist alles längst vorbei«, sagte er. »Längst vergessen von allen hier, außer dir.«

Damit ließ er das Pedal los und raste, den Gestank von Gummi hinterlassend, davon.

Gallagher schüttelte verwundert den Kopf. »Kannst du mir mal erzählen, was das zu bedeuten hatte?«

»Nein«, sagte Andie eisig.

Sie überquerte die Straße und stieg die Stufen zum Pfarrhaus hoch. Bis Gallagher ihr gefolgt war, hatte sich die Tür geöffnet, und Libby Curtin steckte den Kopf heraus. Ihr Holzkreuz baumelte über einem schlichten, weißen Pullover. Libby sah zuerst Gallagher. Die Omabrille rutschte ihr von der Nase, aber sie erwischte sie noch rechtzeitig. »Mr. Gallagher, der Monsignore hat gesagt, wenn Sie noch mal kommen, soll ich Ihnen ausrichten, daß wir Ihnen nicht weiterhelfen können.«

»Es geht nicht um Pater D'Angelo«, fiel Andie ein. »Wir

möchten ein paar Kirchendokumente vom Ende des vergangenen Jahrhunderts durchsehen.«

Curtin faßte sich an den Mund. »Vom Ende des vergangenen Jahrhunderts?«

»Ganz genau.«

»Oh, mein Gott«, sagte sie.

Mit diesen Worten hastete die Pfarrsekretärin den Flur hinunter, ihre Sandalen mit dem Korkfußbett machten raschelnde Geräusche auf dem blauen Orientteppich. Andie und Gallagher folgten ihr geradewegs in Monsignore McColls Arbeitszimmer hinein, wo sich der vierschrötige Priester schon hinter seinem Schreibtisch erhob.

»Andie Nightingale«, dröhnte er. »Sie habe ich sonntags auch schon lange nicht mehr gesehen.«

Andie machte eine entschuldigende Geste. »Tut mir leid, Monsignore, ich hatte soviel zu tun.«

Er rieb sich die massigen Hände. Dann sah er Gallagher, und seine überschwengliche Freundlichkeit kühlte ab. »Der Bischof hat Ihnen doch seine Antwort schon gegeben. Sie glauben doch wohl nicht, wenn Sie die Polizei mitbringen, wird das etwas ändern, oder?«

Gallagher stützte sich bequemer auf seine Krücken. »Nein, Monsignore. Ich habe das Gefühl, daß Sie sich von keiner weltlichen Macht sonderlich beeindrucken lassen.«

McColls Unterkiefer verspannte sich bei dieser Bemerkung, doch bedeutete er ihnen, sich zu setzen, und fragte: »Ist Ihre Bitte, die Unterlagen aus dem vorigen Jahrhundert einzusehen, offiziell oder inoffiziell, Andie? Und was, bitte, ist Ihre Rolle dabei, Mr. Gallagher?«

»Irgendwas nicht in Ordnung, Monsignore?« fragte Andie zurück.

»Beantworten Sie erst meine Frage, dann beantworte ich Ihre.«

»Im Moment noch inoffiziell«, sagte Andie. »Pat interessiert sich für mein Projekt. Wir arbeiten auf gewisse Weise zusammen.«

»Wobei?«

»Das möchte ich lieber nicht sagen. Warum so besorgt?«

Der Priester trommelte mit den Fingern auf die Schreibtischplatte. »Weil viele der Originaldokumente aus jenem Jahrzehnt und sogar aus den vierzig Jahren davor gestohlen worden sind.«

Ein paar Minuten später berichtete ihnen eine sehr aufgeregte Libby Curtin, mit dem Holzkreuz um ihren Hals spielend und in stockendem Tonfall, daß sie Mitte März einen Anruf von einem Mann bekommen habe, der behauptete, er betreibe genealogische Forschungen. Er vermutete, seine Urgroßmutter stamme aus Lawton und wollte wissen, in welchem Zustand die Tauf- und Sterbeurkunden der Pfarre aus den Jahren 1865 bis 1895 waren.

Libby antwortete, die Dokumente seien in einem hervorragenden Zustand, und sie bot an, für ihn nachzuschauen, aber der Mann sagte, er würde die Unterlagen gern selbst in Augenschein nehmen und deshalb bei Gelegenheit vorbeikommen, um einen Blick darauf zu werfen. Unterdessen ging Libby auf Hochzeitsreise.

An dieser Stelle unterbrach sie McColl, um zu berichten, er sei während ihrer Abwesenheit zu einer Konferenz in Boston gefahren. Als er zurückkehrte, hatte jemand das Schloß an der Hintertür aufgebrochen und fünfhundert Dollar, einen silbernen Meßkelch und die Urkunden gestohlen. »Und das Bild von Pater D'Angelo beschädigt?« fragte Gallagher.

»Ja, das auch noch«, antwortete Monsignore McColl. Sein Gesicht lief rot an. Er zog ein Taschentuch hervor und betupfte sich die Augenbrauen. Dann langte er nach einem Röhrchen mit Magentabletten und schluckte zwei davon. »Entschuldigung. Diese Magengeschichte will nicht besser werden. Und ich habe in der letzten Zeit eine Menge Streß gehabt.«

Im Büro nebenan klingelte das Telefon. Libby Curtin öffnete leise die Tür und schlüpfte hinaus.

»Monsignore«, sagte Andie, »sind Sie bei Ihren Recherchen über Pater D'Angelo jemals auf die Erwähnung einer Indianerin, einer Sioux, gestoßen?«

»Nein«, antwortete er ohne zu zögern. Sein Gesicht rötete sich wieder, diesmal noch stärker.

»Wir glauben, daß sie Sarah geheißen hat«, warf Gallagher ein und beobachtete McColl dabei genau. »Sarah Many Horses.«

»Nein, nein«, sagte der Priester und schüttelte heftig den Kopf. Er machte eine Bewegung, als wollte er aufstehen, überlegte es sich jedoch anders. »An den Namen würde ich mich erinnern. Eine Sioux, sagen Sie? Wie in Gottes Namen soll eine Sioux nach Vermont gekommen sein?«

»Das versuchen wir gerade herauszufinden«, sagte Andie.

Der Monsignore zögerte. »Und deswegen wollten Sie also die Taufurkunden durchsehen?«

»Ja, genau.«

Der Priester lachte gezwungen. »Na, also ich kann Ihnen versichern, daß in unseren Dokumenten keine Sioux zu finden sind.«

»Wir haben nicht erwartet, sie in den Dokumenten zu finden«, antwortete Andie. »Aber Personen, die sie vielleicht gekannt haben.«

Er verschränkte seine fleischigen Arme. »Was hat das alles zu bedeuten?«

»Sagen wir mal, ich habe den Verdacht, daß diese Sarah, eine Sioux-Frau, vor hundert Jahren hier in Lawton umgebracht wurde.«

»Vor hundert Jahren?!« rief Monsignore McColl aus. »Nehmen Sie's mir nicht übel, Andie, aber ist dies die beste Art und Weise, Steuergelder auszugeben?«

»Wenn es mit den beiden Morden hier zu tun hat, wie ich vermute, ja.«

»Den beiden Morden?«

»Hank Potter«, sagte Gallagher. »Und Olga Dawson.«

»Olga Dawson«, wiederholte der Priester langsam und rollte die Worte kleinlaut in seinem Mund. Er starrte auf das Vogelbecken draußen im Garten. »Niemand hat mir das gesagt. Ich muß morgen die Totenmesse für sie lesen.«

»Vielleicht können Sie uns ja helfen«, sagte Andie.

Er betupfte sich wieder die Stirn mit seinem Taschentuch und wandte sich ihnen zu. »Ja, ja, natürlich, alles, was Sie wollen, Andie.«

Libby Curtin kehrte leise in den Raum zurück und schloß die Tür hinter sich.

Gallagher sagte: »Wir möchten eine Liste der Gemeindemitglieder zusammenstellen, die 1894 in der St.-Edwards-Gemeinde aktiv gewesen sind.«

Der Priester schwieg einen Augenblick, sein Kinnladen bewegte sich, als kaute er oder redete mit sich selbst. Dann lehnte er sich in seinem Sessel zurück. »Ich fürchte, die Urkunden wären Ihre beste Hilfe gewesen.«

»Sackgasse?« fragte Andie.

»Tut mir leid.«

»Monsignore?« mischte sich die Sekretärin schüchtern ein.

»Ja, Libby, was ist denn?«

»Entschuldigung, Monsignore, aber wenn sie die alte Liste der Gemeindemitglieder haben wollen, dann weiß ich, wo wir sie finden können.«

KAPITEL 22

Sonntag, 18. Mai

Ein leichter Nieselregen fiel, als Gallagher und Andie drei Tage später an dem Dorf Cartersburg im mittleren Süden Vermonts vorbeifuhren.

»McColl verheimlicht was vor uns«, sagte Gallagher.

»Das hast du mindestens schon fünfundzwanzigmal gesagt, seit wir sein Büro verlassen haben«, antwortete Andie säuerlich. »Ich finde, er sah aus wie jemand, der seine Magengrippe nicht loswerden kann.«

»Ich sage ja nur, was ich gesehen habe.«

»Ich hab' dich schon beim ersten Mal verstanden. Wir waren uns einig, daß wir uns darauf konzentrieren wollen, die Tagebuchbesitzer zu finden, erinnerst du dich?«

Ihre Beziehung war in den vergangenen Tagen deutlich abgekühlt. Nach dem Besuch im Pfarrhaus hatte Gallagher den Fehler gemacht, noch einmal nach Chief Kerris zu fragen. Seither gab es Spannungen zwischen ihnen. Eine innere Stimme sagte Gallagher, er solle seine Unterstützung zurückziehen und sich lieber um Pater D'Angelo kümmern. Doch dann kam immer wieder die Erinnerung an seinen Traum von Many Horses, und der Gedanke aufzuhören wurde sofort wieder aufgegeben.

»Das da drüben auf der rechten Seite muß die Einfahrt zu Nyrens Haus sein«, sagte Gallagher und sah auf den Ordner und die Landkarte auf seinem Schoß.

Ihren Unterlagen nach gehörte die Einfahrt zum Hause David Nyrens, des Bibliotheksdirektors von Cartersburg. Nyren war der einzige lebende Nachkomme von Martha und Paul Nyren, die ihrerseits in der mütterlichen Linie von Arthur Webb abstammten, einem Mitglied der St.-Edwards-Gemeinde und ehemaligen Polizeikommandanten der Stadt Lawton in den neunziger Jahren des vorigen Jahrhunderts.

Libby Curtin hatte ihnen eine Akte in der Historischen Gesellschaft von Lawton genannt, die Namenslisten der »Columbusritter« und des Gemeinderats von St. Edwards der letzten hundertfünfundzwanzig Jahre enthielt. Diese Listen lieferten ihnen zweiunddreißig Namen. Sie hatten zwei Tage dazu gebraucht, achtzehn der zweiunddreißig weiterzuverfolgen, indem sie die staatlichen und örtlichen Geburts- und Sterberegister, das Internet und Telefonverzeichnisse auf CD-Rom benutzten, um hundertsechsundsiebzig mögliche Nachkommen zu identifizieren, von denen siebenundsechzig im Staat Vermont lebten. Bevor sie für die verbleibenden vierzehn Namen weitere zwei Tage aufwandten, hatten Andie und Gallagher beschlossen, sich so viele der bekannten Nachkommen wie möglich anzusehen.

Da sie befürchteten, daß überraschende Telefonanrufe ablehnende Reaktionen hervorrufen könnten, hatten sie in den letzten vierundzwanzig Stunden sechzehn der möglichen Tagebuchbesitzer zu Hause oder an ihren Arbeitsplätzen aufgesucht. Sie lebten alle im südlichen Teil des Bundesstaates und hatten ihre Fragen nach einem Tagebuch und einem Kruzifix ausnahmslos mit verständnislosen Blicken oder ungläubigem Gelächter beantwortet. Vier von ihnen wußten nicht einmal, daß ihre Vorfahren aus Lawton stammten.

Nyren war Kandidat Nummer siebzehn.

Seine ungepflasterte Auffahrt war fast eine Viertelmeile lang. Sie fuhren durch einen dichten Tannenwald, und Gallaghers Gedanken liefen, wie so oft in den vergangenen Tagen, zurück zu Monsignore McColl und seinen Bemühungen um das Vermächtnis von Pater D'Angelo. Seine Nervosität im Hinblick auf den bald seligzusprechenden Priester ließ Gallagher nicht in Ruhe.

Der Wald hörte auf. Nyrens Haus, gelb mit einem Satteldach, war von einem gepflegten Rasen umgeben. Tulpenspitzen waren an den Seiten eines gepflasterten Fußweges zu sehen. Ein Honda Accord neueren Baujahrs parkte auf einem Stellplatz unter einer Weißtanne.

Als sie ausstiegen, murrte Gallagher zwar über seine steifen Beine, aber er merkte, daß er die Krücken nicht länger brauchte. Er ließ sie im Wagen zurück.

Die Außentür zu der vorderen Veranda schlug gegen die Seitenwandung aus Schindeln. Regenpfützen standen auf dem Boden aus breiten Holzdielen. Blauviolette Schlieren schwammen auf der schillernden Wasseroberfläche und flossen Richtung Innentür, die ebenfalls leicht offenstand. Es roch unangenehm.

»Benzin?« fragte Gallagher.

Andie nickte. Sie drückte die Innentür noch weiter auf. Der Geruch wurde jetzt stärker. »Mr. Nyren?« rief sie.

Am anderen Ende eines kurzen Flurs schlug eine alte Standuhr die Viertelstunde. Aus dem oberen Stockwerk kam ein quietschendes Geräusch, als würde ein Möbelstück, möglicherweise ein Stuhl, über den Holzfußboden geschoben. Andie ging weiter ins Haus hinein, Gallagher folgte dicht hinter ihr und musterte die Einrichtung. Ein Tisch aus Ahornholz mit heruntergeklappten Seitenteilen, auf dem ein weißes Deckchen lag, stand an der Wand in der Diele unter einem vergoldeten Kaminspiegel. Queen-Anne-Stühle mit verblichenem Chintzpolster umgaben den Tisch.

»Herzlich willkommen bei Großmutter«, murmelte Gallagher.

»Leise, er könnte dich hören«, zischte Andie. Dann rief sie noch einmal, diesmal lauter: »Mr. Nyren? Ich bin Sergeant Andie Nightingale von der Kriminalpolizei des Staates Vermont. Hallo?«

Die Uhr tickte. Die Heizung knackte. Leichter Regen schlug gegen die Scheiben.

Andie schürzte die Lippen. Sie zog ihre Pistole und schlich mit kraftvoller Anmut die Treppe hinauf. Gallagher folgte ihr in einem Meter Abstand und hörte das Blut in seinen Schläfen pochen. Als er auf die vierte Stufe trat, knarrte es. Andie drehte sich mit geblähten Nasenflügeln um und bedeutete ihm mit der Schuhspitze, daß er auf der Treppeninnenseite gehen sollte.

Das Stockwerk über ihnen ging nach rechts ab, und sie reckte den Hals, um auf den Vorplatz sehen zu können. Gallagher fragte sich, was er tun sollte, wenn es zu einer Schießerei käme. Einfach wegrennen schien die einzig richtige Lösung, doch zu seiner Überraschung stellte er fest, daß er das nicht tun würde. Nicht, solange Andie hier war.

Auf dem Vorplatz standen zwei Aktenschränke, deren Schubfächer aufgerissen waren, ein Durcheinander von Ordnern und Papieren türmte sich auf dem Boden. Einer der beiden Schränke lag umgestürzt auf der Seite. Tausende von Schriftstücken lagen über den grünen Teppich verstreut.

Oben am Treppenabsatz ging Andie in die Hocke. Die offene Tür zur Linken führte in ein Arbeitszimmer, jetzt ein Bild der Verwüstung. Der Schreibtisch aus Nußbaum war umgestürzt worden. Der Monitor des Computers leuchtete noch blau, trotz seines zerbrochenen Gehäuses. Ordner und Dokumente aus drei weiteren Aktenschränken waren über den ganzen Raum verstreut. Auch das Bücherregal war umgeworfen. Nyrens gerahmtes Bibliothekarsdiplom vom St.-Michael's-College und zwei Ehrenurkunden von der Historischen Gesellschaft des Staates Vermont hingen schief an der weißen Wand hinter dem Schreibtisch. Eine Bodendiele lehnte an einem der Aktenschränke. Ein Loch gähnte im Boden davor.

Andie dränge sich an Gallagher vorbei, und trotz der Benzindämpfe roch er ihren guten, sauberen Herbstgeruch, der ihn schon an dem Morgen umgeben hatte, nachdem er angeschossen worden war. Ein angenehmes Gefühl überkam ihn, nur um im nächsten Augenblick von einer Welle der Angst – um sich selbst und um sie – fortgeschwemmt zu werden; und er wollte ihr sagen, daß sie das Haus besser verlassen sollten, bevor sie in das Schlafzimmer sahen.

Doch Andie schlich schon seitwärts an dem Papierchaos auf dem Vorplatz vorbei. Sie drückte sich gegen den Türrahmen, streckte die Hand aus und drehte den Türknopf aus unechtem Kristall. Er gab sofort nach. Sie bedeutete Gallagher, sich fernzuhalten. Mit der linken Hand stieß sie mit einer einzigen Bewegung die Tür auf und wirbelte gleichzeitig mit ausgestreckter Waffe in den Raum.

Ihr Atem ging stoßweise. Gallagher trat hinter ihr in das Schlafzimmer, und seine ersten reflexartigen Reaktionen – Ungläubigkeit und Ekel – gingen in ein Schwindelgefühl über. Der Boden schien unter ihm wegzugleiten.

Das Laken auf dem Bett war zerwühlt. Grüne Vorhänge wehten in der feuchten Brise hin und her, die durch das offene Fenster hereinkam. Nyren kniete vor einem Stuhl; sein weißer Frotteebademantel war über seinem fetten, nackten Hinterteil hochgeschoben. Zwei Ledergürtel fesselten seine Fußknöchel an die Stuhlbeine, mit den Vorhangschnüren waren seine Hände an die Armlehnen des Stuhls gebunden. Eine weitere Schnur war um seinen Hals gewunden und an der Stuhllehne befestigt. Ein orangefarbener Waschlappen steckte in seinem Mund. Der Zeigefinger seiner linken Hand war am zweiten Glied abgeschnitten. Blut aus einer Reihe brutaler, länglicher Wunden durchtränkte seinen Bademantel. Ein ähnlich schrecklicher Schlag hatte ihm über dem rechten Ohr ein dreieckiges Loch in den Kopf gehackt. Getrockneter Speichel und Tränen zogen Spuren über die Stellen seines Gesichts, die nicht blutverschmiert waren.

An den linken Arm der entstellten Leiche war eine Zeichnung geheftet.

Andie winkte Gallagher mit der linken Hand, ohne die Augen von dem Bibliothekar abzuwenden. »Geh ... geh nach unten in den Flur«, sagte sie. »Da habe ich ein Telefon gesehen. Ruf neun-eins-eins an.«

Gallagher bewegte sich wie in Trance. Im Laufe der Jahre hatte er viele verstörende Dinge gesehen – eine Dämonenaustreibung in Westafrika, eine Beschneidungszeremonie in Papua-Neuguinea –, doch niemals einen Ritualmord wie diesen hier. Als die Brutalität des Ganzen den schützenden Schock durchbrach, der ihn im Schlafzimmer des Bibliothekars umhüllt hatte, war er auf dem Treppenabsatz angelangt und begann zu würgen.

Plötzlich wallte die Luft unten im Flur unnatürlich auf, und eine zwei Meter hohe, rötlichblaue Feuerwalze schoß auf, gierig, heiß und explosiv und genährt von den Benzindämpfen über dem durchtränkten Teppich. Die Flamme schwankte am Fuß der Treppe, sammelte Höllenkräfte und stieg höher.

Das ganze Haus keuchte asthmatisch, als die Feuerwand sich den Dämpfen und dem Sauerstoff entgegenwarf, der durch das Schlafzimmerfenster des Bibliothekars hereinströmte.

»Feuer!« schrie Gallagher. »Feuer, Andie! Schnell raus hier!«

Er rannte über das Meer von Papieren zurück, stolperte und krachte jäh mit Andie zusammen, die in der Tür des Schlafzimmers erschien. Gemeinsam stürzten sie zu Füßen des Bibliothekars nieder, rappelten sich jedoch sofort wieder auf, als die glühende Wolke das benzingetränkte Papier hinter ihnen aufnahm und der Feueratem dem Rumpeln nächtlicher Güterwagen glich.

Gallagher hielt Andie am Oberarm und zog sie zum Fenster. Ein eiserner Steighaken steckte im Fensterbrett, ein blaues Seil fiel ins Leere hinunter. »Geh an dem Seil runter!« rief er ihr zu.

Doch sie entwand sich ihm, gerade als die Flamme durch den Türrahmen drängte, lief zurück und machte sich an der Leiche zu schaffen. Sie hatte den Brief in der Hand und sah sich um.

»Was machst du denn da?« schrie Gallagher.

»Ich suche das Tagebuch!« schrie sie zurück. »Das Kruzifix! Oder sonst irgendwas!«

»Die sind hier nicht«, bellte er und packte sie diesmal fester. Er schleifte sie zum Fenster und zwängte sie hindurch, während die Flammen wild über den blauen Teppich rasten, Nyrens Leiche einhüllten und dann die Vorhänge und seine benzingeschwängerten Hosenbeine in Brand setzten. Gallagher warf sich auf das steile Dach, griff nach dem Seil, erwischte es erst nicht, überschlug sich zweimal und schwang sich dann, immer noch brennend, ins Leere.

KAPITEL 23

»Wenn ich nicht sofort eine klare Antwort erhalte, wie Sie beide in ein brennendes Haus mit einem an einem Stuhl festgebundenen toten Bibliothekar gekommen sind, lasse ich Sie beide festnehmen, Polizist oder nicht, großer Filmemacher oder nicht«, schäumte Lieutenant Bowman.

Andie und Gallagher hockten mit Decken um die Schultern auf einer Liege im hinteren Teil eines Notarztwagens. Der begleitende Arzt hatte sie schon untersucht und befunden, daß Andie Prellungen an den Rippen davongetragen hatte. Gallagher war mit leichten Verbrennungen an den Beinen davongekommen. Draußen löschten die Männer der Freiwilligen Feuerwehr das, was von dem Möbelmuseum des Bibliothekars übriggeblieben war. Der Hof des Anwesens war schon abgesperrt, und überall suchten Polizisten nach Spuren.

»Das würde ich auch gern hören«, ließ sich die Stimme von Chief Kerris vernehmen, der jetzt hinter der Wagentür hervortrat. Er sah aus, als habe er tagelang nicht geschlafen. Seine Handrücken waren zerkratzt, und er trug einen langen Striemen auf der Wange. Seine hohen Gummistiefel waren von einer Schlammschicht überzogen.

Bowmans Aufmerksamkeit wurde abgelenkt. »Wie sind Sie so schnell hierhergekommen, Chief?« fragte sie überrascht. »Lawton ist über eine Stunde von hier entfernt.«

Kerris hob die Hand, um den Schirm seiner Baseballmütze zurechtzurücken. »Meine Familie hat eine Hütte an einem der Seen hier in der Gegend. Da hab' ich gerade den Garten für den kommenden Sommer in Ordnung gebracht, als ich den Ruf in meinem Funkgerät hörte. Ist er es wieder? Charun?«

Bowman nickte und sagte dann zu Andie: »Ich warte immer noch auf eine Antwort, Sergeant.«

Andie musterte die Nähte an der Decke um ihre Schultern mit diesem abwesenden Gesichtsausdruck, den Gallagher von seinem Vater kannte, wenn Seamus kurz davor war, nach einer seiner zeitweiligen Trinkpausen wieder mit dem Alkohol anzufangen. Sie holte tief Luft, als wollte sie sich selbst auf den tiefen Fall in den Abgrund vorbereiten.

»Es ist alles meine Schuld«, platzte Gallagher heraus. »Ich habe unten bei Olga Dawsons Stall ein Kruzifix an einer Goldkette gefunden, und ich hätte es Ihnen gleich zeigen sollen, aber nachdem ich die Zeichnung sah, habe ich es ganz einfach vergessen.«

Lieutenant Bowman blickte Gallagher, dann Andie scharf an. »Kruzifix? Olga Dawson? Raus damit. Ich will alles wissen, und zwar sofort.«

Gallagher log, ohne mit der Wimper zu zucken, und erzählte, er habe die Goldkette am Abend nach der Durchsuchung seiner Hütte zu Andie hinübergebracht. Andie zögerte, warf Gallagher einen kurzen Blick zu, und berichtete dann stockend, wie geschockt sie gewesen sei, als sie das Kreuz gesehen habe, von der Geschichte ihrer Mutter, von dem ledernen Beutel, dem Tagebuch und etwas Furchtbarem, das vor hundert Jahren in Lawton geschehen sein mußte; und wie sie und Gallagher sich auf die Suche nach Olga Dawsons Tagebuchteil gemacht und es in einer Höhle am Lawton Mountain gefunden hatten. Gallagher fiel mit einer weiteren kühnen Erfindung ein und erzählte, beide Teile des Tagebuchs seien aus Andies Haus gestohlen worden, während sie drüben auf Hank Potters Anwesen waren, um herauszufinden, ob auch er einen Teil gehabt hatte oder nicht.

Gemeinsam erklärten sie den Grund ihres Besuches bei Monsignore McColl und wie sie das zwangsläufig zu dem Haus des Bibliothekars geführt habe. Der Mörder war noch oben gewesen, als sie an die Haustür klopften. Er ließ sich mit einem Kletterseil aus dem Fenster herab und zündete das Haus genau in dem Moment an, als sie die Leiche des Bibliothekars fanden.

Selbst durch die sackähnliche Jacke, die Chief Kerris trug, konnte Gallagher sehen, wie sich der Brustkorb des Polizisten immer schneller hob und senkte, während er und Andie ihr Netz aus Wahrheiten und Erfindungen spannen. »Das ist alles Quatsch«, sagte er, als sie geendet hatten. »Ich glaube kein Wort davon.«

Andie hielt die letzte Zeichnung des Mörders mit dem Brief auf der Rückseite in die Höhe. »Das hier hing am Arm des Bibliothekars, als wir ihn fanden. Ist das etwa auch Quatsch?«

Kerris stierte wie hypnotisiert auf die Zeichnung. Charuns Kopf war jetzt vollständig dem Betrachter zugewandt. Die weißen Schlitze in seinen Augen waren Halbmonde geworden. Ein Drittel der Stiche an seinen Lippen waren aufgeschlitzt und enthüllten einen einzigen Schneidezahn; der linke Mundwinkel war zu einem höhnischen Lächeln verzogen. Der Phallus war größer und blutiger als auf der Zeichnung, die er bei Olga Dawson hinterlassen hatte. Eine Seilschlinge war um die Spitze des Penis gelegt.

Andie drehte das Stück Papier so, daß Kerris und Bowman die Nachricht lesen konnten:

Angel hat gesagt, es gebe viele Arten, zu gehen und zurückzukehren. Meine Persephone sagte, wir könnten uns durch die Mischung des Schamanen und den Strick am nächsten kommen. Sie schwoll zu einer köstlichen Enge um mich herum an. Sie wand sich und stöhnte: »Vida!«

Der Pilz stieg mir zu Kopf, und ich kam hoch, mit ausgebreiteten Armen, hart und stark mit dem Strick. Persephone hat mich allein gelassen. Blind und taub und stumm.

Doch jetzt öffnet sich mein Mund und schmeckt das Geheimnis. Und das Licht erreicht meine Augen.

»Zufrieden, Chief?« fragte Andie.

Kerris riß den Kopf herum. Schweißperlen tropften von seiner Nase, doch sein Kiefer sah hart und entschlossen aus.

»Ich glaube immer noch nicht, daß die Morde mit etwas zu tun haben, das vor hundert Jahren in Lawton geschehen ist«, sagte er. »Meine Familie lebt seit hundertfünfzig Jahren in der Stadt. Ich habe noch nie etwas von einer ›unheiligen

Handlung‹ gehört oder wie deine Mutter das genannt haben soll, Andie. Bis letzte Woche gab es nur zwei aktenkundige Morde in Lawton, und die liegen fast dreißig Jahre zurück.«

Andie zog sich die Wolldecke höher. »Na komm, Mike, du weißt doch am besten, daß es nicht allzu schwer ist, Dinge zu vertuschen, wenn man nur weiß, wie man's machen muß.«

Einen Augenblick lang lag blanker Haß auf Kerris' Gesicht, aber er hatte sich in der Gewalt. »Ich kaufe euch das immer noch nicht ab.«

»He, was ist los mit Ihnen beiden?« fragte Lieutenant Bowman argwöhnisch.

»Eine persönliche Geschichte, Lieutenant«, antwortete Andie, ohne ihren Blick von Kerris zu wenden. »Aber Mike weiß schon, wovon ich spreche. Lawton hat seine Geheimnisse immer gut zu bewahren gewußt. Das gehört zum Verhaltenskodex bei gewissen Familien der Stadt.«

»Ich hab' keine Ahnung, wovon sie spricht«, sagte Kerris ungerührt.

»Alte Gewohnheiten wird man am schwersten los, was?« entgegnete Andie.

Bowman deutete auf die beiden. »Egal, was es mit Ihnen beiden auf sich hat, ich werde nicht zulassen, daß es die Ermittlungen gefährdet. Ich –«

Ein älterer Polizist in einem schwarzen Regencape kam über den Rasen gelaufen. »Entschuldigen Sie die Unterbrechung, Lieutenant, aber wir haben ein paar Dinge entdeckt, die Sie wissen sollten. Wir haben den Explorer ungefähr zwei Meilen von hier entfernt in einem Graben gefunden. Wir haben den Hund drauf angesetzt, aber der hat die Spur schon im Umkreis des Wagens verloren. Der Mörder muß in ein Bachbett und von da in einen Sumpf gewatet sein. Unsere Leute sind an allen Zufahrtswegen, aber da oben ist zwanzig Meilen weit in jeder Richtung Wildnis.«

Der Nebel hatte sich gelichtet, und zum ersten Mal spürten sie alle die bedrohliche Nähe der von riesigen Laubwäldern bedeckten Berge, die hinter Nyrens Anwesen aufragten. Ein Mann könnte sich dort wochenlang vor sich selbst verstecken, dachte Gallagher. Und dann hatte er auf einmal das unheimliche Gefühl, daß sie beobachtet wurden. Mit seinen Augen suchte er aufmerksam den Waldrand ab, konnte jedoch nichts ausmachen.

»Irgendwas in dem Wagen, Harry?« fragte Bowman den Polizisten. »Akten? Vielleicht ein alter Lederbeutel oder so was?«

»Akten oder Lederbeutel haben wir nicht gefunden«, meinte Harry. »Aber frische Blutspuren.«

»Verdammt noch mal«, stöhnte Andie. »Er hat unsere Namensliste, und wir haben nicht mal eine Kopie.«

»Lassen Sie das ganze Fahrzeug nach Fingerabdrücken untersuchen, obwohl ich den Eindruck habe, daß wir keine finden werden«, ordnete Bowman an. »Und dann nehmen Sie Proben von dem Blut und lassen Sie prüfen, ob es die gleiche Blutgruppe ist wie die des Bibliothekars. Bei dem Schaden, den das Feuer angerichtet hat, glaube ich nicht, daß wir DNS-Vergleichstests machen können, aber dennoch ... Und fangen Sie mit einer Befragung von Tür zu Tür an, eine Meile in jede Richtung von da ab, wo der Explorer gefunden wurde. Gibt es sonst noch was, das ich wissen sollte?«

Der Polizist nickte. Er hielt zwei durchsichtige Plastikbeutel in die Höhe. In einem lag ein Streifen grünen Tarnstoffs, ungefähr zehn Zentimeter lang und fünf Zentimeter breit. In dem anderen lag eine dunkelrote Holzperle von der Größe eines Fingernagels.

»Bei seiner Flucht von hier hat er auch große Fußabdrücke hinterlassen«, sagte der Polizist. »Und einen schmutzigen Handschuhabdruck an einer Birke. Von der Höhe des Abdrucks zu urteilen haben wir es mit einem Riesenkerl zu tun. Wir werden Abdrücke von den Fußspuren nehmen.«

»Gut, gut«, meinte Bowman und gestattete sich ein Lächeln. »Endlich hinterläßt er auch Spuren, außer denen, die wir finden sollen. Jetzt werden wir ihn kriegen.«

So plötzlich, wie das seltene Lächeln auf ihren Lippen erschienen war, so schnell wurde Bowman wieder sachlich. »Sergeant, dies ist das zweite Mal, daß Sie in diesem Fall wichtige Informationen zurückhalten, und ich will wissen, warum.«

»Hätten Sie mir denn geglaubt, Brigid?« erwiderte Andie. »Oder hätten Sie es nicht für die Hirngespinste einer trunksüchtigen Polizistin gehalten, vor allem, nachdem die beiden Tagebuchteile und die beiden Kreuze gestohlen worden waren und ich keinerlei Beweismittel hatte, die meine Geschichte stützten? Und selbst wenn Sie mir geglaubt hätten, hätten Sie mich dann auch weiter an diesem Fall arbeiten lassen?«

Lieutenant Bowman stand in steifer Haltung da. Sie sah zum Waldrand hinüber.

»Wir haben also nichts von diesem Tagebuch in Händen?«

»Nein«, antwortete Andie. »Jedenfalls im Moment nicht.«

Bowman bewegte ihre Zunge an der Innenseite der Wange. »Ich muß Sie das jetzt fragen, Andie: Wie lange ist es her, daß Sie das letzte Mal getrunken haben?«

Andie zuckte bei der Frage zusammen und schluckte. Kerris' Mundwinkel gingen unmerklich in die Höhe, und Gallagher hätte ihm am liebsten ins Gesicht geschlagen.

»Ich war einundzwanzig Monate und zwölf Tage nüchtern, bis ich die beste Freundin meiner Mutter zerhackt, verbrannt und möglicherweise sexuell mißbraucht aufgefunden habe«, sagte Andie. »Jetzt bin ich seit vier Tagen trocken.«

Bowman spielte mit den Knöpfen ihres Regenmantels.

Winzige Tropfen lagen auf den äußeren Haarspitzen ihrer weißen Frisur.

»Sie müssen mir glauben, Brigid«, bat Andie.

»Ich glaube nur das, was ich sehe«, sagte Bowman schneidend. »Wir haben kein Tagebuch, aber wir haben den dritten Brief des Mörders. Wir haben ein Stück seiner Kleidung. Wir haben die Holzperle. Wir haben seinen Samen von Hank Potter. Und wir bekommen vielleicht noch mehr Indizien aus Gallaghers Explorer. Auf diese konkreten Beweisstücke werde ich die Ermittlungen konzentrieren.«

»Sie wollen die Spur mit dem Tagebuch nicht weiter verfolgen?« rief Andie. »Es gibt eine Reihe von Leuten, die deswegen in Gefahr sind.«

Bowman hob die Hand, um weiteren Protest abzuwehren. »Sehen Sie es mal aus meinem Blickwinkel. Mein Team hat im Moment in zweiundzwanzig akuten Fällen zu ermitteln, bei halb so vielen Beamten. Wo soll ich meine Leute also am besten einsetzen? Doch wohl auf einer Spur, die erst eine Stunde alt ist – vielleicht hat ja einer jemanden aus Nyrens Haus kommen sehen, nachdem das Feuer gelegt worden war, oder wie jemand Gallaghers Wagen verließ oder durch den Wald rannte. Oder vielleicht hat ihn auch jemand gesehen, wie er bei McDonald's im Ort dieses Bild malte. Sie wissen so gut wie ich, daß ich da weitermachen muß, wo die Hinweise ganz frisch sind. Wenn dort der Dampf raus ist, kümmern wir uns um das Tagebuch.«

»Das gefällt mir schon besser«, mischte sich Kerris ein.

Lieutenant Bowman bedachte den Chief mit einem raschen, mißbilligenden Blick und wandte sich dann wieder Andie zu. »Wegen Ihres ... neuerlichen Verhaltens bin ich gezwungen, Sie noch einmal für vierzehn Tage zu suspendieren, zusätzlich zu den ursprünglichen vierzehn Tagen, das bedeutet, daß Sie dreißig Tage trocken sein werden, wenn Sie zum Dienst zurückkehren. Damit bleiben mir noch drei Ermittler für diesen Fall.«

»Brigid, das können Sie doch nicht machen!«

»Sergeant, das kann ich sehr wohl. Und Sie, Sie können froh sein, daß Sie nicht auf unbestimmte Zeit vom Dienst suspendiert werden.«

KAPITEL 24

»Ich lass' mich nicht aufhalten«, schwor Andie, während sie in ihrer Küche auf und ab ging. »Sie irrt sich, und ich habe recht!«

»Sie läßt die Ermittlungen von ihrem Bürokratismus blockieren«, pflichtete ihr Gallagher bei.

»Ich gebe ja zu: Ich habe getrunken, und ich habe sie nicht über das Tagebuch informiert. Aber das ist noch lange kein Grund, mich ... Nein, ich höre nicht auf!«

»Dann tu' ich's auch nicht«, sagte Gallagher.

Andie schüttelte den Kopf. »Ich kann nicht zulassen, daß du noch mehr in die Sache verwickelt wirst.«

Er deutete auf seine Beine. »Ich bin zweimal von diesem Schwein verwundet worden. Das ist inzwischen eine persönliche Sache für mich geworden.«

»Aber –«

»Kein Aber. Ich geb' genausowenig auf wie du.«

Ihre Finger gruben sich in das Webmuster ihres Pullovers aus irischer Wolle. Sie schlenderte zum Erkerfenster hinüber und sah hinaus. Es war fast vier Uhr nachmittags. Trotz der langen Kälteperiode war der Rasen um einige Zentimeter gewachsen, seit Gallagher nach Lawton gekommen war. Amseln mit roten Flügeln sangen im Schilf des Lilienteiches. Die rostroten Hülsen der Ahornknospen bedeckten die fette, schwarze Erde ihres umgegrabenen Gemüsegartenstücks. An den Bäumen waren die zarten Spitzen der ersten Blätter des Jahres zu erkennen. Doch hielt der Winter immer noch die oberen zwei Drittel des Lawton Mountain umfangen.

»Es wird bald Zeit sein, das Gemüse zu pflanzen«, bemerkte sie.

Gallagher trat neben sie und schaute hinaus. »Warum beschäftigst du dich so gern mit Pflanzen?«

»Ich nehme an, das ist meine Art, mit einer höheren Macht in Kontakt zu treten«, sagte sie. »Meine Art, mich zu binden, so daß ich die harten Zeiten durchstehen kann.«

»Dann glaubst du also an Gott?«

Andie wandte sich um und sah ihn mit leicht gerunzelter Stirn an. »An eine höhere Macht zu glauben, ist die einzige Art, wieder auf die Beine zu kommen.«

»Ich bin nicht gläubig«, sagte er.

»Das weiß ich«, antwortete sie mit einer Spur Traurigkeit in der Stimme, und Gallagher wurde auf einmal klar, daß es ihm guttat, die weite Spanne von Gefühlen zu erleben, die sie zeigte. Andie war das lebendigste Wesen, das er je kennengelernt hatte.

Bevor er ihr das mitteilen konnte, sagte sie: »Ich schulde dir Dank.«

»Wofür?«

»Na, zunächst mal, weil du mich aus dem brennenden Haus gerettet hast«, antwortete sie. »Und dann hast du mich gegen Bowman und Kerris unterstützt. So was hat seit langem niemand mehr für mich getan. Niemand hat sich darum geschert.«

Sie stellte sich auf die Zehenspitzen und gab ihm einen flüchtigen Kuß auf die Lippen. Er erstarrte. Enttäuschung flackerte in ihrem Gesicht auf; dann verhärtete sich ihr Ausdruck, und sie wandte sich ab. »Es ist, weil ich trinke, nicht?«

Gallaghers Kehle war wie zugeschnürt. »Nein, ich …«

»Willst du wissen, warum ich getrunken habe, die ganze Geschichte? Ich habe noch nie jemandem die ganze Geschichte erzählt.«

»Warum solltest du sie mir erzählen?«

»Du hast doch gesagt, daß wir uns ähnlich sind. Ich dachte, du würdest mich vielleicht verstehen.«

Gallagher verspürte den Drang, hinauszugehen und ein Stück zu laufen, um bloß nichts zu hören. Aber der verletzte Ausdruck auf ihrem Gesicht hielt ihn zurück. »Ich will es hören.«

Andie erzählte, daß die Farm ihrer Eltern, einst eine der bestbewirtschafteten in der ganzen Gegend, während des Abstiegs ihres Vaters nach dem Tode ihres Bruders immer mehr herunterkam. Ihre Eltern stritten sich. Andie war ein einsames, kleines Mädchen; ihre besten Freundinnen waren ihre Mutter und Olga Dawson.

Doch in dem Sommer zwischen ihrem fünfzehnten und sechzehnten Lebensjahr verwandelte die Natur das unbeholfene, schüchterne Mädchen in eine große, wohlproportionierte, hübsche junge Frau. Zum ersten Mal in ihrem Leben interessierten sich die Jungen für sie.

Kurz vor dem Ende ihres zweiten Highschooljahrs lernte sie Mike Kerris kennen: Student im ersten Semester an der University of Vermont. Er sah gut aus und war durch seine Mutter mit den Powells, der reichsten und mächtigsten Familie von Lawton, verwandt. Kerris war auch ein Senkrechtstarter in der Football- und der Skisportmannschaft der Universität.

Das erste Mal sah sie ihn bei einer Party Anfang Juni, um die Zeit der Schulabschlußfeier. Kerris überreichte ihr ihren ersten Drink: Wodka mit Orangensaft. Der Alkohol ließ alles licht und warm erscheinen, und er küßte sie, bevor er sie zu Hause absetzte. Kerris ging für einen Teil der Sommerferien fort, und als er zurückkehrte, trafen sie sich ein zweites Mal bei einer Party. Sie betrank sich, und er sagte ihr, daß er sie liebe. Ihr Leben zu Hause war traurig, und hier bot sich ein strahlender Neubeginn. Sie sagte Kerris, daß sie ihn auch liebe.

»Als ich am nächsten Morgen erwachte, stellte ich fest, daß ich nicht mehr Jungfrau war«, sagte Andie mit einem schwachen Lächeln. »So hatte ich mir das nicht gerade vorgestellt. Und ich hörte lange Zeit danach nichts mehr von ihm.«

Andie holte tief Luft und enthüllte den Rest ihrer Geschichte so, wie eine Frau mit Höhenangst sich dem Rand des Grand Canyon nähern mag. Kerris rief sie Ende August aus heiterem Himmel an, um sie zu einer dritten Party nach dem Spiel der Vermont and New Hampshire Football-All-Stars einzuladen. Andie sagte ihren Eltern, sie verbrächte die Nacht bei einer Freundin.

Kerris drückte ihr einen Drink in die Hand, sobald sie in die Ferienwohnung trat, die ein paar seiner Freunde im Skigebiet oberhalb von Lawton gemietet hatten. Und jedesmal, wenn ihr Glas leer war, füllte er es sofort wieder.

»Ich weiß noch, wie ich tanzte, alles war so schimmernd und lustig«, sagte Andie. »Dann trübte sich der Glanz, und es wurde dunkel. Mike war mit mir auf einem Bett in einem der hinteren Räume.«

Sie hielt inne. Ihr Kinn zitterte, und ihre Augen füllten sich mit Tränen.

»Du brauchst mir das nicht zu erzählen, wenn du nicht willst«, sagte Gallagher.

»Es waren noch mehr Jungs im Zimmer, sie –«, schluchzte Andie. »Olga sah mich, wie ich durch die Straßen der Stadt lief. Ich hatte nicht allzuviel an. Bis heute weiß ich nicht, wie ich da hingekommen bin.«

Der Haß, der zwischen ihr und Kerris beim Haus des Bibliothekars aufgeflackert war, trat wieder auf ihr Gesicht.

»Hast du damals Anzeige erstattet?« fragte Gallagher.

»Ich ging zur Polizei, aber –« Andie hielt inne. »Du kennst Lawton nicht. Die Powells haben hier immer schon das Sagen gehabt. Sie sind wie die Kennedys. Wenn einer von ihnen in Schwierigkeiten steckt, halten sie alle zusammen.«

Kerris' Onkel Bruce, damals der örtliche Staatsanwalt und jetzt ein geachteter und wohlhabender Rechtsanwalt in Lawton, ging zu Andies Vater und überredete ihn, Andie davon zu überzeugen, daß ein öffentliches Verfahren nur einer Menge junger Leute schaden würde, die das ganze Leben noch vor sich hätten. Als Gegenleistung dafür, daß die Anzeige zurückgezogen wurde, trafen sie eine Vereinbarung. Die Powells wollten Andies Ausbildung vollständig bezahlen. Kerris würde Vermont verlassen und nach Chile gehen, um dort in einem Wintersportort im Betrieb eines Freundes der Familie als Skilehrer zu arbeiten.

»Er blieb sechs oder sieben Jahre da unten«, sagte Andie. »Aber das, was er getan hatte, verfolgte mich Tag und Nacht. Ich versuchte, meinen Zorn zu kompensieren, indem ich Polizistin wurde. Doch manchmal überkam es mich, und ich erinnerte mich daran, wie hell die Welt an jenem Abend war; und so verquer es auch klingt, genehmigte ich mir dann ganz allein ein paar Drinks, um zu fühlen, wie es vorher gewesen war.«

Andie saß im Schaukelstuhl neben dem Ofen, zog die Füße unter die Oberschenkel und räusperte sich. Und räusperte sich noch einmal.

»Wie zum Teufel konnte Kerris denn überhaupt Polizeichef hier im Ort werden?« fragte Gallagher.

»Auf die Powellsche Weise«, antwortete sie und zuckte die Achseln. »Die Familie fand, sieben Jahre Exil seien genug, und sie besorgten ihm einen Platz an der Polizeischule drüben in Pittsford. Er war zwei Jahre lang einfacher Polizeibeamter in Lawton; dann sorgte der Bürgermeister dafür, daß sein Vorgesetzter ging. Jetzt vertritt der Anführer meiner Vergewaltigung Recht und Gesetz hier in der Stadt.«

Ihre Augen röteten sich. Sie barg das Gesicht in den Händen, und ihre Schultern zuckten. Gallagher schoß ein Bild von seiner Exfrau in derselben niedergeschlagenen Haltung durch den Kopf. »Andie?«

»Was denn?« murmelte sie.

»Es tut mir leid, daß ich vorhin so abweisend reagiert habe.«

Er ging zu ihr hinüber, seine Hände zitterten, bevor sie sich auf ihre Schultern legten. Sie roch nach frisch gefallenem Laub. Eine Ader pochte sanft in ihrem Nacken. Er küßte sie auf die Ader, dann erfaßte ihn Panik beim Anblick des riesigen Lochs, das sich vor ihm auftat. Sie mußte den gleichen gähnenden Abgrund gesehen haben, denn die Muskeln zwischen ihrem Nacken und ihren Schultern verspannten sich, und ihre Hand zitterte, als sie sie ausstreckte, um seine Wange zu streicheln.

»Ich habe …«, sagte Andie, sehr sanft und sehr verwundbar. »Ich habe es seither nicht mehr gemacht.«

KAPITEL 25

Montag, 19. Mai

Durch die regennassen Scheiben von Andies Schlafzimmer sah Gallagher, wie ein Schwarm Amseln in einer Baumgruppe landete und an den Samenkapseln pickte. Die blutroten Hülsenhälften fielen aus ihren Schnäbeln wie der Schorf von einer frischen Wunde. Zinnfarbene Wolken brachen hinter den Vögeln auf. Die Sonne stieg und tauchte den Himmel in rosarotes Licht.

Andies Brüste drückten sich weich gegen seinen Rücken. Ab und zu ließ sie sanfte Schlaftöne vernehmen, die ihm wie die beruhigendsten Geräusche vorkamen, die er seit langem gehört hatte. Ihr Arm lag quer über seiner Brust.

Sie hatten sich so viel Zeit gelassen. Jedesmal, wenn Andie sich bei seiner Berührung oder unter seinem Kuß verspannte, hatte Gallagher sich zurückgezogen und gewartet, bis sie die Barriere überwinden konnte, die sie vor sich sah. Irgendwann mitten in der Nacht waren sie endlich vereint, und sie schrien beide auf in dem erlösenden Moment, dessen Tiefe sie erstaunte.

Gallagher wußte, er hätte zufrieden sein sollen, hier so zu liegen. Doch statt dessen fühlte er sich bedroht. Andie war fähig, die gläsernen Kästen in seinem Kopf zu öffnen, ihn dazu zu bringen, so zu fühlen, wie er es nicht für möglich gehalten hatte. Und ihm wurde bewußt, daß ihn aus irgendeinem Grund das Anschwellen dieses seltsamen Gefühls in ihm genauso ängstigte wie der Gedanke, Charun wieder zu begegnen. Er versuchte, sich unter ihrem Arm herauszuwinden, aber es gelang ihm nicht, und so lag er einfach da und starrte abwesend in den Sonnenaufgang hinaus und bemühte sich, über die Morde nachzudenken und das Tagebuch von Many Horses, um nicht über Andie Nightingale nachdenken zu müssen.

Die letzte Nachricht von Charun klang noch in ihm nach:

Angel hat gesagt, es gebe viele Arten, zu gehen und zurückzukehren. Meine Persephone sagte, wir könnten uns durch die Mischung des Schamanen und den Strick am nächsten kommen. Sie schwoll zu einer köstlichen Enge um mich herum an. Sie wand sich und stöhnte: »Vida!«

Der Pilz stieg mir zu Kopf, und ich kam hoch, mit ausgebreiteten Armen, hart und stark mit dem Strick. Persephone hat mich allein gelassen. Blind und taub und stumm.

Doch jetzt öffnet sich mein Mund und schmeckt das Geheimnis. Und das Licht erreicht meine Augen.

Wer war der alte Mann in den anderen Briefen? fragte sich Gallagher. War es Charuns Vater? Er erinnerte sich nicht an irgendeine vaterähnliche Figur in den Charun-Mythen. Was war das für ein Ort, zu dem Charun und der Engel gehen und von wo sie zurückkehren wollten? Der Rauch und der Strick? Das Bild des Anschwellens deutete auf Sex. Doch weshalb keuchte Angel »Leben« auf spanisch? Und wo war sie hingegangen, nachdem sie Charun verlassen hatte? Weshalb fiel durch die Morde Licht in Charuns Augen? Was hatte dies alles mit den Morden und dem Tagebuch zu tun? Und warum hatte Charun »Angel« geflüstert, bevor er im Wald auf Andie schoß?

Im Hintergrund all dieser Fragen, die Gallagher sich stellte, gab es eine wesentlichere, vielleicht noch beunruhigendere Frage: Wie war Gallagher so tief in dies alles verwickelt worden, wo er doch in der Hoffnung, fliehen zu können, nach Vermont gekommen war?

Dann schlug die Erschöpfung wie eine Welle über Gallagher zusammen. Seine Lider wurden schwer und zitterten, schlossen sich schließlich ganz, und trotz seiner Bemühungen, wach zu bleiben, fiel er in den ansteckenden Rhythmus von Andies Schlaf ein.

In Gallaghers Traum zog Nebel an einem Flußlauf entlang, der von Bäumen mit silbriger Borke gesäumt war. Die Luft roch nach Zedernharz. Der Nebel riß auf, und seine Mutter wankte singend auf ihn zu, um gleich darauf zu Emily zu werden, die aus einer Klinik in Paris schlurfte. Es war ein warmer, sonniger Julitag. Sie hielt sich den Bauch, als hätte sie plötzlich Schmerzen bekommen. Gallagher rannte durch den Verkehr zu ihr hinüber.

»Alles in Ordnung?«

»Ich werd's überleben«, antwortete Emily mit versteinertem Gesicht. Ihre sonst so glänzenden smaragdgrünen Augen waren in den zwei Stunden in der Klinik stumpf geworden.

»Hier, nimm meinen Arm. Wir gehen gleich ins Hotel und ruhen uns für den Rest des Tages aus.«

»Warum haben wir das gemacht, Pat?«

»Na komm. Das haben wir doch gestern abend so beschlossen. Fang jetzt nicht an, dir den Kopf darüber zu zerbrechen, Em«, bat er sie.

»Mir war aber nicht klar, was ich da eigentlich beschlossen habe.«

»Oh, doch, das war es«, sagte Gallagher.

»Ich habe nicht beschlossen, daß ich mich so fühlen werde, wie ich mich jetzt fühle!« rief sie schluchzend. Sie ballte die Fäuste und trommelte gegen seine Brust.

»Reg dich nicht auf«, sagte er beruhigend. »Es sind nur deine Hormone, die verrückt spielen.«

»Nein, das ist nicht wahr!«

Gallagher schüttelte den Kopf, weil er nicht glauben konnte, wie falsch alles gelaufen war. »Sieh es doch einfach so«, beschwichtigte er. »Es ist jetzt da, wo es schöner ist.«

Emily schlug ihm ins Gesicht. »Du widerlicher Heuchler!«

Plötzlich tauchte Andie an Emilys Seite auf. Sie wiegte eine Whiskeyflasche wie ein Neugeborenes in ihren Armen. Dann kam der Nebel wieder, und Gallagher befand sich auf einem Fluß. Hohe, nasse Felsen ragten am gegenüberliegenden Ufer auf.

Zwischen den Felsen trat eine elektrisch leuchtende, pointillistische Version des kleinen Mädchens von der Fotografie mit Ten Trees hervor. Many Horses hob ihre Arme Gallagher entgegen, und als sie das tat, fuhren bunte Lichtbögen durch die Luft. Das Licht blendete ihn, und er rief verzweifelt aus: »Was willst du von mir?«

»Ich will, daß du mich freiläßt«, sagte sie.

»Aber ich halte dich doch gar nicht fest.«

»Natürlich tust du das«, antwortete Many Horses. »Ich bin weder vom Feuer noch vom Wasser noch von der Erde verschlungen worden, sondern von Menschen.«

Sie sah Gallagher lange unverwandt an, als wäre er ein unwissendes Kind, dann verschwand sie wieder zwischen den Felsen.

KAPITEL 26

Die öffentliche Bücherei von Cartersburg war ein imposantes Gebäude aus rotem Backstein mit weißen Dekors und einer runden Glaskuppel, unter der sich die Ausgabetheke befand, die von Zwillingsschwestern, Ende Zwanzig, mit strähnigglattem Haar, bleicher Haut und wäßrigen, ovalen Augen bedient wurde.

Die Zwillinge näselten in fast perfekten Synkopen. Ihre Wimperntusche verlief auf den bleichen Wangen wie die Fäden eines Spinnennetzes. Die mit dem grünen Henley-Hemd hieß Danielle Carbone. Sie bekam einen Schluckauf, sobald Nyrens Name erwähnt wurde. Ihre Schwester Rachel, die einen schwarzen Pullover trug, atmete pfeifend.

»Können Sie uns sagen, in welchem psychischen Zustand Mr. Nyren sich befand?« fragte Andie.

»Psychischen Zustand?« näselte Danielle.

»Na, Sie wissen schon, ob er glücklich, traurig, aufgeregt war oder so?«

»O Gott, das weiß ich auch nicht«, schnaufte Rachel. »Er – David, meine ich –, er war sehr professionell.«

»Aber dabei reizend«, sagte Danielle, bevor sie wieder ihren Schluckauf bekam und sich die Nase putzte. »Einer von denen, die sich mit Büchern wohler fühlen als mit Menschen. Halt ein richtiger Bibliothekar, verstehen Sie?«

»Verstehe«, meinte Gallagher. »Sie sagten, er habe hier noch spät fotokopiert. War das ungewöhnlich?«

»Daß er kopierte?« fragte Danielle.

»Oder daß er spät hier war?« echote Rachel.

»Beides. Oder eins von beiden«, sagte Andie und biß die Zähne zusammen. Es hätte jeden in Rage gebracht, mit den beiden zu reden. Aber es war ihre Idee gewesen, die Bibliothek zu besuchen. Sie wollte mit Nyrens Mitarbeitern reden, den Menschen, die ihn vermutlich am besten gekannt hatten, bevor es Lieutenant Bowmans Leute taten.

»Er kopierte immer irgend etwas«, sagte Rachel. »Und ob er bis spät gearbeitet hat? Manchmal, wie das alle tun.«

»Wo hatte er denn seinen Arbeitsplatz?« fragte Andie.

Die Zwillingsschwestern führten sie durch den Lesesaal und einen dunklen Flur zu Nyrens Büro. Es war ein zweckmäßig eingerichteter Raum mit hohen, weißgestrichenen Regalen, die vollgestopft waren mit wohlgeordneten Büchern und Stapeln von Zeitungen und Zeitschriften. In einer Ecke stand eine teure Kopiermaschine.

»Was hat er wohl am Samstagabend noch kopiert?« fragte Gallagher.

Danielle zuckte die Achseln. »O Gott, das weiß ich auch nicht. Wir sind um sechs nach Hause gegangen. Manchmal blieb er den ganzen Samstagabend hier und arbeitete.«

Andie zog an der mittleren Schreibtischschublade. Sie war

voller Lineale, Kugelschreiber, Büroklammern und Blocks mit gelben Notizzetteln zum Aufkleben. Das einzige Seitenfach ließ sich nur schwer aufziehen, es war von vorne bis hinten mit überquellenden Hängemappen gefüllt. Andie glitt mit den Fingern über die säuberlich beschrifteten Etiketten und bemerkte eine Akte über den kürzlichen Fund des Wracks von Benedict Arnolds vermißtem Kriegsschiff aus der Schlacht von Valcour Island auf dem Grunde des Champlain-Sees; und eine weitere Akte über die Geschichte der Abenaki-Stammessiedlungen am Lauf des Clyde River im nordöstlichen Königreich. Danielle begann zu schluchzen, und Andie sah auf, um Gallagher zu bedeuten, daß er die Zwillingsschwestern hinauskomplimentieren sollte.

Als er mit ihnen durch den Lesesaal ging, sah er die Schlagzeile auf der Titelseite des aktuellen *Rutland Herald.*

WAHNSINNIGER IN VERMONT AUF DER PIRSCH

Unter dem Druck der Presse hatte Lieutenant Bowman eingestanden, daß die drei Morde – Potter und Dawson in Lawton und Nyren in Cartersburg – anscheinend in einem Zusammenhang stünden. Sie lehnte es zwar ab, genauer zu beschreiben, wie die Bluttaten miteinander verbunden waren, doch »eine den Ermittlungen nahestehende Quelle« hatte den Medien eine Kopie der letzten Zeichnung Charuns zugespielt; wodurch dort eine wahre Hysterie ausgelöst worden war. Der *Boston Globe* und die *New York Times* hatten ihre Regionalkorrespondenten auf die Story angesetzt. Und CNN hatte sich in seiner morgendlichen Nachrichtensendung mit dem Fall beschäftigt.

Bowmans Ermittlungen konzentrierten sich jetzt auf einen grünen Transporter, den ein Nachbar von Nyren vom Tatort hatte wegrasen sehen. Es wurde auch erwähnt, daß man wichtiges DNS-Material in dem Fahrzeug gefunden habe, mit dem der Mörder vom Tatort geflohen sei. Der Artikel endete mit Bowmans Versicherung, daß das FBI-Persönlichkeitsteam dem Fall jetzt höchste Priorität einräumte, obwohl eine Antwort von dort erst in zehn Tagen zu erwarten sei.

Unter der Überschrift: Ein Erholungsort im Würgegriff der Angst waren in einem Kasten die Reaktionen der Vermonter und vor allem der Einwohner von Lawton auf die Nachricht von einem hinterhältigen Mörder in ihrer Mitte wiedergegeben. Die Leute gaben zu, mit geladenen Gewehren neben ihren Betten zu schlafen. Die örtlichen Wach- und Sicherheitsunternehmen konnten sich vor Anrufen nicht retten. Die Schulen hatten Psychologen engagiert, die mit den teilweise hysterischen Schülern reden sollten.

Chief Kerris versprach Sonderstreifen mit Unterstützung des County Sheriffs. Der Unternehmer aus New Jersey, der das Skihotel und den Apartmentkomplex bauen wollte, zögerte nun den Abschluß des Megavertrages hinaus, der Lawton in einen erstklassigen Erholungsort verwandeln sollte. Bürgermeister Powell rief zur Ruhe auf.

Als Gallagher in Nyrens Büro zurückkehrte, saß Andie am Boden und ging die Stapel von Büchern und Dokumenten durch.

»Irgendwas gefunden?«

Sie schüttelte den Kopf, drehte sich dann um und lehnte sich mit dem Rücken an die Wand. »Vielleicht irren wir uns ja auch mit dem Tagebuch. Vielleicht hat Nyren es nie in Händen gehabt, und es war reiner Zufall, daß er Charuns drittes Opfer geworden ist.«

»Ich glaube nicht an solche Zufälle«, sagte Gallagher und ging zu Nyrens Schreibtisch hinüber. Es entstand ein langes, verlegenes Schweigen, mindestens das zehnte lange, verlegene Schweigen dieses Tages. Beide waren sich nicht klar darüber, was die vorige Nacht zu bedeuten hatte.

Um alles noch schlimmer zu machen, war Gallagher immer noch bestürzt über seinen zweiten Traum von Many Horses. Über die Jahre hinweg hatte er mit Dutzenden von Mystikern gesprochen, die behaupteten, Visionen gehabt zu haben, und er konnte sie jedesmal einleuchtend erklären als einen durch Halluzinogene oder eine Überdosis Sauerstoff hervorgerufenen veränderten biochemischen Zustand. Jetzt schwirrte Gallagher der Kopf von der Suche nach einer rationalen Erklärung für die lebendige Qualität seines Traums. Doch so sehr er sich auch bemühte, er konnte keine finden; und diese Feststellung war wie ein glühender Lavastrom, der alles auf seinem Weg wegzuschmelzen drohte.

Gallagher spürte so etwas wie Platzangst und ging um Nyrens Schreibtisch herum, um das Fenster zu öffnen. Warme Luft strömte von draußen herein. Er wandte sich um, und sein Blick fiel zufällig in die offene Schublade von Nyrens Aktenschrank. »Was ist die Vermonter Anstalt?«

Andie sah von dem Stapel Akten in ihrem Schoß auf.

»Wahrscheinlich irgend etwas über die Geschichte des Brattleboro-Sanatoriums. Es hieß früher ›Vermonter Anstalt für Geisteskranke‹. Warum?«

»Weil alle anderen Akten hier drin mit einer Exaktheit geordnet sind, die ans Analytische grenzt«, antwortete er. »Diese hier sieht aber so aus, als hätte ich sie angelegt.«

Andie stand auf, kam herüber und zog an der dicken Mappe. Es bedurfte mehrerer Versuche, bis sie sie herausnehmen und geöffnet auf den Schreibtisch legen konnte. Sie überflog die erste Seite und blätterte dann rasch den Mappeninhalt durch, bevor sie Gallagher mit strahlendem Lächeln ansah: »Sind obsessive Zwangscharaktere nicht etwas Herrliches?!«

KAPITEL 27

Eine halbe Stunde später sah Gallagher von der Mappe auf. »Hast du hiervon nie etwas gehört?«

»Kein Wort«, antwortete Andie betroffen. »Ich kann gar nicht glauben, daß das all die Jahre über geheimgehalten wurde.«

Die Mappe enthielt eine Zusammenfassung der Recherchen des ermordeten Bibliothekars über die Sterberaten und die Raten der Geisteskrankheiten in Lawton kurz nach der Jahrhundertwende. Außerdem waren da mehrere Blätter mit Notizen; darin beschrieb Nyren, wie er den Lederbeutel von seinem Vater erhalten hatte, und spekulierte darüber, ob er mit jenen Raten zu tun hatte; und Andie und Gallagher fanden zu ihrer großen Überraschung und Freude eine Fotokopie des Teils von Sarah Many Horses' Tagebuch, der sich im Besitz des Bibliothekars befunden hatte.

Nyrens Vater, der an Diabetes litt, hatte seinem Sohn eine Woche vor seinem Tode erzählt, daß Sarah Many Horses tatsächlich in Lawton ermordet wurde und daß die Umstände dieses Mordes schrecklich gewesen seien. Sein Vater berichtete auch, daß die Verwandten der Personen, die sich jetzt im Besitz des Tagebuchs befanden, geholfen hätten, den Mord an Sarah Many Horses zu rächen, obwohl er nicht sagte, auf welche Weise. Wie Andie, so hatte auch Nyren versucht, mehr Informationen über das Tagebuch zu bekommen, es war ihm jedoch kein Erfolg dabei beschieden gewesen, und so hatte er seine Bemühungen Jahre zuvor aufgegeben.

Sechs Monate vor seinem Tod war der Bibliothekar bei den Nachforschungen über ein völlig anderes Thema in Montpelier jedoch auf einen spärlich belegten Bericht der Gesundheitsbehörde des Bundesstaates Vermont aus dem Jahre 1910 gestoßen, in dem auf eine unerklärliche Häufung von Selbstmorden und Tötungsdelikten in der Stadt Lawton in einem Zeitraum von neun Jahren um die Jahrhundertwende hingewiesen wurde.

Nyrens anschließende Recherchen hatten nicht nur den Bericht über das anormale Auftreten von Selbsttötungen und Morden bestätigt, sondern auch aufgedeckt, daß in demselben Zeitraum von neun Jahren eine außergewöhnlich hohe Zahl von Bürgern aus Lawton in die »Vermonter Anstalt für Geisteskranke« in Brattleboro oder die staatliche Nervenklinik von Vermont in Waterbury eingewiesen worden war.

Die letzte Seite von Nyrens Aufzeichnungen bestand aus einer Namensliste. Hinter jedem Namen war in Klammern angegeben, ob die betreffende Person wahnsinnig geworden war, Selbstmord begangen oder mit einem brutalen Mord zu tun gehabt hatte. Andie deutete auf den zwölften Namen von oben und stieß einen leisen Pfiff aus: »Das ist Lamont Powell, der Kerl, nach dem die Klinik benannt wurde. Er ist der Urgroßvater des jetzigen Bürgermeisters. Mike Kerris' Ururgroßvater.«

»Bist du sicher?«

»Absolut!« Ihre Augen blitzten entschlossen und angriffslustig. »Lamont Powell war um die Jahrhundertwende Bürgermeister von Lawton. Die Verwandtschaft mit ihm wurde ganz groß rausgebracht, als Bruce Powell vor fünfzehn Jahren zum Bürgermeister gewählt wurde. Damit stellte seine Familie, angefangen bei Lamont Powell, schon in der vierten Generation den Bürgermeister der Stadt.«

Gallagher erinnerte sich daran, wie sich der Polizeichef von Lawton vor Nyrens Haus den Brief des Mörders angesehen hatte. »Kerris sah es überhaupt nicht gern, daß du hinter dem Tagebuch her warst, stimmt's? Und er war verdammt schnell am Tatort.«

Andie nickte, und ihre Hände bewegten sich unruhig.

»Du hast Angst vor ihnen«, sagte Gallagher.

»Das kannst du laut sagen, daß ich Angst vor ihnen habe!« sagte sie barsch. »Ich weiß einfach zu gut, wozu sie fähig sind.«

»Was sollen wir also machen?«

»Erst mal werden wir Nyrens Teil von Many Horses' Tagebuch lesen«, antwortete sie.

»Und sehen, ob wir Lamont Powell darin finden?«

»Unter anderen.«

September 1891
Als es Juni wurde, war das Pferd tot, aber ich hatte es bis Iowa geschafft. Die heiße Luft über der staubigen Straße sah aus, wie wenn die Sonne über dem Wasser flirrt. Die Felder glänzten sattgrün vom reifen Mais. Es war später Nachmittag, und ich verspürte großen Hunger. In den letzten drei Tagen hatte ich nur vier Eier gegessen, die ich aus Hühnerställen stahl, aufschlug und aussaugte, das Eigelb sah aus wie flüssiges Gold.

Als die Sonne tiefer sank, suchte ich verzweifelt nach einem Schlafplatz und nach einem Hühnerstall zum Eierstehlen. Dann kamen acht Pferdewagen, zwei mit weißen Planen, die anderen mehr wie Verschläge auf Rädern, die Straße entlanggerumpelt, gezogen von Pferden, die weißer waren als Gebeine. Fliegen saßen auf den rosa Mäulern der Pferde. Die Seiten des ersten Verschlages auf Rädern waren in der Farbe eines Vogeleis angemalt, mit einem großen Auge in der Mitte. Feuer sprühte aus dem Auge. Und über dem brennenden Auge standen Goldbuchstaben in der Form eines umgedrehten Hufeisens. Sie lauteten:

Gebrüder Danbys mystische spektakuläre und wundersame Raritätenshow

Der erste Wagen hielt, und ein Mann rief zu mir herunter und fragte mich, ob ich »Injun«, Indianerin, sei. Joshua Danby hockte auf seinem Kutschbock wie ein Falke; die Nase hoch, beäugte er mich von der Seite. Er hatte öligglänzende Haare, einen gezwirbelten Schnauzbart und unter den Lippen einen Kinnbart wie eine kleine Speerspitze. Er trug ein weißes Hemd mit einem dieser hohen Kragen, eine Halsschleife, einen schwarzen Bowler und einen langen Rock. Ich sah vor allem das mit Fleisch belegte Brot in seiner Hand. Ein zweiter Mann, der neben ihm auf dem Kutschbock saß, grinste mich auf eine Weise an, daß ich dachte, er sei schwachsinnig. Caleb Danby war Joshuas älterer Bruder. Seine rosa Augen und seine rosa Haut ließen mich an eine Pferdenase denken. Seine Haare sahen aus wie die letzten weißen Federn, die noch in der Haut einer Ente stecken, nachdem man sie gerupft hat.

Joshua fragte mich, was für eine Squaw ich sei.

Ich hob stolz den Kopf und sagte ihm, ich sei eine Hunkpapa Lakota. Auf seinem Gesicht erschien so ein ganz komisches Lächeln, und er fragte mich, wohin ich unterwegs sei, eine Sioux-Squaw allein in Iowa, wo ich doch dem Gesetz nach in einem Reservat gut tausend Meilen entfernt sein sollte.

Ich haute ab, die Straße hinunter. Joshua zog den Pferden eins mit der Peitsche über. Sein Wagen holperte neben mir, die weißen Pferde schnaubten und kauten auf ihrer Gebißstange. Dann sprang Joshua vom Kutschbock, hielt mich fest und sagte mir, ich brauchte keine Angst zu haben, er habe einen Vorschlag für mich. Er sagte, er könne mir Geld verschaffen, wenn ich ihn nur ließe. Er sagte, bis zum vorigen Monat sei eine Ojibwa-Frau mit der Gebrüder-Danby-Show gezogen, doch sei sie nach einer Vorstellung in der Nähe von

St. Paul zu ihren Leuten zurückgegangen. Er fragte mich, ob ich ihren Platz in der Show einnehmen wollte. Zehn Dollar im Monat, meinen eigenen Wagen zum Schlafen, alle Tage gutes Essen.

Sitting Bull ist einmal ganz bis nach London, England, gereist, mit der Show von Buffalo Bill. Ich fragte, was ich tun solle.

Er sagte, ich sollte tanzen.

Joshua hatte etwas an sich, das ich nicht mochte und immer noch nicht mag. Er redet, als probierte er das Reden nur aus, so wie manche Leute Kleider anprobieren. Und er hat eine Art, einen anzusehen, so bedächtig und sanft, daß man denkt, man ist furchtbar wichtig für ihn, auch wenn einem eine Stimme tief drinnen sagt, daß das gar nicht stimmt. Ich glaube, es sind seine Augen, die einem dieses Gefühl geben. Sie liegen so tief in seinem Kopf, daß ihr unterer Teil aussieht wie die letzte Woche des Mondes.

Ich fragte ihn, in welche Richtung sie zögen, und er antwortete, im Sommer nach Osten, im Winter nach Süden. Ich sagte ihm, solange er nicht nach Westen zöge, würde ich tanzen.

Joshuas Tanz ist nicht schwer, wenn man es dreimal gemacht hat.

Doch das erste und zweite Mal, wenn man sein Hemd für die Männer auszieht, fühlt man sich kleiner und schwächer und schlechter als je zuvor. Ich wollte es nicht tun. Aber Joshua meinte, die Männer würden für die Show gut bezahlen. Auf den Plakaten, die Joshua aushängt, bin ich Sitting Bulls gefährliche Tochter. Er sagt, die Männer kommen, um Sitting Bulls Tochter zu sehen, wie sie ihr Hemd auszieht, aber nicht die Tochter seiner Schwester.

Das erste Mal bekam ich es furchtbar mit der Angst zu

tun: Ich war nach dem Großen Dimitri dran, der aus einer Gegend stammt, die Mazedonien heißt. Dimitri und seine Frau, Maura, laufen über ein Seil, das zwischen zwei hohen Masten aufgehängt ist. Das muß man gesehen haben.

Die Show läuft in zwei Zelten ab. Alle halbe Stunde gibt es eine Vorführung, mal in dem einen, mal in dem anderen Zelt, immer hin und her. Wenn Dimitri und Maura fertig sind, gehen alle Frauensleute und die Kinder ins andere Zelt hinüber, um Mr. und Mrs. Small zu sehen, die Zwerge, die einen richtig tollen Kampf mit der längsten Schlange der Welt aufführen.

Mr. Cosotino stammt aus Italien. Er läßt zehn Männer auf seinem Bauch stehen. Und er hebt schwere Eisenstücke an einer Stange bis hoch über seinen Kopf. Seine Frau Isabella bringt die weißen Pferde, die die Wagen ziehen, dazu, in einer Reihe zu stehen und auf den Hinterbeinen zu gehen. Isabella hat den Rock und die Weste aus Hirschleder gemacht, die ich bei meinem Tanz trage.

Zwischen den beiden Zelten hat Joshua einen Stand aufgebaut, an dem er sein Wunderelixier verkauft. Caleb sagt, es bestehe nur aus Maisschnaps und aus etwas, das von Kakaopflanzen aus einer Gegend namens Kolumbien stammt. Joshua hat eine Mixtur erfunden, von der zwei Eßlöffel voll die Seele wie einen Adler über dem Grand River fliegen lassen. An jenem ersten Abend drängten sich die Männer auf den Bänken. Und ich war so verängstigt, daß ich ein bißchen von dem Elixier trinken mußte, bevor ich auf die Bühne hinausging. Als das Klavier zu spielen begann, fingen die Männer alle an zu johlen und zu schreien. Mir wurde schwindlig, und dann hatten die Männer auf einmal das gleiche Gesicht wie der Soldat mit den schwarzen Zähnen. Sie riefen mir zu, ich solle mein Hemd ausziehen, und so tat ich es gleich und rannte von der Bühne weg wie ein erschrecktes Reh.

Joshua war fürchterlich böse auf mich. Caleb wollte sich zwischen uns stellen und mir sagen, es sei alles in Ordnung, doch sein Bruder schlug ihm ins Gesicht und befahl ihm, er solle sich für seinen Auftritt fertigmachen.

Joshua sagte, ich müsse die Männer quälen, ihnen das Gefühl geben, sie hielten es nicht mehr aus, bis ich mein Hemd ausziehe. Joshua sagte, so mache man das eben. Es ist wie Geschichten erzählen. Die Zuhörer meinen, sie wollen das Ende sofort hören. Aber das ist nicht so. Sie wollen das Ende hören, wenn sie es nicht mehr aushalten können. Er hieß mich mitzukommen und mir Calebs Show anzusehen, damit ich lernte, wie es ging.

Caleb sitzt in einer Kiste auf der Bühne. Bevor das Licht ausgeht, erzählt Joshua die Geschichte von Caleb und ihm, als sie noch Jungen waren in einer Gegend, die Vermont heißt. Er sagt, die Ururgroßmutter ihrer Mutter sei eine der Hexen von Salem unten in Massachusetts gewesen, die auf dem Scheiterhaufen verbrannt wurden.

Joshua erzählt den Leuten im Zelt, er und Caleb hätten ihre Kräfte von dieser Ururgroßmutter ihrer Mutter bekommen. Als sie noch Babys waren, sah man an ihren Wiegen Geister. Als sie zur Schule gingen, flogen Bleistifte durch die Luft, und Fenster öffneten sich von selbst. Joshua krempelt sich und Caleb die Hemdsärmel auf und zeigt den Zuschauern ein paar Narben auf ihren Armen. Joshuas Vater verbrannte ihn und seinen Bruder Caleb mit einem Feuerhaken, um die Geister aus ihren Körpern zu vertreiben. Dann sagt Joshua, Caleb werde jetzt ein paar Geister herbeirufen.

Die Lichter gehen aus. Joshua verfrachtet Caleb in eine Holzkiste. Er schließt die Augen und legt seine Hände auf die Kiste. Er sagt, er helfe Caleb, sich in seine Geistertrance zu versetzen. Kurz darauf kommt ein wunderschön angezogener Mann mit einem weißen Tuch auf dem Kopf, das wie ein Hornissennest geschlungen ist, aus der Kiste gesprungen, und die Leute werden ganz unruhig. Er sagt, er sei ein Geist aus Indien und heiße Mamuhd. Er spielt auf einer Flöte.

Ich mußte mir die Show ungefähr zehnmal aus der Nähe ansehen, bis ich merkte, daß Mamuhd niemand anders ist als Dimitri. Doch die meisten Leute sind aufgeregt und haben Dimitri nie zuvor gesehen, und so sehen sie nicht genau hin. Dann steigt Dimitris Frau, Maura, aus der Kiste. Sie ist angezogen wie eine Frau, die in der Schlacht von Gettysburg im Großen Bürgerkrieg die Verwundeten versorgte und dabei ums Leben kam. Alle mögen sie. An manchen Abenden kommen fünf Geister aus Calebs Kiste.

Es ist seltsam, doch fast alle wollen glauben, was sie in Joshuas Show sehen. Er hat so eine Art, die Leute das glauben zu machen, was sie glauben sollen.

Meine Aufgabe ist, sagt Joshua, die Männer davon zu überzeugen, ich sei Sitting Bulls Tochter. Ich trank noch ein bißchen von dem Elixier und ging dann auf die Bühne hinaus, als haßte ich die Männer, was mir nicht schwerfiel. Ich sah sie an, als wollte ich sie töten. Das machte sie ganz verrückt. Dann sah ich sie an, als wollte ich sie ganz langsam töten. Und es war, wie Joshua gesagt hatte: Ich sah auf ihren Lippen und in ihren Augen, daß sie es nicht länger aushalten konnten, und als ich mein Hemd auszog, riefen sie laut und näherten sich der Bühne. Caleb und Joshua und Dimitri mußten dafür sorgen, daß ich heil wieder herunterkam.

Joshua hob mich hoch und gab mir einen Kuß und meinte, ich sei ein Naturtalent.

Da war das Schlimmste vorüber. Ich tanze nun seit vier Monaten im Zelt. Wenn ich auf die Bühne hinausgehe, dann ist es, als wäre ich jemand anderes. Sitting Bulls gefährliche Tochter und nicht Many Horses. Wenn ich daran denke, wie ich mit Painted Horses zwischen den Pappeln am Grand Ri-

ver den Geistertanz tanzte, höre ich die Männer gar nicht mehr rufen.

Außer vorgestern abend.

Ich war gerade dabei, mein Hemd auszuziehen, als ein Mann mit einer Bibel in der Hand, genau wie die, aus der uns Miss Mary Parker immer vorlas, durch den Zelteingang kam und die Männer anschrie und fragte, ob denn ihre Frauen wüßten, daß sie hier drin seien und sich eine nackte Wilde ansähen. Die Männer hörten mit ihrem Gejohle auf und benahmen sich wie geprügelte Hunde.

Cosotino sagte zu Joshua, wir sollten lieber unsere Zelte abbauen und uns aus dem Staube machen, bevor wir richtig Ärger bekämen. Aber Joshua war in einer entsetzlichen Stimmung. An jenem Morgen hatte er einen Brief bekommen, und er und Caleb hatten den ganzen Nachmittag in ihrem Wagen gesessen und palavert. Joshua mag es nicht, wenn man ihm sagt, was er tun soll. Er antwortete Cosotino, die Leute hätten dafür bezahlt, um zu sehen, wie er und Caleb die Geister herbeirufen, und er wolle ihnen das Geld nicht zurückgeben. Er meinte, er brauche das Geld jetzt dringend.

Also fingen er und Caleb mit ihrer Nummer an. Als Joshua gerade dabei war, seine Hände auf die Geisterkiste zu legen, kam der Pastor wieder ins Zelt, diesmal mit der Hälfte der Männer, die eine Stunde zuvor gejohlt hatten, als sie mich nackt sahen. Er nannte Joshua einen Gotteslästerer. Joshua begann zurückzuschreien, und im nächsten Augenblick kamen der Pastor und seine Leute schon auf die Bühne. Joshua machte einen Satz wie ein Pferd, das von einer Schlange gebissen wurde. Dimitri auch. Caleb saß gefangen in der Kiste.

Ich versteckte mich im Gebüsch und sah zu, wie die Menge Caleb herausschleifte und ihm die Kleider auszog. Sie bestrichen seinen Körper mit Teer, rissen dann ein paar Kissen auf und schüttelten die Federn über ihm aus. Sie banden seine Hand- und Fußgelenke an einen Pfahl und trugen ihn in die Stadt hinein, so wie in Standing Rock die Männer tote Antilopen schleppten. So trugen sie Caleb fast eine Stunde umher, beschimpften ihn und traten ihn mit Füßen und hatten so richtig ihren Spaß dabei. Dann warfen sie ihn auf einen Misthaufen neben einem Stall an der Straße nach Rosedale. Ich wartete, bis ihre Stimmen nicht mehr zu hören waren, und ging dann zu ihm.

Caleb stammelte unverständliches Zeug. Ich sagte ihm, er solle keine Angst mehr haben, er käme schon wieder in Ordnung, sobald ich ihm die Stricke abgenommen hätte. Ich stahl ein bißchen Kerosin und ein paar Lumpen aus dem Kuhstall und befreite ihn, so gut ich konnte, von dem Teer und den Federn. Caleb sagte kein Wort, während ich ihn reinigte. Im Mondlicht starrte er mich nur an mit seinen rosaroten Augen. Das war nicht so wie bei dem Soldaten mit den schwarzen Zähnen. Ich glaube nicht, daß Caleb so denkt. Aber es gab mir trotzdem ein mulmiges Gefühl, und ich sagte ihm, er solle damit aufhören.

Du bist aber sehr nett zu mir für eine Indianerin, sagte er, und seine Wangen bewegten sich wie bei einem Pferd, das die Fliegen plagen. Er fragte mich, ob er mir ein Geheimnis erzählen könne, und ich sagte okay. Da sagte Caleb, seine Narben wären echt. Sein Vater quälte Frau und Kinder immer. Am Tag, als Joshua sechzehn wurde, schoß er Calebs Vater in den Hinterkopf, während er schlief. Irgendwie war Calebs Mutter froh darüber, aber sie hatte Angst, jemand würde herausfinden, was geschehen war, und deshalb schickte sie Joshua und Caleb mit einer reisenden Show weg, die durch Lawton kam.

Seither sind wir hier draußen unterwegs, sagte Caleb. Fünfzehn Jahre. Stell dir das mal vor.

Caleb sah zum Mond hinauf und fing wieder an zu schniefen. Er sagte, Joshua hätte am Morgen einen Brief bekommen, in dem stand, daß ihre Mutter gestorben war.

Ich ging los und stahl eine Pferdedecke, die ich in dem Stall gesehen hatte, und wir machten uns auf den Weg nach Gilead.

Unterwegs meinte Caleb, es sei richtig gewesen, daß Joshua die Show nicht geschlossen hätte, denn ich brauchte das Geld doch auch. Ich sagte ihm, ich brauchte es nicht so dringend, daß er dafür an einem Pfahl durch die Gegend geschleift würde.

Aber Caleb meinte, ich hätte es doch nötig. Joshua wolle die Show schließen. Ihre Mutter habe ihnen die Farm und ein Stück Geld hinterlassen. Sie wollten zurück nach Vermont gehen, nach fünfzehn Jahren. Stell dir das mal vor. Und wenn es nach Caleb ginge, dann würde ich mitkommen.

KAPITEL 28

Es war am späten Montagnachmittag, als Gallagher und Andie nach Lawton zurückkehrten. Andie fuhr jedoch nicht in die Einfahrt zu ihrem Haus oder zur Hütte, sondern geradeaus durch die Stadt, bis dorthin, wo die zweispurige Straße nach Westen abbog. Dann nahm sie einen asphaltierten Weg in östlicher Richtung, der sich zum Gorm Ridge hinaufschlängelte, einem imposanten Massiv aus Felsen und Wald, das die weitläufige nördliche Flanke des Lawton Mountain bildete.

Auf der ersten Meile kamen sie durch Wiesen und Felder, die den Fuß des Massivs umgaben. An den Feldrainen fuhren Traktoren tiefe Spuren in Schlamm und verfilztes Gras, während Farmer versuchten, den regendurchtränkten Boden umzugraben, damit die Sonne ihn trocknen und ihnen die Aussaat gestatten würde.

Sehr schnell verwandelte sich der gut instand gehaltene Asphaltweg in der Nähe der Farmen und der schicken Ferienhäuser jedoch in eine holprige, mit Löchern übersäte Schotterpiste. Der ebene, eingezäunte Grund ging über in steile Hänge, an denen arme Bergbauernhöfe lagen. Autowracks rosteten in schmutzigen Höfen an den oberen Strecken des Bluekill River. Unkraut und Dornengestrüpp überwucherten das, was einstmals Weide gewesen sein mochte. Hohe Binsen erstickten die Apfelbäume.

Schließlich hörten die Höfe ganz auf, und ihre Fahrbahn wurde zu einem schlammigen, fast unterspülten Weg, der in Serpentinen auf ein einsames Waldstück aus Tannen und Eschen zuführte. Zwischen den verkrümmten, vom Winter gebeutelten Bäumen lagen weit verstreut riesige Felsbrocken, die die Gletscher in grauer Vorzeit hier abgelagert hatten. Gallagher dachte an die Felsen in seinem letzten Traum von Many Horses und erschauerte, als hätte die düstere Landschaft die Kraft, im Beobachter die gleiche Wirkung hervorzurufen.

»Als ich die Hütte mietete, sagtest du, die Danbys seien alle tot.«

»Was ich sagte, war, daß sie Lawton alle verlassen haben«, antwortete Andie und konzentrierte sich auf den zerfurchten Weg. »Seit meinem zehnten Lebensjahr gibt es hier keinen von ihnen mehr.«

Sie holperten über eine Querrinne und dann über eine zweite. Gallaghers Kopf knallte gegen das Autodach. Andie lehnte sich gegen den Schulterteil des Sicherheitsgurtes und blickte aufmerksam in den Wald zu ihrer Linken. Sie näherten sich dem Grat der östlichen Schulter des Gorm Ridge und fuhren durch eine Art Hohlweg. Auf dem dahinter liegenden

Hang wandte Andie mehrmals den Kopf hin und her, als erkenne sie die Stelle. Dann trat sie auf die Bremse. »Hier ist es, wenn ich mich nicht irre.«

Sie legte den Rückwärtsgang ein, und der Pick-up rutschte protestierend ein Stück den steilen, glitschigen Hang hinauf. Sie brachte ihn auf ein ebenes Plätzchen neben dem Weg, stellte den Motor ab und wies auf einen kaum sichtbaren Pfad, der im Wald verschwand.

»Mein Vater hat mir einmal den Pfad dahin gezeigt, ich bin aber nie dagewesen«, sagte sie. »Als ich das Stück Tagebuch las und mir klar wurde, daß Many Horses Joshua und Caleb Danby kannte, dachte ich, wir sollten uns hier oben mal umsehen.«

Gallagher stieg aus und zog den Reißverschluß seiner Regenjacke hoch. Unten in Lawton hatte die Temperatur bei über zehn Grad gelegen. Hier oben am Nordhang des Lawton Mountain erreichte sie höchstens fünf Grad, bei einem rauhen Wind, der zwischen den knorrigen Stämmen der Bäume hindurchpfiff. Dornengestrüpp, hohes Gras und junge Triebe hatten den Pfad fast zuwachsen lassen, doch verblaßte Spuren von Axthieben an einigen größeren Bäumen markierten den Weg. Nachdem sie sich fast eine halbe Meile durch das Unterholz gekämpft hatten, gelangten sie an einen reißenden Gebirgsbach, die Quelle des Bluekill River. Wasser aus einer Sickerstelle hatte den Boden um die Fundamente einer verrotteten Holzbrücke aus roh behauenen Stämmen weggeschwemmt. Nacheinander krochen sie hinüber.

Auf der anderen Seite führte der kaum auszumachende Pfad weiter und teilte das Unterholz eines Laubwaldes aus uralten Bäumen, wo Moos auf umgestürzten Stämmen wuchs. Nach nochmals fünfhundert Metern ging das Unterholz in eine trostlose Lichtung zwischen dunklen Erlen über, an deren gegenüberliegendem Ende eine verwitterte, windschiefe Hütte mit einem Dach aus Teerpappe und einer stufenlosen Veranda stand.

Das Dach der heruntergekommenen Hütte war in der Mitte verzogen. Glasscherben hingen in den Fensterkreuzen; Dornenranken krochen aus ihrem Inneren. Ein Loch war unten in die Eingangstür getreten worden. An einer Wand stieg das Skelett eines Schornsteins in die Höhe.

Vor der Hütte lag ein rostiges Bettgestell in den halbvermoderten Brennesselbüschen vom letzten Jahr. Zur Rechten lag ein Klohäuschen auf der Seite. Eine verschimmelte Klosettbrille befand sich daneben. Im Gehölz dahinter standen die Ruinen von mindestens einem halben Dutzend weiterer solcher Baracken. Und die Fundamente von einem weiteren halben Dutzend. Raben krächzten in ihren Horsten.

»Auf den Landkarten ist es als Gormtown verzeichnet«, sagte Andie. »Aber als ich ein Kind war, nannte es jeder in Lawton Danbyville. Hier haben die letzten aus der Familie ihr Leben gefristet.«

Braune Glasscherben. Leere Konservendosen. Rostige Nägel unter totem Gras. Andie ging um die Hütte herum, wobei sie mit der Stiefelspitze Glasscherben und Konservendosen zur Seite stieß.

»Wenn du deine Tetanusimpfung nicht vor kurzem aufgefrischt hast, würde ich an deiner Stelle sehr aufpassen, wohin ich trete«, rief sie.

Gallagher stakste vorsichtig durch den Müll und schaute durch ein Fenster in die Hütte hinein.

Die Hütte bestand nur aus einem Raum mit einer Art Schlafboden unter der Decke. Fußböden aus breiten, roh behauenen Dielen. Ein Gerüst aus 2 × 4–Zoll–Balken, die Wände dazwischen aus Sperrholzplatten. Ein rauchgeschwärzter Kanonenofen, dessen Tür schief in den Angeln hing. Dicht daneben stand ein größerer Holzherd, dem das Ofenrohr aus der Seite gerissen worden war und eine klaffende Wunde hinterlassen hatte. Neben dem Kochherd ein roh gezimmertes Regal, auf dem eine schmutzige Kaffeetasse und eine rostige Kakaodose zu sehen waren.

Eichhörnchen hatten das Sofa der Polsterung beraubt. Doppelflammige Kerosinlampen hingen an Nägeln in den Ecken. Klappstühle aus rostigem Metall lehnten schief an einem Tisch, der nur noch drei Beine besaß; seine gelbe Oberfläche aus Furnier zeigte Blasen und Risse. Ein schmutziges Handwaschbecken aus Emaille und ein Eimer aus Metall. Ein Doppelbett, das aus den gleichen 2 × 4-Zoll-Balken und Sperrholzplatten gezimmert war wie die Hüttenzwischenwände. Keine Matratze. Ein vergilbter Kalender aus dem Jahre 1968 zeigte die Seite des Monats November.

Gallagher versuchte mit aller Kraft, die Tür zu öffnen.

Eine Eule tauchte aus dem Schatten auf, die Krallen wie krumme schwarze Messer ausgestreckt. Gallagher sprang zurück, riß die Arme hoch und bedeckte sein Gesicht. Die Krallen fuhren ihm in den Jackenstoff, zerrten daran und ließen ihn wieder los. Er spürte, wie ihm die Schwingen des Vogels gegen Gesicht und Hände klatschten. Seine Füße verfingen sich in irgend etwas, er stolperte nach rechts von der Veranda und landete mit lautem Krachen zwischen den Konservendosen eines alten Müllhaufens. Ein Stachelschwein fuhr erschrocken auf und sauste über die Dosen davon.

Andie rannte mit gezogener Pistole um die Ecke. Als sie Gallaghers mitleidheischendes Gesicht und das Stachelschwein sah, das zwischen den Bäumen verschwand, begann sie laut zu lachen. Das Lachen ergriff ihren ganzen Körper, und wie sie sich so vor Lachen schüttelte, wuchs sie irgendwie über sich hinaus. Für einen Moment waren die Dämonen, die sie belagerten, gebannt, und Andie wurde strahlend, ausgeglichen und übermenschlich auf eine Weise, die Gallagher schlagartig an die Vision erinnerte, die er in der Nacht zuvor von Many Horses gehabt hatte.

Sie kam zu ihm herüber und half ihm auf, immer noch leise lachend. »Oh, sieh mal«, sagte sie, bevor er ihre Hand ergreifen konnte. Am Rande des Müllhaufens befand sich ein drei mal drei Meter großes Quadrat voller Tannennadeln. Aus den Nadeln wuchsen zarte grüne Stiele, von denen rosaweiße Blüten in der Form von Tanzschuhen hingen.

»Frauenschuh«, sagte Andie und kniete nieder, um eine Blüte zwischen ihre Hände zu nehmen. »Die habe ich seit Jahren nicht mehr gesehen. Sie sind sehr selten.«

»Sie sind wunderschön«, sagte er.

Andie sah strahlend auf die Blüte. »Frauenschuh erinnert mich daran, daß die Natur die Möglichkeit hat, Schönheit und Güte selbst zum ungünstigsten Zeitpunkt und in der trostlosesten Umgebung geschehen zu lassen.«

In diesem Augenblick erkannte Gallagher, daß er sie liebte. Er beugte sich über die Blume und küßte Andie. »Das habe ich schon den ganzen Tag tun wollen, ich konnte mich bis jetzt bloß nicht dazu durchringen.«

Sie lächelte und sah ihn dann fragend an. »Du bist genauso tief verletzt worden wie ich, ist es nicht so, Pat?«

Gallagher senkte die Augen. »Es ist eher so, daß ich jemand anderes verletzt habe.«

»Willst du darüber sprechen?«

»Nein«, antwortete er. »Nicht jetzt. Jetzt will ich nur dieses Gefühl auskosten.«

Sie küßten sich noch einmal und standen dann da und lächelten sich an, bis das Stachelschwein noch einmal zwischen den Konservendosen hindurchrannte und den Augenblick beendete.

»Erzähl mir doch mal die Geschichte der Danbys«, sagte Gallagher.

Andie setzte sich auf die Veranda vor der Hütte und spann die Geschichte einer Familie, die sich in einem unaufhaltsamen Niedergang befand. Die alte Heimstatt der Danbys hatte unten im Tal am Fuße des Gorm Ridge am Bluekill River gelegen. Dort hatten auch Joshua und Caleb und ihre Geschwister ihre sagenhaften Séancen abgehalten. Doch nachdem Joshua verschwunden war und Caleb Selbstmord begangen hatte, waren die übriggebliebenen Danbys nicht in der Lage, die Farm zu unterhalten. Das Haus brannte nieder, das Land ging in andere Hände über, und das Geld war bald ausgegeben. Die Danbys mußten ins Exil auf die andere Seite des Massivs gehen, in die abgelegenste Gegend im Umkreis von Lawton.

Die Danbys wurden, was Andies Vater »Igel« nannte. Die Männer arbeiteten als Holzfäller, wenn sie arbeiteten, und bezogen Stempelgeld, wenn sie es nicht taten. Irgendein Danby war immer im Gefängnis wegen Wilderei oder unerlaubten Fischens oder wegen Einbruchs in ein Ferienhaus der Flachlandbewohner. Drei Generationen lang starben die Danbys einer nach dem anderen eines unnatürlichen Todes: von Felsen erschlagen, von verdorbenen Nahrungsmitteln vergiftet, erstochen, im Fluß ertrunken, durch Selbstmord. Als Andie ein kleines Mädchen war, bestand der Danby-Clan nur noch aus einer Familie. Der Vater hieß Franklin. Die Leute nannten ihn Franco. Er maß sechs Fuß und sechs Zoll, wog zweihundertfünfundsechzig englische Pfund und war ein Holzfäller mit einem langen Register von Gewalttaten. Die Mutter hieß Lulu Belle. Sie war Francos Cousine ersten Grades, eine dralle, treulose Schlampe, die Franco ständig betrog. Lulu Belle und Franco hatten einen Sohn, Terrance, der mit Andie in die Grundschule ging.

»Er war älter als ich, aber ich weiß noch, daß er, wenn er in die Schule kam, nach Holzfeuer roch, immer schmutzig im

Gesicht war und Overalls trug, die über und über geflickt waren«, erinnerte sich Andie. »In der Pause aß er altes, trockenes Weißbrot mit diesem Velveta-Käse, der an den Essensstellen für Arme ausgegeben wurde. Ich glaube, er hatte keinen einzigen Freund auf der Welt.«

Sie blickte zu Boden und schüttelte den Kopf, um ihn dann mit einem gequälten Ausdruck anzusehen: »Die Kinder machten sich lustig über ihn.«

»Du auch?«

Andie nickte traurig. »Einmal, als ich ungefähr sechs oder sieben war, spielte ich auf der Ladefläche von meines Vaters Pick-up, als ich hörte, wie mein Vater irgend etwas über Lulu Belle sagte. Ich setzte mich rasch auf und sah sie am Straßenrand stehen, wo sie per Anhalter fahren wollte, indem sie, wenn ein Autofahrer vorbeikam, den Rock hob. Terrance versuchte, sich im Gebüsch zu verstecken. Ich habe das allen Kindern in der Schule erzählt.«

»Kinder können grausam sein«, sagte Gallagher und faßte sich unversehens an den Knorpel hinter dem Ohr, wo ihn als Kind auf dem Spielplatz der Stein getroffen hatte.

Als Terrance zehn war, überraschte Franco Lulu Belle in flagranti mit einem frankokanadischen Holzfäller in einem Pick-up vor einer Bar. Franco schlug dem Kanadier eine Bierflasche über den Kopf und stieß seiner Frau dann den abgebrochenen Flaschenhals in die Hüfte, während ihr Kavalier bewußtlos über ihr lag. Der Franzose kam wieder auf die Beine und nach Danbyville hinauf, um sich Franco vorzunehmen. Beide Männer waren völlig betrunken. Es war die erste feuchtheiße Nacht des Jahres, Mitte Mai, zu früh für dieses drückende Sommerwetter, das Vermont jedes Jahr für eine kurze Zeitspanne in einen tropischen Regenwald verwandelt. Bremsen und Stechfliegen bissen in das nackte Fleisch der Männer. Sie kämpften mit Beilen.

Terrance war der einzige Zeuge. Franco und der Kanadier umschlichen einander und stellten sich mit kleinen Schlägen ihrer primitiven Waffen auf die Probe. Ein Hieb auf den Unterarm von Franco. Ein flacher Schnitt in das Kinn des Franzosen. Dann erwischte es Franco am Schenkel. Er fuhr hoch und traf den Franzosen an der Schulter. Als der Kanadier aufschrie und weglief, setzte Terrances Vater hinter ihm her und holte im selben Moment aus, als der andere sich umwandte und ebenfalls ausholte. Francos Beil schnitt dem Franzosen den linken Arm auf der Höhe des Ellenbogens ab. Das Beil des Kanadiers riß Francos Brust weit auf. Gallagher sah seinen Vater vor sich, wie er an einem Strick hin- und herbaumelte. »Und Terrance hat das alles mit angesehen?«

»Von Anfang bis Ende.«

»Auch wie der Holzfäller starb?«

Andie erschauerte und sah zu den Baumkronen hinauf.

»Andie?«

»Terrance behauptete, sein Vater habe dem Kanadier noch einen Schlag versetzen können, bevor er starb, und dann sei der auch gestorben«, antwortete sie. »Aber die meisten Leute in Lawton glaubten das nicht. Sie meinten, als Franco starb und sein Beil fallen ließ, habe Terrance es aufgehoben und damit auf den Franzosen eingeschlagen und so den Tod seines Vaters gerächt. Das Beil steckte im Kopf des Kanadiers, genau oberhalb des Ohrs.«

»Du denkst daran, wie Charun alle seine Opfer umgebracht hat.«

»Ja.«

Kalte Regentropfen klatschten auf die Glasscherben zu ihren Füßen.

»Wir laufen jetzt besser zum Wagen zurück, bevor wir uns eine Lungenentzündung holen oder uns in der Dunkelheit verirren«, sagte sie.

Gallagher warf einen letzten Blick auf die sich mit Schatten füllenden Ruinen von Danbyville und lief dann hinter Andie her, die schon den Rückweg nach unten angetreten hatte. Er fragte sich, wie es für einen zehnjährigen Jungen gewesen sein mußte, in die schwüle Dunkelheit hinauszugehen, nachdem er den Mörder seines Vaters getötet hatte. Diese Frage löste in ihm eine Erinnerung aus, wie er einmal als zehnjähriger Junge frühmorgens am Bett seiner Eltern gestanden hatte. Er hielt eine leere Wodkaflasche in der Hand und wollte sie beiden über den Kopf schlagen. Er war verblüfft über die Erinnerung, vor allem, weil sie im nächsten Augenblick von dem heißen Wunsch verdrängt wurde, mit seinen Eltern zu reden, ihnen erklären zu können, wie er sich zu dem Mann entwickelt hatte, der er war. Wie war es möglich, daß ein und dieselbe Person beide Gefühle gleichzeitig hegte? fragte er sich.

»Und was ist dann mit Terrance nach dem Kampf geschehen?«

Andie öffnete die Tür des Pick-ups. »Er wohnte noch fünf oder sechs Monate mit Lulu Belle hier oben. Dann kam sie eines Tages, so um das Erntedankfest, mit ihm in die Stadt und brachte ihn zur Schule. Sie kehrte nie zurück.«

Gallagher stieg auf der anderen Seite ein, und sie saßen in der Dunkelheit einfach so da.

»Man schickte Terrance nach Hennessy House, das katholische Waisenhaus in Burlington«, fuhr sie fort. »Für die meisten Leute, die ich kannte, einschließlich meine Eltern, war das eine gute Sache – mit den Danbys war, was Lawton anging, ein für allemal Schluß. Und ich hatte eigentlich nie mehr an sie gedacht, bis ich las, daß Many Horses für Joshua und Caleb arbeitete.«

»Ist das alles?« fragte Gallagher. »Du hast keine Ahnung, was später aus Terrance geworden ist?«

Andies Stimme klang beunruhigt. »Ungefähr ein Jahr, nachdem er fortgebracht worden war, traf jemand aus der Stadt ein paar Erzieher aus dem Waisenhaus und fragte nach Terrance. Sie erzählten, daß er sich in einem Jahr durch die gesamte Bibliothek des Waisenhauses gelesen hatte. Es stellte sich heraus, daß er den IQ eines Genies besaß. Ich sah es immer so: Terrance hatte lange Zeit in schlimmsten Verhältnissen gelebt, und dann erlebte er, daß Wissen umsonst zu haben war, so daß er beschloß, sich alles anzueignen und uns zu zeigen, daß wir uns in ihm getäuscht hatten.«

KAPITEL 29

Die Serpentinenstraße, die vom Gorm Ridge hinunterführte, wurde in dem kalten Regen glatt und schlammig. Andie ließ den Pick-up so langsam wie möglich ins Tal hinunterkriechen. Von neuem hüllte ihr Duft Gallagher ein, was in ihm, zusammen mit der Geschichte von Terrance Danby, den Wunsch weckte, sich zu öffnen und Andie seine Geschichte zu erzählen.

»Andie, ich muß dir –«, begann er.

Das Krachen war ohrenbetäubend. Ein Knall und ein Kreischen von Metall auf Metall. Das Rutschen von Reifen auf dem Schotter. Das Heck des Pick-ups wurde nach links gedrückt, und der linke Hinterreifen hing, sich wild drehend, über dem Rand einer engen Schlucht, in deren Tiefe der Bluekill River kochte. Andie schrie auf.

Jetzt kam das Knirschen und Knacken von Gängen, die geschaltet wurden, das Aufheulen eines hochdrehenden turbogeladenen Motors und ein heftiges Beben, als das Fahrzeug, das sie angefahren hatte, zurückstieß und wieder in der Dunkelheit verschwand. Einen Augenblick lang herrschte schockartige Stille; dann wurden sie von gleißendem weißem Licht geblendet. Die Scheinwerfer eines Pick-ups, Nebelscheinwerfer, eine Reihe Suchscheinwerfer. Ein Strahlengitter greller Elektrizität, facettiert wie das Auge eines riesigen Insekts. Der Motor unter dem Auge heulte erneut auf.

Gallagher hob die Hände vors Gesicht, um sich vor dem blendenden Licht zu schützen. »Er will uns die Böschung hinunterstoßen!« rief er. »Los, schnell weg hier!«

Andie schaltete herunter und beschleunigte. Das Fahrgestell des Pick-ups bockte und wurde hin und her geschüttelt, kam jedoch nicht frei. Gegenstände polterten. Fünfzig Meter hinter ihnen näherte sich das Auge des Rieseninsekts.

»Verdammt!« schrie Andie. Sie stürzte sich auf einen kleinen gelben Hebel hinter dem Schaltknüppel, riß daran, und der Pick-up fing sich. Ein grelles, metallenes Licht hüllte sie jetzt ein. Gallagher duckte sich in Erwartung des Aufpralls, in Erwartung des langen Falls in die Schlucht. Andie trat erneut auf das Gaspedal.

Ein kurzer Augenblick des Zögerns, dann griffen die drei anderen Räder im Geländegang, und sie schlingerten auf den Weg hinaus. Ein fürchterliches katzenähnliches Kreischen erklang, als die Kotflügel sich verhakten und dann wieder freikamen.

»Halt dich gut fest!« rief Andie.

Wie auf einer Schlittenfahrt im Schlamm rasten sie den Gorm Ridge hinunter, schlitterten durch Haarnadelkurven, prallten gegen rotlehmige Böschungen. Das riesige Insekt hinter ihnen wurde von der Dunkelheit verschluckt, und einen Augenblick lang dachte Gallagher, sie hätten es abgehängt.

Alle vier Räder des Pick-ups verloren die Bodenhaftung, als sie auf die Schotterpiste rumpelten. Hühner, die am Straßenrand pickten, flohen erschreckt. Ein Köter stürmte aus der Dunkelheit und rannte neben dem Pick-up her, kläffte dann angstvoll und sprang in einen Graben, als jenes furchtbare Strahlengitter wieder hinter ihnen erschien und sie in sein weißes, blendendes Licht tauchte.

Gallaghers Kopf wurde wild vor- und zurückgeschleudert, bevor er den Aufprall gegen die hintere Stoßstange hörte oder fühlte. Andies Stirn schlug auf das Lenkrad. Der Pick-up kippte auf die Seite, schien sich einen endlosen Augenblick lang nicht wieder fangen zu wollen, landete dann doch wieder auf allen vier Rädern, nur um einmal um die eigene Achse zu rotieren, über einen Graben hinwegzuschießen und einen Hang hinaufzupreschen.

Eine Öffnung in einer Felswand. Darin junge Bäumchen. Sie walzten die Schößlinge nieder. Scheinwerfer schepperten. Der Stamm eines hundertjährigen Ahorns tauchte blitzartig ein paar Zentimeter neben ihnen auf. Ein Vulkan aus Schlamm und Gras brach aus. Der Pick-up fiel auf die Seite, schien sich überschlagen zu wollen, kam dann in dem weichen Weideland wieder auf die Räder.

Im gleichen Augenblick wurden am Fahrzeug des Angreifers alle Lichter ausgeschaltet. Gallagher konnte gerade noch den Schatten eines hochgelegten Allrad-Pick-ups ausmachen. Dann summte der letzte noch funktionierende Scheinwerfer an Andies Pick-up laut und erlosch, und nur noch der leise fallende Regen und das Quaken der Frösche waren zu hören. Eine Männerstimme rief in der Dunkelheit: »Laßt die Finger davon, sonst landet ihr das nächste Mal im Fluß!«

Dann war ein sonderbares Gelächter und das Geräusch des sich über den Schotter entfernenden Fahrzeugs zu hören.

»Der Chief sieht sich da oben auf dem Gorm Ridge um«, erklärte sein Stellvertreter Phil Gavrilis. Mit seinem Bleistift trommelte er auf sein Notizbuch, während Andie sich einen

Eisbeutel gegen die Stirn preßte. Der Arzt in der Ambulanz hatte fünf Stiche gebraucht, um die klaffende Wunde unter ihrem Haaransatz zu schließen. Sie stand mit Gallagher am Hospitaleingang und gab Gavrilis ihren Bericht.

»Oh, da nützt er uns aber viel«, warf Gallagher ein.

Gavrilis wurde rot, reagierte jedoch nicht auf die Spitze. »Sie haben keine Beschreibung des fraglichen Fahrzeugs?«

»Hochgelegter Pick-up«, sagte sie. »Mit vielen Scheinwerfern.«

»Davon gibt's Tausende in Vermont«, meinte Gavrilis.

»Dieser Bernie Chittenden hat zum Beispiel einen«, meldete sich Gallagher wieder. »Das Arschloch wollte mich schon einmal über den Haufen fahren.«

Ein Mann näherte sich vom anderen Ende des Parkplatzes. Chief Kerris schlenderte heran, die Baseballmütze keck zur Seite geschoben.

»Ich bin gerade bei Bernies Laden vorbeigefahren, als ich vom Gorm Ridge herunterkam«, sagte er, zu Andie gewandt. »Ich kann dir sagen, daß sein Pick-up keinen Spritzer aufweist, nirgendwo auch nur ein bißchen Schmutz. Und da oben am Gorm Ridge ist auch nichts weiter zu sehen als deine Reifenspuren, die Ron Bouchers Maisfeld umgepflügt haben.«

Kerris' Mund verzog sich höhnisch. »Bist du sicher, daß dich ein Pick-up angefahren hat, Andie? Oder ist es möglich, daß du und dein Kumpel hier aus Hollywood auf den Gorm Ridge gefahren seid, um bei Sonnenuntergang ein bißchen Koks zu schnupfen, und du deinen Pick-up nicht mehr halten konntest?«

»Du kannst mich mal, Mike«, schoß Andie kalt zurück.

Er lächelte und hielt die Hände mit geöffneten Handflächen in die Höhe. »He, keine Beleidigungen, bitte. Ich mußte doch schließlich fragen.«

»Laß uns gehen«, wandte sich Andie an Gallagher. »Hier bekommen wir eh keine Hilfe. Du fährst.«

Kerris baute sich in voller Größe auf und stellte sich ihnen in den Weg. Er legte Gallagher die Hand auf die Schulter.

»Nicht so schnell. Ich will wissen, was ihr zwei da oben gesucht habt.«

Gallagher sagte: »Frauenschuh. Und jetzt bitte die Hand weg.«

»Ja, ein herrlicher Tag, um Blumen zu pflücken«, meinte Kerris und bewegte seine Hand keinen Zentimeter. »Ich will wissen, was ihr da oben gesucht habt.«

Andie fuhr zwischen sie. Sie starrte Kerris an. »Wir haben uns Lawtons Vergangenheit angesehen, Mike. Macht dir das etwa Angst? Oder deinem Onkel? Oder vielleicht deiner ganzen Familie?«

Kerris' Mundwinkel zuckten kaum merklich; dann hatte er sich wieder unter Kontrolle, beugte sich nah zu ihrem Gesicht und grinste: »Ich hab' überhaupt keine Ahnung, wovon du sprichst, Andie. Und außerdem hört dir hier doch sowieso niemand mehr zu. Jeder, der in dieser Stadt etwas zählt, weiß doch genau, daß du wieder abgedreht bist. Verrückte, besoffene Andie Nightingale.«

Sie ließ sich nicht einschüchtern, sondern grinste ebenso zurück. »Du begreifst es einfach nicht, Mike, was? Es ist mir längst egal, was die Leute über mich denken.«

An jenem Abend beobachtete Gallagher Andie, als wäre sie das exotische Mitglied eines schon lange vergessenen Stammes. Sie war sensibel und verletzlich und konnte dennoch bemerkenswert hart sein. Darin erinnerte sie ihn an Emily. Er hatte Andie von seiner Exfrau erzählen wollen, bevor man versucht hatte, sie von der Straße zu drängen, doch jetzt schien ihm dies fast gefährlicher als irgendein Autounfall;

und er fragte sich, ob er sich jemals damit begnügen würde, einfach in einem Raum mit einer Frau zu sein, die ihn tröstete.

Andie schnitt eingewecktes Gemüse vom letzten Jahr klein.

»Worüber denkst du nach?« fragte sie.

Gallagher errötete und sagte: »Um wen wir uns zuerst kümmern sollen: Kerris oder Danby oder Lamont Powell oder um den Rest des Tagebuchs.«

Sie schüttete das Gemüse in einen heißen Wok. Es zischte, als es zu schmoren anfing. Der Raum füllte sich plötzlich mit Ingwer-Geruch. »Ich glaube, es hängt alles zusammen. Wir kümmern uns um alles gleichzeitig.«

»Das ist zuviel auf einmal«, meinte er.

»Nicht, wenn wir uns darin teilen«, antwortete Andie.

KAPITEL 30

Mittwoch, 21. Mai

Die staatliche Nervenklinik in Waterbury ist eine kremlartige Ansammlung großer Backsteingebäude, verziert mit Bleiglasfenstern und Ecktürmchen. Lange grüne Rasenstücke erstrecken sich zu beiden Seiten des Haupteingangs. Der ganze Komplex wird von einem etwa dreißig Meter hohen Klinkerschornstein überragt.

Im hinteren Teil eines der äußeren Gebäude nahm Eunice Marcous, die Archivarin der Klinik, einen Schluck aus ihrer Pepsi-Dose, stieß leise auf und klagte: »Ich hab' gut und gerne zwei Stunden gebraucht, um dies hier auszugraben.«

»Sie wissen ja gar nicht, wie dankbar ich Ihnen bin«, meinte Andie und sah auf den rissigen braunen Ordner in den abgemagerten Armen der Frau auf der anderen Seite des Tresens. Der blaue Lidschatten unter Marcous' nachgezogenen

Augenbrauen paßte genau zu dem Blau ihres Kleides. Andie streckte die Hand nach dem Ordner aus, aber die Archivarin tat einen Schritt zurück und preßte den Ordner an ihre Brust. »Ich hab' Sie neulich in den Lokalnachrichten gesehen. Hat das hier mit den Morden in Lawton zu tun?«

»Nein«, log Andie. »Also, ich muß jetzt wirklich diese Dokumente durchsehen, Ms. Marcous, und es ist schon spät.« Endlich erkannte Marcous, daß Andie ihr die Gründe für ihre ungewöhnliche Bitte um die alten, bis 1899 zurückreichenden Dokumente nicht verraten würde, und händigte ihr zögernd den dicken Ordner aus. Andie drehte der Archivarin den Rücken zu, ging zu einem grünen Metalltisch unter einer nackten Glühbirne und klappte den Ordner über Lamont Powell auf, den ehemaligen Bürgermeister von Lawton, Urgroßvater des jetzigen Bürgermeisters, Bruce Powell, und Ururgroßvater des Polizeichefs Mike Kerris.

Irgendwann in den vergangenen neunzig Jahren waren die Dokumente von Wasser beschädigt worden, und viele der Aufzeichnungen, die verschiedene Betreuer mit schwarzer Tinte niedergeschrieben hatten, waren verschmiert.

Doch einem Deckblatt zufolge, das Daten über seine Geburt, nächste Angehörige und ähnliches enthielt, war Lamont Powell im März 1899 nach der Diagnose »gewalttätiger Wahnsinn« in die Anstalt eingewiesen worden und dort bis zu seinem Tode geblieben. Die folgende Krankengeschichte war dann vorwiegend in umgekehrter zeitlicher Reihenfolge eingeordnet.

Im Jahr vor Powells Selbstmord hatten die mit seinem Fall befaßten Ärzte sich erfreut gezeigt über »große Fortschritte in der allgemeinen geistigen Verfassung des Patienten« und hatten ihm zunehmende Bewegungsfreiheit auf dem Anstaltsgelände eingeräumt. In dieser Zeit hatte Powell »keine Neigung zur Selbstverstümmelung gezeigt, wie es bei seiner

Einweisung der Fall war«, befand der Bericht. In der Tat war Powell in den letzten zwei Monaten seines Lebens ein ordentlicher Status verliehen worden, was bedeutete, daß er sich überall in der Anstalt bewegen konnte, einschließlich der äußeren Anlagen.

Andie las den nächsten Abschnitt und zuckte zurück. Am 28. Juni 1906 hatte Powell sich mit zerrissenen Bettlaken an einem Baum im Wald hinter dem Heizkesselhaus aufgehängt. Bevor er sich umbrachte, schnitt er sich mit einer Schere, die er beim Friseur der Anstalt gestohlen hatte, die Zunge heraus.

Sie preßte die Fingerknöchel gegen die Lippen angesichts der Brutalität dieses Selbstmordes. Dann holte sie ein paarmal tief Luft und las weiter. Spärliche Notizen beschrieben eine Periode von zwei Jahren, die Powell in einem nahezu katatonischen Zustand verbracht hatte, nur unterbrochen von zeitweiligen hysterischen Anfällen, bei denen er vorgab, mit den Toten zu sprechen. Sie schlug eine Seite mit der jährlichen Beurteilung des Falles vom 12. Mai 1902 auf. Da stand ein Absatz über den physischen Zustand des Patienten, einschließlich eines Exkurses über die Ergebnisse einer kürzlichen Zahnuntersuchung.

»Drei Jahre nach Beginn der Behandlung leidet der Patient Powell immer noch unter lebhaften Halluzinationen. Wie schon zuvor gehen diese Halluzinationen seinen Versuchen voraus, mit allen erreichbaren Gegenständen sein Zahnfleisch zu attackieren, um sich die Zähne aus dem Mund zu reißen.«

Andie starrte schreckgebannt auf den Absatz, sah dann auf und bemerkte, wie Eunice Marcous sie durch ihr mit Draht vergittertes Fenster hindurch beobachtete. »Halb sechs, Zeit für mich zu schließen«, verkündete die Archivarin.

»Nur fünfzehn Minuten noch«, bat Andie. »Und ich werde eine Kopie davon brauchen, wenn ich durch bin.«

»So alte Berichte müssen mit einem Archivkopierer kopiert werden, und der einzige, der für uns erreichbar ist, befindet sich drüben in Montpelier«, sagte Marcous. »Das dauert mindestens eine Woche.«

»Das macht nichts«, antwortete Andie. »Ich mach' mir für den Moment ein paar Notizen.«

Eine von Marcous' nachgezogenen Augenbrauen fuhr in die Höhe. »Fünfzehn Minuten, dann ist Schluß. Ich hab' Enkelkinder zu Hause, die machen Rabatz wegen ihres Abendbrots, wenn ich Sie noch lange hierlasse.«

Andie wandte sich wieder dem Ordner zu und überflog die folgenden Seiten auf der Suche nach weiteren Hinweisen auf Powells Halluzinationen. In den achtzehn Monaten vor dem Bericht von 1902 fand sie zwei kleinere Eintragungen, die Wahnvorstellungen andeuteten. Beide folgten Vorfällen, bei denen der frühere Bürgermeister es geschafft hatte, sich Zähne aus dem Kiefer zu reißen, einmal mit einer Gabel, das andere Mal mit seinen eigenen Fingernägeln.

Sonst fand sie keine Hinweise auf Halluzinationen mehr, bis sie auf einen langen Diagnosebericht stieß, der in den Monaten direkt nach Lamont Powells Einweisung in die Anstalt geschrieben worden war.

Als sie ihn gelesen hatte, brach sie beinahe zusammen vor Ekel und Angst. »Oh, mein Gott«, flüsterte Andie.

KAPITEL 31

In der Mitte des Bundesstaates ragte zur gleichen Zeit das durchsichtige Rohr eines blaßgelben Sauerstofftanks in einen Verteiler, von dem aus zwei Schläuche in die Nasenlöcher von Oscar Stubbins führten. Stubbins' Hände zitterten vor Erwartung, als seine Frau Cornelia eine Zigarette anzündete, die sie ihm dann an die Lippen hielt. Stubbins legte die Finger über das Loch in dem Plastiktubus, der in seinem Kehlkopf steckte. Das Zigarettenende glimmte auf. Blauer Rauch drang zwischen seinen Fingern hindurch aus dem Plastiktubus.

»Noch einen Zug«, krächzte Stubbins beim Ausatmen.

»Nein, keinen einzigen mehr«, sagte Cornelia bestimmt. »Der Doktor macht mich zur Schnecke, wenn er das erfährt.«

»Liebst du mich denn auch noch, wenn ich nicht mehr da bin?« fragte er sie mit seiner Froschstimme.

Cornelia wich seinem Blick aus. Sie nickte nur und murmelte: »Das wird nie anders sein, Oscar.«

»Dann gib uns noch einen Zug, Häschen.«

Sie hielt ihm die Zigarette noch einmal an die Lippen. Das Ende glühte rot auf. Genießerisch schloß er die Augen und brach dann in einen heftigen, schleimigen Husten aus. Er stöhnte und wand sich in seinem Rollstuhl. Cornelia sprang alarmiert auf. Sie führte einen dünnen Schlauch in den Plastiktubus ein. Man hörte ein schlürfendes Geräusch, und ein Schleimpfropf wurde in den Schlauch hochgesaugt.

Stubbins wurde noch einmal von Husten geschüttelt und atmete dann leichter. Er sah Gallagher an und krächzte: »Ich hab' noch einen Monat, vielleicht zwei. Alles voller Krebs.«

»Tut mir leid«, sagte Gallagher hilflos und kämpfte gegen den Drang an, hinauszurennen und frische Luft zu schnappen.

»Was soll's?« krächzte Stubbins. »Wir müssen alle irgendwann dran glauben. Was wollen Sie also, Mr. Gallagher?«

»Ich bin wegen Terrance Danby hier.«

Stubbins nahm den Namen auf, als hätte er ihn irgendwie erwartet. »Ist er in Schwierigkeiten?«

»Das weiß ich nicht.«

»Erzählen Sie mir keinen Quatsch.«

»Schon möglich, daß er in Schwierigkeiten ist.«

»Was für Schwierigkeiten?«

»Es geht um Mordfälle. Drei an der Zahl.«

»Doch nicht etwa diese Morde unten in Lawton, von denen wir in der Zeitung gelesen haben?« fragte Cornelia.

Gallagher nickte.

»Diese Spinne«, sagte sie angewidert. Sie hatte mindestens vierzig Kilo Übergewicht; ihre Fettpolster waren in einen fleckigen rosaroten Hausanzug gezwängt. Was ihren Anblick aber fast unerträglich machte, waren ihre beiden falsch gewachsenen oberen Schneidezähne; sie staken waagerecht im Zahnfleisch wie zwei kleine gelbe Hauer und ragten zwischen ihren Lippen hervor, selbst wenn ihr Mund geschlossen war.

Obwohl er sich in ihrem Haus wie in einer Monstershow fühlte, wußte Gallagher nur zu gut, daß es ein Glücksfall war, die Stubbins' gefunden zu haben. Das Paar hatte in dem Waisenhaus gearbeitet, in dem Terrance Danby untergebracht worden war, nachdem er den Mörder seines Vaters erschlagen hatte. Oscar war Hausmeister in Hennessy House gewesen. Cornelia hatte dort als Köchin gearbeitet. Im Jahre 1867 als »Katholisches Heim für verlassene und schwererziehbare Kinder« gegründet, gewährte Hennessy House hundertacht Jahre lang Waisenkindern aus der Umgebung Schutz, bis der Staat Vermont und die Erzdiözese von Burlington beschlossen, daß solche Einrichtungen nicht im Interesse der Kinder waren, und das Heim zugunsten eines Pflegefamiliensystems aufgaben.

Gallagher war beim Sozialamt in Burlington vorbeigefahren, um sich dort ein paar Hintergrundinformationen über Hennessy House zu besorgen, und hatte nebenbei gefragt, wie er jemanden ausfindig machen könne, der in den letzten Jahren seines Bestehens in dem Heim gearbeitet hatte. Einer der älteren Sozialarbeiter erinnerte sich an die Stubbins. Gallagher fand sie in einem waldgrünen Ranchhaus an einem Hang über dem Lake Champlain, ein Stück südlich von Ferrisburg.

Ihr Wohnzimmer sah aus wie eine Krankenstation: ein weißes, verstellbares Bett, ein Rollstuhl, eine Sauerstoffflasche, ein alter metallener Fernsehtisch voller Medikamente, zusammengefaltete Decken auf dem Sofa, wo Cornelia schlief. Über allem lag der scharfe Geruch von einem antiseptischen Reinigungsmittel.

»Der klügste Bursche, den ich je im Heim erlebt habe«, sagte Stubbins. »Der las alles. Doch mein Schätzchen hat recht: Terrance war eine Spinne.«

Cornelia ließ die Zunge über ihren rechten Zahn fahren und schnalzte zustimmend. »Der wartete nur darauf, daß man ihm ins Netz ging.«

»Warum meinen Sie, daß er eine Spinne war?«

Stubbins warf seiner Frau einen schnellen Blick zu. Auf zwei Gehstöcke gestützt, stand sie aus ihrem Sessel auf. »Na, mach' schon weiter!« rief sie und schüttelte einen Stock in seine Richtung. »Du hast doch immer gesagt, daß wir es jemand erzählen sollen, damit die Leute es erfahren. Jetzt ist es bald aus mit dir. Hier hast du deine Chance.«

Der sterbende Mann zögerte.

»Na, mach schon!« rief Cornelia noch einmal aus.

»Gib uns erst einen Zug«, krächzte er.

In immer neuen heiseren Anläufen, die von Zigarettenpausen und Erstickungsanfällen unterbrochen wurden, kam in der folgenden Stunde die ganze schändliche Geschichte heraus. Terrance Danby war gegen Ende des Jahre 1968 nach Hennessy House gekommen, ein Zehnjähriger mit dem erstarrten Blick eines Rehs, das in Scheinwerferlicht gerät, der gleiche Blick, den Kinder bekommen, wenn sie einen traumatischen Verlust erlebt haben. Doch hinter dem Blick lag eine tiefe, unerschütterliche Verschlagenheit.

»Spinnenaugen«, meinte Cornelia.

»Jetzt reicht's aber mit dem Spinnenquatsch!« preßte Stubbins heraus.

»Du kannst sagen, was du willst«, erwiderte sie schnippisch, »genau so sahen sie aus.«

Terrance entdeckte die Bibliothek und begann zu lesen. Zwei, manchmal drei Bücher am Tag. Wissenschaft, Romane, Biografien, Zeitungen, Zeitschriften. Alles, was gedruckt war. Als er zwölf wurde, hatte er den ganzen Shakespeare und die ganze Bibel gelesen und lernte Latein und Griechisch. Er hatte sich auch einen gefürchteten Ruf im Heim erworben. Einer der Jungen, ein großer Kerl namens Alan Haig, hänselte Terrance, weil er immerzu las. Terrance schluckte es lange Zeit – »wartete in seinem Netz auf die Fliege«, wie Cornelia es ausdrückte.

Dann fand Stubbins eines Nachts, als er seine Runde machte, Haig in einem leeren Büro an einen Stuhl gefesselt. Haig war mit Isolierband geknebelt. Die Vorhaut seines Penis war an die Sitzfläche des Stuhls genagelt. Haig weigerte sich, irgend jemandem zu erzählen, was geschehen war.

»Aber man konnte danach sehen, daß er eine Heidenangst vor Terrance hatte, einem Jungen, der nur halb so groß war wie er selbst«, meinte Stubbins. Er unterbrach sich und besah sich seine Hände. Seine Haut war von dunklen violetten Flecken übersät.

»Du hast noch längst nicht alles erzählt«, trieb ihn Cornelia an. »Na, mach' schon weiter.«

Stubbins holte tief und gurgelnd Luft. »Wir wissen doch gar nicht genau, was passiert ist, Schätzchen. Vielleicht ist es besser, das alles auf sich beruhen zu lassen.«

»Das wäre nicht in Ordnung, Oscar, das weißt du genau«,

protestierte seine Frau. »Wenn du es nicht erzählst, dann ist alles gelogen.«

»Was ist gelogen?« fragte Gallagher verwirrt dazwischen.

Stubbins fuchtelte mit einem seiner knochigen Finger und krächzte: »Wir hatten mit dem allen nichts zu tun. Wir haben versucht, die Leute darauf aufmerksam zu machen ... doch niemand wollte uns zuhören, bis es zu spät war.«

Dann berichtete Stubbins, daß in dem Jahr, in dem Danby dreizehn wurde, die Diözese den Versuch unternahm, die chaotische Einrichtung zu retten, und einen jungen Priester als neuen Direktor einsetzte; sechs Jungen aus Hennessy waren im Jahr zuvor wegen verschiedener Vergehen von der Schule verwiesen worden. Der Priester war autoritär, größer, stärker, schneller und bösartiger als irgendeiner der Jungen aus dem Waisenhaus.

»Wenn ein Kind aus der Reihe tanzte, dann holte er die Rotznase in sein Büro«, sagte Stubbins; er begann wieder zu husten und bedeutete seiner Frau wild fluchend, für ihn weiterzuerzählen.

»Er verabreichte ihnen Prügel, sogar den größeren Jungs«, fuhr Cornelia fort. »Nicht, daß ich was gegen eine ordentliche Tracht Prügel hätte, aber –« Sie machte eine Pause und fuhr wieder mit der Zunge über ihren Hauer. »Ich weiß nicht, wie ich es ausdrücken soll, aber nach einer Weile bekam man den Eindruck, daß es ihm Spaß machte. Sie zu prügeln, meine ich.«

»Und Gott allein weiß, was ihm sonst noch Spaß machte«, keuchte Stubbins, um dann zu erzählen, daß der Priester seine Lieblinge hatte. Und der größte Liebling war Terrance Danby. Als Danby fünfzehn wurde, hörte man oft, wie er sich mit dem Priester, einem gebildeten Jesuiten, über Bücher und Sprachen unterhielt.

Im selben Jahr fand Stubbins bei einer seiner nächtlichen

Runden die Betten von Danby und einem anderen Jungen leer. Er lief los, um dem Priester Bescheid zu sagen, stieß aber unterwegs auf Danby, der den weinenden Jungen in den Schlafsaal zurückführte. Danby sagte, der Junge sei böse gewesen und der Priester habe ihn sehen wollen.

Im Laufe der folgenden zwei Jahre erlebte Stubbins viele nächtliche Zusammentreffen mit Danby und anderen Jungen, die auch alle böse gewesen waren. Obwohl man die Jungen aus Hennessy House nicht mehr von der Schule verwies, wurde das Heim, mit Cornelia Stubbins' Worten, »düster und eklig. Ein liebloser Ort.«

An einem Tag im Sommer 1975 hörte Cornelia, wie Danbys alter Feind, Alan Haig, zu einem anderen Jungen sagte, er habe »die Nase voll von dem Ganzen. Ich gehe zum Bischof oder zur Polizei oder sonstwohin, wenn es nicht aufhört.«

Eine Woche später wurde Haigs Leiche in den Wäldern nördlich von Burlington gefunden. Man hatte ihm die Kehle aufgeschlitzt. Danby stand sofort unter Verdacht, aber der Priester gab dem Teenager ein wasserdichtes Alibi: Sie seien den ganzen Tag zusammen auf der anderen Seite des Mount Mansfield gewandert.

Im Zuge der Ermittlungen in dem Mordfall brachten die Kriminalbeamten mehrere der Jungen aus dem Heim dazu, über ihr Leben in Hennessy House zu berichten. Innerhalb von Monaten traf die Diözese die Entscheidung, das Waisenhaus zu schließen. Terrance Danby war siebzehn, und man riet ihm dringend, zur Armee zu gehen. Der Priester wurde in aller Stille nach Zentralamerika geschickt, um dort als Missionar zu arbeiten.

»Als Missionar?« fragte Gallagher, in dem plötzlich die Erinnerung an ein Foto aufblitzte, das er vor kurzem gesehen hatte. »Wie hieß er denn?«

»McColl«, krächzte Stubbins. »Timothy McColl.«

KAPITEL 32

»Lawton ist zur eiternden Wunde geworden«, sagte Andie düster. »Ich weiß nicht mehr, wem ich noch trauen kann, Pat.«

Es war neun Uhr am Mittwochabend. Sie hatten die Vorhänge an allen Küchenfenstern zugezogen und saßen am Küchentisch, ihre Notizen über den Lamont-Powell-Bericht aus der Klinik in Waterbury zwischen sich. Sie trug einen verwaschenen Blue-Jeans-Overall, einen weißen, mit purpurroten Blumen bestickten Pulli und Make-up – das erste, das er je an ihr gesehen hatte –, um die bläuliche Naht der Wunde abzudecken.

»Mir kannst du trauen«, sagte Gallagher.

»Kann ich das wirklich?« fragte sie.

»Hab' ich nicht zu dir gehalten?«

Andie nickte, langte über den Tisch und drückte seine Hand. »Entschuldige. Ich habe einfach Angst.«

Gallagher drückte zurück. »Entschuldigung angenommen. Was ist außerdem noch mit Powell geschehen?«

Sie blätterte die Seite ihres Notizbuchs um. »Hör' dir das an: ›Der Patient Powell wurde eingewiesen, nachdem man ihn in seinem Büro gefunden hatte, als er versuchte, sich die oberen Schneidezähne mit einer Zange aus dem Mund zu ziehen.

Der Patient hat die letzten drei Monate abwechselnd in einer Zwangsjacke und in einer Gummizelle im Block C für die gewalttätigen Wahnsinnigen verbracht‹«, fuhr sie fort. »›Der Patient Powell leidet unter ausgedehnten Perioden schwerer Wahnvorstellungen, in denen er angibt, von einer indianischen Squaw heimgesucht zu werden, die ihn, wie er sagt, deshalb verfolgt, weil er an ihrer Ermordung beteiligt war.

Powell gibt an, die Squaw schwebe vor ihm und sage ihm, er sei verdammt, denn‹ – und damit wird offensichtlich Powell selbst zitiert – ›sie wurde weder vom Feuer, noch vom Wasser, noch von der Erde, sondern von Menschen verschlungen.‹«

Gallagher verschüttete seinen Kaffee auf den Küchentisch. Erregt sprang er auf. »Lies den letzten Abschnitt noch mal.«

»Sie wurde weder vom Feuer, noch vom Wasser, noch von der Erde, sondern von Menschen verschlungen«, wiederholte sie.

Gallagher hatte das Gefühl, verrückt zu werden und es dringend jemandem erzählen zu müssen. »Genau so habe ich das neulich nacht in einem Traum gehört.«

Andie starrte ihn an. »In einem Traum?«

»Ja, genau«, antwortete Gallagher und wurde dabei rot. »Ich träume immer noch von Many Horses, und sie spricht zu mir.«

Andie gestattete sich ein Lächeln. »Und ich dachte, du wärst ein Atheist, der nicht an Geister glaubt.«

»Ich bin ein Atheist, der nicht an Geister glaubt!« erwiderte er heftig. »Und außerdem war es auch nicht so, als käme Casper mich besuchen. Es war nur ein Traum, ein zufälliges Zusammentreffen, oder vielleicht versucht mein Hirn mich auch nur davon zu überzeugen, daß ich das in meinem Traum gehört habe. Déjà vu. Ich … Ich weiß es einfach nicht.«

Ihre Belustigung verwandelte sich in Besorgnis. »Ich hasse es, wenn mich die Leute das fragen, aber fühlst du dich wohl?«

»Ja, ja«, beschwichtigte Gallagher. »Ich bin nur … ach, lies einfach weiter.«

Andie sah ihn ein paar Augenblicke lang aufmerksam an und wandte sich dann wieder ihren Notizen zu. »Hier hab' ich noch ein Zitat aus dem Bericht: ›Verschiedene Gespräche mit dem Sohn des Patienten Powell, Lamont Powell jr., und zwei Töchtern – June aus Glens Falls, New York, und Lenore aus Poultney, Vermont – haben ergeben, daß der Patient sich seit dem Tod seiner Ehefrau Katherine im Jahre 1891 in einem sich ständig verschlechternden geistigen Zustand befand. June und Lenore gaben an, der Patient Powell habe mit Spiritismus und anderen Arten des Okkultismus geliebäugelt, so wie viele andere in den letzten Jahren auch. Doch versichern sie, daß der Patient niemals weiter westlich als Albany, New York, gekommen sei, viel weniger noch in ein Indianergebiet.

Nachforschungen bei der Polizei in Lawton – die allerdings nur oberflächlich waren – haben ergeben, daß es keine Morde an Indianern in jüngster Zeit gab. Und auch keine Daten darüber, daß irgendein Indianer in der Stadt gelebt hat, nachdem im Jahre 1874 die letzte Abenaki-Familie weggezogen war –‹«

»Wir wissen inzwischen, daß das nicht stimmt«, unterbrach Gallagher sie.

»Die Polizei muß gelogen haben«, stimmte Andie zu. »Glaubst du, daß Powell mit ihrer Ermordung etwas zu tun hat?«

»Wenn er mithalf, dann auf keinen Fall allein«, antwortete er. »Wenn er ein einzelner Irrer gewesen wäre, dann hätten sie den Mord nicht vertuscht. Also müssen mehrere Personen daran beteiligt gewesen sein. Und der Mord muß sehr brutal gewesen sein. Ich meine, der Kerl reißt sich immerhin die Zähne aus, schneidet sich die Zunge ab und hängt sich schließlich auf deswegen, oder?«

Andie nahm ihre Pistole vom Tisch und prüfte den Sicherungshebel. »Und jemand versucht uns deswegen von der Straße abzudrängen. Ich glaube, daß Kerris, der Bürgermeister, Bernie Chittenden und Gott weiß wer noch etwas über diese Geschichte wissen. Zumindest über die Tatsache, daß Lamont Powell irre wurde, weil er behauptete, an der Ermordung einer Indianerin beteiligt gewesen zu sein.«

»Das paßt zu der Vertuschungstheorie«, stimmte Gallagher zu. »Ist das aber Motiv genug, um drei Leute brutal umzubringen? Ich meine, ich möchte zwar nicht als Nachkomme eines Mörders gelten, aber würde mir das so viel ausmachen, daß ich die Leute umbringen würde, die dieses Wissen in die Welt hinausposaunen könnten?«

»Keine Ahnung«, sagte Andie. »Aber ich kann dir eines sagen: Niemand aus Kerris' Familie besitzt eine Hütte an einem See in der Nähe von Cartersburg. Erinnerst du dich? Das hat Kerris Lieutenant Bowman doch bei Nyrens Haus erzählt – daß er so schnell zum Tatort gelangt sei, weil ein Verwandter ein Ferienhaus in der Nähe hätte und er den Funkspruch gehört habe.«

»Ja und?«

»Also ich habe heute auf dem Rückweg von Waterbury Kerris' Stellvertreter, Phil Gavrilis, getroffen. Phil weiß nichts von einer Hütte da unten. Die Geschichte, die Kerris Gavrilis aufgetischt hat, war, daß er zum Angeln fahre. Gavrilis hat mir auch erzählt, daß Kerris' Ehe kaputt sei. Seine Frau hat eine Zwangsverfügung gegen ihn erwirkt, und er ist zwei- oder dreimal in diesen vergangenen Wochen zum Angeln und außer Funkreichweite gewesen, einschließlich des Morgens, an dem Olgas Haus abbrannte.«

»Und Kerris hat eine Vorgeschichte mit sexuellen Gewalttaten«, meinte Gallagher leise.

Andies Gesicht verhärtete sich, aber sie nickte. »Ich glaube nicht, daß wir schon die ganze Story haben.«

»Du hast heute ein ordentliches Stück davon bekommen, aber noch nicht alles«, stimmte Gallagher zu und sann dann über etwas nach, das ihm keine Ruhe ließ. »Der Bericht aus

Waterbury gibt an, daß Bürgermeister Powell mit dem Spiritismus und Okkultismus geliebäugelt hat. Die Danbys?«

»Wer sonst in Lawton?« antwortete Andie. »Also können wir Terrance auch noch nicht ausschließen.«

»Oder Monsignore McColl«, meinte Gallagher.

»Monsignore McColl?« rief Andie ungläubig aus. »Wie kommst du denn da drauf?«

Gallagher berichtete ihr in allen Einzelheiten von seinem Gespräch mit dem Ehepaar Stubbins, einschließlich der Tatsache, daß der Priester das Waisenhaus geleitet hatte, während Terrance Danby dort Zögling war und der Gewalttätigkeit und möglicherweise sogar der Beteiligung an einem Mord verdächtigt wurde.

»Er ist seit fast zehn Jahren unser Gemeindepfarrer«, sagte Andie fassungslos. »Er hielt damals die Totenmesse für meine Mutter. Sie sah in ihm fast einen Heiligen.«

»Ein Heiliger«, wiederholte Gallagher und mußte zum ersten Mal seit vielen Tagen wieder an Pater D'Angelo denken. Da war irgend etwas bei seinen Begegnungen mit dem Monsignore gewesen, das an ihm nagte, aber er konnte sich nicht erklären, was es war.

»Ich werde mich morgen vormittag mal mit Monsignore McColl unterhalten«, versprach Andie.

»Ich kann dir nicht sagen, wie gern ich bei dem kleinen Plausch dabei wär'«, sagte Gallagher. »Aber ich glaube, ich fliege lieber nach Washington.«

Gleich nach seinem Weggang bei den Stubbins hatte Gallagher zu seinem Handy gegriffen und Jerry Matthews, seinen Partner, angerufen. Es war fast zwei Wochen her, daß sie zuletzt miteinander geredet hatten, zwei Wochen, seit er vierzig geworden war und Emily wieder geheiratet hatte. Im selben Augenblick, als Jerry antwortete, tauchte in Gallaghers Kopf das Bild seiner Exfrau auf, wie sie mit ihrem neuen Ehemann an irgendeinem Palmenstrand lag, doch zwang er sich, nicht nach der Hochzeit zu fragen. Die Antwort, die zu erwarten war, wirkte ebenso bedrohlich wie ein Mörder, der in Vermont umherschlich.

Statt dessen gab er Jerry einen kurzen Bericht über alles, was seit ihrem letzten Gespräch geschehen war, einschließlich der Leichen, des Tagebuchs, Charuns Zeichnungen und der Geschichte Danbys. Jerry hatte beim alten *Washington Star* über die Armee berichtet, bevor er eine ähnliche Stelle bei der *Time* annahm. Wie Gallagher hatte er Anthropologie studiert, und er hatte die dunkle Welt des Verteidigungsministeriums als eine Kultur angesehen, die entschlüsselt werden mußte. Das hatte ihn zum Bücherschreiben und später auch zum Verfassen von Drehbüchern gebracht, und so hatten sie sich schließlich kennengelernt.

Zuerst war Jerry wütend darüber, daß Gallagher so wenig für die D'Angelo-Story getan hatte, doch je mehr er über die Morde in Lawton erfuhr, um so größer wurde sein Interesse. »Zum Teufel mit dem Dokumentarfilm!« meinte er schließlich. »Schreib diese Story als Buch, mach eine Million damit und verkauf dann noch die Filmrechte.«

»Die amerikanische Tour«, witzelte Gallagher.

»Na, komm schon, spiel ruhig den Zyniker«, frotzelte Jerry. »Aber wenn schon, dann einen reichen Zyniker. Wenn du dir das entgehen läßt, dann bist du wirklich nicht mehr zu retten.«

»Ich lass' es mir schon nicht entgehen«, versicherte ihm Gallagher. »Im Moment brauche ich alles, was du über Terrance Danbys Armeelaufbahn finden kannst.«

»Das kann ein paar Tage dauern.«

»Mach, so schnell du kannst«, antwortete Gallagher. »Es sterben Menschen hier oben.«

»Keine Sorge. Pat?«

»Ja?«

»Ich find's gut, daß du wieder zur Arbeit zurückgefunden hast.«

Anderthalb Stunden später, als Gallagher gerade durch die überdachte Brücke fuhr, die nach Lawton hineinführte, klingelte sein Handy. Jerry klang höchst erregt.

»Partner, du hast mit dem Namen großen Alarm ausgelöst. Ich habe Terrance Danby einfach mal in ein paar alte Quellen beim militärischen Abwehrdienst eingespeist, weil ich dachte, die könnten den Knaben schneller aufspüren als irgend jemand sonst. Und gerade hat mich – aus heiterem Himmel, fünfzehn Jahre, nachdem ich ihn zuletzt gesehen habe – einer der sonderbarsten Typen zurückgerufen, die ich je kennengelernt habe.«

Gallagher faßte das Handy fester. »Ich höre.«

»Nein, nein, auf keinen Fall. Nicht über ein Handy«, sagte Jerry. »Komm so schnell wie möglich nach Washington. Harold will morgen nachmittag persönlich mit dir sprechen.«

»Wer ist Harold?« fragte Andie, nachdem Gallagher seine Geschichte beendet hatte.

»Jerry weigerte sich, noch irgend etwas zu sagen«, antwortete er. »Aber ich kenne meinen Partner. Er mag eine Menge Fehler haben, aber ein Angsthase ist er nicht. Er hat über vier Kriege Bericht erstattet und ist durch drei Scheidungen gegangen, und heute hörte er sich so aufgeregt an, wie ich ihn selten erlebt habe. Ich nehme morgen früh die erste Maschine, die nach Washington geht.«

Andie schwieg einen Moment; dann gestand sie ängstlich: »Auf dem ganzen Rückweg von Waterbury mußte ich dagegen ankämpfen, anzuhalten und irgendwo einen Schluck zu trinken, Pat. Ich weiß nicht, ob ich das durchstehe. Es ist, als suchten wir die Bestandteile von etwas so Schrecklichem zusammen, daß ich …«

»Du wirst es schon schaffen, Andie.« Er lehnte sich über den Tisch und streichelte ihren Arm. »Denk dran, für wen du dies alles tust: für Olga und deine Mutter und Nyren und Hank Potter. Und Sarah. Ist es nicht so?«

»Ich weiß, aber es ist, als trieben wir inmitten eines Alptraums, den außer uns niemand sieht. Oder sehen will.«

Andie sah Gallagher mit ihren schmerzerfüllten braunen Augen an. Er wollte in sie eintauchen, um sich nur für ein Weilchen vor all dem Mord und Totschlag und der schmutzigen, brutalen Geschichte zu verstecken, die sie nach und nach enthüllten. Und er wünschte, daß sie ebenso in ihm Zuflucht suchte.

Gallagher nahm Andie bei der Hand, und sie gingen nach oben. Es war das zweite Mal, daß sie zusammen waren, und es schien ihnen, als würden sie sich ihrer noch einmal ganz neu bewußt, während einer dem anderen zeigte, wie sie beide uneingeschränkt Lust geben und empfangen konnten.

Später lagen sie eng aneinandergeschmiegt in der Dunkelheit.

»Wirst du wieder gehen, wenn alles vorbei ist?« fragte Andie.

Gallagher konnte das Drängen in ihrer Stimme hören, mußte dann aber an Emily denken und fühlte sich wie gelähmt. »Ich weiß nicht, Andie.«

Einen Augenblick herrschte Stille, bevor sie sagte: »Obwohl wir uns noch nicht lange kennen, fühl' ich mich wohl mit dir, Pat.«

Gallagher schloß die Augen und versuchte, das Gefühl des Eingeengtseins zu bekämpfen. »Mir geht's genauso. Ich brauch' nur noch ein bißchen Zeit, um herauszubekommen, was dieses Wohlfühlen bedeutet, Andie.«

»Oh«, sagte sie nur und drehte sich auf die andere Seite. Das Bett, bis jetzt ein warmes Refugium, war plötzlich kalt und ungeschützt. Ein anderer Mann hätte vielleicht die Hand ausgestreckt und sie zu sich herangezogen, um ihr Sicherheit zu geben. Aber Gallagher schaffte es nicht. Er starrte in die Dunkelheit und sah einen schnell fließenden Bach vor sich, irgendwo oben im Staat New York. Es war Oktober, vor neunzehn Monaten. Das Ahornlaub war leuchtend rot. Die braunen Forellen laichten und bissen nach seinem Köder. Emily und Gallagher hatten den Dokumentarfilm über die Kriegskinder aus dem Libanon beendet, und dann einen weiteren über das übernatürliche Leben der australischen Aborigines. Seit zwei Monaten machten sie jetzt schon Urlaub und überlegten, welches Thema sie als nächstes bearbeiten sollten. Ein Jahr war vergangen seit der Abtreibung in Paris, und Gallagher glaubte, sie seien beide darüber hinweg.

Emily saß hinter ihm auf einem Felsen. Sie drehte einen glatten, runden Stein in der Hand. Seit nahezu einer Stunde hatte sie kein Wort mehr gesagt, und er auch nicht.

Plötzlich erklärte sie: »Ich habe keine Lust mehr zu filmen, Pat. Ich habe mich entschlossen, das Buch über Mexiko zu machen. Ich werde sechs Monate fort sein.«

Gallaghers Magen zog sich zusammen. Sie hatten das Projekt nicht ernsthaft in Erwägung gezogen. Es gelang ihm, mit einer Frotzelei zu antworten. »Ein Blick aus der Nähe auf die Kultur einer Tortillafabrik?«

Emily schleuderte den Stein ins Wasser, genau dorthin, wo er fischte. »Sich immer schön hinter einem Witz, der Angelrute und einem schnellen, schlagfertigen Kommentar verstecken, was, Pat?«

»Das hat mich bisher immer gut durch die harten Zeiten gebracht«, erwiderte er. »Was hältst du denn hiervon: Du gehst nur nach Mexiko, um mich zu verletzen.«

»Es geht wohl immer nur um dich?« rief Emily. »Diesmal geht es um mich. Um das, was *ich* will.«

Er starrte sie an. »Du hast gesagt, du wärst einverstanden mit unserer Entscheidung in Paris. Du hast zugestimmt.«

Tränen liefen ihr über die Wangen. »Ich bin vierunddreißig, Pat. Dies ist für mich nicht mehr abstrakt.«

»Willst du damit sagen, daß es für mich abstrakt gewesen ist?« fragte Gallagher.

»Für dich ist das ganze Leben abstrakt!« rief Emily. »Du hast die ganzen Jahre über Kulturen und Religionen studiert und gefilmt, aber du selbst glaubst kein Wort davon! Du hast keinen Sinn darin entdecken können, oder überhaupt in irgend etwas – Leben, Gott, Tod, Seele ... ich. Wir sind alle abstrakt für dich!«

»Das ist ungerecht!« schrie er zurück.

»Vielleicht ist es das, aber es ist auf jeden Fall wahr«, sagte Emily und stand auf. Sie schniefte, wischte sich die Nase mit dem Ärmel ihres Baumwollpullovers und rang um Fassung. »Ich hab' für übermorgen einen Flug gebucht. Ich fahr' jetzt zurück nach New York und packe.«

»Darf ich dich wenigstens besuchen?«

Emily zögerte einen Moment und preßte dann heraus: »Nein.« Sie wandte sich um und rannte den Pfad hinauf. Gallagher sah ihr hinterher, wie er als Kind seine Eltern angesehen hatte – wie durch Rauchglas.

Als er jetzt neben Andie in der Dunkelheit lag, wurde sich Gallagher bewußt, daß seine Gedanken sich im Kreis drehten. Die Bilder kreuzten sich und wirbelten durcheinander. Emily. Andie. Dann Many Horses und nun Terrance Danby, wie er Jungen durch halbdunkle Korridore zu Monsignore McColl führte. Mike Kerris wies seinen Kumpels den Weg zu einem betrunkenen, unschuldigen Mädchen im verdunkelten

Schlafzimmer eines Apartments. Bürgermeister Powell riß sich mit scharfen Fingernägeln das Zahnfleisch auf. Die Leichen von Hank Potter, Olga Dawson und David Nyren trieben in einem Fluß.

Hinter sich hörte Gallagher ein leises Schniefen, und er wußte, daß Andie weinte. Seine Gedanken wurden schneller und rasten durch das gleiche kreisförmige Muster, wieder und wieder, immer schneller. Er hielt sich an der Matratzenkante fest und fragte sich, ob sich sein Vater wohl so gefühlt haben mochte in den letzten Tagen vor seinem Selbstmord.

KAPITEL 33

Donnerstag, 22. Mai

Andie knallte das Blaulicht auf das Dach ihres zerbeulten Pick-ups, trat aufs Gaspedal und fuhr mit großem Tempo durch den strömenden Regen nach Lawton.

Weniger als eine Stunde war vergangen, seit Gallagher zum Flughafen in West Lebanon abgefahren war, weniger als zehn Minuten, seit sie den Anruf von Lieutenant Bowman erhalten hatte. Ihre Lippen brannten. Und ihre Fingerspitzen auch. Und ihre Kehle.

»Fahren Sie sofort in die Stadt«, hatte Bowman ins Telefon gebellt. »Die Gemeindesekretärin von St. Edwards ist ermordet worden. Ihr Mann sagt, sie habe ein Stück des Tagebuchs einer Indianerin besessen. Charun hat Spuren hinterlassen. Eine Menge. Sehen Sie zu, daß Sie so schnell wie möglich da sind.«

Am Otterslide General Store bog Andie mit quietschenden Reifen von der River Road auf die Hauptstraße. Sie klammerte sich mit weißen Fingerknöcheln ans Lenkrad. »Gott gebe mir die Ruhe, das hinzunehmen, was ich nicht ändern kann«, flüsterte sie. »Den Mut, das zu ändern, was ich ändern kann, und die Weisheit, den Unterschied zu erkennen.«

Andie sprach das Gebet wieder und wieder leise vor sich hin und befahl sich dann, zehnmal tief durchzuatmen. Mit jedem Atemzug wurde sie etwas ruhiger.

Libby Curtin hatte in einem zweistöckigen roten Haus im viktorianischen Stil am Ende der Front Street gewohnt. Ein schwarzer schmiedeeiserner Zaun trennte den Vorgarten von der Straße und von dem Kinderspielplatz nebenan. Auf halbem Wege zum Hauseingang befand sich ein Garten mit mehrjährig blühenden Pflanzen, in dessen Mitte eine bemalte Keramikstatue der Jungfrau Maria stand.

Die Straße vor dem Haus war bereits zu einem Meer aus Regenschirmen und -mänteln geworden. Der Übertragungswagen einer Fernsehstation aus Burlington, der in der Stadt war, um eine Reportage über die Morde zu drehen, fuhr eben vor und parkte. Ein Kleinbus von CNN folgte ihm. Scheinwerferlicht ging an.

Von der Veranda vor dem Haus gab Brigid Bowman, fast wie ein Gespenst in dem grauen strömenden Regen, ein paar Polizisten Anweisungen, die gelbes Absperrband um den schmiedeeisernen Zaun wanden. Im gleißenden Licht der Kamera sah ihr Gesicht älter, härter, fast körnig aus.

Als sie Andie kommen sah, ließ sie die Polizisten allein und trat mit ihr hinter eine dichte Hecke aus Kletterpflanzen, die die Ostseite der Veranda umgab.

»Sie hatten recht. Ich hatte unrecht«, begann sie in ihrer nüchternen Art. »Eddy, ihr Ehemann, hat ausgesagt, Libby habe ein Stück Tagebuch einer Sioux-Frau besessen, das ihr zusammen mit einem kleinen Kruzifix von ihrer Großmutter vererbt worden sei.«

»Sie wollten mir einfach nicht glauben«, sagte Andie.

Lieutenant Bowman hielt sich den Kragen ihres Trenchcoats zu. »Jeder von uns macht Fehler, Andie.«

»Ich hab' das längst begriffen«, räumte Andie ein. »Sie auch?«

Lieutenant Bowman schnippte mit den Fingernägeln. »Sie machen es mir nicht einfach.«

»Haben Sie es mir denn einfach gemacht?«

»Tut mir leid. Ich habe nur meinen Job getan.«

»Und ich will meinen Job zurückhaben«, sagte Andie. »Die Leitung dieses Falls.« Nach einer langen Pause nickte Bowman.

»Gut«, sagte Andie. »Jetzt will ich sie mir ansehen.«

Gemeinsam gingen sie ins Haus. Pflanzen lagen umgestürzt auf kürzlich gefirnißten Holzfußböden. Die Schubladen einer alten Kommode in der Ecke waren aufgerissen. Die weiße Polsterung der Wohnzimmermöbel war aufgeschlitzt. Blauglänzende Fische aus einem umgeworfenen Salzwasseraquarium lagen reglos und kalt auf triefendem Zeitungspapier.

Bowman sagte: »Bei dieser Verwüstung müßte einer der Nachbarn etwas gehört haben. Ich habe ein paar Leute ausgeschickt, die danach fragen sollen.«

Sie stiegen eine enge Treppe zum Schlafzimmer hoch. Ein Spezialist der Spurensicherung nahm gerade die Fingerabdrücke von einem Schmuckkästchen auf dem Schminktisch. Ein zweiter arbeitete am Fenster über dem Verandadach, wo ein Steighaken in den Rahmen getrieben worden war. Ein dritter Fachmann machte Aufnahmen. Kleidungsstücke lagen über den Boden verstreut. Ein Fernsehapparat, in dem ein Kirchenprogramm lief, lag auf dem Rücken. Eine Nonne im Habit leitete eine Talkshow.

Was einmal ein schneeweißer Bettvorleger gewesen war, sah nun aus wie ein Gobelin in Rosarot und Rostbraun. Libby Curtins Leiche lag in der Mitte, mit dem Gesicht zur Tür und zusammengerollt wie ein Fötus, so als versuchte sie, sich vor den Schlägen zu schützen. Libbys weißes Baumwollnachthemd war blutdurchtränkt und an einigen Stellen nicht von ihrem Fleisch zu unterscheiden. Man hatte sie geknebelt. Ihre Augen waren weit aufgerissen, und sie schien auf das Kruzifix an der gegenüberliegenden Wand zu starren. Vier ihrer Finger waren wie mit einer Gartenschere abgeschnitten worden.

Mit zitternden Händen streifte sich Andie die Latexhandschuhe über. Sie nahm das halbvolle Weinglas vom Nachttisch auf, roch den schalen Chablis und setzte es abrupt wieder ab, als sie die vierte Zeichnung des Killers entdeckte, die über dem Körper ans Bett geheftet war.

Charuns Penis war diesmal von einem Strick so eng abgebunden, daß die Spitze wie ein Pilz über dem Schaft stand. Die Augen des Monsters waren zu Halbmonden geworden. Die Pupillen waren nach oben gerollt, die Iris war blutrot gemalt. Bis auf einen waren alle Stiche an den Lippen der Bestie geöffnet. Der Mund grinste halboffen und zeigte rasiermesserscharfe Schneidezähne und geschwollenes Zahnfleisch.

Andie warf einen Blick auf das Weinglas, löste dann die Zeichnung und drehte sie herum.

Ich vögelte Angel mit verbundenen Augen und zugestopften Ohren, bis wir ans andere Ufer kamen. Vögelte sie, bis sie in das schlammige Wasser trat und hinauskletterte.

Ich blieb warm und lebendig in meiner Persephone. Warm und tot. Kalt und tot, doch obwohl uns der Strick so eng zusammenband, konnte ich nichts sehen. Ich ließ sie am Ufer zurück, und sie ging weiter, während ich allein zurückruderte.

Du denkst, du kennst mich jetzt, Lawton, doch du irrst

dich. Ich bin der Fährmann. Ich bin der Liebhaber. Ich bin der Schamane, und ich bin der Veränderer.

Der Sommer kommt. Und Hades hat Persephone wieder auf die Erde geschickt. Ich habe sie gesehen. Ich werde sie noch einmal besitzen, für eine neue Überfahrt.

»Das kann kein Mensch sein«, sagte Bowman und sah Andie über die Schulter.

»O doch, es ist einer«, entgegnete Andie. »Das ist ja das Problem. Nur Menschen sind fähig, Schönheit zu schaffen oder andere abzuschlachten.«

Sie wandte sich an die drei von der Spurensicherung. »Na, wie sieht's aus?«

»Jede Menge Fingerabdrücke hier«, sagte der, der das Schmuckkästchen untersucht hatte. »Aber es gibt ein paar Flecken ohne Rillen darum; ich glaube, der Kerl hat wieder Handschuhe getragen.«

»Verdammt!« entfuhr es Andie.

Mel Allen, der Gerichtsmediziner, kniete neben einem geflochtenen weißen Teppich auf der anderen Seite des Betts. »Andie?« rief er. »Komm doch mal, und sieh dir das an.«

Sie ging mit Bowman um das Bett herum, und Allen strich über seine buschige Augenbraue, bevor er auf ein Häufchen Erde zeigte, das ein Stiefel am Ende des zwei Meter langen Teppichs hinterlassen hatte. Knapp achtzig Zentimeter von dem Erdhaufen waren ein Blutfleck und ein paar Schamhaare zu sehen. Der Teppich war aufgeschlitzt worden. Neben einem Brandloch lag ein fünf Zentimeter hohes Häuflein von etwas, das aussah wie verkohlter Tabak, vermischt mit kleinen Stückchen einer pilzähnlichen Substanz.

»Wie erklärst du dir das, Mel?« fragte Andie.

»Er hat hier nach dem Mord gelegen«, sagte Allen mit einem angewiderten Gesichtsausdruck. »Seine Stiefel befanden sich da, wo das Erdhäufchen ist. Sein Penis lag bei den Schamhaaren. Und die Schnitte im Teppich – er hat auf den Boden eingehackt. Es ist, als könnte er seine Wut nicht bremsen.«

Andie kniete sich neben den Arzt und sah sich den Teppich, dann wieder den Brief an.

»Wie ist es möglich, daß jemand, der über genügend Intelligenz verfügt, einen solchen Brief zu schreiben und solche Zeichnungen in Folge anzufertigen, während des Mordens so völlig außer Kontrolle gerät?«

Allen zuckte die Achseln. »Es gibt Psychiater, die solche Sachen erklären können. Ich erzähle Ihnen nur, was er meiner Ansicht nach getan hat.«

Der Gerichtsmediziner beugte sich vor und nahm mit einer Pinzette zwei der verkohlten Pilzstückchen auf. Eins davon trug eine bläuliche Färbung am Stiel. Das andere sah aus wie ein Stück nasses Leder.

»Wir müssen es erst noch analysieren«, sagte Allen, »aber dies hier sieht aus wie ein psychedelischer Pilz. Das andere ist Peyote. Er raucht das Zeug, wahrscheinlich vermischt mit Marihuana und wer weiß was sonst noch, dem Geruch nach zu urteilen.«

»Kein Wunder, daß der Bursche ausflippt«, ließ sich Lieutenant Bowman hören.

»Nehmt den Teppich und alles andere mit und bringt es ins Labor nach Waterbury«, sagte Andie zu dem Spezialisten von der Spurensicherung, der hinter Allen stand. »Ich will jeden Zollbreit dieses Zimmers im Labor in Waterbury untersucht haben.«

Dann wandte sich Andie Lieutenant Bowman zu. »Wo ist denn Libbys Mann?«

Eddy Curtin hing in einem Schaukelstuhl in einer Ecke seiner verwüsteten Küche. Der junge Snowboard-Fabrikant starrte mit dem Blick eines Verdammten in seine leere Espressotasse. Seine strähnigen dunkelblonden Haare hingen ihm ins Gesicht. Sein khakifarbenes Arbeitshemd, mit aufgerollten Ärmeln und geöffnetem Kragen, ließ einen kräftigen Oberkörper und sehnige Arme sehen. Eine uniformierte Polizistin saß Curtin auf einem Stuhl stumm gegenüber. Andie bedeutete ihr hinauszugehen und setzte sich auf ihren Platz. Lieutenant Bowman blieb im Türrahmen stehen und hörte zu.

Curtin blickte auf. »Hallo, Andie.«

»Hallo, Eddy«, antwortete sie sanft. »Ist lange her, was?«

Curtin nickte. »Hatte nicht erwartet, meine ehemalige Babysitterin so wiederzutreffen. Kann ich jetzt das Bestattungsinstitut anrufen, damit sie Libby holen kommen?«

»Sie muß erst noch woanders hin, Eddy«, sagte Andie. »Wir müssen Beweise sammeln.«

Curtin fuhr mit dem Knöchel des Zeigefingers unter seinen spärlichen Kinnbart. »Ende des Sommers wollten wir nach Montana gehen und die Firma dort im Westen weiter aufbauen. Es war unser Geheimnis.«

»Es tut mir leid, Eddy.«

Sein Kinn zitterte. »Du willst mir ein paar Fragen stellen, nehme ich an.«

»Das wird uns helfen, den Mistkerl zu fassen, der das hier getan hat«, sagte Andie.

Curtin hatte das Haus um zehn Uhr abends verlassen. Er arbeitete gern nachts am Design seiner Snowboards, wenn niemand sonst in der Firma war. Bis gegen halb sieben Uhr morgens war er dort mit seiner Arbeit beschäftigt gewesen. Zuletzt hatte er gegen elf Uhr mit Libby telefoniert; da hatte sie ferngesehen.

Andie sagte: »Du hast Lieutenant Bowman erzählt, Libby habe ein Stück Tagebuch von einer Sioux-Frau besessen.«

Curtin nickte. »In einem Lederbeutel, zusammen mit einem Kruzifix. Ihr Großvater hatte es ihr gegeben, als sie sechzehn war, und ihr gesagt, sie solle es gut aufbewahren, denn es sei ein wichtiges Stück aus Lawtons Geschichte. Zumindest der Geschichte, über die in Lawton niemand sprechen will. Es geht da um die Séancen, die sie früher im alten Haus der Danbys abgehalten haben. Libby hielt das Versprechen, das sie ihrem Großvater gegeben hatte, aber sie fühlte sich nicht besonders wohl mit dem Beutel.«

»Warum?« ließ sich Lieutenant Bowman von der Tür her hören.

»Weil er ihr Angst machte«, antwortete Curtin. »Ich habe es auch alles gelesen, und es ist, als läse man etwas, das nie aufbewahrt werden sollte, das man jedoch nie loswerden kann. Ich weiß nicht, so als wäre es ein Vermächtnis, verstehen Sie?«

Curtin stülpte die Kaffeetasse auf der Untertasse um. »Glaubst du, jemand hat meine Libby wegen irgendeinem Scheiß umgebracht, der hier vor hundert Jahren passiert ist?«

»Ja, Eddy, das glaube ich tatsächlich«, antwortete Andie.

Curtins Augen füllten sich mit Tränen. Er schlug mit der Faust auf den Tisch. Die Tasse sprang in die Höhe und krachte auf die Fußbodenfliesen. »Wenn ich gewußt hätte, daß das passieren würde, dann hätte ich den verdammten Beutel schon verbrannt, als sie ihn mir das erste Mal zeigte!«

Andie dachte an ihre Mutter. »Mir geht's genauso, Eddy.«

Jetzt begann der junge Mann zu schluchzen. »Was kann denn in dem Ding drin gewesen sein, daß jemand meiner kleinen Libby so was antun konnte? Wie kann das Gott bei einem Menschen zulassen, der so fromm war?«

»Das werde ich herauszufinden versuchen«, murmelte Andie beruhigend. »Wo hat sie ihn denn aufbewahrt?«

Curtin fing sich wieder und fuhr sich mit dem Unterarm übers Gesicht. Er langte hinter sich auf den Boden und hob eine gerahmte Stickerei auf – Narzissen und rosa Tulpen und ein Monogramm ihrer Namen, Libby und Eddy, die von einem Herzen getrennt wurden.

Er drehte es um und fingerte an den Haken, mit denen die Rückseite an dem Rahmen befestigt war. Andies Atmen setzte aus, als sie begriff, daß der Mörder Libby Curtins Teil von Many Horses' Tagebuch nicht gefunden hatte.

Eddy brachte den Lederbeutel zum Vorschein und reichte ihn Andie, die ihn mit beiden Händen in Empfang nahm. Lieutenant Bowman machte einen Schritt nach vorn, um das zu sehen, an dessen Existenz sie nicht hatte glauben wollen.

»Ich versprech' dir, Eddy, ich werd' herausfinden, wer das Libby angetan hat«, sagte Andie.

»Ist er das? Ist das der Beutel? Was ist denn drin?« ließen sich zwei Männerstimmen aus dem Flur hinter Lieutenant Bowman vernehmen.

Chief Kerris kam herein, dicht gefolgt von Bürgermeister Powell. Kerris' Gesicht war gerötet, seine Augen glitzerten vor nervöser Erregung. Bürgermeister Powell stand auf den Zehenspitzen und versuchte, in die Küche hineinzusehen.

Andie stand auf und barg den Beutel hinter ihrem Rücken. »Lieutenant Bowman, ich möchte Sie bitten, diese beiden Herren hinausbegleiten zu lassen.«

»Was?« rief Kerris ungläubig. »Dies ist unsere Stadt. Du kannst uns hier nicht hinauswerfen lassen.«

»Die Frau weiß nicht, was sie sagt«, polterte der Bürgermeister zustimmend.

»Ich habe meine Gründe«, sagte Andie zu Bowman. »Sie haben gesagt, daß ich den Fall leite.«

Lieutenant Bowman grub ihre Finger in einen verhärteten Muskel in ihrem Nacken.

»Den Fall leiten?« schrie Kerris empört. »Du machst wohl Witze!«

»Sie macht keine Witze«, sagte Bowman schließlich. »Und entschuldigen Sie bitte, Chief und Herr Bürgermeister, doch Sie werden jetzt gehen müssen. Sergeant Nightingale hat hier das Sagen.«

»Ich gehe nicht«, sagte Powell bestimmt.

Kerris nickte. »Nicht, bevor ich erfahre, weshalb man uns hier heraushalten will.«

»Wie wär's damit: weil um die Jahrhundertwende dein Urgroßvater verrückt wurde«, antwortete Andie. »Er riß sich die Zähne aus dem Mund, weil er meinte, beim Mord an einem Indianermädchen geholfen zu haben.«

Sie fuchtelte mit dem Beutel vor ihren Gesichtern. »Das Indianermädchen, das dieses Tagebuch geschrieben hat. Ich glaube, ihr wollt das vertuschen. Ich glaube, daß es euch aus irgendeinem Grund lieber wäre, diese ganzen Ermittlungen würden eingestellt.«

Kerris und Powell erblaßten beide.

»Ich habe keine Ahnung, wovon Sie überhaupt reden«, würgte der Bürgermeister schließlich heraus. »Und ich werde nicht zulassen, daß der Ruf meiner Familie auf diese Weise beschädigt wird. Lieutenant, ich protestiere gegen diese verleumderische, völlig unbegründete Anschuldigung!«

Lieutenant Bowmans Finger gruben sich tiefer in den verspannten Nackenmuskel. Andie holte das Tagebuch aus dem Beutel und hielt es so, daß Bowman es sehen konnte.

»Sind Sie sicher?« fragte Bowman schließlich.

»Sicher?« antwortete Andie. »Nein. Aber überzeugt. Ja.«

Bowman rief zwei Polizisten herein, die draußen auf der Veranda standen. »Bitte begleiten Sie diese beiden Herren aus der abgesperrten Zone hinaus.«

Kerris starrte wütend über seine Schulter zurück, während er hinausgeführt wurde. »Dafür wirst du bezahlen«, knurrte er. »Ihr beide werdet dafür bezahlen.«

Andie folgte ihnen auf die Veranda und sah zu, wie die Polizisten sie in den strömenden Regen hinausbegleiteten, den Plattenweg hinunter bis zum schmiedeeisernen Tor. Blumensträuße waren an den Zaun gelehnt. Die Menge war angewachsen und erstreckte sich jetzt fünfzig Meter die Front Street hinunter. Ein halbes Dutzend Teams verschiedener Fernsehsender hatte seine Kameras unter Plastikplanen aufgebaut.

»Die Presse ist ganz verrückt auf die Story«, bemerkte Lieutenant Bowman düster. »Und die Geier werden immer noch mehr.«

»Sollen sie ruhig kreisen«, antwortete Andie. »Wir werden sie schon zu nutzen wissen.«

»Wie denn?«

Bevor Andie antworten konnte, kam einer der Polizisten, die Kerris und Powell hinausbegleitet hatten, durch den Regen zurückgelaufen und die Verandastufen hinauf. »Dahinten steht ein Priester, der sagt, er will hereinkommen und den Ehemann trösten«, berichtete er. »Er gibt an, das Opfer habe bei ihm gearbeitet.«

Andie schirmte ihre Augen ab und suchte die gegen den Zaun drängende Menge ab. Der massige Oberkörper von Monsignore McColl überragte eine Taxushecke. Er trug einen schwarzen Regenmantel und stand ohne Kopfbedeckung im strömenden Regen. Der Priester hatte in den vergangenen Tagen an Gewicht verloren, das sah man an seinem Gesicht und seinem Hals. Unter seinem Kinn hing die Haut grau und lose wie ein Truthahnkropf.

»In dem Brief, den er in Nyrens Haus hinterließ, sagte Charun, Angel habe ›Vida‹ gerufen.«

»Und?«

»Vida ist spanisch und bedeutet Leben«, erklärte Andie. »Mike Kerris lebte sechs Jahre in Chile. Monsignore McColl lebte fast zehn Jahre in Guatemala.«

Bowman starrte sie völlig verwirrt an. »Was wollen Sie damit –?«

»Monsignore McColl bleibt auch draußen.«

»Aber der Mann ist doch Priester!«

»Er steht unter Verdacht«, befand Andie. »Ich erkläre Ihnen das alles später genauer. Jetzt gehen wir erst mal da runter vor die Kameras und berichten den Leuten von dem Tagebuch und dem Lederbeutel. Das mindeste, was wir erreichen können, ist, daß wir einen weiteren Mord verhindern. Und wenn wir Glück haben, stellen wir dem Psychopathen eine Falle.«

KAPITEL 34

In der heißen, feuchten Dämmerung entdeckte Gallagher Harold zuerst. Er kam aus der Richtung des Lincoln-Denkmals und schlenderte einen Weg entlang, der zwischen blühenden Blumenbeeten verlief. Harold trug einen schicken blauen Leinenanzug, ein gestärktes Baumwollhemd von bester Qualität und eine blaugepunktete Fliege, und das alles bei einer Figur, die so schmal war wie ein Handtuch. Fröhlich schwenkte er seinen dünnen schwarzen Gehstock mit Silberspitze und einem Elfenbeingriff, der einem Wolfskopf nachgebildet war.

Sein leicht hinkender Gang betonte noch sein selbstsicheres, beinahe aristokratisches Auftreten. Unaufgefordert setzte er sich zwischen Jerry Matthews und Gallagher auf die Parkbank unter den Bäumen in der Nähe des Vietnam-Denkmals.

Harold legte die Hände über dem Wolfskopf zusammen und säuselte in samtweichem Südstaatendialekt: »Viburnum. Ist dieser Duft nicht verführerisch? Ich habe oft denken müssen, daß Viburnum das Aroma der Reinkarnation ist, des Frühlings, wenn er aus dem Winter erwacht.«

Auch aus der Nähe hätte Gallagher nicht sagen können, ob Harold sechzig oder neunzig war. Sein stahlgraues Haar war noch voll, er trug es flott nach hinten gekämmt. Seine Haut war glatt und so blaß, daß sie fast durchsichtig schien. Seine Lippen waren blutleer, beinahe blau. Er sog die Luft tief ein und seufzte noch einmal genußvoll: »Ah, Viburnum!«

»Hören Sie mit dem Unsinn auf, Harold«, knurrte Jerry.

Jerry trug einen schwarzen Bart, war auch in Schuhen mit Absätzen nicht größer als ein Meter fünfundsechzig und wirkte mit seinen Hängebacken und dem ordentlichen Bierbauch eher wie eine Bulldogge im Ausgehanzug. »Weshalb haben Sie uns herbestellt?«

Harold bedachte Jerry mit einem tadelnden Augenaufschlag. »Ich sehe, Ihre ungehobelte Art und Ihre Vorliebe für Fäkalausdrücke sind mit den Jahren nicht weniger geworden, Mr. Matthews.«

»Ich hatte eigentlich gehofft, daß wir uns nie wiedersehen, Sie kranker Widerling.«

»Ganz meinerseits, Sie unverschämter Schnüffler«, konterte Harold in seinem langgezogenen Singsang. »Doch nennen Sie es Kismet, daß wir uns wiedersehen.«

Jerry hatte Gallagher am Flughafen abgeholt, als er um elf Uhr mit dem Flug aus Boston in Washington ankam. Bis zum Treffen mußten sie noch sieben Stunden totschlagen. In diesen sieben Stunden hatte Gallagher die ganze Geschichte über Harold gehört, wie dieser sich selbst auf eben dieser Parkbank zu Beginn der Bush-Administration Jerry vorgestellt hatte. Jerry hatte für *Time* an einer Story über das sogenannte »schwarze Budget« gearbeitet, mit dem die verschiedenen Geheimdienste finanziert wurden. Während dieser Recherchen hörte er Gerüchte über eine geheime Organisation, die mit ungeprüften Haushaltsmitteln unterhalten wurde. Jerry wußte kaum Einzelheiten über die Gruppe, doch führten ihn seine Recherchen sehr früh zu dem Schluß, daß eine der Aufgaben der Gruppe politische Morde waren, etwas, das der amerikanische Kongreß fast zwei Jahrzehnte zuvor ausdrücklich untersagt hatte.

Jerry arbeitete an dem Thema mit Unterbrechungen anderthalb Jahre. Seine Informanten hatten ihn auf bestimmte Ereignisse hingewiesen – die Erdrosselung eines Bankiers in Peru, das Verschwinden eines libanesischen Diplomaten in Paris, die Erschießung eines Handelsvertreters aus Hongkong in Djakarta –, doch war es ihm noch nicht gelungen, die Einzelteile zu einem schlüssigen Gesamtmuster zusammenzufügen, das man veröffentlichen konnte.

Dann bekam Jerry Mitte 1990 einen anonymen Brief, der ihm vorschlug, sich doch einmal die Aktivitäten einer Export-Import-Firma mit Sitz in Miami genauer anzusehen. Die Firma hatte Beziehungen zu einer Bank in Louisiana, die in den Jahren der Reagan-Regierung unverhältnismäßig schnell gewachsen war. Jerry begann, Erkundigungen über Pluto Ltd. einzuziehen. Zwei Wochen später näherte sich ihm beim Verlassen seines Büros eine Limousine, deren Fahrer ihn wissen ließ, ein Vertreter von Pluto bäte um das Vergnügen, seine sofortige Bekanntschaft zu machen.

Jerry wurde zum Lincoln-Denkmal gefahren, wo man ihm sagte, er solle zu einer Bank in der Nähe des Vietnam-Denkmals gehen. Dort wartete Harold auf ihn, mit einer dicken Mappe auf den Knien. Darin waren Fotos, die Jerry nackt mit der Frau seines Chefs an einem Strand von Jamaika zeigten. Es gab darin auch ein Dossier über die Verwicklung seines jüngeren Bruders in ein Kokain-Geschäft. Angesichts der Erpressung wurde Jerry zunächst flau im Magen, aber dann dachte er sich, daß sein Chef ein selbstgefälliger Pedant war, der seine Frau immer schon schlecht behandelt hatte; Lauren war mit einer Scheidung besser bedient. Was seinen Bruder anging, so hatte Jerry ihn schon seit langem abgeschrieben. Er konnte diese Schläge unter die Gürtellinie überstehen, und er sagte das Harold auch genau so.

Harold hatte nur gelächelt und dann zwei weitere Fotos aus dem Ordner geholt, diesmal von zwei kleinen Mädchen, die in einem Park in der Nähe von Fort Collins, Colorado, spielten. Über den Köpfen der beiden Mädchen kreuzten sich jeweils schwarze, spitz zulaufende Linien. Die Fotos waren durch ein Zielfernrohr aufgenommen worden. Die Mädchen waren Jerrys Nichten.

Jerrys Interesse an der Story schwand auf der Stelle. Sein ganzes Verlangen nach einer journalistischen Sensation verebbte kurze Zeit danach; er hatte begonnen, Bücher und Filmskripte zu schreiben, und so war es schließlich auch zu der Zusammenarbeit mit Gallagher gekommen.

Jetzt wandte Harold sich um. Seine wächsernen Finger zitterten leicht, als sie sich wieder auf den Knauf seines Spazierstocks legten. »Sind Sie Polizist, Mr. Gallagher?«

»Nein, aber ich arbeite mit der Kriminalpolizei des Staates Vermont an diesen Mordfällen.«

Harold setzte seine langen, weiblichen Wimpern in Bewegung, als er ihn ansah. »In welcher Eigenschaft denn?«

»Ich mache Recherchen. Ich bin Kulturanthropologe und Filmemacher.«

»Seltsame Qualifikation für einen Mordspezialisten. Was bringen Sie denn als Kapital mit?«

»Erkenntnis.«

»Hm«, machte Harold nachdenklich. »Mr. Gallagher, ich habe den Eindruck, Sie sind ein verstörter Mann, der irgend etwas verbirgt. Wem bieten Sie Erkenntnis – der Polizei oder sich selbst?«

Die Frage entnervte Gallagher, und er hatte keine Antwort parat. Emily, Many Horses und Andie schossen ihm durch den Kopf. Er verspürte den plötzlichen Drang, Andie anzurufen, sie für die Zurückweisung vom Vorabend um Verzeihung zu bitten, ihr zu sagen, was sie ihm bedeutete und daß er wollte, daß das, was zwischen ihnen war, weiterging, wenn dies alles vorbei war. Harold schien seinen Konflikt zu riechen.

»Mr. Gallagher?« sagte er sanft.

»Beides«, stotterte Gallagher endlich.

Harold gestattete sich den Anflug eines leichten Lächelns. »Ehrlichkeit ist der Schlüssel zum Selbstverständnis.«

»Wer sind Sie?« fragte Gallagher ärgerlich. »Was sind Sie?«

Harolds Lippen verzogen sich zu einem breiten, amüsierten Lächeln. Er winkte lässig mit einer Hand in Richtung Capitol. »Inzwischen bin ich Pensionär. Aber in der hiesigen Bürokratie kannte man mich als den Förderer. Sie können mich auch wie einen Baseballspieler-Scout oder einen literarischen Agenten sehen. Jemanden, der neue Talente aufspürt.«

»Haben Sie so auch Terrance Danby kennengelernt?« hakte Gallagher nach.

»Jawohl, so ist es«, sagte Harold.

Jerry setzte sich auf, zehn Jahre schmerzvolles Grübeln klangen in seiner Stimme nach: »Was für Talente haben Sie denn aufgespürt, Harold?«

KAPITEL 35

»Gehen Sie dem hier nach«, befahl Andie und warf dem wartenden Kriminalisten den rosa Notizzettel zu. »Wenn was dran ist, wenn sie ein Stück des Tagebuchs haben, rufen Sie mich sofort an.«

Der Beamte nickte und eilte aus dem überfüllten Raum.

»Hier haben wir noch einen!« rief der Telefonwachhabende, ein extravaganter Mann von Anfang Fünfzig. Chris Shaddock war dicklich und hatte sich sein rotes, lockiges Haar nachgetönt. »Der hier wohnt in Bellow Falls.«

»Shaddock, notieren Sie die Daten und faxen Sie sie dann an die Dienststelle in Rockingham«, gab Andie zurück. »Und –«

»Ich weiß, ich weiß«, stöhnte Shaddock. »Wenn was dran ist, sofort anrufen.«

»Genau«, sagte Andie.

Die »Bethel Barracks« der Polizei des Staates Vermont, wo sie und Lieutenant Bowman ihr Einsatzzentrum eingerichtet hatten, glichen immer mehr einem Hexenkessel. Telefone klingelten. Polizisten riefen sich Informationen zu. Faxapparate summten. Die Jalousien der Büros waren heruntergelassen worden, um das blendende Licht der Fernsehteams abzuhalten, die draußen auf dem Parkplatz gierig auf Neuigkeiten lauerten.

Jemand hatte durchsickern lassen, daß Andies Team den Mörder Charun nannte. Die sensationslüsternen Reporter stürzten sich darauf. WBZ-TV aus Boston hatte seine Nachrichtensendung mit einem Beitrag über den »Mythenmörder von Vermont« aufgemacht.

Um die Mittagszeit war Andie vor die Fernsehkameras getreten und hatte warnend darauf hingewiesen, daß sich jeder, der ein Stück des Tagebuchs einer Sioux-Frau mit einem kleinen goldenen Kruzifix habe, in großer Gefahr befinde. Seitdem waren im Einsatzzentrum mehr als dreihundert Anrufe und Hinweise von Leuten eingegangen, die behaupteten, sie wüßten, wo man ein Stück Tagebuch finden könnte.

Bisher hatten die Kriminalisten, die den Spuren nachgingen, drei Tagebücher aus der Zeit des Bürgerkriegs, die Briefe zweier alter Jungfern aus Richmond, Vermont, das Tagebuch eines Missionars, der unter den Apachen gearbeitet hatte, vier Kachina-Puppen der Hopi-Indianer, mehrere Schwarzweißfotos von Black Elk, dem Medizinmann der Sioux, und drei Pfeilspitzensammlungen zutage gefördert, sowie das Angebot eines Mediums aus Burlington erhalten, die fehlenden Teile des Tagebuchs gegen eine bescheidene Belohnung und die Rechte an der Geschichte aufzuspüren.

Andie verbrachte jede Stunde fünfzehn Minuten mit Kriminaltriage und entschied, welchen Hinweisen sofort nachgegangen werden mußte und welche warten konnten. Ein paar Beamte waren losgeschickt worden, um Chief Mike Kerris diskret zu überwachen. Einige andere sollten über Monsignore Timothy McColl Bericht erstatten.

Sie warf einen Blick auf die Uhr. Viertel nach sieben. In fünfundvierzig Minuten sollte sie noch einmal live vor die Kameras treten. Sie griff sich eine Tasse Kaffee und sagte dem Beamten in der Telefonzentrale: »Ich bin in Verhörraum A. Stören Sie mich nur in dringenden Fällen.«

»Ich weiß«, stöhnte Shaddock. »Wenn ein Teil des Tagebuchs –«

»Nicht nur wegen des Tagebuchs«, unterbrach Andie. »Wenn ein Mann namens Patrick Gallagher anruft, stellen Sie ihn sofort durch.«

Shaddocks Kopf fuhr in die Höhe wie ein Periskop. »Bei der Polizei in Vermont haben wir keinen Patrick Gallagher«, sagte er verschmitzt. »FBI? Staatsanwaltschaft?«

Wie die meisten unverbesserlichen Klatschmäuler hatte auch der rothaarige Dicke ein feines Gespür für brandheiße Neuigkeiten. Tatsächlich verdächtigte Andie ihn schon seit langem, die Quelle zu sein, von der aus Informationen über wichtige Fälle durchsickerten, die von den »Bethel Barracks« aus behandelt wurden.

»Das ist privat.«

»Ohhh!« antwortete Shaddock. Er grinste hinterhältig. »Andie Nightingale, ich nehme nun schon seit neun Jahren Anrufe für Sie entgegen, und ich kann mich nicht erinnern, daß jemals etwas Privates dabei gewesen wäre ... von einem Mann. Und da meinten manche hier schon, Sie wären eher von meiner Sorte!!«

Andie wurde rot und verbarg ihr Lächeln hinter vorgehaltener Hand. »Stellen Sie ihn einfach durch, Shaddock, okay?« sagte sie.

»Ist es also schon offiziell?« fragte er. »Das mit Ihnen und diesem Patrick, meine ich?«

Andies Gesicht wurde wieder etwas ernster. »Nein, es ist nicht offiziell.«

»Geben Sie die Hoffnung nicht auf«, sagte der Beamte verschwörerisch. »Daraus besteht das Leben – aus Hoffnung!«

Andie nickte unbestimmt, wandte sich um und nahm Libby Curtins Lederbeutel vom Tisch, bevor sie den Gang hinunterging. Im Verhörraum – ein spartanisch eingerichtetes Zimmer mit einem Spiegel an der Wand – suchte sie zunächst nach dem Telefon und stellte es auf einen Metalltisch neben sich.

Dann zog sie die Seiten von Many Horses' Tagebuch aus dem Beutel. Sie legte einen gelben, linierten Schreibblock neben das Telefon und notierte: »Enthält das Tagebuch die Antwort auf Many Horses' Schicksal? Enthält es die Antwort darauf, warum sich ein Mann für ein mythologisches Wesen hält und dafür zu töten bereit ist?«

August 1893

Zwei Jahre ist es jetzt her, daß wir mit unseren Wagen in Lawton eingezogen sind. Und in diesen zwei Jahren habe ich erlebt, wie Joshua Danby so wurde wie McGloughlin, der

Indianeragent in Standing Rock. McGloughlin glaubte, er stünde wie Gott über uns und könne uns befehlen, nicht mehr zu unserem Großen Geheimnis zu singen und nicht mehr zu tanzen, er könne seine Männer anweisen, meinen Onkel zu töten, ohne daß wir kämpfen oder weglaufen würden.

Es leben jetzt Leute bei uns, die glauben, Joshua könne die Toten wieder zum Leben erwecken, als ob er Wovoka wäre. Joshua hat sie oft genug auf diese Weise reden hören, so daß ich denke, er glaubt, er sei es wirklich. Ein Prophet. Ich habe ordentlich Angst, denn wenn die Leute anfangen zu glauben, daß sie mehr sind, als sie wirklich sind, dann schlagen die Geister immer zurück.

Ich will lieber alles so niederschreiben, wie es gekommen ist.

Joshua und Caleb erhielten mehr als die Farm, als ihre Mutter starb. Sie hinterließ ihnen und ihren drei Schwestern, Alice, Karen und Edna, und ihrem kleinen Bruder, Bobby, ein gutes Stück Geld. Erst versuchten sie es wohl mit den Kühen und dem Ackerbau, aber man konnte gleich sehen, daß keiner von beiden das Zeug dazu hatte, aus der Farm ihren Lebensinhalt zu machen. Sechs Monate, nachdem wir in Lawton angekommen waren, rief Joshua alle, die von der Raritäten-Show übriggeblieben waren – mich und Caleb, die Dimitris, Mr. und Mrs. Small, Mr. Cosotino und seine Frau Isabella –, in der vorderen Stube zusammen. Joshua sagte, er habe eine Vision gehabt, was mich aufhorchen ließ. Eine Vision ist nichts, worüber man einfach so hinweggeht, selbst wenn sie von jemandem wie Joshua Danby kommt.

Joshua sagte, eine Stimme in einer Wolke habe ihm befohlen, das Geld der Mutter zu nehmen und das Farmhaus als Tempel umzubauen, Joshua sagte, die Wolke habe ihm versichert, die Leute würden kommen und ihm und Caleb zuhören, wie sie die Geister herbeiriefen, gerade so, wie sie es in der Show gemacht hätten.

Joshuas Schwester Alice hat gelbes Haar und ein verkniffenes Gesicht. Ihr gefiel die Idee nicht, weil sie und ihre Schwestern sich all die Jahre um ihre Mutter gekümmert hatten, doch Joshua starrte sie mit jenen Augen an, die wie die letzte Woche des Mondes sind, und sagte ihr, entweder sie mache mit oder sie könne verschwinden. Alice ist zwanzig und hinterhältig wie ein Wiesel, aber sie hat nirgends einen Platz, wohin sie gehen könnte, ebensowenig wie wir anderen. Sie und ihre Schwestern und der kleine Bobby blieben da.

In der darauffolgenden Woche begannen wir mit dem Umbau. Wir brauchten zweihundert Dollar und die ganzen Monate April und Mai, um fertig zu werden. Joshua hatte auf Papier gemalt, wie es aussehen sollte. Zuerst bauten sie eine Treppe um den Kamin, der von der Küche aufsteigt. Dann errichteten sie eine Wand um die Treppe. Im ersten Stock bauten sie einen Raum an, den Joshua das »Séancenzimmer« nannte. Er hat eine niedrige Decke, eine Bühne und eine schwarze Holzkiste, die direkt am Kamin steht. Auf die Kiste malten wir ein Auge, aus dem Blitze zuckten. Wir sägten eine Tür zwischen Kiste und Kamintreppe aus, die man von innen nicht sah und auch nicht öffnen konnte, selbst wenn man wollte. Man mußte den Riegel auf der Kaminseite wegschieben.

Die Kiste ist dazu da, daß Caleb sich hineinsetzt und von Joshua in eine Geistertrance versetzt wird. Es sieht zwar nicht so aus, aber die Kiste ist groß genug, daß sogar Cosotino noch an Caleb vorbei auf die Bühne hinaustreten kann.

Als auch der kleinste Holzrest zusammengeharkt und verbrannt worden war, hielten wir unsere erste Séance ab. Joshua streute das Gerücht aus, daß seit ihrer Rückkehr nach Lawton die Geister wieder zu ihm und Caleb sprächen, wie damals, als sie noch Kinder waren. Er erzählte den Leuten, es sei nichts Schlimmes dabei, mit den Geistern zu sprechen, es sei eine gute Sache, und er und Caleb wollten den Leuten zeigen, daß sie es auch könnten.

Zehn Leute kamen am ersten Abend, alle aus der Stadt, auch der Bürgermeister, ein ganz trauriger Mann namens Powell. Er hat im vergangenen Jahr seine Frau bei einem Kutschunfall verloren.

Andie hob erregt den Kopf. »Sie kannte ihn also«, sagte sie laut vor sich hin. »Sie kannte Mikes Ururgroßvater.«

Bevor sie weiterlas, griff sie wieder zu ihrem Kugelschreiber und notierte: »Tod von Lamont Powells Frau = seine Geisteskrankheit? Wo Kerris jetzt? Bürgermeister Powell?«

Joshua hat ganz genau ausgeknobelt, wo die Leute während der Séance sitzen sollen und wo die einzige Petroleumlampe im Zimmer hängt, damit sie nur das sehen, was sie von ihm aus sehen dürfen. Und er ließ sie alle von seinem Elixier trinken, er sagte, das würde sie genügend entspannen, damit sie die Geisterwelt erfahren könnten. Ten Trees und Painted Horses nannten Tinkturen und Zaubersprüche, die die dunkle Seite anriefen, »Spinnenmedizin«, und so nannte ich das Elixier von da an auch.

Joshua kam in einem roten Gewand, das Isabella für ihn gemacht hatte, auf die Bühne. Er sagte kein Wort, zeigte nur mit dem Finger auf Caleb, band ihm Hände und Füße, steckte ihn in die Kiste, zog die Vorhänge zu und hob die Arme zum Himmel. Es wurde still. Wir fingen an, durch ein paar Löcher zu flüstern, die wir in die Wände gebohrt hatten. Ich schlug eine Trommel. Isabella blies auf einer Flöte. Cosotino steckte seine Hände durch einen schwarzen Vorhang auf der linken Seite der Bühne und schlug ein Tamburin. Dimitri und Maur standen neben Cosotino und winkten mit Handschuhen, die in Phosphor getaucht waren.

In dem trüben Licht muß es so ausgesehen haben, als wären es Geisterhände, denn die Leute fingen an zu kreischen und hörten nicht mehr auf, noch bevor Mr. Small oben aus Calebs Kiste herausgesprungen kam, in zerlumpten Kleidern und mit einer Perücke auf dem Kopf, die Alice ihm aus Roßhaar geflochten hatte. Mr. Small sprang umher wie ein Kaninchen mit einem kaputten schwarzen Hinterbein. Er stieß dabei alle möglichen sinnlosen Laute aus.

Die Zuschauer aus der Stadt, die nicht schrien, saßen vornübergebeugt auf ihren Stühlen wie Kutscher, wenn ein Gespann galoppierender Zugpferde eine Schlange auf der Straße sieht und plötzlich stehenbleibt.

Dann kam ich in meinem Kostüm als Sitting Bulls gefährliche Tochter auf die Bühne, stieg auf die Kiste und begann, auf Lakota zu sprechen. Da wurde doch tatsächlich gleich eine Frau ohnmächtig! Das Beste an diesen Séancen ist, daß ich nicht mehr mein Hemd ausziehen muß.

Anschließend drehte Joshua die Lampe hoch und erzählte ihnen allen, daß das Leben nicht mit dem Tod ende, sondern daß wir ewig seien. Joshua lud den Bürgermeister und noch einen Mann aus der Stadt ein, den Vorhang aufzuziehen und Caleb anzusehen. Er lag gegen die Wand gepreßt, schwitzte und hatte Schaum vor dem Mund. Das kann er sehr gut.

Am nächsten Abend kamen zwanzig Leute. Und am Abend danach vierzig, und am folgenden Abend mußte Joshua zehn Leute nach Hause schicken. Bald kamen Leute von weit her zur Danbyfarm, aus Kalifornien und sogar aus Europa, und tranken Spinnenmedizin und sahen Geister.

Viele Leute, vor allem die reichen, die jetzt schon eine

ganze Weile hier sind, glauben, daß Joshua die Fähigkeit hat, mit den Toten zu sprechen und die Geister das machen zu lassen, was er »materialisieren« nennt. Miss Mary Parker würde das den Traum eines Narren nennen. Die einzige Art, mit den Toten zu reden, ist, daß man während der Zeremonien seinen Geist ziehen und nach Visionen rufen läßt. Weder Crazy Horse noch Sitting Bull, nicht einmal Wovoka konnten die Toten zum Laufen bringen, soweit ich weiß.

Doch wie ich schon sagte, es gibt Leute, die glauben, Joshua könne das. Und sie behandeln ihn, als wäre er das Große Geheimnis in Person. Bürgermeister Powell kommt fast jeden Abend und wartet darauf, daß seine Frau aus der Kiste auftaucht. Mrs. Effington ist eine reiche Dame aus New York mit einer Hakennase, die ihren Mann und ihren Sohn vor zehn Jahren durch Lungenentzündung verloren hat. Sie trägt jeden Abend bei den Séancen einen anderen Hut und mag die Spinnenmedizin inzwischen genauso gern wie der Bürgermeister. Mrs. Effington kommt jeden Abend mit einem dicken, graubärtigen Mann, der General Talbott heißt und sagt, er habe im Bürgerkrieg unter General Custer gedient.

General Talbott hat einen Artikel für eine Zeitung in New York geschrieben und gesagt, er habe jeden Zoll des Danby-Tempels untersucht und keine Erklärung für die Erscheinungen gefunden. Er schrieb auch, daß das Elixier ein »mystisches Gebräu sei, das einen harmonischen Geist fördere«, und daß das Rezept dafür Joshua direkt von den Menschen in der anderen Welt gegeben worden sei. So wie ich es sehe, weiß General Talbott, daß Mrs. Effington an Joshua glauben möchte, und er will sie nicht enttäuschen. Das gleiche geschieht mit all den anderen, die Joshua Danby verehren. Es ist, als wäre ihr Drang zu glauben so unwiderstehlich, daß sie lieber nicht so genau hinsehen. Es sind fünfzehn oder zwanzig Leute allein aus Lawton dabei, die nicht mehr in die Küche gehen. Sie glauben an alles, was Joshua sagt, vor allem, daß es eine andere Art gibt, an das Leben nach diesem Dasein zu glauben, als die, die die Priester meinen. Er sagt, sie sollten keine Angst haben vor dem Sterben.

Was ja richtig ist. Aber Joshua weiß überhaupt nichts darüber. Er gibt den Leuten nur das, was sie von ihm hören wollen. Aber ich bin am Leben und in Sicherheit und habe ein Dach über dem Kopf und etwas zu essen, deshalb sage ich nicht viel.

Es wurde hart an die Tür des Vernehmungsraums geklopft. Andie hob den Kopf. Die Tür öffnete sich, und Peter Frawley, ein vierschrötiger, kahlköpfiger Polizist, steckte seinen Kopf herein. »Kann Kerris nicht finden, Andie.«

»Was soll das heißen, du kannst ihn nicht finden?« fragte sie. »Weiß sein Büro nicht, wo er ist? Phil Gavrilis? Seine Frau?«

»Seine Frau und sein Kollege sagen, er sei richtig sauer gewesen, als Sie ihn und den Bürgermeister vom Tatort des Curtin-Mordes verwiesen haben«, antwortete Frawley. »Er sagte zu ihnen, wenn Lawton den Bach runterginge, dann wolle er nicht dabeisein und zusehen. Er sagte, er würde ein paar Tage freinehmen und fischen gehen.«

»Und wo wollte er fischen?«

Frawley zuckte mit den Schultern. »Das wußten sie auch nicht. Sie sagten, er mache ein ziemliches Geheimnis aus seiner Angelei. Fahre zu den unmöglichsten Uhrzeiten los. Und schliefe in seinem Wagen.«

Andie biß sich auf den Fingerknöchel, bevor sie sagte: »Besorgen Sie sich die Nummer seines Wagens von Gavrilis und geben Sie sie über Funk an alle Dienststellen durch mit dem Hinweis, sich ihm nicht zu nähern, wenn er gesehen wird.

Unterdessen beobachtet einer von euch sein Haus. Und der andere postiert sich in der Nähe der Polizeiwache von Lawton.«

Frawley nickte und schloß die Tür. Andie nahm den Kugelschreiber ein drittes Mal, schlug eine neue Seite auf und schrieb: »Kerris – sechs Jahre Chile. Lange genug, um ein Mörder zu werden?«

KAPITEL 36

Fünfhundert Meilen weit weg fragte Jerry Harold zum zweiten Mal: »Was für Talente spüren Sie denn nun auf?«

Der alte Mann spitzte graziös die Lippen. »Ich bin jetzt pensioniert, Sie Schnüffler. Alles über Pluto ist vorsorglich aus den Archiven entfernt worden. Von dem, was ich war, wird – wenigstens, was die Öffentlichkeit betrifft – nichts weiter bleiben als die ausschweifenden Phantasien eines senilen alten Mannes.«

»Mir ist nicht mehr wichtig, ob ich es je beweisen oder veröffentlichen kann«, beruhigte ihn Jerry. »Darüber bin ich inzwischen hinweg. Was für Talente, Harold?«

Harold setzte erneut seine Wimpern in Bewegung. »Na, extreme Talente natürlich.«

Die ganze Story bekamen sie nie heraus. Soweit er konnte, vermied Harold Einzelheiten. Doch so viel erfuhren Jerry und Gallagher: Harold hatte Danby entdeckt, als der Junge neunzehn war und eben die Grundausbildung bei der Armee hinter sich hatte. Terrance hatte außergewöhnlich gute Ergebnisse bei den Körper- und Intelligenztests der Armee erzielt, war jedoch beim Abschluß nicht unter den Ersten seines Jahrgangs, weil es ein paar Zwischenfälle mit ihm gegeben hatte. Immer im Training, immer mit grausamem Ende.

Er brach einem Kameraden mit den bloßen Händen das Handgelenk und einem anderen mit dem Fuß den Kiefer.

Die anschließenden psychologischen Tests erbrachten, daß Danby ein harter, schlauer Einzelgänger war. So kam seine Personalakte auf Harolds Schreibtisch. Er fuhr nach Fort Benning, um mit Danby zu reden.

»Ein glänzender Autodidakt«, erinnerte sich Harold versonnen. »Das merkte man sofort, wenn man mit ihm sprach. Seine Denkmuster paßten nicht zu westlichen Normen – extrem kreativ, weitreichend, provozierend. Und körperlich gut ausgestattet. Er konnte wahnsinnig viel einstecken. Ein soziopathischer Geist in einem Gladiatorenkörper. Ein wirklich seltenes Talent.«

Harold sorgte dafür, daß Danby alle renommierten Trainingsprogramme der Armee absolvierte: Fallschirmspringerkurs in Fort Bragg, Rangerschule in Fort Merrill, Scharfschützenausbildung in San Antonio, das Sprachprogramm in Carmel. Danby tat sich in jeder Disziplin hervor, vor allem als Scharfschütze, beim Kampf Mann gegen Mann und auf der Sprachenschule, wo er Arabisch, Spanisch und Russisch lernte.

Aber es gab Flecken auf Danbys Führungszeugnis – ständige Berichte über ungerechtfertigte Brutalität. Diese Anschuldigungen erreichten ihren Höhepunkt während der Panama-Invasion, als Master-Sergeant Danby seine Einheit in den Straßen der Stadt Colón eingeschlossen fand. Zwei seiner Männer wurden schwer verwundet. Einer kam um.

Danby tötete mit eigener Hand vier Noriega-Anhänger und rettete seine Einheit. Was jedoch Anlaß für die Verleihung der Ehrenmedaille des Kongresses hätte sein können, endete schauerlich. Einer seiner Leute berichtete, daß Danby gegen Ende des Feuergefechts einen fünften Gegner in ein verlassenes Restaurant verfolgt hatte. Der gegnerische Soldat wandte sich um, ließ sein Gewehr fallen und hob die Hände, um sich zu ergeben. Danby trat dem Mann zwischen die Beine und schnitt ihm dann mit seinem Kampfmesser die Kehle durch, wobei er ihm fast den Kopf vom Rumpf trennte.

Das Kriegsgericht gewährte Danby den Vorteil des Zweifels und akzeptierte seine Erklärung, er habe in Selbstverteidigung gehandelt, weil der Gegner eine Pistole aus dem Gürtel zu ziehen versuchte und er mit seinem Messer reagieren mußte. Doch Teil des Urteilsspruchs war, daß Danby seinen Dienst quittieren würde.

Harold hätte es nicht besser planen können. Er war über die Jahre mit Danby in engem Kontakt geblieben, hatte ihm seinen Rat angeboten und die Rolle seines Mentors übernommen. Jetzt wurde er sein Agent.

»Ich bot ihm einen Job in einer Beraterfirma an, die ich fast *zwanzig* Jahre lang leitete«, sagte er und lächelte Jerry herablassend an. »Sie waren ja damals auf einer völlig falschen Spur, wissen Sie. Wir waren ein privates Dienstleistungsunternehmen. Die Regierung bezahlte uns von Mal zu Mal für den jeweiligen Auftrag, so wie viele andere Länder auch, obwohl ich hinzufügen muß, daß wir immer sehr wählerisch waren, was unsere Kunden anging, und immer auf der Seite der NATO –«

»Ich bin nur an Danby interessiert«, unterbrach ihn Gallagher. »Wo befindet er sich jetzt?«

»Liegt es nicht auf der Hand, daß auch ich deswegen hier bin?«

»Sie wissen gar nicht, wo er steckt?« rief Jerry überrascht aus.

»Sie glauben ja gar nicht, wie sehr ich mir das wünschte«, antwortete Harold mit einer Spur von Verzweiflung in der Stimme.

Innerhalb von drei Jahren bei Pluto war Danby einer der

internationalen Topspezialisten geworden. Seine Spezialität bildeten kampfähnliche Missionen, bei denen er oft im Schutz der Dunkelheit irgendwo mit dem Fallschirm abspringen und sich mit Hilfe seiner Ranger-Fähigkeiten an das Ziel heranarbeiten mußte. Er machte Millionen für sich und für Pluto. Was Danby nach Harolds Meinung jedoch schockte, war die Tatsache, daß der Tod für den Mörder zur Faszination wurde.

»Er war nicht der gewöhnliche Killer, der sich von dem, was er getan hat, möglichst lösen möchte und es zu rechtfertigen versucht«, erklärte Harold. »Er wurde zum Erforscher seines Handwerks, beschäftigte sich ausführlich mit der Geschichte von Mördern und der Rolle des Todes quer durch die Kulturen. Als wir eines Abends in San Salvador beim Essen saßen, behauptete er sogar, ein paar seiner Vorfahren hätten mit den Toten reden können.«

Harold kicherte bei dieser Vorstellung. Er hob den Zeigefinger seiner linken Hand und wies auf Gallagher. »Sie vor allem würden es faszinierend finden, sich mit Danby zu unterhalten.« Sein Gesicht nahm plötzlich einen verwunderten Ausdruck an, und er streckte den Kopf vor, um Gallagher im Zwielicht besser mustern zu können. »Sie sehen ihm ähnlich, wissen Sie das?«

Gallagher mußte sauer aufstoßen bei dem Gedanken. »Da bin ich aber froh.«

»Na, machen Sie schon, Harold«, knurrte Jerry. »Sagen Sie uns endlich, womit man da oben in Vermont rechnen muß.«

Harold berichtete, er habe vor sechs Jahren laufend Informationen bekommen, daß Danby seine Ausfallzeit bei Indianerstämmen am oberen Amazonas verbringe. Er ging mit ihnen im Dschungel auf die Jagd. Er nahm an Zeremonien teil, bei denen ihm Halluzinogene in die Nasenlöcher geblasen wurden. Bei Missionen wurde er gesehen, wie er eine rohe Kokainpaste schnupfte und schwer trank.

Zweimal verursachte Danby bei seinen Aufträgen unnötige Todesfälle unter Zivilisten, was unentschuldbar war und Plutos guten Ruf bei Operationen schädigte. Harold warnte Danby mehrmals, seine Übergriffe könnten zur Beendigung ihres Vertragsverhältnisses führen. Vor vier Jahren hatte Danby Harold von einem Tag auf den anderen darüber informiert, daß er ab sofort auf eigene Rechnung arbeiten würde. »Er nutzte die Kenntnisse, die wir ihm beigebracht hatten, und verschwand, bevor wir seine Konten einfrieren lassen und verhindern konnten, daß er uns Kunden abwarb.« Harold seufzte. »Es ging das Gerücht, er habe beschlossen, seine Geschäfte auf Mittel- und Südamerika zu konzentrieren, und in den nächsten achtzehn Monaten gab es mehrere Operationen, die mir nach Terrance aussahen; danach nichts mehr.«

»Nichts mehr?« wiederholte Gallagher. Motten umflatterten eine Straßenlaterne am Parkweg, stießen gegen die Leuchtstoffröhre und fielen zu Boden.

»Nicht ein einziges Wort in drei Jahren, bis ich gestern von Ihren Nachforschungen erfuhr.«

Gallagher dachte eine Weile über das Gehörte nach, dann fragte er den alten Mann: »Hat er jemals eine Vorliebe für eine mythologische Figur namens Charun erwähnt?«

»Charun?« Harold war verblüfft. »Nein.«

»Wie steht's mit einer Frau namens Angel? Er erwähnt sie in einigen der Briefe.«

»Terrance war immer ein Hurenbock«, sagte Harold naserümpfend. »Wenn er je eine feste Beziehung hatte, dann habe ich jedenfalls nie etwas davon bemerkt.«

»War er künstlerisch begabt? Konnte er zeichnen?« fragte Gallagher und dachte an die Qualität der Zeichnungen.

Harold zuckte die Achseln. »Es würde mich nicht überraschen. Terrance mag verrückt sein, aber er ist zu allem fähig, was er sich vornimmt.«

»Hat er sich für die Sioux interessiert?«

»Für Indianer, meinen Sie?« Harold zog die Stirn in Falten. »Ich bin sicher, er hat irgendwann einmal etwas über sie gelesen. Er hatte breitgefächerte Interessen.«

Jerry kratzte sich den Bart, dann den Bauch. »Wo ist Danby zuletzt gesehen worden?«

»Südmexiko, nahe der Grenze zu Guatemala. Im April vor zwei Jahren.«

Monsignore McColl war vor zehn Jahren in Guatemala Missionar gewesen. Gallagher fragte Harold, ob Danby je den Priester erwähnt habe.

Der alte Mann zögerte und dachte nach. Es war inzwischen fast ganz dunkel geworden. Die Lichter um das Lincoln-Denkmal verbreiteten einen sanften Glanz in der feuchten Luft.

»Nicht mit Namen«, sagte er langsam. »Doch bevor wir ihm bei Pluto einen Vertrag gaben, haben wir weitere psychologische Tests von ihm verlangt. Terrance erzählte einem der Psychologen, er sei als Teenager von einem Priester mißbraucht worden, aber er überging es lachend und meinte nur, er hätte es dem Priester ordentlich gegeben.«

Gallagher gab Harold einen kurzen Überblick über die Morde – einschließlich ihrer Brutalität –, der Charun-Zeichnungen und der Briefe. Dann fragte er Harold, ob er es für möglich halte, daß Danby der Mörder sei.

»Wenn er es ist, dann ist er noch verdrehter, als ich dachte«, sagte der alte Mann. »Er war einmal so beherrscht. So wunderbar im Denken und Handeln.«

Zum ersten Mal an diesem Abend lächelte Jerry. »Dies hier hat nichts mit Schadensbegrenzung zu tun, was, Harold? Sie sind nicht hier, um dafür zu sorgen, daß Pluto schön unter der Decke bleibt. Das hier ist was Persönliches, nicht wahr? Sie machen sich was aus dem verrückten Schwein.«

Ein langes Schweigen entstand.

»Ich werde alt, Matthews«, sagte Harold schließlich. »Ich habe Terrance immer als einen Sohn angesehen. Ich möchte noch einmal mit ihm sprechen, bevor es vorbei ist.«

KAPITEL 37

Das Telefon im Vernehmungsraum klingelte, und Andies Aufmerksamkeit wurde von Many Horses' Tagebuch abgelenkt. Sie nahm den Hörer ab. »Nightingale.«

»Sand hier«, antwortete eine männliche Stimme. »Wir können den Priester nicht finden.«

»Was?« schrie Andie. »Was ist los mit euch Jungs? Erst geht euch Kerris durch die Lappen und jetzt McColl?«

»He, tut mir leid, wir haben ihn halt verloren«, entgegnete Sand ärgerlich. »Draußen vor der Kirche hängt ein Schild mit der Aufschrift ›Wegen der kürzlichen Tragödie finden vorerst keine Messen statt‹. Im Pfarrhaus ist alles dunkel, niemand macht die Tür auf. Sollen wir über die hintere Mauer springen und uns mal umsehen?«

»Sind Sie verrückt?« bellte Andie. »Ohne Durchsuchungsbefehl? Ohne Gefahr im Verzug? Das wäre ein schwerer Eingriff in die Unantastbarkeit der Kirche. Geht da bloß nicht rein. Ich wiederhole: Geht nicht hinein! Besorgt euch Fabrikat und Nummer seines Fahrzeugs vom Verkehrsamt und schickt die Information an alle Dienststellen mit der Anweisung, ihn festzunehmen, wenn er gesichtet wird.«

Sie knallte den Hörer auf und starrte auf den Schreibblock vor sich. Sie machte einen Kreis um die Namen von Kerris und McColl und zog einen Strich dazwischen mit einem großen, kräftigen Fragezeichen darüber. Dann seufzte sie und wandte sich wieder dem Tagebuch zu.

Im Sommer halten wir die Séancen draußen vor einer Höhle ab, oben am Berg hinter der Farm der Danbys. Wenn alle Leute, die an Joshua und Caleb glauben, im Mondlicht um den Höhleneingang herumsitzen, klettere ich auf der anderen Seite den Berg hoch, trete auf den Felsvorsprung über dem Höhleneingang und halte eine Rede, die Joshua geschrieben hat. Sie sehen mich an, wie die jungen Männer Ten Trees ansahen, als ich ein kleines Mädchen war, als könnte ich ihnen etwas geben, das sie unbedingt haben wollen.

Letzte Woche, als wir schon fast am Ende waren, kam der Priester von Lawton, der, den sie Pater D'Angelo nennen, durch den Wald gestürmt, mit einem Haufen Männer und Frauen, die in seine Kirche gehen. Im Laternenlicht sieht D'Angelo aus wie ein Baum, der sein ganzes Leben im kalten Wind gelebt hat. Sein Kopf sieht aus wie ein Gänsenest mit einem Ei darin. Er zeigte mit dem Finger nach oben auf mich, nannte mich eine Heidin und schickte ein paar Männer auf die Felsen zu mir herauf. Ich rannte nach hinten und in den Wald hinein, Caleb folgte mir dicht auf den Fersen.

Caleb und ich rannten so schnell, daß wir Seitenstiche bekamen. Wir entkamen Pater D'Angelos Leuten, und Caleb wollte umkehren, um seinem Bruder zu helfen, aber ich fragte ihn, ob er etwa schon vergessen habe, wie Joshua zugelassen hatte, daß er geteert und gefedert und an einem Pfahl durch die Gegend getragen wurde, als ein Prediger das letzte Mal eine unserer Séancen gesprengt hatte.

Ich nahm Caleb mit zu meinem Versteck – dem Felsen oben am Lawton Mountain, der nach Westen geht. Unterhalb des Felsens sind die Bäume meilenweit abgeholzt. Im Sonnenlicht liegen, so weit man sehen kann, nur Felsen und grünes Land. Es ist fast wie in Dakota im Frühling, nur hügeliger. Der Vollmond schien, als wir dort oben ankamen. Eulen schrien, und die Grillen zirpten, und die Zikaden, wie

Caleb sie nannte, die nach siebzehn Jahren in der Erde aus dem Boden kamen, wimmerten wie Säuglinge, die ihre Mütter vermissen.

Caleb sagte, daß er seine Mutter furchtbar vermisse und die ganze Zeit über wünsche, er könne mit ihr reden, weil er es nicht mehr hatte tun können, bevor sie starb. Er tat mir sehr leid, und ich sagte, das sei sehr traurig, denn ich könne mit meiner toten Mutter reden.

Caleb sah mich mit seinen rosaroten Augen im Mondlicht an. Du weißt selbst, daß das nicht stimmt, meinte er dann. Keiner kann wirklich mit den Toten reden.

Ich kann es aber, sagte ich. Und ich erzählte ihm ein bißchen über die Zeremonien, die mir Ten Trees, Painted Horses und Sitting Bull beigebracht hatten, als ich ein kleines Mädchen war. Ich erzählte ihm von unserer Pfeife und unseren Steinen. Ich erzählte ihm, wie junge Männer und manche Mädchen in die Berge gebracht werden, wo sie um Visionen bitten. Ich erzählte ihm, daß ich in meinen Visionen den weißen Adler gesehen hatte. Der Adler bringt unsere Gebete zu Wakan Tanka, dem Großen Geist, dem Großen Geheimnis. Dann erzählte ich ihm von Wovoka und dem Geistertanz und wie ich während des Tanzes losging und viele Male mit meinen Toten sprach.

Caleb blinzelte und sagte, ich solle es ihm zeigen.

Im Mondlicht auf dem Felsen zeigte ich Caleb meine Steine und Ten Trees' Pfeife, und ich ließ ihn daraus rauchen. Dann tanzte ich den Geistertanz und sang die Geisterlieder. Stundenlang sang und tanzte ich, bis die Augustsonne den Mond verdeckte und Caleb ein weißer Fleck auf dem Felsen wurde. Es war, als weinten die Zikaden in mir. Dann wurde das Sonnenlicht zu grünem Regen, und Painted Horses schritt daraus hervor in ihrem Lieblingsmantel aus Büffelfell. Sie öffnete den Mantel, und ich preßte mich an sie und fühlte, wie sich ihre starken Arme um mich schlossen. Dann roch ich Ten Trees hinter mir und spürte, wie auch er die Arme um mich legte.

Hab keine Angst, flüsterte er mir zu.

Als ich aufwachte, beugte sich Caleb über mich, schniefend und brabbelnd. Die Sonne stand fast genau über uns am Himmel. Ich fuhr mir mit der Zunge über meine trockenen Lippen und schmeckte Salz. Ich hob die Hand und legte sie auf Calebs Arm. Zuerst machte er erschrocken einen Satz rückwärts, dann lachte er und konnte kaum aufhören und sagte, er habe gedacht, ich würde ihm sterben. Er sagte, ich hätte erst so herrlich getanzt und gesungen, daß er meinte, eine andere Welt in mir zu sehen. Und dann hätte ich furchtbar zu keuchen begonnen. Die Augen seien mir aus dem Kopf getreten. Caleb sagte, ich sei vornüber zu Boden gefallen und habe nicht mehr geatmet. Die Zunge sei mir nach hinten in die Kehle gerutscht, und er habe mein Herz nicht mehr hören können.

Ich weiß nichts mehr. Genauso wie damals, als wir in Standing Rock tanzten. Die Leute erzählten uns hinterher immer, was unsere Körper getan hätten, nachdem unsere Seele auf die andere Seite hinübergegangen war.

Caleb wollte etwas sagen, brachte aber nichts heraus. Dann bekam er ganz große Augen, und seine Haut wurde so rosa wie Forellenfleisch. Er hatte seine Hände ausgestreckt und sah sie an, als wären es neue Hände. Und er sagte, als ich dagelegen hätte, sei die Luft nicht heiß und stickig gewesen, sondern kalt und habe wie Pfeffer gerochen, wie im Oktober, wenn die Blätter sich verfärben. Er fragte mich, ob es so wäre – kalt und pfeffrig, aber gut –, wenn man stirbt.

Ich schüttelte den Kopf und sagte Caleb, daß das Sterben nicht so ist wie in den Gedichten, die wir bei Miss Mary Parker gelesen hätten. Sterben ist eine ziemlich üble Geschichte mit Haut und Knochen und Blut. Sterben ist grausam und hart wie ein Blizzard, der einen verschluckt. Doch dann ist es vorbei, und dein Geist ist an einem Ort, von wo aus er immer noch sehen und die Lebenden beobachten kann. Wie eine Insel in einem Fluß. Der Geist geht noch weiter. Aber die Insel ist der Ort, wo sich beide, die Lebenden und die Toten, sehen und umschlungen halten können. Ich sagte Caleb, daß es vielleicht das gewesen sei, was er gerochen und berührt hatte – die Insel im Fluß zwischen zwei Welten.

Caleb starrte mich lange mit offenem Mund an. Seine Haut brannte allmählich in der Sonne. Er legte mir die Hand auf die Schulter, und ich mochte es nicht. Seit dem Soldaten mit den schwarzen Zähnen mag ich nicht, wenn Männer mich anfassen. Er fragte mich, ob ich ihn lehren könne, mit den Toten zu reden, und ich sagte nein. Calebs Finger gruben sich in meine Haut. Er fragte, warum nicht. Er sagte, wir seien doch Freunde, und er fragte mich, warum jemand seinen Freund davon abhalten wolle, mit seiner Mutter zu reden.

Ich wußte nicht sofort, was ich darauf sagen sollte. Doch Ten Trees, Painted Horses und Sitting Bull hatten mir immer gesagt, daß die Pfeife und die Steine und die Zeremonien allein uns gehörten und daß sie an die mit reinem Herzen mit Vorsicht weitergegeben werden müßten. Und jedes reine Herz, das die Pfeife und die Steine und die Zeremonien nutzt, findet seinen Weg, mit dem Großen Geist zu reden. Deswegen berichtete jeder von denen, die ich kannte und die auf die andere Seite gegangen waren, auf eine andere Art davon. Ich konnte Caleb alles erzählen, was er tun und sagen mußte, um zu der Insel zu gelangen, aber es konnte sein, daß er seinen Weg dorthin nicht fand.

Ten Trees sagte, manche hätten den Sinn dafür von dem Tag an, an dem sie geboren werden. Manche verlieren den

Sinn. Und manche finden den Weg niemals. Es kann nicht von einem zum anderen weitergegeben werden wie eine Pfeife oder ein Stein. Es ist etwas, das dir das Große Geheimnis gibt, ein Geschenk wie die Tiere, die in Visionen zu uns kommen und mit uns sprechen.

Doch ich erkannte, daß Caleb, der weißeste Mann, den ich je gesehen hatte, nicht verstehen würde. Ich sagte ihm, wenn er mein Freund wäre, dann würde er keinem erzählen, was ich ihm gezeigt hatte.

Caleb war nicht zufrieden, aber er versprach es mir.

Heute morgen nach dem Frühstück kam die verkniffene Alice in die Küche und sagte mir, Joshua wolle mit mir reden. Ich ging in sein Arbeitszimmer. Joshua trug das rote Gewand, das er immer bei den Séancen benutzt. Caleb saß auf dem Sofa. Er sah mich nicht an.

Joshua fing an zu reden mit der Stimme, die ich seine fordernde Stimme nenne, die er benutzt, wenn er darauf aus ist, etwas für sich zu bekommen. Er strich sich über seinen spitzen Bart und fuhr sich durch das lange schwarze Haar, das er sich hat wachsen lassen. Die Nase lief ihm, und seine Augen waren groß und schwarz und glänzend wie Marmor. So sehen sie immer aus, wenn er zuviel von der Spinnenmedizin probiert hat. Joshua sagte, Caleb habe ihm eine interessante Geschichte erzählt und daß ich etwas hätte, das ich ihm zeigen wollte.

Ich schüttelte den Kopf und sagte, manche Leute könnten verstehen, und manche nicht. Joshua wurde ganz böse und sagte, er wolle die Zeremonien und die Tänze und die Lieder kennenlernen, die einem die Macht geben, mit den Toten zu reden. Ich sagte ihm, das ginge nicht. Und außerdem würde er es doch nur benutzen, um aus den Leuten Geld herauszuholen.

Caleb saß zusammengekrümmt auf dem Sofa wie eine nasse Katze, traurig und verängstigt. Joshuas Gesicht blähte sich auf und wurde röter als die Gesichter von McGloughlins Männern, kurz bevor sie meinen Onkel töteten. Ich wollte weglaufen.

Aber Joshua kam schneller um den Tisch herum, als ich mich bewegen konnte und packte mich an den Haaren und schüttelte mich, als wäre ich nicht mehr als ein Hund. Er sagte, er habe mich aufgenommen, als ich eine hungrige Squaw war, die in Heuschobern schlief, eine, die aus der amerikanischen Armee geflohen sei. Ich stünde in seiner Schuld.

Caleb sprang vom Sofa und wollte Joshua in den Arm fallen. Joshuas schwarze Augen mit dem Weiß darin, das so aussah wie die letzte Woche des Mondes, ließen mich keinen Augenblick los. Er holte nur mit seiner linken Hand aus und schlug seinen Bruder auf den Mund. Caleb fiel zu Boden, seine Lippen bluteten, und er brabbelte wieder vor sich hin.

Joshua kam mit seinem Gesicht ganz dicht an mich heran. Er sagte: Glaubst du wirklich, daß du mächtiger bist als ich?

Ich hörte das Stampfen von Hunderten von Mokassins, und ich hörte uns zu unserem Großvater singen. Ich hörte die Gewehre auf Rädern, wie sie unsere Mokassins übertönten, und ich sah, wie meine Mutter sich aufbäumte und Blut aus ihrem Mund spie. Ich spürte den Biß des Schneesturms, als ich mich in dieses Leben verirrte. Dann wurde der Schnee zu Joshuas Hand, die mein Haar so fest drehte, daß ich meinte, mein Skalp müsse zerreißen. Ich sah in Joshuas Gesicht das Gesicht des Soldaten mit den schwarzen Zähnen, der auf mich zugeritten kam, hungrig und haßerfüllt zur gleichen Zeit.

Caleb sagte, ich solle Joshua alles erzählen, sonst würde ich noch so enden wie sein Daddy, im Schlaf getötet mit einer Kugel in den Kopf. Joshua lächelte dabei auf eine Weise, die mir Übelkeit verursachte. Und zum ersten Mal merkte ich, daß er nicht ganz richtig im Kopf war. Er hatte die Spinnenmedizin fast jeden Tag von Sonnenaufgang bis Mitternacht benutzt. Das und die ganze Verehrung für ihn während der Séancen hatten ihn aus seiner Bahn geworfen wie einen Fluß, der über die Ufer tritt.

Ich hatte schreckliche Angst und wollte am liebsten ganz bis nach Standing Rock zurücklaufen. Doch Ten Trees und Painted Horses hatten mir beigebracht, meinen Verstand zu gebrauchen. Ich war Monate zu Fuß von Standing Rock entfernt. Wenn ich nach Hause wollte, brauchte ich Zeit und einen Plan, um das zusammenzutragen, was ich brauchte.

Ich sagte Joshua, ich müsse überlegen, wie ich ihm unsere Bräuche am besten beibringen könnte, denn es könne nicht alles auf einmal geschehen. Joshua richtete diese »Letzte-Woche-des-Mondes«-Augen auf mich, und ich sah in sie hinein, bis ich spürte, daß ich zu fallen drohte. Er beugte sich vor und küßte mich hart auf die Lippen, bevor ich zurückweichen konnte. Er schmeckte wie das Wasser in einem Brunnen, in den ein Tier gefallen ist.

Es ist jetzt Nacht und mehr als eine Woche her, daß er mich geküßt hat, und Joshuas Atem hüllt mich immer noch ein wie der Gestank von schwarzen Zähnen. Ich habe wieder und wieder darüber nachgedacht, und ich weiß, ich kann dies nicht allein tun. Ich brauche Hilfe, aber ich kann nicht mit Caleb oder den anderen rechnen. Sie sind alle von Joshuas Spinnenmedizin gefangen.

Morgen werde ich Pater D'Angelo besuchen.

KAPITEL 38

Der Beamte aus der Telefonzentrale stürzte durch die Tür des Vernehmungsraums und wedelte mit einem der rosa Notizzettel. »Diesen Anruf habe ich gerade selbst entgegengenommen!« sagte Shaddock ganz außer Atem.

Seine suchenden Augen blieben sofort an dem Lederbeutel und den vergilbten Papieren auf dem Metalltisch vor Andie hängen. Bevor er weitersprach, leckte er sich die Lippen, gleichzeitig fasziniert und nervös beim Anblick der Gegenstände. »Orin Loomis, ein Uhrmacher südlich von Windsor. Er hat mir erzählt, daß er einen roten Lederbeutel mit dem Teil eines Tagebuchs und einem alten Pfeifenkopf besitzt.«

»Einen Pfeifenkopf?« rief Andie aus. »Das habe ich im Fernsehen nie erwähnt! Wer ist noch da draußen?«

»Hier sind nur noch Lieutenant Bowman und Sie, meine Süße, aber ich vermute, daß Sie hierbleiben und auf den Anruf Ihres Patrick warten wollen.«

»Hören Sie mit dem Unsinn auf, Shaddock«, antwortete sie. »Ich werde Mr. Loomis mal einen Besuch abstatten.«

»Soll ich das hier solange für Sie verwahren?« fragte Shaddock und wies mit dem Kopf in Richtung auf das Tagebuch.

»Damit Sie es an *Hard Copy* oder sonst eine Zeitung weitergeben können?«

»Das würde ich doch niemals tun!« sagte Shaddock beleidigt. »Aber was steht denn überhaupt da drin?«

»Das geht Sie gar nichts an«, antwortete sie, während sie die Papiere zusammenfaltete und in den Beutel zurücksteckte.

An diesem Abend machten die Stürme, die Vermont ununterbrochen heimgesucht hatten, eine Pause. Die untergehende Sonne brach durch die schnell dahinziehenden Wolken der scheidenden Wetterfront und tauchte den Himmel in rubinrotes und violettes Licht, als Andie eine Anhöhe hinauffuhr, ungefähr eine Meile von der Abzweigung entfernt, die auf den Weg zu Orin Loomis' Haus führte. Das abendliche Spektakel von Farbe und Licht spielte auf den Weiden, wo Kühe grasten. Am Fuß der Berge war jetzt erstes junges Laub zu sehen. Dreihundert Meter höher trugen die Ahornbäume noch Knospen. Doch weiter oben hatte der Winter den Wald noch fest im Griff.

Der schmale Weg führte an einem Dorfladen und zwei Farmen vorbei, um dann zwischen Tannen auf eine kleine, von verschiedenen Baumarten bestandene Hochebene emporzusteigen. Sie kam an einer Ranch aus roten Ziegeln, drei Wohnwagen und dann einem weißen Haus im Kolonialstil mit einem herzförmigen Teich vorbei. Hinter der nächsten Kurve fand sie ein Schild: GREEN-MOUNTAIN-UHRWERKE.

Andie stellte den Wagen ab und zog sich einen grünen Pullover über, bevor sie ausstieg und die Stufen zur Veranda des Uhrenladens hochging und an die Tür klopfte. Drinnen war kein Licht zu sehen. Niemand antwortete. Sie klopfte noch einmal, wartete einen Augenblick und wollte sich gerade zum Gehen wenden, als das gesamte Haus zu klingeln, zu läuten und zu summen begann. Erschrocken sprang Andie von der Veranda herunter, ihr Herz pochte wild. Plötzlich hörte sie ein Lachen, fuhr herum und sah einen sommersprossigen Jungen in einem blauen Pullover, der auf einem Mountainbike saß.

»Hört sich das nicht toll an?« Er grinste. »Um acht ist es spitze, aber in einer Stunde, um neun, da ist es echt super. Orin meint, das kommt daher, weil das die einzige volle Stunde ist, zu der all die alten Uhren richtig schlagen.«

Andie mußte über sich selbst lachen, während das Geläute mit dem Gebimmel eines kleineren Chronometers langsam verebbte. »Wo ist Orin denn?«

Der Junge wies auf eine grasüberwachsene Fahrspur, die hinter dem Uhrenladen im Wald verschwand. »Er wohnt mit Missy und den Mädchen da oben auf dem Hügel. Es ist nicht weit.«

Andie sah zu ihrem Pick-up hinüber und beschloß dann, zu Fuß zu gehen. Der Junge stand da und sah ihr nach. Es war ein milder Abend, die erste angenehme Wärme nach dem unbarmherzigen Regen der vergangenen zwei Wochen. Das noch feuchte Gras zwischen den beiden Fahrspuren näßte den Saum von Andies grauer Hose. Der Weg folgte den Windungen eines kleinen Baches, stieg den Hügel hoch und endete plötzlich auf einer Lichtung, in deren Mitte eine größere Ausgabe des Uhrenladens stand, flankiert von zwei Apfelbäumen, die in der zunehmenden Dämmerung blühten.

Eine Stute und ein Fohlen grasten auf einer Koppel hinter dem Haus. Durch das erleuchtete Küchenfenster war ein Mann von ungefähr dreißig Jahren zu sehen, der in einem Kochtopf rührte. Hinter ihm saßen zwei Mädchen am Küchentisch und malten.

Ein dunkler Schatten huschte an der Scheune entlang. Er hielt inne, als Andie in das Licht trat, das aus dem Küchenfenster fiel, umrundete dann schnell ein breites Rhododendrongebüsch, zögerte einen Augenblick, lief dann los und kam auf sie zugeschossen. Andie bemerkte die Bewegung aus dem Augenwinkel, fuhr herum und ging in die Hocke, während sie nach ihrer Pistole griff.

Der schokoladenbraune Labrador blieb ein paar Zoll von ihr entfernt stehen, schüttelte sein Hinterteil wie ein Hulatänzer, ließ dann einen Tennisball aus seiner Schnauze fallen und bellte fröhlich.

»Du kleiner Stinker«, flüsterte Andie. Der Hund schnappte wieder nach dem Tennisball, ließ ihn ihr vor die Füße rollen und bellte von neuem, wobei sich sein Hinterteil schneller bewegte als sein Schwanz.

»Missy, komm, lass' das«, rief der schlaksige Mann von der Haustür aus. Dann sah er die Waffe in ihrer Hand und trat einen Schritt zurück.

Andie steckte ihre Pistole in das Holster zurück und ging auf die Veranda zu. »Ich bin Sergeant Nightingale von der Vermonter Polizei. Sind Sie Orin Loomis?«

»Ja«, antwortete er erleichtert. »Tut mir leid. Ich wußte nicht, was ich machen sollte, als ich den Bericht im Fernsehen sah. Das waren Sie doch, oder?«

Loomis hatte eine helle Haut, eine Nase wie eine Skisprungschanze und ein freundliches Gesicht. Er war barfuß und trug eine blaue Schürze über einem braunen, kurzärmeligen Hemd und Jeans. Der Labrador sprang an ihm hoch, umkreiste ihn und setzte sich erwartungsvoll neben ihn.

»Ja«, sagte Andie.

Ein hübsches, braunäugiges kleines Mädchen von ungefähr sieben Jahren erschien auf der anderen Seite der Doppeltür. »Daddy?«

Loomis sah seine Tochter, dann Andie an und bedeutete ihr mit einem Kopfschütteln, daß das Mädchen nicht wußte, daß er angerufen hatte. Der Uhrmacher sagte: »Tina, tu mir einen Gefallen, Kleines; hilf Jenny, sich vor dem Abendbrot die Hände zu waschen, okay? Ich muß mit Ms. Nightingale über eine Uhr sprechen.«

Das Mädchen nickte unsicher und ging wieder hinein, während sich Loomis erneut Andie zuwandte.

»Ist es wahr?« fragte sie. »Haben Sie tatsächlich ein Stück von Many Horses' Tagebuch?«

KAPITEL 39

Jerry Matthews zwängte seinen Leihwagen durch den Verkehr Richtung Ronald Reagan National Airport. »Du schaffst es vielleicht gerade noch.«

Obwohl Gallagher weniger als zwanzig Minuten blieben, um den letzten Flug nach Boston zu erreichen, war seine Aufmerksamkeit nicht auf die Straße, sondern auf das Foto auf seinen Knien gerichtet.

Bevor er in der nach Viburnum duftenden Nacht entschwand, hatte ihnen Harold – oder wie immer er heißen mochte – ein Foto von Terrance Danby gegeben. Es war eine zehn Jahre alte Aufnahme von dem Tag, an dem Danby zum Sergeant Major ernannt wurde: ein muskulöser Riese mit einem Stiernacken und steinfarbenen Augen. Er trug ein schwarzes Barett. Orden und Ehrenzeichen zierten seine Uniformjacke.

Jerry wischte sich die Nase mit dem Ärmel und warf einen raschen Blick auf das Bild, bevor er den Wagen herüberzog und die Ausfahrt hinaufschoß. »Harold hat dir keinen Blödsinn erzählt. Der Typ könnte glatt dein Bruder sein.«

»Gibt mir nicht gerade ein gutes Gefühl zu wissen, daß ich wie ein Killer aussehe.«

»Besser, als einer zu sein«, grunzte Jerry. Er schlug mit der Faust aufs Lenkrad. »Dieser Scheißkerl Harold! Ich hätte ihn mir kaufen sollen, als ich die Gelegenheit hatte!«

»Er hätte deine Nichten umbringen lassen können«, erinnerte ihn Gallagher. »Da war nichts zu machen. Du hast das Richtige getan.«

Jerry brummelte einen Moment vor sich hin und wies dann mit dem Kopf auf das Handy. Der Abflugbereich des Flughafens lag jetzt direkt vor ihnen. »Meinst du nicht, du solltest die Polizistin anrufen, mit der du zusammenarbeitest, und ihr erzählen, was Harold gesagt hat?«

»Das mach' ich, wenn ich in der Luft bin.«

»Wie heißt sie noch mal?«

»Nightingale. Andie Nightingale.«

Irgend etwas mußte da angeklungen sein, als Gallagher dies sagte, das Jerry dazu veranlaßte, seine Augen von der Straße abzuwenden. Sie knallten gegen den Bordstein, eine Radkappe kreischte protestierend.

»Sag' mir bloß nicht –« begann Jerry.

»Okay, ich sag's dir nicht«, antwortete Gallagher, schon halb aus dem Wagen.

Jerry grinste. »He, Mann, wie gut für dich. Siehst du? Die Midlife-crisis ist doch gar nicht so schlecht.«

Gallagher überhörte die Bemerkung. »Wie schnell kannst du mit dem Kamerateam in Lawton sein?«

»In zwei Tagen. Höchstens drei.«

»Bis dann also.«

Gallagher wartete, bis die Maschine zwanzig Minuten in der Luft war, bevor er die Nummer von Andies Handy wählte. Es klingelte mehrere Male, dann wurde der Anruf weiterverbunden, und ein Mann mit einer weinerlich näselnden Stimme antwortete: »Bethel Barracks. Polizei von Vermont.«

»Ich möchte Sergeant Andie Nightingale sprechen.«

»Das will außer Ihnen jeder in diesem Bundesstaat«, sagte der Mann. Dann wurde seine Stimme ein paar Töne tiefer. »Sind Sie von CNN?«

»Mein Name ist Patrick Gallagher.«

»Doch nicht etwa *der* Patrick Gallagher?« jubelte der Mann. »Sie meinen, ihr persönlicher Patrick Gallagher?«

»Wie bitte?« fragte Gallagher verwirrt. »Ist sie nun da oder nicht?«

»Nein, aber ich kann Sie zu ihrem Mobiltelefon durchstellen«, antwortete der andere.

»Da hab' ich's gerade versucht. Und wurde zu Ihnen durchgestellt.«

»Dann ist sie nicht bei ihrem Fahrzeug«, sagte der Beamte. Die Stimme wurde verschwörerisch leise. »Sie wird Ihnen berichten, daß es einen weiteren Mord gegeben hat. Libby Curtin, die Gemeindesekretärin. Sie haben ihren Teil des Tagebuchs gefunden, und jetzt ist Andie hinter einem weiteren Stück her. Ich habe den Anruf persönlich entgegengenommen. Ein Uhrmacher da unten in Windsor hat es.«

Gallagher umklammerte den Hörer fester, sein Herz raste. »Ich muß unbedingt mit ihr sprechen.«

»Kann ich ihr ausrichten, wo sie Sie erreichen kann?«

»Ich bin auf einem Flug von Washington nach Boston«, antwortete Gallagher. »Wenn sie sich meldet, sagen Sie ihr, ich versuche es noch einmal kurz nach neun. Sagen Sie ihr, es ginge um Danby.«

»Danby«, wiederholte der Beamte nachdenklich. »Die Geschichte wird ja immer interessanter. Wie wär's mit einem Vornamen und Buchstabieren?«

KAPITEL 40

Orin Loomis zögerte und machte ein grimmiges Gesicht, als Andie nach Many Horses' Tagebuch fragte.

»Meine Töchter wissen nichts davon«, sagte er schließlich. »Und meine Frau auch nicht. Sie ist dieses Jahr an der Westküste und schließt ihr Studium ab. Ich möchte nicht, daß sie erfahren, daß ich es ihnen verschwiegen habe.«

»Ich verstehe«, meinte Andie. »Ich hatte selbst einen Teil davon.«

Loomis sah sie nun mit großer Neugier an. »Ich habe mich immer gefragt, wer es wohl sonst noch hat«, sagte er. »Halten Sie mich nicht für wunderlich, aber irgendwie glaube ich, daß es mit einem Fluch behaftet ist. Immer, wenn ich es in der Hand hielt, kriegte ich eine Gänsehaut, und ich konnte es mir nicht erklären, denn es ist ja nichts weiter als eine Pfeife und ein paar alte Papiere. Ich weiß, es klingt verrückt, aber es schien mir immer, als ginge eine schlechte Energie davon aus. Fast hätte ich den Beutel einmal verbrannt, aber das konnte ich dann irgendwie auch wieder nicht, verstehen Sie?«

Andie nickte. »Sie und die Mädchen werden jetzt sicher sein. Können Sie mir das Tagebuch holen?«

»Es ist im Laden versteckt. Warten Sie einen Augenblick, ich bringe Sie runter.«

Loomis ging ins Haus zurück. Hinter Andie setzte der Chor der Baumfrösche ein, dann, von einem Teich irgendwo in der Nähe, das erste Quaken der Ochsenfrösche bei ihrem Paarungsritual. Eine leichte Brise trug den Duft von Veilchen herüber. Eines der Pferde schnaubte in der hereinbrechenden Dunkelheit.

Als der Uhrmacher wieder nach draußen kam, hatte er sich einen purpurroten Pullover und weiße Tennisschuhe angezogen. Tina trug eine blaue Windjacke und hielt eine hübsche kleine Zweijährige in einem rosafarbenen Overall an der Hand, die am Daumen lutschte. Loomis stellte sie als Jenny vor.

Sie stiegen in Loomis' rostigen Jeep. Missy, die Labradorhündin, wollte auch mit hinein, doch Loomis scheuchte sie fort. Es war inzwischen ganz dunkel geworden. Der fast volle Mond ging langsam auf und warf Schatten. Der Hund lief voraus und umkreiste sie, als sie auf dem kleinen, kiesbestreuten Halteplatz neben Andies Pick-up parkten.

Auf der Veranda des Ladens nahm der Uhrmacher Jenny

auf den Arm und drückte mit der anderen Hand einen langen Code in die elektronische Sicherung. Dann öffnete er die Tür. Missy zwängte sich zwischen ihren Beinen hindurch und schoß in das dunkle Innere hinein. Loomis knipste das Licht an, und man konnte zwei ineinander übergehende Räume sehen, gefüllt mit allen nur vorstellbaren Arten von Uhren, die an den Wänden hingen oder standen. Schwere, reichverzierte Standuhren, Banjo-Uhren aus dem neunzehnten Jahrhundert, französische Tischuhren. Und zwischen den Uhren, die auf einem halben Dutzend Tische verteilt waren, standen alte Spieluhren in unterschiedlichen Stadien von Reparatur und Montage.

Tina und Jenny gingen sofort zu einer der Spieluhren und stellten sie an. Blecherne Musik füllte den Raum, während die beiden kleinen Mädchen zu tanzen begannen.

Loomis führte Andie in ein Hinterzimmer, das nach Nähmaschinenöl roch und mit den Präzisionswerkzeugen seines Berufs angefüllt war. Der Uhrmacher nahm vorsichtig eine Spieluhr von einem Paar übereinandergestapelter Eichenschubladen. Er rückte die Schubladen von der Wand ab und kramte einige Augenblicke auf dem Boden, bevor er mit einer schwarzen Gummitasche mit Reißverschluß wieder auftauchte. Er überreichte Andie die Tasche so, als handelte es sich dabei um etwas Ekelerregendes.

Ohne etwas zu sagen, zog sie den Reißverschluß auf und holte einen roten Lederbeutel heraus. Er war an seinem Boden ausgebeult. Sie knotete die grünen Bänder auf und schlug die Klappe zurück. Neben den vergilbten, zusammengefalteten Seiten von Many Horses' Tagebuch steckte ein Pfeifenkopf. Vorsichtig zog sie ihn hervor und besah sich den Kopf, auf den ein silberner Büffel und zwei rote Dreiecke gemalt waren. Sie fuhr mit dem Daumen in den Pfeifenkopf und spürte, daß er innen rauh war. Dann machte sie fast einen

Satz, als der Pfeifenkopf warm, beinah heiß wurde in ihrer Hand.

»Sie spricht in ihrem Tagebuch von der Pfeife«, sagte Loomis und wies auf die gelben Blätter, die aus dem Beutel ragten. »Es handelt von alten Schamanenzeremonien, die sie von ihrem Vater und ihrer Mutter gelernt hat. Das meiste versteh' ich gar nicht.«

»Wer hat Ihnen den Beutel gegeben?«

»Mein Vater«, antwortete Loomis. »Eine Woche, bevor er starb. Er sagte, seine Großmutter habe ihm den Beutel gegeben, und die habe ihn von einem Priester bekommen, bei dem sie arbeitete.«

»Welcher Priester? Hieß er etwa D'Angelo?«

Loomis zuckte die Achseln. »Ja, ich glaube, das war der Name.«

»Es ergibt einen Sinn, daß D'Angelo derjenige gewesen sein könnte, der das Tagebuch verteilte«, sagte sie aufgeregt. »Aber McColl hat doch gesagt, er sei nie auf etwas mit einer Sioux-Frau gestoßen.«

»Jetzt reden Sie für mich in Rätseln.« Loomis schüttelte verwirrt den Kopf. »Wer ist denn McColl?«

»Vergessen Sie, daß Sie es gehört haben. Ich werde Verstärkung holen, damit Sie und Ihre Töchter heute nacht Schutz haben. Haben Sie eine Bleibe, wo Sie morgen früh hinfahren können?«

»Karens Schwester hat ein Ferienhaus in Maine.«

»Prima«, sagte Andie. »Ich würde gern einen Polizisten, der Ihnen ähnlich sieht, hier im Haus lassen, wenn Sie fort sind.«

»Als Köder, meinen Sie?« fragte Loomis besorgt.

»Ja, so ähnlich.« Andie steckte den warmen Pfeifenkopf und die Tagebuchseiten in den Beutel zurück. »Ich muß telefonieren.«

Der Uhrmacher zeigte ihr einen Apparat an der Wand und bat sie, das Licht auszumachen und die Haustür hinter sich zu schließen. Das elektronische Schloß würde automatisch verriegeln. Er warf einen letzten Blick auf den Beutel in Andies Hand, rief dann seine Mädchen zu sich, pfiff den Hund herbei und ging wieder in die Nacht hinaus.

Andie rief das Einsatzzentrum an.

»Sie haben ganz knapp Ihren glühenden Verehrer verpaßt«, sagte der Mann in der Zentrale. »Er hat alle zwanzig Minuten hier angerufen. Er sitzt über Nacht in Boston fest, der letzte Flug nach West Lebanon ist gestrichen worden. Er wird es bei Ihnen in fünfzehn Minuten wieder versuchen. Er sagt, es sei wichtig. Sehr wichtig. Sagen Sie doch mal, Sergeant, wer ist denn dieser Danby? Wie paßt der hier rein?«

»Halten Sie sich da raus, Shaddock«, befahl Andie. »Und wenn der Name durchsickert, sorge ich persönlich dafür, daß Sie gefeuert werden.«

»Ich bin seit dreiundzwanzig Jahren im Staatsdienst«, sagte Shaddock beleidigt. »Sie können mich nicht so einfach feuern lassen.«

»Lassen Sie's nicht drauf ankommen«, riet Andie. »Und jetzt schicken Sie mir so schnell wie möglich vier Polizisten in Zivilkleidung zum Haus von Loomis.«

»Loomis hatte ein Stück, stimmt's? Ich wußte es! Ich hab' den Anruf entgegengenommen!«

»Shaddock!«

»Schon gut, schon gut.«

Andie hängte ein. Sie machte das Licht aus und zog die Tür hinter sich zu, worauf sie in der Wand ein surrendes Geräusch und dann ein Klicken hörte.

Die Frösche waren verstummt. Ihre Schuhe knirschten über den Kies. Der Mond schien hell, bleiche Sterne tauchten zwischen den dahineilenden Wolken auf. Andie öffnete das Fenster des Pick-ups, damit sie das Klingeln des Funktelefons hören konnte, setzte sich auf die Stoßstange und wartete.

Von links hinter ihr kam aus den Büschen, die die Fahrspur zu Loomis' Haus hinauf säumten, ein Tennisball geschossen und rollte an ihr vorbei. Ein leises Tapsen war auf dem Kies zu hören.

Andie wandte ihren Blick von dem Ball ab, um den Hund wegzuschicken. »Geh' nach Haus, Missy. Na, komm schon, geh' heim«, sagte sie. Das Funktelefon summte hinter ihr. Die hundert Uhren im Laden schlugen mit einem fürchterlichen Lärm neun.

Abgelenkt und mit geteilter Aufmerksamkeit begriff Andie erst allmählich, daß da kein Hund, sondern ein Mensch auf sie zukam. Die Kreppsohlen schwarzer Stiefel spuckten Kiesel über den Boden. Streifen von Tarnstoff schlugen feucht gegen den flinken, riesigen Körper, der sich auf sie stürzte. Eine Machete in der Hand. Einen Tomahawk in der anderen.

Andie schrie auf und griff nach der Pistole in ihrer Tasche.

»Angel! Du lebst!« ließ sich eine rauhe Stimme aus der Kapuze vernehmen, als das Monster die letzten Meter zurücklegte.

Andies Finger erreichten den Pistolenknauf, und sie schlug den Sicherheitsbügel zurück, bevor sie den Lauf auf den Angreifer zu richten versuchte, um aus kürzester Entfernung auf ihn zu feuern.

Aber das Monster mußte ihre Absicht geahnt haben. Es tat mit dem hinteren Fuß einen Schritt aus der Schußlinie des Pistolenlaufs und schlug mit dem stumpfen Ende des Tomahawks in einer schnellen, waagerechten Bewegung zu. Der Hieb drückte ihr Handgelenk genau in dem Moment nach außen, als der Schuß sich löste, als die hundert Uhren im Laden den neunten Schlag ertönen ließen und den scharfen Knall schluckten.

In der nachhallenden Stille schlitterte Andies Waffe über den Kies. Irgendwo im Wald oben auf der Anhöhe schrie ein kleines Mädchen.

»Du lebst!« bellte das Monster.

Ihre Hand wurde taub, und sie fühlte das kalte Klatschen der nassen Tarnanzugstreifen, als das Monster hinter sie glitt und sich etwas, das sich wie eine biegsame Eisenstange anfühlte, über ihre Luftröhre legte. Sie winkelte die Ellenbogen an und stieß sie nach hinten in den Solarplexus des Angreifers. Der grunzte, jedoch nicht vor Schmerz, sondern vor Vergnügen.

»Jetzt reisen wir auf die andere Seite, Angel!« flüsterte er. »Doch diesmal reisen wir gemeinsam!«

Er verstärkte seinen Würgegriff um ihren Hals und preßte seine Lenden eng gegen ihr Hinterteil. Sie versuchte zu schreien, aber sie konnte nicht. Die Ohnmacht kam über Andie mit Punkten, die vor dem vollen Mond und den bleichen Sternen tanzten wie Glühwürmchen an einem schwülen Augustabend.

Kurz bevor ihr schwarz vor den Augen wurde, machte sie eine letzte Anstrengung, um Luft in die Nasenlöcher zu ziehen. Dabei roch sie etwas Salziges, Urwüchsiges, und sie dachte, so muß es sein, wenn man in einem Meer voller Algen ertrinkt.

KAPITEL 41

Freitag, 23. Mai

»Sie ist tot, nicht?« fragte Gallagher völlig außer sich. »Sie werden sie irgendwo in einem Graben finden, mit einer dieser verdammten Zeichnungen daneben, oder?«

»Mr. Gallagher, so beruhigen Sie sich doch ...«, sagte Lieutenant Bowman.

Er sah von ihr fort, um sich wütend und erregt in dem überfüllten Bereitschaftsraum der Polizisten umzublicken, die bei seinem Ausbruch verstummt waren. »Warum sitzt ihr alle da nur so rum!?

Oder ist es euch etwa egal?« fragte er dann leiser, eher erstaunt als zornig. »So ist das von Anfang an gewesen, nicht? Ihr habt sie alle längst aufgegeben, so wie man eben Trinker aufgibt.«

Der gesamte Bereitschaftsraum war ein einziges Durcheinander. Andie war seit vierzehn Stunden verschwunden. Die Polizisten in Zivil hatten, als sie bei dem Laden ankamen, nur noch die Zeichen eines Kampfes im weichen Boden gefunden, Andies Fußabdrücke, einen Abdruck der Größe sechsundvierzig, ihre Dienstwaffe, eine Patronenhülse vom Kaliber 9 mm und einen Tennisball. Loomis und seine Töchter waren sicher, daß sie einen Schuß gehört hatten, bevor der Pick-up angelassen wurde und davonfuhr. Man fand ihn ungefähr eine Meile entfernt auf einer Holzfällerschneise im Wald. Gallagher war um neun Uhr morgens in West Lebanon gelandet, fast einen halben Tag, nachdem Andie als vermißt gemeldet worden war.

Bowman nahm ihn beim Ellenbogen und führte ihn aus dem Bereitschaftsraum den Gang hinunter in ihr Büro. Ein 20 × 25 Zentimeter großes Farbfoto von einer jüngeren Andie

Nightingale in der Ausgehuniform der Polizei lag auf ihrem Schreibtisch. Gallagher warf einen Blick voll bitterer Verzweiflung darauf und versuchte, nicht daran zu denken, daß sie vielleicht für immer aus seinem Leben verschwunden war.

Lieutenant Bowmans sonstige Kühle war wie weggeschmolzen, und ihre Stimme zitterte vor innerer Bewegung. »Ich habe in diesem Fall vieles nicht so gehandhabt, wie ich es hätte tun sollen, weil ich nicht so an Andie Nightingale geglaubt habe, wie ich das hätte tun sollen«, gestand sie. »Vielleicht liegt es daran, daß ich von ihr als der einzigen Frau außer mir zuviel erwartet habe. Damit werde ich wohl eine ganze Weile leben müssen. Aber alle hier in der Dienststelle machen sich Sorgen um sie. Jeder Polizist und jede Polizistin da draußen im Bereitschaftsraum ist schon in der zweiten oder gar dritten Schicht, seit sie verschwunden ist.

Ihr Foto befindet sich in jedem Streifenwagen zwischen Virginia und Quebec«, fuhr sie fort. »Ihr Gesicht wird heute abend in ganz New England durch die Nachrichten gehen. Und Chief Kerris und Monsignore McColl werden polizeilich gesucht.«

»Warum durchsuchen Sie denn nicht ihre Häuser?« fragte Gallagher aufgebracht.

»Weil es so etwas wie den Vierten Zusatzartikel zur Verfassung gibt«, antwortete sie. »Wenn wir ohne Gefahr im Verzuge da hineingehen, dann verletzen wir ihre Rechte. Auf der Grundlage der Beweismittel, über die wir bis jetzt verfügen, glaube ich nicht, daß uns irgendein Richter einen Durchsuchungsbefehl für einen der beiden ausstellen würde. Wir brauchen mehr.«

Gallagher saß, den Kopf in die Hände gestützt, auf seinem Stuhl. Dann fiel ihm Danby ein. Aus seinem Aktenkoffer holte er das Foto, das ihm Harold gegeben hatte. Es stellte sich heraus, daß Andie Lieutenant Bowman von Danbys früher

Geschichte und seiner Beziehung zu McColl erzählt hatte, bevor sie zu Loomis' Farm aufgebrochen war. Gallagher fügte den Rest hinzu.

Bowman saugte an der Innenseite ihrer Wange. »Ich werde dafür sorgen, daß dieses Foto gleich an alle Dienststellen geht. Und jetzt gehen Sie erst mal nach Hause, Mr. Gallagher – Sie haben schon genug getan.«

Ein Kloß stieg ihm in die Kehle, als er daran dachte, allein in seiner Hütte zu sein, dann stieß er hervor: »Der einzige Gedanke, zu dem ich fähig bin, ist, daß ich sie verlieren werde.«

Jemand räusperte sich hinter ihm. Gallagher wandte sich um und sah einen dicklichen, rothaarigen Mann in der offenen Tür, der mit den Fingern hereinwinkte.

»Ja, bitte, Shaddock, was ist los?« fragte Lieutenant Bowman.

»Entschuldigung, Lieutenant«, antwortete der Beamte. »Ich kann nichts dafür, daß ich das mit angehört habe, und ... Kann ich Mr. Gallagher bitte etwas sagen?«

»Kenne ich Sie?« fragte Gallagher.

»Ich bin der Mann aus der Telefonzentrale«, sagte Shaddock und trat einen Schritt in den Raum. »Ich wollte Ihnen nur sagen, als sie über Sie gesprochen hat – wissen Sie, ich kenne Andie nun schon seit vielen Jahren, armes Mädchen. Und als sie von Ihnen sprach, Patrick, da sah sie so glücklich aus, wie ich sie nie zuvor gesehen habe. Ich hoffe, sie hat Ihnen das irgendwann einmal gesagt.«

Durch Lieutenant Bowmans Bürofenster sah Gallagher die schweren Luftmassen, die Washington, D.C., im Griff gehabt hatten und nun über Vermont lagen und mit ihrer Schwüle ringsum auf den Hängen lasteten.

Während der einstündigen Fahrt von Bethel nach Lawton fühlte sich Gallaghers ganzer Körper so an, als wäre er mit

Schmerzmitteln vollgepumpt. Andies Verschwinden war die Hauptmeldung bei einem Nachrichtensender in Burlington. In einem der Beiträge schlug Bürgermeister Bruce Powell wahre Saltos, um jeglichen Zusammenhang zwischen seiner Stadt und den Morden auszuschließen. Chief Mike Kerris, Monsignore Timothy McColl und Terrance Danby wurden mit keinem Wort erwähnt.

Gallagher fuhr ziellos in der Stadt umher, er haßte das helle Licht und die Hitze. Hier im Flußtal war der Winter besiegt, aber er fand keine Freude an den ersten Apfelblüten, den Ahornblättern, die aus ihren Knospen brachen, oder den Schwärmen von Finken und Rauchschwalben, die durch die Luft schwirrten. Eine Elchkuh überquerte mit ihrem Kalb die Straße vor ihm. Seine Gedanken gingen zu Emily, und er öffnete die Wagentür und übergab sich.

Ein halbes Dutzend Übertragungswagen des Fernsehens standen vor dem Rathaus. Als er langsam an den Ü-Wagen vorbei die Hauptstraße hinunterfuhr, hatte er einen freien Blick auf die Flanke des Lawton Mountain bis zum Gorm Ridge hinauf. Dort oben auf den Gipfel standen die Bäume immer noch tot und grau.

Am Nachmittag fuhr Gallagher schließlich auf die River Road, um sich in die Einsamkeit seiner Hütte zu begeben. Als er jedoch an der Farm vorüberkam, überwältigte ihn das Bedürfnis, den Dingen nahe zu sein, die Andie gehörten.

Er parkte im Hof, stieg aus und wurde sofort von einer Wolke schwarzer, beißender Fliegen angegriffen, die in der Wärme geschlüpft waren. Mit ihren messerscharfen Scheren saugten sie ihm Blut aus Nacken, Stirn und Ohren, und er lief schnell hinein, um ihnen zu entkommen. Das Haus lag still da. Der Geruch gefallener Blätter hing schwer in der Luft.

Tess miaute und kam aus dem vorderen Zimmer gelaufen. Gallagher schüttete etwas Trockennahrung in ihre Schüssel und strich ihr über den Rücken, während sie fraß. Die Katze rollte sich auf seinem Schoß zusammen, als er sich in Andies Sessel setzte und die Kopien las, die Lieutenant Bowman ihm von Libby Curtins Tagebuchteil und Charuns letztem Brief gemacht hatte.

Ich vögelte Angel mit verbundenen Augen und zugestopften Ohren, bis wir ans andere Ufer kamen. Vögelte sie, bis sie in das schlammige Wasser trat und hinauskletterte.

Ich blieb warm und lebendig in meiner Persephone. Warm und tot. Kalt und tot, doch obwohl uns der Strick so eng zusammenband, konnte ich nichts sehen. Ich ließ sie am Ufer zurück, und sie ging weiter, während ich allein zurückruderte.

Du denkst, du kennst mich jetzt, Lawton, doch du irrst dich. Ich bin der Fährmann. Ich bin der Liebhaber. Ich bin der Schamane, und ich bin der Veränderer.

Der Sommer kommt. Und Hades hat Persephone wieder auf die Erde gelassen. Ich habe sie gesehen. Ich werde sie noch einmal besitzen, für eine neue Überfahrt.

Gallagher gefror das Blut bei den nekrophilen Bildern. Er drehte den Brief um und besah sich die Zeichnung. Das Monster schien ihm mit dem Wissen zu drohen, daß es sein Leben in der Hand hatte. Er warf die Zeichnung hin, stand auf und ging ziellos durch das dunkle Haus, suchte die Plätze, wo Andies Geruch konzentriert war.

Ihr Duft war am stärksten am Eingang des begehbaren Schrankes in ihrem Schlafzimmer, und Gallagher stand da und sog immer heftiger die Luft ein, bis er auf dem Teppich zusammenbrach. Die Katze sah ihm von der Tür aus ungerührt zu.

Gallagher schloß die Augen und versuchte zu schlafen. In seinem Kopf waren alle Erinnerungen scharlachrot eingefärbt. Andie ging in herrlicher Nacktheit vorbei, doch als er die Hand nach ihrem Bauch ausstreckte, wurde er zu Emilys Bauch. Gallagher stöhnte und legte schützend die Arme um seinen Kopf, als wollte er sich vor harten Schlägen schützen. Aber der Schmerz war jetzt nicht mehr aufzuhalten.

Sechs Monate, nachdem Emily ihn verlassen hatte, um nach Mexiko zu gehen, schlenderte sie eines Tages unangemeldet in den Schneideraum, den Jerry und er für ihre Produktionsarbeiten in Manhattan gemietet hatten. Sie hatte ein paar Pfunde zugelegt, was ihr gut stand. Sie sah gebräunt aus und trug ein sehr weites, schwarzes Baumwollhemd. In dem Moment, in dem Gallagher vom Videomonitor aufsah und sie erblickte, hatte er auch schon begonnen, über eine Versöhnung zu phantasieren.

Hundertmal täglich hatte er sich in den sechs Monaten, die Emily in Mexiko gewesen war, eine Versöhnung ausgemalt. Mindestens zehnmal täglich hatte er daran gedacht, hinzufliegen und sie zu suchen. Doch irgend etwas in ihm hatte ihn immer zurückgehalten. Ein Teil von ihm wußte, daß sie aus freien Stücken zurückkehren mußte. Nur dann konnte ihr gemeinsames Leben weitergehen, eine Partnerschaft, die auf dem Papier perfekt aussah und bis auf eine kurze, rauhe Zeitspanne perfekt funktioniert hatte.

Emily schickte Jerry zum Mittagessen, dann schloß sie die Tür hinter sich.

»Mexiko steht dir gut«, sagte Gallagher, nicht nur ein bißchen nervös. »Mensch, du strahlst ja richtig!«

Er kam hinter dem Schneidetisch hervor, um sie in den Arm zu nehmen. Sie eilte nicht auf ihn zu, um ihn zu umarmen, ließ es jedoch zu, daß er seine Arme um sie legte. Er zog sie an sich, und sein Bauch stieß gegen einen großen, runden Ball.

Gallagher trat einen Schritt zurück, während ihn Erleichterung und Angst überfluteten und ganz, ganz tief drinnen ein kleines Rinnsal von etwas Warmem, Hoffnungsvollem spürbar wurde, das er nicht verstand. »Du bist schwanger«, sagte er heiser.

»Fünfter Monat«, erwiderte sie fröhlich. Sie legte die Hände auf den Bauch, und in ihrem Lächeln drückte sich Entzücken aus. »Vor einer Woche hat es angefangen, sich zu bewegen. Es ist unglaublich.«

»Hier«, sagte Gallagher und zog einen Stuhl heran. »Du solltest dich hinsetzen.«

Er starrte auf ihren Bauch und spürte, wie das Rinnsal Hoffnung zum Fluß und dann zum Strom anschwoll. Emily erinnerte ihn an die Fruchtbarkeitsgöttinnen, die auf den Tempelwänden in Athen abgebildet sind. Er wollte noch einmal ihren Leib berühren.

Emily fing seine Hand mitten in der Luft ab. »Es ist nicht dein Kind, Pat.«

Der Strom verdampfte, und eine große, kahle Kluft tat sich zwischen ihnen auf. »Nein, natürlich nicht.«

Irgendwie gelangte er auf seinen Stuhl hinter dem Schneidetisch zurück, ohne hinzufallen. Durch das, was wie das Summen eines Bienenschwarms klang, hörte er Emily über das Geschehene berichten. In ihrer ersten Woche in Mexiko lernte sie einen Rechtsanwalt und seine unfruchtbare Frau kennen. Noch bevor sie sie einen Monat kannte, bot sie ihnen an, ein Kind für sie auszutragen. Sie schlief mehrmals mit dem Rechtsanwalt, während seine Frau zusah. Dann verließ sie die Hauptstadt und reiste ins Landesinnere, mit dem Versprechen, sich sofort zu melden, wenn ihre Regel ausblieb.

»Doch als es dann soweit war, konnte ich es nicht mehr tun«, sagte Emily.

»Du hast es ihnen nicht gesagt? Du hast ihnen ihr Kind gestohlen?«

»Es ist mein Kind!« sagte sie scharf. »Es wächst in mir. Wer der Vater ist, spielt keine Rolle.«

Eine unsichtbare Hand drohte, Gallagher zu zerdrücken. »Es hätte unser Kind sein können«, murmelte er. »Dann hätte es eine Rolle gespielt.«

Emilys Augen wurden schmal und hart. Sie blätterte in einem braunen, ledernen Tagebuch herum.

»Nein, hätte es nicht«, sagte sie schließlich, während sie ihm ein Konvolut Scheidungspapiere reichte. »Als ich nach Mexiko ging, da dachte ich zuerst noch, daß wir wieder zusammenkommen könnten. Doch je mehr ich über dich nachdachte, um so klarer wurde mir, daß das unmöglich ist.«

»Aber warum?«

»Weil du nicht an ein Leben nach dem Tode glaubst«, sagte Emily.

»Was hat das denn mit dem allen zu tun?« rief er aus.

»Es ist ein Kreislauf, Pat«, antwortete Emily ruhig. »Um an ein Leben nach dem Tode zu glauben, mußt du zuerst an dieses Leben glauben, was den Glauben einschließt, daß die Liebe stärker ist als der Tod. Irgendwie hast du es nicht geschafft, dich bedingungslos auf unsere Liebe einzulassen und an sie zu glauben, und damit hast du ihren wahrhaftigsten Ausdruck zerstört: unser Kind.«

Sie wartete, bis ihre Worte in sein Bewußtsein sanken. Dann strich sie sich mit den Händen über den Bauch und sagte: »Dies hätte dein Leben nach dem Tode sein können, Pat.«

Das ganze darauffolgende Jahr hatte Gallagher wie betäubt an Flüssen überall im Land gestanden und geangelt wie ein trotteliger Gelehrter, wobei er sich einzureden versuchte, daß Emily sich irrte, daß sie die gemeinsame Ehe gebrochen und in einem monströsen Akt der Selbstbestätigung irgendeinem Fremden das Sperma gestohlen hatte.

Als er jetzt auf dem Teppich vor Andies Schrankzimmer lag, hörte er Emilys Worte immer noch in sich nachhallen. *Dies hätte dein Leben nach dem Tode sein können, Pat.* Und zum ersten Mal gestand er sich ein, daß Emily vielleicht recht gehabt hatte. Er glaubte nicht an das Leben. Und er glaubte auch nicht an die Liebe. Wie sollte er auch? Er hatte ja nie zu lieben gelernt, nur zu überleben, indem er sich in sich selbst zurückzog, indem er das Leben auf Armeslänge von sich fernhielt. Gallagher hatte das Leben vorbeiziehen sehen, als wäre es ein ironisches Theaterstück, das in einem Aquarium stattfand.

Als es darauf ankam, als er sich durch ein gemeinsames Kind völlig zu Emily hätte bekennen können, da hatte er sie zur Abtreibung genötigt und ihre Beziehung kaputtgemacht. Als es darauf ankam, als er Andie in ihrer letzten gemeinsamen Nacht mit einem Ausdruck der Liebe hätte antworten können, da hatte er sich in einen seiner Glaskästen zurückgezogen.

»Ich hatte eine zweite Chance, und ich hab' sie vertan«, stöhnte er ungläubig. Und dann begann er zu weinen. Um sich selbst. Um Andie. Und, ja, auch um Emily.

»Es tut mir leid«, flüsterte Gallagher. »Es tut mir so leid.«

So lag er lange da, hilflos und hoffnungslos, und wartete darauf, daß die undurchdringliche schwarze Wand käme und seinem Elend ein Ende setzte.

Damit ertappte er sich bei etwas, das er noch nie zuvor getan hatte. Er erhob sich auf die Knie, und seine Hände fanden ganz von selbst zusammen, um das Unsichtbare um ein Zeichen der Hoffnung, ein Zeichen der Vergebung zu bitten. Er betete zu etwas Höherem, daß er sich ändern könne und daß Andie verschont bleiben möge.

Stunden danach hielt Gallagher erschöpft inne, überzeugt davon, daß es vergebliche Mühe gewesen sei. Seamus hatte recht gehabt. Es gab keinen Gott. Es gab kein Leben nach dem Tod. Wir tauchen kurz in einer grausamen Welt auf. Und verschwinden schnell wieder aus ihr.

Andie Nightingale würde sinnlos unter den Händen eines Wahnsinnigen sterben, und es gab nichts, das er dagegen tun konnte. Gallagher schlug mit der Faust gegen die Tür des Schrankes, bis sie unter seinen Schlägen splitterte; dann wankte er in der schwülen Hitze des Nachmittags zu ihrem Bett und fiel bewußtlos auf die Decke nieder.

Sein Schlaf war ein tiefes, traumloses Schweben in stetiger Schwärze. Doch um Mitternacht tauchte Gallagher aus dem Abgrund auf und glitt in jenen Zustand zwischen Bewußtsein und Bewußtlosigkeit. Ein warmes Lichtprisma erschien in dem hohlen Raum zwischen seinen Augen. Es drehte sich, gasförmig leuchtend, und besänftigte seinen Kopf, wie das Streicheln einer Frau einen sorgenvollen Mann beruhigen mag. Gallagher war gleichzeitig verblüfft und getröstet von der Schönheit des Prismas, und er hörte ein Pulsieren, das vom Schlag eines Stocks gegen ein ledernes Trommelfell herrührte, einem Schlag, den er als seinen eigenen Herzschlag erkannte. Das Licht bewegte sich langsamer und nahm Form an, unscharf zuerst, dann deutlicher als eine Frau in einem Mantel aus Büffelfell mit einer einzigen Adlerfeder im Haar.

»Hilf mir, Sarah«, bat Gallagher.

»Alles, was ich wollte, war, nach Hause zu gehen«, antwortete sie. »Alles, was irgend jemand will, ist, nach Hause zu gehen. Du kannst mich dort hinbringen. Du kannst sie dort finden. Nur du kannst uns frei machen.«

Many Horses wandte sich um und trat in den weißesten Teil des Lichtes zurück. Es verschluckte sie wie etwa ein Schneesturm einen einsamen Wanderer auf einer kahlen Ebene, und das Licht verlor seinen strahlenden Glanz und wurde zum sanften Schein eines Sonnenuntergangs an einem fernen Horizont.

KAPITEL 42

Das Knacken der Äste im Wind brachte Andie an den Rand ihres Bewußtseins zurück. Ihre Kehle brannte nach dem Würgegriff. Ihre Lippen schmerzten wegen des Knebels, den ihr das Monster in den Mund gepreßt und mit Isolierband festgeklebt hatte. Ihre Füße waren geschwollen von der Fallschirmkordel und dem Klebeband, das ihr die Knöchel zusammenband. Ihr Handgelenk pochte dort, wo es sie mit dem Tomahawk erwischt hatte.

In der Ferne hörte sie Krähen schreien und zwang sich, die Augen zu öffnen. Was sie sah, verdoppelte sich, verschwamm, wurde schließlich klar.

Sie lag auf der Seite auf einer schmutzigen Matratze in einem engen Bodenraum mit tiefer Decke. Ein loser Fensterladen quietschte in der steifen, feuchten Brise. Ein altes Hufeisen war an die Wand genagelt, daneben ein Metallschild, das Patronen für Winchestergewehre anpries. Zu ihren Füßen ragte die Spitze einer Holzleiter in den Bodenraum, und sie erinnerte sich dunkel daran, hochgetragen worden zu sein. Wolken von Moskitos umsummten sie im Dämmerlicht. Schwarze Fliegen hingen um ihre Augen, krochen ihr in die Nase und bissen sie. Sie stöhnte, schnupfte und rollte sich auf den Rücken, um sie loszuwerden.

Der Dachfirst war an mehreren Stellen eingebrochen und ließ bemooste Schindeln sehen. Darüber ballten sich Gewitterwolken zusammen.

Mit einiger Anstrengung schaffte Andie es, sich aufzusetzen und mit dem Rücken gegen einen der Pfosten zu lehnen, die das Dach trugen. Sie beugte sich vor und versuchte, über die Kante des Bodens in den Raum darunter zu sehen. Große blaue Stoffbahnen hingen vor den Fenstern. Ein narkotischer Rauch, pilzähnlich säuerlich, waberte in den Schatten.

»Es wird Sommer, und du bist wieder unter den Lebenden, Persephone«, raunte eine tiefe Stimme direkt hinter ihrer Schulter.

Andie schrie in ihren Knebel hinein. Er kroch um sie herum in ihr Blickfeld, und sie schrie erneut.

Sein Oberkörper war nackt, dunkelbraun gebrannt und rasiert. Ringe waren durch seine Brustwarzen gepierced. Verschmiertes Blut von Insektenstichen bedeckte seine verschwitzte Haut und die hervorstehenden Muskelpartien. Er trug weite Tarnhosen und die Stoffhaube, die seinen Kopf bis auf die Schultern bedeckte wie die Kapuze eines Henkers. Durch die Schlitze in der Haube glänzten seine Augen wie Muschelschalen in einem roten Meer. Seine Lippen wirkten bläulich und grausam.

»So sehr lebendig«, sagte er mit einer rauhen, unbekannten Stimme. »Doch bald werde auch ich wiedergeboren werden. Ich kann mit dir gehen, Angel. Ich verfüge jetzt über die Zeremonien der Squaw! Der Alte hat mich nicht angelogen. Vater hat auch nicht gelogen. Wir bringen es jetzt zu Ende und gehen zusammen ans andere Ufer, süße Persephone!«

Seine Hand glitt zwischen seine Beine, und seine Lippen verzogen sich zu einem lustvollen, entzückten Lächeln. »Erinnerst du dich noch? Du und ich, Angel! Ganz so wie früher! Aber diesmal werde ich auch mit den Geistern tanzen. Es gibt noch einen anderen Weg! Ich hab' dir ja gesagt, daß es wahr ist.«

Andie erschauerte und schluckte. Sie rang sich einen Blick voller Sympathie und Verständnis ab und richtete ihn auf das Monster. Seine Augen flackerten, blieben aber fest auf die ihren gerichtet. Er preßte seine Hand hart gegen sein Geschlecht.

Mit einer zarten Bewegung ihres Kinns gab sie ihm zu verstehen, daß er ihr den Knebel aus dem Mund nehmen sollte. Er zögerte, glitt dann neben sie, und sie sah den Tomahawk dicht vor sich. Er bewegte ihn vor ihren Augen hin und her, eine Klinge aus geschärftem Obsidian, die in die gespaltenen Beinknochen eines Tieres geklemmt und mit Sehnen festgeschnürt worden war. Ein primitives Beil. Eine Indianerwaffe.

»Niemand wird dich hören, wenn du schreist«, sagte er heiser. »Verstehst du?«

Andie nickte und versuchte, dankbar zu erscheinen. Seine freie Hand stieß auf sie herunter wie eine Schlange und riß ihr mit einer einzigen brutalen Bewegung das Klebeband ab und den Knebel aus dem Mund. Er glitt mehrere Schritte zurück und setzte sich auf japanische Art auf seine Waden nieder. Andie befühlte ihren schmerzenden Kiefer, dann krächzte sie: »Wasser.«

Eine lange Zeit verging, ohne daß er sich rührte. »Bitte, Charun«, krächzte sie. »Deine Angel braucht Wasser.«

Er legte den Kopf schief und sah sie aufmerksam an. Dann langte er hinter sich und holte eine schmutziggrüne Wasserflasche aus dem Schatten. Ein zweites Mal glitt er auf sie zu, griff mit der Hand in ihr Haar und riß ihren Kopf nach hinten. Das Wasser rann in ihre Kehle. Sie verschluckte sich, hustete und schluckte wieder.

Als sie genug getrunken hatte, ließ er den Flaschenhals einen Zollbreit unter ihre Unterlippe sinken und bewegte den Strahl von rechts nach links über ihr Kinn. Das Wasser lief über ihren Hals hinunter und tränkte die gelbe Bluse über ihren Brüsten. Seine Augen verschlangen sie.

Sie holte tief Luft, als wollte sie von einem hohen Felsen in einen Abgrund springen, und schob ihre Brust nach vorn auf ihn zu. »Gefallen dir Angels Brüste?« flüsterte sie.

Die toten Augen sprangen von ihrem Gesicht zu ihrer Brust und wieder zurück. Er stellte die Wasserflasche nieder, und seine Hand kam näher und wog das Gewicht ihrer linken Brust. Sein Atem ging keuchend und erregt. Seine Hüfte schob sich vor und preßte sich gegen ihren Arm. Vor ihren Augen begann sich alles zu drehen, ihr war, als sähe sie wirre Bilderfetzen einer längst vergangenen Nacht, aber sie schrie nicht.

»Gefallen dir Persephones Brüste?« brachte sie noch einmal flüsternd heraus.

Er grunzte vor Befriedigung, drückte ihre Brustwarze zwischen zwei Fingern zusammen und ließ seine Hand dann über ihren Bauch hinuntergleiten, um die Handfläche zwischen ihre Beine zu pressen. Sie wand sich und schrie auf. »Nein!«

Die andere Hand des Monsters ließ das Beil fallen, und im selben Augenblick waren seine Finger wie ein geknotetes Seil um ihre Kehle geschlungen. »Weshalb nicht?« zischte er. »Du hast doch immer gesagt, Vögeln sei die beste Art, der Kraft nahe zu kommen, Angel. Jedesmal ein Stück weiter auf der anderen Seite, hast du gesagt. Ich war dein Fährmann, hast du gesagt. Ich habe dich gerudert!«

Andie wehrte sich nicht, sondern nahm wieder den verständnisvollen Blick an.

»Du warst mein Fährmann, Charun«, flüsterte sie. »Erzähl mir von unserem Seil. Erzähl mir, wie ich auf die andere Seite kam.«

Durch die Haube hindurch wurden seine Augen ruhiger und glasig. Seine Hände lockerten sich um ihre Luftröhre. »Du wolltest es immer fest um unseren Hals, ganz fest, während wir vögelten, Angel«, sagte er.

»Hilf mir, mich zu erinnern«, bat Andie inständig. »Du hast mich am anderen Ufer zurückgelassen, aber ich kann mich nicht mehr erinnern. Hilf mir, mich zu erinnern.«

»Wir rauchten, bis uns der Kopf platzte«, antwortete er. »Du sagtest, die Drogen würden uns schneller dorthin bringen. Dann hast du mich den Strick fester und fester ziehen lassen. Du sagtest, der Orgasmus sei der allererste Augenblick des Lebens. Du sagtest, wenn wir im ersten Augenblick des Lebens an die Grenze des Todes kommen könnten, dann würde sich vielleicht für einen Moment alles in der Schwebe halten, und wir könnten sehen ...«

»In die Ewigkeit?« fragte Andie.

»Ja«, keuchte er.

»Aber ich ging auf die andere Seite und ließ dich zurück, nicht wahr?«

Seine Hände fielen von ihrer Kehle ab. »Ja«, keuchte er noch einmal.

»Du hast die Zeremonien der Squaw«, erinnerte sie ihn. »Du kannst jetzt hinübergehen.«

»Wir werden rauchen und sie vollziehen«, sagte er heiser. »Wir werden rauchen und den Geistertanz tanzen. Der Alte hat gesagt, wir werden die andere Seite sehen! Und Vater hat es auch gesagt. Lawton hat gesagt, es gehörte ihnen. Sie haben uns das Geheimnis weggenommen.«

Er sprang auf die Füße und schüttelte die Fäuste gegen den Himmel. »Lawton hat mir die Macht zu töten gegeben. Jetzt werde ich mir die Macht über den Tod zurückholen!«

KAPITEL 43

Samstag, 24. Mai

Nach Mitternacht flutete noch mehr Hitze aus dem mittleren Atlantik nach Norden, eine schwerfällige, stickige Luftmasse, die auf Vermont lastete. Ein roter Hof umgab den untergehenden Mond. Fern im Westen hörte Gallagher es donnern. Drei Truthähne kollerten an verschiedenen Plätzen unten am Bluekill River. Darauf erfolgte der Schrei einer Eule. Das Wechselspiel zwischen dem Rumoren des Himmels und den Rufen der balzenden Vögel machte ihm hohle, ominöse Stellen in seinem Bauch spürbar, von deren Existenz er nicht einmal gewußt hatte.

»Omen«, murmelte Gallagher vor sich hin. Nach so vielen Jahren, in denen er sich als eigensinniger Voyeur in der Welt herumgetrieben und die Legenden und Geheimnisse der verschiedensten Kulturen festgehalten hatte, wurde er schließlich gezwungen, seinen eigenen Mythos zu leben. Many Horses war seine Göttin. Die Morde von Lawton Gallaghers epische Reise. Er war der ratlose Perseus, der seine Andromeda suchte, die von den Mächten des Wahnsinns gefangen war.

Gallagher griff nach der Schrotflinte, die er in einem von Andies Schränken gefunden hatte, und stieg in den Geländewagen, den er am Flughafen in West Lebanon gemietet hatte. Bodennebel waberte zwischen den Birken, die die River Road säumten. Eine Abteilung Polizisten hielt eine Straßensperre in der Nähe der überdachten Brücke besetzt. Einer von ihnen war der vierschrötige Beamte, der ihm geholfen hatte, Potters Leiche aus dem Bluekill River zu ziehen. Dem erzählte er, er könne nicht schlafen. Der Beamte fragte ihn, ob die Flinte, die er bei sich hatte, geladen sei, worauf Gallagher glatt log und mit Nein antwortete.

Abgesehen von ein paar langsam umherfahrenden Streifenwagen lagen die Straßen von Lawton beinahe verlassen da. Hier und da eilten einsame Gestalten durch die beginnende Morgendämmerung zu ihren Arbeitsplätzen: Dienstmädchen oder Frühstücksköche. Eine von ihnen, eine junge Frau, sah Gallagher vorbeifahren. Als er sein Tempo verlangsamte, flog ihre Hand vor den Mund, und sie lief in die andere Richtung davon. Beide Verkäufer der Nachtschicht im Lawton-Minimart, wo er auf einen Kaffee hielt, hatten Pistolen in ihren Gürteln stecken. Es war, als habe ein böser Geist das Provinzstädtchen zu Angst und Mißtrauen verdammt. Drüben an der Whelton Lane erhellte gelbes Scheinwerferlicht die Fassade und den Turm der St.-Edwards-Kirche. Gallagher parkte in einer Seitenstraße des Pfarrhauses, schlich hinter die Kirche und kletterte über die Gartenmauer. Der Geruch nach frisch umgegrabener Erde lag in der Luft, als er sich auf Monsignore McColls Wohnhaus zubewegte. Das Vogelbecken mit der kleinen Pferdestatue lag umgestürzt neben einem gähnenden Loch im Boden.

Gallagher schlug das Herz bis zum Hals, als er neben dem Loch kniete. Er machte die Kopflampe an, die er normalerweise benutzte, wenn er nachts Braunforellen angelte. Sie hatte eine rote Linse, die die fressenden Fische nicht störte. Die Grube war ungefähr zwei Meter lang, einen Meter breit und zwei Meter tief. Ein Grab.

Unter der Veranda gab es eine Tür zum Keller. Ein leichter Schlag auf eine gesprungene Scheibe am Türfenster, und Gallaghers Hand war durch und am Türgriff. Spinnweben wehten und legten sich auf seine Wange, als er an der Heizung vorbei auf acht hohe Aktenschränke zuging. Zehn der Schubladen waren Pater D'Angelo gewidmet. Alle waren verschlossen.

Er überlegte, ob er sie aufbrechen sollte, entschloß sich jedoch dagegen; er hatte keine Zeit, nach Anhaltspunkten für Many Horses' Tod zu suchen. Sarah war offensichtlich kurz vor ihrem Tod mit D'Angelo zusammengetroffen und hatte ihm von Joshua Danbys Drohung erzählt, sie umzubringen, wenn sie dem Scharlatan-Spiritisten nicht beibrachte, wie man mit den Toten in Kontakt trat. Charuns Morde standen mit dem Mord an Sarah vor einem Jahrhundert in Verbindung, da war Gallagher sich jetzt ganz sicher. Doch konnte es Tage dauern, sich durch die Schubladen von Material zu arbeiten, um die Beweise zu finden.

Andie hatte nicht tagelang Zeit. Sie hatte höchstens ein paar Stunden, wenn nicht weniger.

Außerdem mußte Gallagher andere, schneller verifizierbare Verdachtsmomente überprüfen. Er schlüpfte die Treppe zum Korridor im Erdgeschoß hinauf. Der Strahl seiner Lampe fiel auf das beschädigte Gemälde von Pater D'Angelo. Mit ein wenig Anstrengung gelang es ihm, das schwere Bild von der Wand zu heben. Der Riß in der Leinwand an der Hüfte des Priesters hatte nicht aufgehört, ihn zu beschäftigen, seit er erfahren hatte, daß Pater D'Angelo Sarah Many Horses gekannt haben mußte. Vielleicht war das Loch im Bild weder ein Unfall noch ein zufälliger Akt von Vandalismus. Vielleicht war er bewußt in das Gemälde gerissen worden.

Was tragen Priester an der Hüfte? fragte sich Gallagher, während er den rückwärtigen Schutz des Bildes abzog, um mit der Lampe von hinten das Loch anzuleuchten.

»Ich hab's doch gewußt!« flüsterte er. Die Leinwand war nicht mit einem Messer aufgeschlitzt worden, wie Monsignore McColl angedeutet hatte, sondern war mit einem schmalen, stumpfen Gegenstand wie der Spitze eines Stocks oder einem Besenstiel durchstoßen worden. Steife Leinwandfetzen hingen, nach innen gebogen, vom Loch weg. Er bog die Leinwandfetzen vorsichtig zusammen, drehte das

Bild wieder um, stellte es gegen die Wand und bückte sich, um es genau zu betrachten. Die Perlen eines Rosenkranzes hingen von einem Gurt an des Priesters Hüfte. Am Ende des Rosenkranzes war ein kleines goldenes Kruzifix befestigt, verziert mit einem roten Edelstein.

»Pater D'Angelo hatte einen Teil des Tagebuchs«, flüsterte Gallagher. »Das heißt, auch Monsignore McColl hat einen Teil des Tagebuchs.«

Jetzt schlich Gallagher den Gang hinunter zum Arbeitszimmer des Priesters. Quietschend öffnete sich die Tür. Der Strahl der Kopflampe glitt über die Bilder an der Wand hinter seinem Schreibtisch und blieb auf dem Foto des Priesters beim Bergsteigen in den Anden hängen. Er trug darauf ein Bergsteigerseil über der Schulter und Bergsteigerhaken wie die, die sie an David Nyrens Fenster gesehen hatten.

Er ließ den Strahl der Lampe über ein anderes Foto gleiten, das Bild mit den Waisen aus Hennessy House. Reihenweise Jungengesichter. Zum zweiten Mal blieb Gallaghers Blick an einem Gesicht in der dritten Reihe hängen. Der Junge hatte Gallaghers Augen, seine Wangenknochen und seinen Haaransatz. Aber er hatte einen Überbiß der unteren Frontzähne und seine Schultern waren hochgezogen wie die Schulterblätter eines Straßenköters, der entschlossen ist, den Mann anzugreifen, der ihn schlägt. War das Danby?

Das dritte Foto zeigte Monsignore McColl vor seiner Kirche im Dschungel von Guatemala. Gallagher sah sich ein älteres Mädchen genauer an, das neben dem Priester stand. Sie mochte vierzehn, vielleicht fünfzehn Jahre alt sein, war sehr hübsch und hatte etwas Trauriges an sich, das ihn an Andie erinnerte. Ob dieses Mädchen Angel war?

Gallagher ließ den Kegel der Lampe von den Fotos weg über Tonschalen gleiten und schließlich auf den leeren Ständern ruhen, wo die beiden Male, als er sich im Büro des Priesters aufgehalten hatte, eine Machete ausgestellt gewesen war.

Es war Viertel nach vier, als Gallagher zu seinem Wagen zurückkehrte. Das leere Grab, der Riß auf dem Bild, das Bergsteigerfoto und die fehlende Machete. McColl war der Killer, er war Charun. Die Beweise waren zu erdrückend, um Zufälle zu sein. Gallagher hielt an einer Telefonzelle neben einem Laden und wählte.

»Hallo?« antwortete eine schläfrige Stimme.

»Pat Gallagher am Apparat. Mir wäre allerdings lieber, Sie würden meine Informationen als anonymen Hinweis betrachten.«

Lieutenant Bowman stöhnte ins Telefon. »Wovon reden Sie? Es ist halb fünf Uhr morgens!«

Er berichtete, was er außerhalb und innerhalb des Pfarrhauses gefunden hatte.

»Sie gestehen hier einen Einbruch, Mr. Gallagher«, herrschte Lieutenant Bowman, jetzt ganz wach, ihn an. »Das ist ein schweres Vergehen.«

»Das ist mir egal«, antwortete er. »Dieses kranke Schwein hat die Frau, die ich –«

»Was soll ich Ihrer Meinung nach tun?« unterbrach ihn Bowman.

»Lassen Sie ihn sofort steckbrieflich suchen. Stellen Sie das Pfarrhaus auf den Kopf. Lassen Sie jeden Polizisten im Staat Vermont nach ihm fahnden!«

»Nun mal langsam! Was hätte er denn für ein Motiv?«

Gallagher nahm den Telefonhörer ans andere Ohr. »Er vertuscht Pater D'Angelos Beteiligung am Tode von Sarah Many Horses, denn die tatsächliche Geschichte würde das Ende der Aussichten auf Heiligsprechung für D'Angelo bedeuten. Er spiegelt vor, ein psychotischer Serienmörder zu sein, um Sie davon abzulenken, was er wirklich ist: ein kaltblütiger, rationaler Killer. Er benutzt die Charun-Geschichte als Tarnung.«

»Als Tarnung?« meinte Bowman skeptisch. »Reicht das denn als Motiv aus?«

»Ich glaube, es reicht für einen Fanatiker, dessen Tante von Pater D'Angelo gerettet wurde.«

Lieutenant Bowman stimmte schließlich zu. Aber nur halbherzig. Sie würde noch mehr Beamte auf McColl ansetzen, und sie würde einen Richter bitten, einen Durchsuchungsbefehl für das Pfarrhaus auszustellen. Dann schärfte sie Gallagher ein, nicht noch in weitere Pfarrhäuser einzubrechen, und legte auf.

Die Dämmerung zog herauf. Am Himmel brodelten von Osten her turmhohe Gewitterwolken gegen den Lawton Mountain. In dem Augenblick, in dem sie den Gipfel erreichten, trafen sie auf die aufgehende Sonne, und der Himmel verfärbte sich zu einem tiefen, beunruhigenden Rot.

Gallagher fuhr im Schneckentempo Richtung Norden durch die erwachende Stadt und versuchte, in den Gesichtern der Bürger von Lawton eine Erklärung für das Gefühl zu finden, das ihm wie eine Schlinge den Hals abschnürte. In der fahlen Morgendämmerung hatten die verchromten Scheinwerfer auf dem hochgelegten Ford-Pick-up, den Bernie Chittenden auf den engen Parkplatz hinter dem Otterslide General Store lenkte, einen unheimlichen Glanz.

Andies Schrotflinte schien wie von selbst in seine Hände zu gelangen, und bevor Gallagher überhaupt nachdenken konnte, war er aus dem Wagen heraus- und hinter Chittenden geglitten, während der mit dem Vorhängeschloß an der Hintertür des Ladens beschäftigt war. Der Lauf der Flinte berührte den Ladenbesitzer hinter dem linken Ohr, worauf der herumfuhr und direkt in die Flintenmündung blickte.

»Was zum ...«

»Warum haben Sie versucht, Andie Nightingale und mich von der Gorm-Ridge-Straße abzudrängen?« fragte Gallagher.

»Sie sind ja verrückt!«

»Ganz genau, das bin ich«, antwortete Gallagher und grinste, als sei er ausgeflippt. Er drückte Chittenden die Gewehrmündung an die Nasenspitze und legte den Sicherheitsbügel um. »Jetzt sagen Sie schon warum.«

Schweiß brach auf der Stirn des Mannes aus und rann ihm in den schütteren Bart. Sein Atem ging schwer und gepreßt. »Weil Mike mir das gesagt hat.«

»Mike Kerris?« fragte Gallagher. »Chief Mike Kerris?«

»Äh, ja. Er sagte mir, ich solle Sie beide ein bißchen erschrecken.«

»Weshalb denn?«

»Können Sie mir die Flinte aus dem Gesicht nehmen, Mann? Ich hab' Angst, wenn ich niesen muß, dann schießen Sie mir meinen verdammten Kopf weg.«

»Das ist auch gut so«, meinte Gallagher. »Also weshalb?«

»Er sagte, Sie und Andie steckten ihre Nase in alte Familiengeschichten, Angelegenheiten, die ein paar Leute lieber ruhen lassen wollten.«

»Leute aus der Familie, den Powells, meine ich?«

Chittenden nickte. »Meine Mutter ist eine Powell.«

»Was verbergen die Powells denn?«

Chittenden zuckte die Achseln. »Keine Ahnung.«

»Du befolgst blind Kerris' Befehle, ohne zu wissen weshalb?«

»Ich will es lieber nicht wissen«, sagte Chittenden. »Meinem Laden ist es gutgegangen, der ganzen Stadt ist es in den letzten Jahren gutgegangen mit den Powells. Auf jeden Fall hab' ich aufgepaßt, daß Sie nicht verletzt wurden, nur ein bißchen erschreckt.«

»Wo ist Kerris jetzt?«

»Keine Ahnung«, gab der Ladenbesitzer zurück. Doch für einen Augenblick wurde seine Aufmerksamkeit vom Gewehrlauf abgelenkt.

»Sie lügen«, sagte Gallagher und hielt ihm die Waffe so fest gegen die Nase, daß sie plattgedrückt wurde und ein pfeifendes Geräusch durch die Nasenlöcher drang.

»Seien Sie vorsichtig, Mann!« winselte Chittenden.

»Reden Sie!«

»Das letzte Mal, als ich Mike gesehen habe, war vorgestern«, stammelte Chittenden. »Einer meiner Scheinwerfer ist mir vom Dach gefallen, als ich hinter Ihnen her war. Das habe ich Mike erzählt, und er meinte, er wolle mal auf den Gorm Ridge rauf und danach suchen, bevor Sie oder Andie Nightingale den Scheinwerfer fänden.«

KAPITEL 44

Auf halbem Wege zum Gorm Ridge hinauf hörte und spürte Gallagher den Beginn des Gewittersturms. Blitze durchzuckten den Himmel. Der Wagen vibrierte von den Explosionen. Der Wind nahm zu. Hagel prasselte auf die leergefegte Schotterpiste nieder bis hinauf zu der Schlucht auf dem Massiv.

Er entdeckte keine Spur von Kerris' Surburban oder dem schwarzen Thunderbird, den Monsignore McColl nach Angaben von Lieutenant Bowman fuhr. Unterwegs war Gallagher eingefallen, daß der Priester Bergsteiger war. Er konnte den Elementen der Natur standhalten. Die Frage, die jedoch an ihm nagte, war, ob Andie Nightingale das ebenfalls konnte. Oder ob Charun ihre Leiche schon hinter einem bemoosten Stamm versteckt oder in eine Schlucht hinabgestoßen hatte.

An der Schlucht hielt Gallagher an. Tannenäste gaben ihm schlüpfrigen Halt, als er sich über den Rand der Schlucht ganz in der Nähe der Bluekill-Quelle beugte und angstvoll durch das Dämmerlicht der Morgenfrühe spähte.

Nach Westen hin zuckten Blitze durch das Tal von Lawton. Jedes Aufleuchten gewährte ihm Schwarzweißbilder von dem endlosen wütenden Kampf des Bluekill River mit der Felsenschlucht. Nasse, bemooste Felswände. Weiß schäumendes Wasser. Ein Stück Treibholz steckte zwischen zwei Felsblöcken. Aber keine Leiche.

Gallagher wußte nicht, was er tun sollte. Andie war seit fast sechsunddreißig Stunden in Charuns Klauen. Oder sie war seit fast sechsunddreißig Stunden tot. Er mußte ein trockenes Schluchzen zurückdrängen, als er an die brutalen Bilder der Nekrophilie im letzten Brief des Killers dachte und an die schreckliche Demütigung in Andies Stimme, als sie beschrieb, was Kerris ihr bei jener Party vor so vielen Jahren angetan hatte.

Er kroch die Böschung wieder hinauf und stand mit zum Himmel erhobenen Handflächen niedergeschlagen da. Der Regen näßte sein Gesicht, und er sank im Schlamm des Weges auf die Knie, als er daran dachte, daß er seine zweite Chance für immer verpaßt hatte.

Der Wald vor Gallagher bestand aus Rottannen, zwischen denen einzelne verkrüppelte Hickory-Bäume standen, die sich im Wind bogen und unter der Wolkendecke ihre Konturen verloren. Ein schwach zu erkennender Wildwechsel führte zwischen den Bäumen hindurch auf ein paar hoch aufragende Felsen zu. Durch den Regen war ein fernes trillerndes Geräusch zu hören, wie von einer Zedernflöte auf einer Hochebene. Schwache Bewegungen signalisierten Leben und verschwanden wieder hinter den Felsen, so wie eine unbestimmte Form in den windgepeitschten Wolken erscheint und sich wieder auflöst. Gallagher stellte sich eine laufende Frau mit einem hüftlangen schwarzen Zopf vor. Sie trug einen indigofarbenen Rock und eine Weste, die mit roten Monden und weißen Sternen verziert war.

Er nahm die Schrotflinte vom Vordersitz und folgte dem Wildwechsel in den Wald hinein. Das Unterholz war dicht und durch das Ozon wie elektrisch aufgeladen. Zwei Raben erhoben sich vom Skelett eines toten Hirsches, der vor den Steinsäulen lag. Dann stand er selbst vor den Felsen und erkannte, daß sie für ihn das Tor zur Unterwelt waren.

Gallagher trat durch das Steintor. Eine schwarze Wolke von Insekten hüllte ihn sofort ein. Beißende schwarze Fliegen und die ersten Moskitos des Jahres. Der Grund unter seinen Füßen wurde weich und schlammig. Efeuranken schlängelten sich an den Bäumen empor, deren Stämme von grünem und rötlichem Moos bewachsen waren. Wasser tropfte von allen Ästen.

Er brauchte beinahe eine halbe Stunde, um dem sumpfigen Waldstück zu entkommen und in ein großes Gehölz aus Fichten, Rottannen und anderen Nadelhölzern einzutreten. Die niedrig hängenden Zweige zerkratzten ihm Gesicht und Hände. Aus dem Westen flackerte ein Blitz auf, und Gallagher bemerkte einen silbrigen Widerschein auf einem Hang über ihm.

Die Schrotflinte wurde ein lästiger Begleiter, als Gallagher die vierzig Meter den steilen Hang hinaufkletterte. Reifenspuren waren in den Holzfällerweg eingegraben, der dem Hang folgte. Die Spuren führten um eine Kurve und hielten vor einem Haufen frischer Kiefern- und Fichtenzweige. Der Haufen war gut acht Meter lang, knapp drei Meter hoch und über vier Meter breit.

Abfallholz, dachte er. Wahrscheinlich von irgendeinem

Holzfäller, der hier in der Gegend gearbeitet hat. Er sah den Hang hinunter und versuchte zu rekonstruieren, wo er gestanden hatte, als er den Widerschein aufblitzen sah. Dann fuhr wieder ein Blitz nieder, und er sah noch einmal das Glitzern: drei Meter vor ihm unter dem Haufen aus Zweigen.

Die beiden Fahrzeuge waren Stoßstange an Stoßstange auf dem Holzfällerweg geparkt und dann mit dem Abfallholz zugedeckt worden. Der vordere Wagen war ein grüner Volkswagen – Camper. Er hatte die Farbe des Transporters, der in den Wäldern um Nyrens Haus gesehen worden war. Der zweite war ein dunkelblauer Suburban mit dem Wappen der Polizei von Lawton auf der Tür. Gallagher versuchte, die Tür von Kerris' Fahrzeug zu öffnen. Abgeschlossen. Er spähte durch das Fenster. Die Drähte des Funkgeräts waren herausgerissen und hingen wild durcheinander.

Er zog an der Tür des Campers und erstarrte. Am Rückspiegel hing ein Rosenkranz, an dessen Ende ein goldenes Kruzifix mit einem roten Edelstein baumelte. Daneben, an einem Stück schwarzer Kordel, die schwarzweiße Nahaufnahme einer Frau, die ein Pferd am Zügel hielt. Ihre Wangenknochen waren höher und ihre ovalen Augen härter als die von Andie, doch hatte sie eine ähnliche Gesichtsform und dieselbe üppige Haarmähne, nur dunkler. Sie trug einen schwarzen Gauchohut, ein gestärktes weißes Hemd mit hohem Kragen, schwarze Reithosen und schwarze Reitstiefel. In der einen Hand hielt sie den Zügel eines Hengstes, in der anderen eine Reitpeitsche.

»Hallo, Persephone«, sagte Gallagher. »Oder sollte ich dich Angel nennen?«

War es möglich, daß dies dasselbe Mädchen war, das auf dem Bild des Waisenhauses in Guatemala neben McColl stand? Und dann kam Gallagher plötzlich der Gedanke, daß alles ganz anders war. Vielleicht hatte Kerris Angel kennengelernt, als er in Südamerika lebte. Vielleicht war Kerris Charun und gebrauchte den Camper nicht, um fischen zu gehen, sondern für seine kranke Art zu jagen.

Inzwischen war es zwei Stunden nach Sonnenaufgang. Die zweite warme Regenfront kam mit Macht über die Bergspitze. Gallagher stemmte sich dagegen und folgte dem Holzfällerweg ungefähr eine Meile weit. Wie er an den Spuren im Laub sehen konnte, war schon jemand vor kurzem die Schneise entlanggegangen, also schlich er behutsam vorwärts, das Gewehr im Anschlag. Jedes Knacken eines Zweiges, jede aufbrausende Windböe, jeder Donnerschlag schienen mehr zu verheißen als gewöhnlich.

Die Schneise führte um einem Hügel herum und dann auf der anderen Seite den Hang hinab, wo sie zurück nach Osten abbog. Dreihundert Meter weiter stand er auf einer Anhöhe.

Unter ihm lag eine verwitterte Siedlerhütte, völlig von Dorngestrüpp überwachsen. Im fahlen Licht konnte Gallagher noch eine Hütte und schließlich vier weitere Ruinen im Gehölz verstreut ausmachen. Dahinter eine Lichtung mit verkohlten Baumstümpfen und eine Hütte mit durchhängendem Dach und einer Veranda davor. Irgendwie war er von der anderen Seite her auf das elende Nest gestoßen, das die Leute in Lawton Danbyville nannten. Als er es jetzt sah, hatte er das unbestimmte Gefühl eines »Dejà vu«. Und dann spürte er ein Kribbeln dort, wo Rückgrat und Kopf zusammentrafen, so als ob eine Frau ihn dort mit den Fingern massierte. Andie war dort in der Hütte. Gallagher war sich ganz sicher.

Gallagher überlegte, ob er sich umdrehen und durch den Wald zu seinem Wagen zurückrennen sollte, um irgendwo ein Telefon aufzutreiben und Lieutenant Bowman anzurufen. Doch er wollte sich ganz sicher sein, bevor er Alarm schlug. Er stand reglos da und lauschte. Da er nichts hörte außer dem langsam nachlassenden Gewittersturm und dem Regen, der von den Bäumen tropfte, schlich er den Hang hinter der ersten Hütte hinunter, bis er auf einen Pfad stieß, der durchs hohe Gras führte.

Der Pfad teilte sich dreimal. Seitenwege führten zu den verschiedenen Schuppen und anderen Gebäuden, die einmal die Enklave der Danbys im Exil gebildet hatten. Am Steilhang hinter den Schuppen konnte Gallagher andere Pfade ausmachen, die den Berg hinaufführten. Der seine war nur einer von drei Wegen, die das zugewachsene Plateau überquerten.

An der zweiten Kreuzung bemerkte er eine stramm gespannte grüne Leine, die einen umgebogenen jungen Stamm von vielleicht zehn Zentimetern Durchmesser niederhielt. Mit einem Stock harkte er das Laub am Boden beiseite und entdeckte eine Schlingenkonstruktion wie die, die er bei den australischen Aborigines gesehen hatte, die sie zum Kaninchenfang benutzten. Die hier war allerdings groß genug, um einen Mann damit zu fangen.

Gallagher drückte sich seitlich an der Falle vorbei. Zu seiner Rechten erhoben sich vier Raben mit lautem Flügelschlag aus dem wild wuchernden Gebüsch um die zweite Hüttenruine. Ihre Schwingen fuhren mit langen, ruhigen Schlägen durch die Luft. Sie gingen auf einer vom Wind gekrümmten Fichte nieder und krächzten laut. Er duckte sich, bis sie aufhörten.

Den Schuppen, der der Haupthütte am nächsten stand, hatte Gallagher schon gesehen, als er und Andie gemeinsam hier heraufgekommen waren. Eine ganze Wand stand noch davon. Gallagher kroch dahinter, wischte sich den Regen aus dem Gesicht und spähte um die rechte Ecke.

Limonengrüne Farne wehten im Wind. Das Tropfen des Waldes dämpfte jedes Geräusch. Die Hütte schien unverändert, außer an den Fenstern und Türen. Sie waren alle mit dunklem Stoff abgedeckt. Wenn nachts ein Hubschrauber über dieser Lichtung des Bösen schwebte, würde der Pilot kein Licht brennen sehen. Andie war hier. Und Charun auch.

Gallagher wollte sich alles noch einmal aus einem anderen Winkel ansehen, bevor er loslief, um Lieutenant Bowman und ihre Kollegen herbeizuholen. Als er zum anderen Ende der Wand kroch, stachen ihm Dornen in Arme und Gesicht. Deshalb sah er nicht auf den Pfad hinunter, als er an die Schuppenecke kam. Plötzlich bemerkte er einen roten Lichtstrahl, und dann ertönte ein schrilles Tuten über dem tropfenden Geräusch des Regens.

Seine Arme und Beine wurden weich wie Gummi, und er zog den Kopf ein, und dann war da noch einmal der rote Lichtstrahl in seinen Augen. Unten an einen Fichtenstamm gebunden sah er einen gut getarnten Kasten, aus dem der dünne rote Laserstrahl fiel, den Gallagher unterbrochen hatte.

Er sprang auf die Füße und raste den Hauptweg zurück, während er das Dröhnen von Stiefeln hörte, die ihm über die nasse Veranda nachsetzten.

An der zweiten Weggabelung stieß Gallagher gegen die straff gespannte Leine der Schlingenfalle. Der Stamm schnellte nach oben. Die grüne Schlinge erwischte ihn am äußersten Ende seines Stiefelabsatzes und warf ihn auf den Hauptpfad zum zweiten Schuppen nieder. Er landete mit einem Schlag, der fast die ganze Atemluft aus ihm herauspreßte.

Direkt hinter der zweiten Ruine stieß ein dunkler Pfad den Hang in die Sicherheit hinauf. Wenn er es bis dorthin schaffte, hatte er vielleicht die Möglichkeit, auf seinen Verfolger zu schießen, während der den Weg zwischen den Büschen heraufkam. Gallagher rappelte sich auf in die Hocke, hob den Kolben der Flinte an die Schulter und kroch im Entengang auf den zweiten Schuppen zu, so schnell er konnte. Eine grüne Schmeißfliege summte an seinem Kopf vorbei. Der Wind blies ihm einen ekligen Gestank ins Gesicht. Ein Schwarm grüner Fliegen erhob sich wie ein Tornado aus einer Grube, die auf dem Pfad neben der Ruine ausgehoben worden war. Hartholzäste und Tannenzweige waren in die Grube geworfen worden. Um einen der Äste wand sich eine Hand. Fleischstücke waren aus der Hand gerissen und hatten Knochen freigelegt, und einen Augenblick glaubte Gallagher voll Entsetzen, daß der goldene Ring an einem Finger derjenige war, den er von Andie in Erinnerung hatte.

Im Vorbeikommen sah er in die Fallgrube hinein und mußte seine ganze Kraft aufwenden, um nicht laut aufzuschreien. Sechs angespitzte Pfähle staken in dem, was von der Leiche noch übrig war. Die Kleider hingen in Fetzen. Die Raben hatten die Leiche so zugerichtet, daß nicht mehr zu erkennen war, ob es sich um einen Mann oder eine Frau handelte. Im Dornendickicht auf der anderen Seite der Grube knackte es. Gallagher brachte die Flinte in Anschlag, schoß und sprintete los. Es knackte im Gebüsch auf der gegenüberliegenden Seite des Pfades, und er wirbelte herum und schoß auch dorthin, sah aber nur, wie ein Stein auf den Pfad kollerte.

Der Verfolger spielte mit Gallagher, warf, um abzulenken, mit Steinen. Gallagher mußte die Anhöhe erreichen, um hinuntersehen zu können und eine gute Schußposition zu bekommen. Er kroch auf allen vieren nach oben, wobei er immer wieder auf dem morastigen Boden ausrutschte. Ganz oben war der Hang so steil, daß er die Hand nach einem Halt ausstrecken mußte, an dem er sich in Sicherheit bringen konnte. Seine Finger schlossen sich um die knorrigen, freiliegenden Wurzeln einer Kiefer. Er hörte ein Knacken im Dornendickicht hinter sich und grinste. Gallagher dachte, daß er seinen Verfolger jetzt dort hatte, wo er ihn haben wollte.

Doch da durchfuhr plötzlich ein bohrender Schmerz seine

Hand. Ein schwarzer Stiefel drückte Gallaghers Hand auf die Wurzel nieder. Augen aus poliertem Obsidian starrten ihn aus der Tarnhaube heraus an. Charun lachte leise wie über einen Witz, den nur er kannte. Mit der freien Hand schwang Gallagher die Flinte zu seiner Brust hoch und riß den Abzug in dem Augenblick durch, in dem der maskierte Mann zutrat.

Die Flinte ging los, entglitt dann Gallaghers Hand und polterte den Hang hinunter. Doch der Schuß brachte Charun eine Sekunde lang aus dem Gleichgewicht, und Gallagher erwischte seinen Stiefelabsatz und brachte ihn zu Fall. Als Charun stürzte, trat er mit dem Stiefel nach der Seite aus. Dabei traf er Gallagher am Kinn, und alles wurde schwarz.

KAPITEL 45

Sonntag, 25. Mai

Ein schwerer metallener Gegenstand, der über einen rohen Holzfußboden geschleift wurde. Gallaghers Zunge lag geschwollen und nutzlos hinter Zähnen, die locker geworden waren. Man hatte ihn an Händen und Füßen gebunden und in einer Ecke aufrecht gegen die Wand gesetzt. Die Luft war geschwängert mit dem süßlichen Geruch von Marihuana, vermischt mit sehr viel stärkeren Substanzen.

Gallagher öffnete die Augen, sah Andie gegenüber im Schatten sitzen, dachte, es sei ein Traum, und lächelte. Sie erwiderte sein Lächeln. Ihr Gesicht war schmutzig, und Strohhalme hingen in ihrem Haar, doch Gallagher dachte, daß sie immer noch wunderschön aussähe. Ein wunderschöner Traum. Dann rollte sie, ohne einen weiteren Muskel zu bewegen, ihre Augen nach links, und der Traum wurde schwarz.

Charun hatte den Küchentisch umgestürzt und damit die Tür verbarrikadiert. Zerbrochene Stühle, Müll und Kisten waren auf den Holzherd gestapelt worden und ließen in der Mitte des Hüttenraums einen aufgeräumten Platz von vielleicht zehn Metern Durchmesser frei. In der Ecke befand sich ein Gerät zum Abhören des Funkverkehrs, an dem mehrere grüne Lampen blinkten. Am Boden brannten, in einem Halbkreis aufgestellt, ein Dutzend Kerzen.

Der maskierte Riese saß mit gekreuzten Beinen vor den Kerzen und wiegte sich wie in Trance hin und her. Ein Henker, der über seine harte Arbeit meditiert. Charun hatte die Tagebuchteile in einzelnen Stapeln vor sich liegen. Zwischen Zeigefinger und Daumen seiner linken Hand hielt er die Haarlocke aus Andies Lederbeutel. Zwischen den Fingern seiner Rechten rollte er die Steine aus Olga Dawsons Beutel. Aus einem Stück Flußesche hatte er einen neuen Stiel für Ten Trees' Pfeifenkopf geschnitten und gebohrt. Die Pfeife lag jetzt über seinen Knöcheln. Ein dünner Rauchfaden stieg aus dem Pfeifenkopf auf wie eine Kobra, die sich zu Flötenmusik aufrichtet.

Gallagher wurde jetzt vollständig wach und sah sich in dem Raum suchend nach seiner Schrotflinte um, konnte sie aber nirgends entdecken. Es waren überhaupt keine Waffen zu sehen, abgesehen von einem Tomahawk und einer Machete, beide in perlengeschmückten Scheiden an der Hüfte des wahnsinnigen Mannes.

Andie sah zu Gallagher hinüber, lächelte ihn liebevoll an und formte mit dem Mund die Worte: »Vertraue mir.«

Er nickte, war sich jedoch bewußt, daß er noch nie zuvor in seinem Leben so viel Angst gehabt hatte.

»Terrance?« sagte Andie plötzlich. Sie sprach sanft, mitleidsvoll.

Der Körper hörte auf, sich hin und her zu wiegen, und

schien an Umfang zuzunehmen. Die Maske wandte sich schnell zu ihr herum. Der Riese sah sie einen Augenblick lang an. Dann zog er sein Beil aus der Scheide.

»Terrance Danby ist tot, so tot wie das Gesindel von Lawton, das ihn hervorgebracht hat«, knurrte er. »Jetzt lebt nur noch Charun!«

Gallagher drückte sich in Erwartung des Angriffs ganz in seine Ecke. Doch im nächsten Augenblick schlug die Aggressivität des Monsters in Selbstmitleid um.

»Sie haben Terrance gehaßt«, sagte er. »Sie haben sich über ihn lustig gemacht! Persephone, meinst du etwa, daß Lawton ihn nach all diesen Jahren achtet?«

»Sie reden nur noch von dir«, versicherte Andie ihm. »Persephone weiß, daß du gelitten hast, Charun. Du bist es gewesen, der mich auf die andere Seite brachte. Du kannst mich noch einmal hinüberfahren. Nimm mir die Fesseln ab. Ich kann dir helfen.«

Die Maske sank auf seine linke Schulter, als würde er vom Rauch des Elixiers ohnmächtig, das in seiner Blutbahn kreiste. »Mir helfen?«

»Jawohl.« Andie sprach im verstehenden Tonfall eines Therapeuten. »Du kennst unseren Mythos, Charun: In jedem Sommer komme ich aus dem Hades zurück, dem Land der Toten. Ich kann dir helfen, dorthin zu gelangen, das zu sehen, was ich sehe.«

»Ich habe es gerochen«, sagte er, als spräche er zu sich selbst. »Ich habe seine Stille gehört.«

»Aber du hast noch nie das andere Ufer gesehen«, erwiderte Andie. »Mach mich los. Wir wollen den Geistertanz tanzen.« Das Ungeheuer starrte sie lange an. Andie zuckte nicht mit der Wimper.

Er legte die Haarlocke, die Pfeife und die Steine vorsichtig vor sich auf den Boden. Dann stand er auf und kam auf sie zu, den Tomahawk locker in der Hand haltend. Andie hielt ihm ihre gefesselten Handgelenke hin.

Doch auf halbem Wege hielt er inne, als fiele ihm etwas ein. Er sah Gallagher durchdringend über die Schulter an, der diesem Blick, so gut er konnte, standhielt, weil er wie Andie sein und dem Tod ins Auge sehen wollte, ohne es zu zeigen. Doch als Gallagher in jene Augen blickte, sah er das Unerwartete und wich instinktiv noch weiter gegen die Wand zurück.

Charun kam auf ihn zu und baute sich vor ihm auf. »Wie heißt du, Bruder?«

»Patrick Gallagher«, krächzte er.

Der andere zog die Machete aus der perlenbesetzten Scheide, die fast genauso aussah wie die an der Wand in Monsignore McColls Arbeitszimmer. »Du weißt, was jetzt geschehen muß, nicht wahr, Patrick?« stellte er fest, als spräche er alte, bittere Weisheiten aus.

Er schlurfte näher und zückte die Machete, deren Scheide nur ein paar Millimeter vor Gallaghers pochender Schläfe stoppte.

»Hast du Angst, Bruder Patrick?« fragte der Riese mit einem nachgeahmten irischen Akzent, der Gallagher erschreckend an die rauhe Mundart seines Vaters erinnerte. »Wenn du mich ansiehst, riechst du da nicht schon den Fluß?«

Er zog sich die Maske vom Kopf. Danby war stark gealtert seit dem Foto als Sergeant-Major; sein Gesicht war viel hagerer geworden, die Augen lagen tiefer in den Höhlen, und Haar und Bart waren spärlich, von grauen Strähnen durchsetzt und extrem kurz geschnitten. Sein Zahnfleisch war von den Zähnen zurückgewichen, die sich gelb verfärbt hatten. Er beugte sich nahe zu ihm herunter, und Gallagher nahm seinen rauchigen, nach Brackwasser stinkenden Atem wahr.

Der Wahnsinn des Ganzen überfiel Gallagher mit voller Wucht, löschte seinen Willen aus und weckte in ihm das Verlangen, sich wie ein kleines Kind, das in der Nacht allein ist, zusammenzurollen.

»Kannst du den Fluß riechen, Bruder?« fragte Danby.

Gallagher hörte sich wimmern: »Ja.«

Danby streichelte Gallaghers Schläfe mit der Schneide des Tomahawks. »Willst du jetzt hinübergehen?«

»Charun!« schrie Andie. »Tu das nicht! Du brauchst ihn doch noch!«

»Wozu?« fragte Danby und ließ den irischen Akzent fallen. Sein Blick blieb dabei weiter auf Gallagher ruhen, doch hatte er sich irgendwie verändert, war konzentrierter geworden.

»Je mehr *Tänzer*, desto mächtiger ist die Zeremonie«, versuchte sie ihn zu überzeugen. »Als die Sioux den Geistertanz tanzten, hatten sie Tausende –«

»Würdest du deine Liebe töten, um zu glauben?« fragte Danby Gallagher, bevor sie zu Ende sprechen konnte.

Gallagher sah in Danbys Grabgesicht und brachte kein Wort heraus. Er wußte, daß sein Leben davon abhing, wie er antwortete. Den Bruchteil einer Sekunde lang überlegte er, was Danby wohl von ihm hören wollte. Gegen den dunklen Hintergrund seiner Gedanken sah er Emily und die formlose Gestalt, die ihr abgetriebenes Kind darstellte.

»Ja«, sagte er aufrichtig, »ich würde meine Liebe töten, um zu glauben.«

Danby ließ einen summenden Ton aus seiner Brust aufsteigen. Die Machete schwebte in der Luft und fand dann die perlenbesetzte Scheide. Er schob den Beilgriff zwischen das Klebeband und die Fallschirmkordel, mit denen Gallaghers Handgelenke gefesselt waren, und schleifte seine zwei Zentner über den Boden wie einen kleinen Sack Kartoffeln.

Danby lud Gallagher vor den Kerzen ab und zerrte dann

Andie herüber, um sie in einem Winkel von fünfundvierzig Grad zu Gallagher zu setzen. Er selbst kniete sich zwischen sie, die Tagebuchteile, die Haarlocke, die Steine und die leeren Lederbeutel vor sich. Seine freie Hand kramte in einem Rucksack und holte ein kleines Marmeladenglas hervor. Er schraubte es auf und drückte mit dem Daumen etwas von einer Masse, die aussah wie eine Mixtur aus getrocknetem Spinat und Pilzen, in Ten Trees' Pfeife. Dann beugte er sich vor, bis die Kerzenflamme am Rand des Pfeifenkopfes leckte, und saugte am Mundstück. Die Pfeife glimmte auf, entzündete sich und qualmte.

Er hielt Andie das Mundstück hin. Sie schüttelte den Kopf. »Ich möchte tanzen, Charun.«

Danby sah sie streng an. »Du hast doch immer gesagt, das Rauchen würde uns schneller auf die andere Seite bringen, Angel!«

Andies Blick glitt zu Gallagher hinüber, der ihr zunickte. Sie nahm das Mundstück zwischen die Lippen. Danby kam mit seinem Mund über den Pfeifenkopf und blies hinein. Sie keuchte und hustete, als der Rauch in ihren Hals drang.

»Noch einmal«, befahl Danby, und sie nahm einen zweiten und noch einen dritten Zug. Alle Spannung wich aus ihren Schultern. Er schnitt das Klebeband und die Schnur um ihre Knöchel durch und wandte sich dann mit der Pfeife Gallagher zu. Gallagher meinte, Andie würde jetzt den Schlag gegen Danby wagen, da er ihr den Rücken zukehrte und sie die Füße frei hatte. Doch stand ihr nur der Mund weit offen, und sie starrte wie benommen ins Leere.

»Dies ist meine Religion, Bruder«, sagte er und hielt Gallagher das Mundstück hin. »Dies und der Tanz werden uns über den Fluß bringen.«

Gallagher biß auf den Stiel und bemühte sich, so wenig Rauch wie möglich hindurchzulassen, in der Hoffnung, er würde Danby angreifen können, wenn dieser auch ihm die Fußfesseln löste. Doch Danby blies auch diesmal in den Pfeifenkopf, und scharfer Rauch durchflutete Gallaghers Lunge.

Beim ersten Zug begann es in Gallaghers Kopf zu klingeln. Beim zweiten Zug wurde das Klingeln von einer Verstärkung und Feinabstimmung der Hintergrundgeräusche in und um die Hütte begleitet: dem Summen der Fliegen, dem fernen Schreien der Raben, dem Knacken loser Baumrinde im Wind. Beim dritten Zug verwandelte sich alles in das ohrenbetäubende Tosen eines Wildwassers, das gegen Felsen donnert.

Gallaghers Körper fühlte sich wie gelähmt an, und er bekam panische Angst, nicht mehr atmen zu können. Dann wurde er sich plötzlich überdeutlich bewußt, wie sich seine Brust hob und senkte. Eine glitzernde smaragdgrüne Flüssigkeit quoll bei jedem Atemzug aus seinem Mund. Der Schweiß auf Danbys Körper wurde ein metallenes, leuchtendes Feuer. Wenn er sich bewegte, züngelten Flammen hinter ihm her.

Danby beugte sich nieder und schnitt die Fesseln an Gallaghers Fußgelenken auf. Gallagher schrie innerlich: So kämpf doch! Aber jedes Gelenk seines Körpers war wachsweich geworden. Danby legte die Pfeife in den Deckel des Marmeladenglases auf dem Boden, nahm Many Horses' Steine und ihre Haarlocke in die Hand und starrte dann wie verzückt auf die Seiten des Tagebuchs, wobei seine Lippen lautlos Worte und Sätze wiederholten, die die Welt zuletzt vor mehr als hundert Jahren gehört hatte.

Die Kerzenflammen wuchsen zu riesigen, explodierenden Feuerbällen an, die zum Himmel emporleckten und Gallagher zu zerschmelzen drohten. Und dann verschwanden die Feuerbälle, und Gallagher wurde sich bewußt, daß eine Männerstimme tief und heiser sang. Danby war aufgestanden und sang, die Seiten des Tagebuchs fest zwischen Daumen und Zeigefinger, als hielte er ein Gebetbuch bei einem Gottesdienst.

Danbys Bauchmuskulatur bewegte sich, als er in Intervallen zu einer Macht des Lebens betete, die Gallagher in seinem veränderten Zustand augenblicklich für die Wahrheit hielt. In Gallaghers Kopf tauchte das vergilbte Bild einer Herde kupferfarbener Pferde auf, die in wildem Galopp über eine gleißende, staubige Ebene rasten, auf einen Tafelberg zu, um den herum ein Sturm tobte. Blitze teilten den Himmel über dem Tafelberg, doch die Pferde galoppierten immer weiter auf ihn zu, bis sie nur noch Punkte in einer riesigen, öden Wildnis waren.

Danby legte Gallagher eine Seilschlinge um den Hals und zog ihn auf die Füße. Dann schob er ihm den Pfeifenstiel ins Gesicht und starrte ihn mit fanatisch glühenden Augen an. Gallagher nahm noch einen vierten Zug, und die Luft um ihn her füllte sich mit Schaumblasen. Andie tauchte aus dem Gebräu auf, auch sie hatte eine Schlinge um den Hals. Sie schien von einem gelben, glühenden Schein umgeben zu sein, einer Aura, die sich wölbte und mit jedem Atemzug zu Gallagher hin ausdehnte.

Danbys eklige Hände wickelten sich in die Schlingen um ihre Hälse. Er zog sie nah zu sich heran. Sein Gesang wurde lauter, tiefer und drängender. Er schob den linken Fuß vor, wobei er den Oberkörper senkte und wieder hob und sie zwang, seinen Bewegungen zu folgen. Das Singen ging endlos weiter, alle Worte verschmolzen miteinander, bis er, wie in einem Refrain, am Ende jeder Strophe sang: »Großvater, ich sende dir eine Stimme! Zu den Himmeln des Universums sende ich eine Stimme hinauf.«

Gallagher konnte nichts dagegen tun; mit Danby zusammen sang er: »Ich sende eine Stimme. Ich sende eine Stimme.«

Eine Zeitlang, die Gallagher wie Stunden schien, war nur das Singen zu hören; die rauhe Schlinge rieb die Haut auf, der eine Fuß schleifte nach links, dann der andere. Schließlich war Gallagher unter großer Anstrengung in der Lage, sich so weit zu konzentrieren, daß er Andie ansah, um nach einem Zeichen zu forschen, daß sie noch im Besitz ihres Verstandes war, obwohl sie in den Armen des Wahnsinns tanzten.

Doch ihr Gesichtsausdruck war leer. Ihre Kinnlade hing schlaff herunter. Fest an Danbys Brust gepreßt, war sie nur noch eine Hülle ihrer selbst.

Dann sah Gallagher alles wieder wie durch ein Fernglas, und Andie verwandelte sich in eines jener kupfernen Pferde, die über die Ebene auf den Tafelberg zugaloppierten und sich immer weiter entfernten. Sie verschwand in einer Schlucht an der Seite des Bergs, und Gallagher rannte hinter ihr her, wobei Danbys monotoner Trommelgesang leiser und leiser wurde.

Am Eingang der Schlucht war es kalt und eigenartig still. Gallagher rief nach Andie, erhielt jedoch keine Antwort. Er kroch tief in die Schlucht hinein. Die Felsen wurden glitschig von Schleim. Er stolperte durch Schlamm und über ölige Pflanzen und Felsbrocken zum hinteren Teil der Schlucht. Die Wand dort war gebogen und beinahe senkrecht. Sie verschwand im Nebel dreißig Meter weiter oben. Rinnsale rostroten Wassers sickerten aus dem Nebel über Moos, Farne und giftige Blumen herab, die auf den Flecken schwarzer Erde wuchsen, die hier und da die Felsen bedeckten.

Die letzten dreißig Meter der Schlucht hatten die Form einer Schale, die vielleicht fünfzehn Meter tief in die Erde hineinreichte. In der Mitte der Schale, dort, wo sie am tiefsten war, wuchs ein Ring glänzend roter, peitschenförmiger Pflanzen, die nicht mit Blättern oder Knospen, sondern mit Dornen bedeckt waren. Sie stachen und schnitten in Gallaghers Haut, als er durch sie hindurchschritt, und er schrie vor Schmerz auf. Doch der Gedanke, daß Andie diesen Weg genommen hatte, ließ ihn weiter voranschreiten. Er teilte die letzten Peitschen mit den Händen und stand schwankend am Rande einer Grube, die sich gähnend schwarz vor ihm auftat. Der üble Gestank von Verwesung wehte aus dem Loch herauf.

Gallagher schwankte auf dem Rand hin und her, dann stürzte er, sich immer wieder überschlagend, ins Leere und schrie laut im Gefühl einer übelkeiterregenden rasenden Schwerelosigkeit, die sich von seinem Magen her ausbreitete und durch sein Rückgrat nach außen drang.

KAPITEL 46

Gallagher erwachte in sonnengesprenkeltem, wohlriechendem Gras, das in einem Wald aus sehr hellen Pappeln wuchs, über die eine ständige, wunderbar warme Brise wehte. Die Luft war erfüllt von der Flötenmusik eines in der Sommerhitze flach gewordenen Flusses.

Sarah Many Horses erschien über Gallagher und wanderte dann zwischen den Pappeln in eine Richtung, die von dem Klang des Flusses wegführte. Sie trug eine Bluse aus blauem Jeansstoff, einen Kattunrock und hohe Lederstiefel. Ihr Haar war nach hinten zusammengenommen und wurde von einer mit Stachelschweinborsten geschmückten Spange gehalten. Gallagher setzte sich in dem duftenden Gras auf und rief sie, doch sie wandte sich nicht um. Er erhob sich und lief zwischen den hellen Bäumen hinter ihr her, aber er konnte den Abstand, der sie trennte, nicht verringern, so sehr er sich auch anstrengte.

Nach einer Weile verlangsamte Gallagher sein Tempo und

folgte ihr einfach. Am Rande seines Gesichtsfeldes nahm er verschwommen die Gestalten von Frauen, Männern und Kindern wahr, die parallel zu ihm durch den Wald glitten. Und jetzt hörte er den Klang eines zweiten Flusses vor sich. Für einen Moment verlagerte sich Gallaghers Aufmerksamkeit von Many Horses zu den anderen, die durch den Hain streiften.

Etwas vor ihm und seitlich gingen sein Vater und seine Mutter. Agnes trug das blaue Kleid, in dem er sie bestattet hatte. Seamus folgte ihr in seinem alten grauen Tweedmantel und der Mütze aus dem gleichen Stoff.

Gallagher wollte zornig werden, sie anhalten und ihnen sagen, daß er sie haßte für das, was aus ihm geworden war, doch zu seiner Überraschung spürte er nur Mitleid, und zum ersten Mal verstand er, daß auch sie auf ihrem Weg Suchende und Verirrte gewesen waren.

Many Horses blieb stehen, um auf Gallagher zu warten. Er warf ihr einen Blick zu und sah dann wieder zu seinen Eltern hinüber. Sie waren jedoch im Strom der anderen Wanderer im Wald verschwunden, und da, wo sie gewesen waren, stand jetzt ein kleines Mädchen, nicht älter als drei Jahre. Sie hatte Emilys spitzbübisches Lächeln, ihr blondes Haar und ihre freche Nase. Ihre Augen, ihr Kinn und ihr Mund waren jedoch Gallaghers. Sie ging auf ihn zu, nahm ihn bei der Hand und zog ihn weiter durch den Wald.

Gallagher und das Mädchen erreichten ein Flußufer voller sonnengebleichter Steine. Eine gleißende Sonne ging auf der anderen Seite unter. In Ufernähe schien der Fluß seicht und leicht zu durchwaten zu sein, doch dann ging er in einen schnell fließenden, dunklen, geheimnisvollen Strom über.

Menschen verließen den Wald auf der Insel und begaben sich in den Fluß. Viele zögerten am Rande des flachen Wassers. Manche sprangen entschlossen in die schnelle Strömung, durchschwammen sie mit ein wenig Mühe und verschwanden im blendenden Licht des Sonnenuntergangs am anderen Ufer. Andere begannen auf halbem Wege in Panik zu strampeln und wurden brutal stromabwärts gerissen.

Gallaghers Eltern sonderten sich von der Menge ab und wateten in den Fluß. Er konnte nicht weiter hinsehen, als das Wasser ihnen bis zur Taille reichte.

Many Horses hielt inne, als das Wasser ihr den Kattunrock an die Schenkel preßte. Sie sah sehnsüchtig zu Gallagher. Er machte zwei Schritte auf sie zu, als ihn jemand am Handgelenk ergriff und ans Ufer zurückriß. Er wandte sich um und wollte sich aus dem Griff des kleinen Mädchens lösen und sah, daß Andie ihn so festhielt.

Sie küßte ihn und führte ihn in das von Sonnenstrahlen gestreifte Halbdunkel des Inselwaldes zurück. Dort zog sie sich die Kleider aus, legte sich neben Gallagher und bedeckte sich und ihn von Kopf bis Fuß mit einer Decke aus Süßgras, die die letzten Strahlen der untergehenden Sonne filterte.

Die weißglühende Hitze sengte noch Gallaghers Kopf, als er zu sich kam und auf dem Hüttenboden auf den Rücken rollte. Seine Zunge schmeckte nach Rauch, und aus seiner Nase troff Schleim. Dem Licht nach zu urteilen, das durch die Ritzen zwischen dem blauen Tuch und den verrotteten Fensterbrettern fiel, war es später Nachmittag. Die Kerzen waren zu Stummeln niedergebrannt. Eine von ihnen war bereits erloschen.

Andie lag reglos und kaum atmend neben ihm auf dem Hüttenboden. Die Sorgenfalten waren aus ihrem Gesicht verschwunden. Sie sah zehn Jahre jünger aus und war so strahlend schön, daß es Gallagher beinahe zu Tränen rührte. Ihre Augen flackerten, als sie sich öffneten. Die weiße Glut in seinem Kopf ging in eine unerschütterliche Ruhe über.

»Du hast mich zurückgeholt«, flüsterte er.

»Nein«, antwortete sie. »Du hast *mich* zurückgeholt.«

»Das Licht – es ist überall um dich.«

»Um dich ist es auch«, flüsterte sie zurück. »Es ist überall um uns.«

Ein Stiefel schrammte über den rohen Holzboden.

Danby saß zusammengesackt an der gegenüberliegenden Wand, seine riesigen Arme ruhten auf den Knien. Er hielt seinen Tomahawk in einer Hand. Seine steinfarbenen Augen drehten sich in ihren Höhlen nach oben unter böse zusammengezogenen Brauen.

»Der Alte hat gelogen«, schäumte Danby und redete mit sich selbst, wie Gallaghers Vater eine Woche vor seinem Selbstmord in der U-Bahn mit sich selbst geredet hatte. »Die Squaw hat gelogen. Vater hat gelogen. Alle sind sie Lügner!«

Bei jedem Satz hackte er mit der Beilklinge in den Hüttenboden. »Lügner!« bellte er. »Lügner! Nichts als Lügner! Man kann nicht auf die andere Seite sehen!«

Holz splitterte und spritzte durch die Luft. Er war jetzt völlig außer sich. Er nahm einen schmutzigen Wandspiegel auf und warf ihn quer durch den Raum. Der Spiegel knallte gegen einen Stützpfeiler. Dicke Glasscherben schepperten um Gallagher und Andie zu Boden und blieben still liegen.

»Hast du Angst vor mir?« fragte er. Sein Blick schien auf die Demütigung des anderen und die eigene perverse Befriedigung ausgerichtet zu sein. »Hast du Angst vor mir, Bruder?« Gallagher zögerte gerade lange genug, um Andie anzusehen und das sanfte Leuchten, das sie umgab. »Nein«, sagte er dann. »Ich habe keine Angst vor dir.«

Danby schwang sich aus seiner sitzenden Haltung auf Knie und Zehenspitzen hoch. Die Adern traten wie sich windende Schlangen auf seiner Brust, an seinem Hals und an seinen Schläfen hervor. Seine Bauchmuskeln bewegten sich wie Plastikplanen, die der Wind hin und her wirft. Er ließ das Beil durch die Luft sausen.

Weder Andie noch Gallagher bewegten sich oder zeigten Angst. Danby blinzelte verwirrt. Dann schob er den Kopf nach vorn und blickte sie aufmerksam an, so als sähe er sie zum ersten Mal. Die Wut wich von ihm. Seine Augen weiteten sich, und sein Mund blieb offen stehen. »Ihr ...«, flüsterte er. »Ihr seid hinübergegangen und wieder zurückgekehrt!«

Seine Schultern fielen herunter, und er murmelte voller Selbstmitleid: »Charun hat euch hinübergerudert, doch die Götter haben ihn das andere Ufer nicht sehen lassen. Charun wird das andere Ufer niemals sehen. Charun ist der Fährmann. Der fluchbeladene Fährmann der Toten.«

Draußen war der Wald völlig still geworden, unnatürlich still. Kein Wind wehte. Keine Eichhörnchen keckerten. Keine Raben schrien. Dann ertönte ein vereinzeltes Knacken irgendwo in der Nähe des Hauses, und eines der kleinen grünen Lämpchen an dem elektronischen Gerät in der Ecke blinkte auf.

Danby schien es nicht zu bemerken. Er ließ das Beil nach vorn aus der Hand fallen, und die Schneide grub sich in die Planken und blieb darin stecken. Er zog das Beil heraus und ließ es noch einmal so fallen, nur daß er dabei noch mit den Fingern schnippte. Er tat das ein drittes Mal und ein viertes, ein fünftes und ein sechstes Mal; und als ob diese Bewegung eine Pumpe wäre, die den Grimm tief aus seinem Inneren herauspumpte, kehrte die rasende Wut in Danby zurück.

Er klemmte sich das Beil zwischen die Zähne und schoß auf allen vieren auf sie zu. Sein Blick ging von einem zum anderen.

»Keine Angst, Bruder?« bellte er. »Ich werd' dir die Angst schon beibringen!«

Er sprang auf die Füße, griff Andie bei den Haaren und

schleifte sie über den Boden zu einem der Fenster. Sie trat mit den Füßen nach ihm, doch er wich ihren Tritten aus und gab ihr zwei, drei Ohrfeigen, die sie betäubten. »Wir fahren wieder ans andere Ufer, Angel!« säuselte er affektiert. »Beeil' dich, bitte, es ist Zeit!«

Er drehte sie auf den Bauch und zwang sie auf alle viere. Dann griff er mit beiden Händen in ihren Gürtel und zog ihr die Hose über die Schenkel herunter, so daß ihre Knie fest eingeschnürt waren. Andie wehrte sich schwach, doch er hielt sie an der Schlinge fest, die sie immer noch um den Hals trug. Er ließ seine schwarze Hose herunter. Sein Glied war erigiert.

Andie brach in ein ersticktes Schluchzen aus. »Nein, um Gottes willen, nein!«

Danby riß sich den Tomahawk aus dem Mund, hob ihn hoch über ihren Hals und sah Gallagher mit mörderischem Lächeln quer durch den Raum an. »Hast du jetzt Angst vor mir, Bruder?«

KAPITEL 47

Der Angriff kam, bevor Gallagher sprechen oder handeln konnte.

Er kam durch Zeit und Raum und blaues Tuch und traf mit der ganzen Wucht eines brutalen Schlages den Hinterkopf Danbys. Unter seinem Aufprall zuckte Danby zusammen wie eine Marionette, an der ein Faden reißt, und etwas Dunkles, mit elektrischer Energie Geladenes pulsierte durch den Raum. Das Monster brach zusammen und fiel zu Boden, wo es schwach atmend liegenblieb.

Der Tomahawk polterte auf Gallagher zu. Er griff danach in demselben Moment, in dem ein schwarzes Hosenbein durch den Stoff brach, der das Fenster bedeckte. Gallagher hatte sich auf den Rücken gerollt. Seine Finger streckten sich nach dem Beilgriff aus. Da versetzte ein fester Wanderstiefel der Waffe einen Tritt und schleuderte sie in den Schatten.

»Gott sei Dank, daß Sie gekommen sind!« schluchzte Andie.

Sie wälzte sich auf den Rücken neben Danby und versuchte mit ihren gefesselten Händen, die Hose über die Hüften hinaufzuziehen.

Gallagher starrte über die Schulter auf das schwarze Hemd und den Priesterkragen von Monsignore Timothy McColl. Der Priester hielt einen mit grünen Flechten bewachsenen Eichenast von der Größe eines Baseballschlägers in der Hand. Das Gesicht des Priesters war gerötet. Sein Kiefer mahlte unablässig, und seine Augen schossen von Gallagher zu Andie und dann zu den Tagebuchteilen und den Beuteln neben den Kerzen.

»So befreien Sie uns doch, Monsignore«, keuchte Gallagher. McColl beachtete ihn gar nicht, sondern ging hinüber zu dem Tagebuch. Er nahm die einzelnen Teile mit zitternder Hand hoch. »Endlich«, murmelte er ungläubig. »Da ist es endlich!«

»Bitte«, bat Andie eindringlich. »Sie müssen uns helfen, Pater.«

Wie der Kopf einer Wüsteneidechse ging McColls Kopf in ihre Richtung: langsam, gezielt, reptilienartig. Plötzlich schlossen sich seine Augen. Er knirschte mit den Zähnen und preßte sich die Hand auf den Magen.

»Pater?« wiederholte Gallagher leise für sich selbst, und allein bei diesem Wort wurde ihm schlagartig bewußt, daß der Priester nicht ihre Rettung, sondern eine weitere Bestätigung ihres Unheils war. In allen Briefen von Charun hatte Gallagher das Wort »Vater« als Danbys Vater Franco verstanden. Pater bedeutete »Vater«, und Gallagher fiel jetzt ein, daß Danby McColl kennengelernt hatte, lange bevor der Priester zum Monsignore aufgestiegen war. Der Priester war also Danbys »Vater«.

McColls Augen öffneten sich wieder, und er atmete schwer. Er blickte wild umher wie ein Mann, der eine fremde Goldmine besetzt hat und sich anschickt, seinen geraubten Schatz zu verteidigen. Gallagher rappelte sich auf, versuchte, auf die Füße zu kommen, um den Tomahawk an sich zu bringen. Andie hatte sich herumgewälzt und bemühte sich, an die Machete zu gelangen, die in der Scheide unter Danbys reglosem Körper steckte.

McColl bewegte sich nun so flink wie eine Katze. Er versetzte Gallagher mit seinem Stiefel einen harten Tritt in die Rippen. Gallagher stöhnte auf und krümmte sich zusammen. Der Priester trat ihn noch ein zweites Mal, und Gallagher versuchte, sich von den Tritten zu entfernen und sich in den Schatten dicht hinter den flackernden Kerzen zu rollen.

McColl glitt zu Andie hinüber. Er benutzte das Ende des Eichenastes, um sie von Danby fort und gegen die Hüttenwand zu schieben. »Beweg dich nicht, Andie«, sagte er eisig. »Ich möchte nicht, daß du mehr leidest, als notwendig ist.«

Er packte Danby bei den Fußknöcheln und schleifte die reglose Bestie in eine Ecke.

Als Gallagher wieder zu Atem kam, schlossen sich seine Finger um einen kalten und scharfgezackten Gegenstand unter ihm. Das abgebrochene Stück Holzrahmen enthielt einen spitzen Dolch aus Spiegelglas. Er schaffte es, die Scherbe umzudrehen und die scharfe Seite an das Klebeband und die Fallschirmleine zu legen, mit denen seine Hände gebunden waren. McColl sah zu ihm herüber, und Gallagher erstarrte.

»Sie haben die ganze Zeit über gewußt, wer die Morde in Lawton beging«, sagte Andie. »Sie haben Danby von Sarah Many Horses' Tagebuch berichtet, nicht wahr?«

»Das brauchte ich gar nicht.« McColl lachte leise. Er wandte sich von Gallagher ab und blickte mit sichtbarer Freude auf die Tagebuchseiten. »Terrance hat mir schon von dem Tagebuch erzählt, als er dreizehn Jahre alt war, aber damals meinte ich, es entstammte der seltsamen Phantasie eines sehr gestörten jungen Menschen. Stell dir diesen kindischen Unsinn vor: Die Kritzelei einer Heidin sollte den Schlüssel dazu enthalten, daß man in den Himmel schauen kann!«

McColl streckte die Hand aus und strich über die vergilbten Blätter, die Steine, die Haarlocke und den Pfeifenkopf. »Doch hier ist es!«

»Was hat Sie dazu gebracht, daß Sie Ihre Meinung geändert haben und glaubten, daß es doch existierte?« fragte Andie.

Seine Aufmerksamkeit wandte sich jetzt ganz ihr zu. Gallagher sägte am Klebeband und an der Fallschirmleine und spürte, wie das Glas einschnitt.

McColl hatte seinen Spaß. »Ich merke, du willst die ganze Geschichte hören«, sagte er. »Nun, das ist vielleicht das mindeste, was ich tun kann, bevor … nun …«

»Bevor Sie uns umbringen?« fragte sie.

»Ich bin ein Geistlicher«, protestierte McColl. »Es wird so sein, daß Terrance, mein geliebter Sohn, euch getötet hat aus irgendeinem verrückten Grund, den die Polizei vielleicht niemals ganz erkennen wird, weil das Feuer diese schäbige Hütte verschlingen wird, wenn alles vorbei ist. Aber es wird zu seiner Vorgeschichte passen. Tod, auf den Feuer oder Wasser folgt. Sie werden sich schon eine Theorie ausdenken – irgendwas über eine furchtbare Kindheit und ein ebenso verderbtes Erwachsenenleben. Ich werde natürlich ein bißchen unter die Lupe genommen, aber das wird schon vorbeigehen. Es geht ja immer vorbei. Ich bin immer sehr vorsichtig gewesen.«

Der Priester begann, die Seiten des Tagebuches behutsam zusammenzulegen.

Gallagher sah zu Andie hinüber und formte mit dem Mund: »Weiterreden!«

Andie nickte. »Wann kamen Sie denn zu der Überzeugung, daß das Tagebuch tatsächlich existiert?«

McColl sah vom Tagebuch auf und zu ihr hinüber. »Nahezu fünfzehn Jahre lang hatte ich nicht daran gedacht, bis ich nach Lawton zurückkehrte und mit den Recherchen zu Pater D'Angelos Fall begann«, sagte er. »Pater D'Angelo war ein Heiliger. Er wirkte wirklich Wunder. Mein eigener Vater war bei einem zugegen. Ich hörte als Heranwachsender dauernd davon, und dann lag ich immer nachts wach und dachte darüber nach, was ihn wohl zum Heiligen gemacht hatte, während ich doch ein solcher Sünder war.«

Der Priester schlug sich dreimal mit der Hand an die Brust. »Ganz genau, ein Sünder. Ich weiß, wer ich bin und was ich getan habe.«

Gallagher spürte, wie die äußere Lage Klebeband nachgab, und hielt im Schneiden inne, als McColl ihm einen Blick zuwarf. »Sie haben D'Angelos Teil des Tagebuchs gefunden, stimmt's?« fragte Gallagher.

»Vor vier Monaten«, nickte McColl. Er rollte Many Horses' Steine in einen der Lederbeutel. »Tief vergraben in den Ordnern mit der umfangreichen Korrespondenz von Pater D'Angelo fand ich einen Brief an den Bischof, der aus irgendeinem Grunde nach seinem Tod nicht abgeschickt wurde. Darin schrieb er von dem Tagebuch und seinen eigenen siebenbändigen Aufzeichnungen und beschrieb dem Bischof, wo er über den Balken auf dem Dachboden des Pfarrhauses einen Kasten versteckt hatte. Im Brief stand, daß das, was in dem Kasten sei, ›den verderbten Charakter seiner Wunder‹ erklären würde, wie er es ausdrückte. Ich suchte und fand den Metallkasten.

Pater D'Angelo hatte zwei Teile des Tagebuchs der Sioux-squaw«, fuhr der Priester fort. »Der erste Teil, vielleicht zehn Seiten lang, enthält einen Haufen heidnisches Zeug über verschiedene Zeremonien, die ihr von ihrer Mutter und ihrem Vater beigebracht worden waren. Der zweite Teil stammt aus einer viel späteren Zeit ihres Lebens und handelt von ihren Zusammentreffen mit Pater D'Angelo.«

»Wann kam es denn dazu?« fragte Andie. McColl wandte sich ihr zu, und Gallagher begann wieder zu schneiden.

»Im September und Oktober 1893«, sagte er und nahm dabei den Tonfall eines Professors an, der über sein Lieblingsthema doziert. »Sie berichtet Pater D'Angelo, wie Joshua Danby bei seinen Séancen Geister erscheinen ließ. Ein totaler Betrug. Pater D'Angelo hielt es völlig zu Recht für eine gotteslästerliche Handlung. Er wollte die Danbys entlarven. Man muß die Zeit verstehen, die Leute traten überall im Lande in Scharen aus der Kirche aus, um solchen Scharlatanen zu folgen, und Pater D'Angelo verachtete Joshua Danby, weil er fast ganz Lawton dazu gebracht hatte, an seine ›Religion‹ zu glauben.

Bei den Besuchen, die die Squaw Pater D'Angelo in Lawton abstattete, war sie von Mal zu Mal beunruhigter. Sie erzählte, daß Joshua fast dauernd ein narkotisches Elixier einnehme und daß die Drogen ihn veränderten und gewalttätig machten.«

Das Klebeband und dann ein Strang der Fallschirmleine gaben nach. Gallaghers Finger untersuchte die Flechte, um herauszufinden, wie weit er noch schneiden mußte. Vor Enttäuschung hätte er beinahe laut aufgestöhnt. Danby hatte die Schnur zu einem Seil von fast einem Zoll Stärke geflochten.

»Und so wurde Pater D'Angelo zu einem Sünder wie ich«, erklärte McColl. »Dies ist der Augenblick, der dazu führte, daß er zum Mörder wurde.«

Andie keuchte. »Pater D'Angelo hat also Sarah Many Horses umgebracht?«

»Das ist absurd«, knurrte McColl. »Doch als guter Katholik, der er war, meinte er, an ihrem Tode mitschuldig gewesen zu sein. Das letzte Mal, als er sie sah, bat sie ihn um seinen Schutz, und er nötigte sie, zu Joshuas Haus zurückzukehren und noch mehr Informationen zu sammeln, damit er den gotteslästerlichen Betrug beweisen konnte. Das verfolgte ihn bis zu dem Tag, an dem er starb.«

»Wie kam Many Horses ums Leben?« fragte Andie leise.

McColl griff nach unten, hob das Wachspapier mit der Haarlocke auf und untersuchte sie im flackernden Kerzenschein. Draußen wurde es langsam dunkel.

»Caleb Danby, Joshuas Bruder, klopfte eines späten Novemberabends im Jahre 1893 an Pater D'Angelos Tür«, antwortete er dann. »Caleb sagte, sein Bruder sei von dem Elixier wahnsinnig geworden und habe sich selbst und einige seiner engsten Anhänger – auch sie Elixierabhängige – davon überzeugt, daß die Indianerin ihm die Macht geraubt habe, Geister dazu zu bringen, körperliche Gestalt anzunehmen. Joshua hatte seinen Anhängern klargemacht, daß Many Horses eine böse Bedrohung für die neue Religion war, die er in einer Vision gesehen und ›Führung‹ genannt hatte. Doch damit Joshua seine Macht zurückgewann und seine Vision Wirklichkeit werden konnte, müßten er und seine Anhänger Sarah töten und sie, wie bei den Katholiken, als Kommunion empfangen.«

Gallagher hielt mit dem Schneiden inne. Seine Gedanken sprangen vom Tagebuch zu den Psychiatrieberichten über Bürgermeister Powells Urgroßvater und dem, was Many Horses in seinem zweiten Traum gesagt hatte:

Ich wurde nicht vom Feuer, noch vom Wasser, noch von der Erde, sondern von Menschen verschlungen.

»Nein!« rief er aus.

»O doch«, sagte der Priester. »Caleb bat den Priester, zur Farm zu gehen und die Squaw zu retten, bevor es zu spät sei. Pater D'Angelo holte sechs seiner treuesten Gemeindemitglieder, darunter den Chef der Polizei, der, wie ich vermute, der Urgroßvater des Bibliothekars aus Cartersburg, Nyren, war.

Dem Tagebuch von Pater D'Angelo zufolge schneite es stark, als die Reiter die Farm der Danbys erreichten«, fuhr McColl fort. »Ein Zwerg und ein Mann von Ringerstatur packten Kisten auf einen Wagen. Sie sagten, daß sie lieber abreisen wollten, bevor sie in Joshua Danbys wahnsinnigen Plan hineingezogen würden. Sie sagten, die Squaw sei geflohen, und Joshua und ein Teil seiner Anhänger seien in den Schneesturm hinaus, um sie zu fangen. Pater D'Angelo folgte mit seinen Leuten und Caleb den Spuren im Schnee des Lawton Mountain hinauf bis zu einer Höhle, wo Joshua seine Séancen abgehalten hatte, als es wärmer gewesen war.«

Ein weiterer Strang der Fallschirmleine gab nach. Sechs Stränge bis zur Freiheit, dachte Gallagher. Eine zweite Kerze erlosch mit einer kleinen Rauchwolke. McColl hielt inne und spähte in das Halbdunkel.

»Monsignore?« sagte Andie. »Was geschah dann?«

»Es muß eine ziemlich schlimme Geschichte gewesen sein«, antwortete der Priester. »Pater D'Angelo schrieb in sein Tagebuch, durch das, was er in jener Nacht in der Höhle sah und tat, wisse er schon, wie die Hölle sein würde. Als sie dort oben ankamen, war Many Horses bereits tot. Joshua hatte ihr die Kehle durchgeschnitten, weil sie ihm die Geheimnisse nicht verraten wollte. Er war völlig durchgedreht. Er hatte schon mehrere Stücke Haut in der Form von Hostien aus ihrem Körper geschnitten und forderte seine Anhänger auf, von der Squaw zu essen und zu trinken, damit sie die Unsterblichkeit erführen.«

Andie schüttelte angeekelt den Kopf. »Deswegen riß sich Lamont Powell die Zähne heraus und schnitt sich die Zunge ab, bevor er sich umbrachte.«

McColl tat, als hätte er sie nicht gehört, und nahm den Faden der Geschichte wieder auf, die er nur einmal erzählen würde. »Joshuas Anhänger waren durch den Konsum des Elixiers in eine Art ekstatischen, gewalttätigen Zustand geraten, als Pater D'Angelo und seine Männer die Höhle stürmten. Im Verlauf des Handgemenges entwand Pater D'Angelo Joshua das Messer und stieß es ihm ins Herz. Und in dem Augenblick, als Joshua starb, war es, als höbe sich eine Nebelwand von den Gemütern seiner Anhänger, und sie erkannten das Entsetzliche, das sie getan hatten.

Es wurde ihnen klar, wenn das, was in jener Nacht geschehen war, jemals ans Licht der Öffentlichkeit käme, dann würden die Stadt, die Kirche und alle Einwohner verflucht und geschmäht werden«, sagte McColl.

Er blickte wieder zu Gallagher hinüber, genau in dem Moment, als ein weiterer Strang des Seils aufging. Andie rief ihm zu: »Und so beschlossen sie also, es zu vertuschen?«

McColl nickte. »Was sollten sie sonst auch tun? Der Bürgermeister, ein berühmter Veteran des Bürgerkriegs, und eine Dame der besten Gesellschaft von Manhattan waren Drogenabhängige, fanatische Spiritisten und Menschenfresser geworden, die unter dem Einfluß eines Jahrmarkt-Messias Beihilfe zum Mord geleistet hatten. Der Polizeichef und fünf weitere Gemeindemitglieder waren zu einer Selbstschutztruppe geworden. Der Gemeindepriester war ein heißblütiger Mörder. Alle Anwesenden waren in die Morde an Joshua und der Squaw verwickelt. Also schleppten sie Joshuas Leiche den Berg hinunter und begruben sie im Kartoffelkeller unter ihrem Tempel«, fuhr McColl fort. »Alle schworen, daß sie zum Wohle aller den Mund halten würden. Einige der Anwesenden, darunter dein Ururgroßvater, Andie, waren dafür, die Squaw gemeinsam mit Joshua zu begraben und das Tagebuch zu verbrennen, zusammen mit den Sachen, die sie in der Ledertasche fanden, die sie trug – eine Pfeife, ein paar Steine, diese Haarlocke.

Aber Pater D'Angelo wollte nichts davon wissen. Er begrub sie mit seinen eigenen Händen in geweihter Erde. Er sagte den anderen in jener Nacht, daß sie alle für ihren Tod verantwortlich seien. Und daß sie die Pflicht hätten, die Erinnerungsstücke an ihre Geschichte aufzubewahren, so daß, wenn die Wahrheit jemals enthüllt werden müßte, Joshuas Anhänger seine Schuld nicht würden leugnen können. Keiner wollte einer einzelnen Person das Tagebuch anvertrauen. Also wurde es geteilt.«

»Und von Generation zu Generation weitergereicht«, sagte Andie. »Und jede neue Generation wußte immer weniger über das, was wirklich geschehen war.«

McColl antwortete nicht. Er ließ die Haarlocke in einen der Beutel fallen und nahm dann Ten Trees' Pfeife in die Hand, um sie mit Wohlgefallen zu betrachten. Hinter ihm rührte sich Danbys Hand unmerklich.

Vier Stränge noch, dachte Gallagher. Wenn McColl nicht weitersprach, konnte er sich nicht weiter befreien. Er blickte zu Danby, um zu sehen, ob er sich wieder bewegte. Doch der Riese lag reglos da.

Gallagher dachte an McColls Eingeständnis, daß er ein ebensolcher Sünder sei wie Pater D'Angelo, wahrscheinlich auch ein Mörder wie D'Angelo. Und er überlegte, weshalb der Priester das Tagebuch für sich selbst haben wollte. Und auf einmal begriff Gallagher. Dem Priester ging es nicht darum, eine Fassade aufrechtzuerhalten. Es ging ihm um Erlösung.

»Pater D'Angelo mordete und tat dennoch Wunder«, sagte Gallagher. »Sie haben gesündigt und wollen die gleiche Fähigkeit erlangen.«

Andie merkte, worauf Gallagher hinauswollte, und blies in das gleiche Horn. »Sie glauben, daß D'Angelo seine Kräfte irgendwie von Many Horses hatte, nicht wahr?«

Die Nacht fiel herein. Neun der zwölf Kerzen waren erloschen. McColls Gesicht wurde undeutlich in dem schwindenden Licht.

»Das glaubte jedenfalls Pater D'Angelo«, sagte er. »Es machte ihm zu schaffen, daß er die Fähigkeit zu heilen erlangte, nachdem er einen Mitmenschen getötet hatte. Er schrieb, die Sioux-Squaw suche ihn in seinen Träumen heim. Oft schrieb er: ›Wer gab mir die Kraft, Christus oder die Wilde?‹«

Gallagher dachte an das leere Grab im Garten des Pfarrhauses. »Sie glauben, daß es die Squaw war, die sie ihm gab, nicht wahr, Monsignore?« fragte er. »Sie sind wie Joshua Danby – Sie glauben, ihre Kraft steckt in ihren Knochen, ihrem Tagebuch, ihren Reliquien.«

»Ich bin ein todkranker Mann«, erklärte McColl müde. »Zwei verschiedene Arten von Krebs. Weniger als zwanzig Monate, sagen die Ärzte. Und ich habe meine persönliche Beziehung zu Jesus vor vielen Jahren verloren. Doch Reliquien sind erwiesenermaßen ein Weg, die Unsterblichkeit zu erreichen. Vielleicht sogar, ein Heiliger zu werden. Vielleicht sogar, wenn man ein solcher Sünder ist wie ich.«

Zwei weitere Stränge gaben nach, und Gallaghers Finger juckten und kribbelten, als das Blut in sie zurückströmte.

»Das ist genau das, was mein armer, verrückter, geliebter Sohn nicht verstand«, sagte McColl und warf Danbys reglos daliegender Gestalt einen liebevollen Blick zu. »Das letzte Mal, als ich ihn sah, war vor acht Jahren in Guatemala. Ich schenkte ihm das herrliche Messer und die Scheide, die er trägt. Vor zwei Monaten tauchte er dann völlig unerwartet in meinem Büro auf. Wir spielten unser kleines Spiel. Ich ließ ihn seine Streiche beichten.«

Der vorletzte Strang der Fallschirmleine sprang auf. Gallaghers Schultern fielen nach vorn. McColl wandte ihm argwöhnisch den Kopf zu. Gallagher rührte keinen Muskel. Er hielt dem Blick des Priesters ruhig stand und sagte dabei nur zu sich selbst: ein Strang noch, ein Strang noch.

Andie rief McColl zu: »Welche Streiche sollte er denn beichten, Monsignore?«

McColl zögerte und verzog dann angeekelt seinen Mund. »Daß er sich an einem bizarren, heidnischen Drogenritual beteiligt hatte, das irgendeine südamerikanische Schlampe erfunden hatte, die meinte, dadurch könne man den Tod erfahren und von ihm zurückkehren. Terrance brachte die Schlampe bei einem Sexualakt um, bei dem sie sich gegenseitig mit so einer Schlinge würgten, wie ihr zwei sie um den Hals habt.

Terrance wurde fast wahnsinnig bei ihrem Tod«, fuhr McColl fort. »Er sagte mir, er müsse seine Angel noch einmal sehen. Er meinte, er wolle sich das zurückholen, was seinen Urgroßonkeln gestohlen worden sei. Das ist die Geschichte, die die überlebenden Danbys von einer Generation zur nächsten weiterreichten: daß das Tagebuch einer Indianerin, in dem stand, wie man mit den Toten kommunizieren könne, Joshua gestohlen worden sei. Und daß Joshua von Pater D'Angelo umgebracht wurde, als er es sich wiederholen wollte.

Natürlich zeigte ich meinem Jungen sogleich das Stück Tagebuch, das ich gefunden hatte, unter der Bedingung, daß auch er mir zeigen würde, was immer er finden mochte.«

»Aber Sie zeigten ihm nicht D'Angelos Tagebuch«, sagte Gallagher. »Sie erklärten ihm nicht, was vor hundert Jahren wirklich geschehen war.«

»Das war nur die Version eines einzelnen Mannes von den Geschehnissen, Mr. Gallagher«, sagte der Priester bestimmt. »Als Filmemacher werden Sie das doch verstehen. Ich bot Terrance, was er wollte – Ratschläge, wie er die anderen Stücke finden und sich ein eigenes Bild machen konnte.«

»Aber Sie hatten die Liste der anderen Tagebuchbesitzer aus D'Angelos Tagebuch, nicht wahr?« rief Andie. »So konnte er die Leute so schnell finden. Sie wußten Bescheid, und der Diebstahl der Geburtsurkunden war Ihre Art, alle anderen davon abzuhalten, das Tagebuch zu finden. Sie ließen zu, daß er Ihre eigene Sekretärin umbrachte!«

McColl schnaufte hörbar. »Ich bot ihm Hilfe an. Woher sollte ich wissen, daß sein Bedürfnis nach Rache an der Stadt so stark war wie sein Bedürfnis nach dem Tagebuch?«

»Sie sind genauso ein Monster wie er!« rief sie. »Sie haben ihn auf die gleiche Weise gegen die Stadt benutzt, wie Sie ihn vor zwanzig Jahren dazu benutzt haben, den Jungen in Hennessy House umzubringen. Sie haben einen Wahnsinnigen losgelassen, damit Sie selbst an das Tagebuch kämen, wenn die Morde getan waren. Sie haben die ganze Zeit über geplant, Terrance zu töten. Ihren geliebten Sohn!«

Für einen langen Augenblick verharrte der Priester, ohne die Miene zu verziehen, dann wurde sein Gesicht hart und abweisend. Er ließ die gefüllten Lederbeutel und ein paar lose Blätter des Tagebuchs auf den Boden fallen. »Und jetzt«, sagte er dann, »werde ich drei töten müssen.«

»Sie sind genauso verrückt wie er!« schrie Gallagher.

»Nein«, antwortete McColl, »das bin ich nicht.«

Die linke Hand des Priesters fuhr unter seine Jacke. Mit dem genauen Gegenstück der Machete, die Danby trug, zog er sie wieder hervor. Er machte drei Schritte auf Gallagher zu und verkündete: »Gott sei deiner unsterblichen Seele gnädig!«

McColl hob die Klinge über Gallaghers Kopf empor, gerade als der fühlte, wie der letzte Strang um seine Handgelenke zerriß.

KAPITEL 48

Terrance Danby tauchte als ein unheilvoller Schatten im Halbdunkel auf.

Er sprang in die Hocke und ging auf den Priester los, wobei er einen Stuhl und eine der Kerzen mit dem Fuß umwarf.

»Zeit zu sterben, Pater!« brüllte er. »Zeit für die Bootsfahrt über den Fluß!«

McColl wirbelte herum und schlug mit der Machete nach dem nahenden Wahnsinnigen. Danby ließ sich fallen und machte eine Rolle. Des Priesters Klinge zischte einen Zollbreit über seinem Rücken vorbei. Danby rollte weiter, tief in die Schatten des Raumes hinein. Der Priester schlich ihm geduckt nach.

»Du willst mich doch nicht umbringen, Terrance«, sagte der Priester besänftigend. »Mein Junge, mein Junge. Ich bin der Vater, der einzige, der dich je verstanden hat. Der einzige, der dich je verstehen wird.«

Gallagher kam auf allen vieren hoch und sah den Tomahawk unter dem umgestürzten Stuhl liegen. Er griff danach und kroch, so schnell er konnte, zu Andie hinüber. Keiner der beiden anderen Männer merkte es. Geduckt, kampfbereit, von den Bewegungen des jeweils anderen gebannt, so standen sie sich gegenüber.

»Du bist ein Lügner, Pater!« dröhnte Danby, vor Wut schäumend. »Du bist genau wie alle anderen. Du hast gedacht, ich wäre nur ein Danby und du könntest mich behandeln wie Hundedreck.«

Danbys Gesicht glühte vor Mordlust. Doch der Schlag auf den Kopf hatte den Riesen geschwächt. Er sprach schleppend und verschluckte die Worte. Und jedesmal, wenn er einen Schritt nach links machte, gab es ein Zögern, eine kleine Pause, als müßte er seinem Körper sagen, was er als nächstes tun sollte.

McColl mußte diese Schwäche bemerkt haben, denn im selben Augenblick, als Gallagher Andie befreite, trat er nach rechts und griff Danby mit einem gemeinen Drehschlag an. Doch der Priester täuschte sich über Danbys Schwäche. Die Erinnerung aus Tausenden von Trainingsstunden glich die Verwirrung in des Mörders Geist aus.

Der Wahnsinnige stürmte vorwärts. Sein linker Arm holte aus, traf den Priester am Handgelenk und löste seinen Griff um die Machete. Sie flog durch die Luft. Danbys Klinge zitterte an des Priesters Kehle.

»Mein Sohn, mein geliebter Sohn«, keuchte McColl. Er stand auf den Zehenspitzen. »Tu das nicht. Ich bin doch dein ... Vater!«

Danby zögerte einen langen Moment, dann zischte er die Worte langsam: »Nein, das bist du nicht!«

Der waagerechte Schnitt ging tief. Der Kopf des Priesters fiel mit einem gräßlichen Aufschrei zurück, ein starker Blutschwall schoß in die Luft, und Monsignore McColl schwankte und stürzte zu Boden.

Danby stand zitternd da und starrte auf den zuckenden Körper unter sich. »Das bist du nicht!«

Andie griff nach McColls Machete und lächelte Gallagher ermutigend an. »Jetzt«, flüsterte sie. »Bevor er wieder zu sich kommt.«

Sie bewegte sich um die Kerzen herum auf Danbys linke Seite, während Gallagher ihn von rechts umging, den Tomahawk fest in der Hand. Da nahm Danby sie wahr, als tauchte er aus einem tiefen Abgrund auf, den er viel zu oft erforscht und in seinem Kopf festgehalten hatte.

Er streckte sein Kinn vor und entblößte die untere gelbe Zahnreihe. Er war so weit nach vorn gebeugt, daß Gallagher nur noch das Weiße in seinen Augen sah. Sein blutiges Messer hielt er hoch in der Luft.

»Hast du jemals mit einem Beil gekämpft, Bruder?« fragte Danby träumerisch.

Gallagher antwortete nicht, sondern sah ihn nur an in dem Wissen, daß Andie näher herankroch. Danby bückte sich und zog ein Messer mit einer kürzeren Klinge aus seinem Stiefel. Er besaß jetzt zwei Waffen, mit denen er im Zwielicht herumfuchtelte.

»Es müßte finstere Nacht sein«, stieß er hervor. »Und das Licht müßte Laternenlicht sein, und die Mücken müßten dich stechen. So kämpft man einen Kampf mit dem Beil. So stirbt man diesen Tod, Bruder. So stirbt alles diesen Tod.«

Danbys Stimme hatte wieder den Akzent des Hinterwäldlerjungen aus Vermont, der er einst gewesen war. Die Muskeln auf seinem Stiernacken vibrierten wie Klaviersaiten. Gallagher hob den Tomahawk und hielt die Klinge direkt auf Danby gerichtet. Danby grinste und glitt seitlich auf ihn zu, während seine Augen Andies Vormarsch verfolgten. Er machte eine rasche Finte mit dem Messer in Gallaghers Richtung. Gallagher versuchte standzuhalten, zuckte jedoch unwillkürlich zurück. Danby lachte böse.

Er machte einen zweiten Ausfall und dann einen dritten, und Gallagher schlug wild mit dem Tomahawk nach ihm. Danby wich dem Schlag geschickt aus, kam wieder nach innen und hieb ihm das Messer in den linken Arm. Gallagher sprang zurück, während Andie beim Anblick des strömenden Blutes laut aufschrie.

Es schmerzte, als wäre ihm eine Schweißerflamme über die

Haut gefahren. Gallagher stolperte, fiel auf die Knie und sah erstaunt auf seinen blutenden Arm, die letzten beiden brennenden Kerzen, den Haufen Lederbeutel und sechs lose Seiten des Tagebuchs, die auf dem Hüttenboden lagen.

Danby grunzte vor Vergnügen und machte einen Schritt auf ihn zu, entschlossen, ihn zu erledigen.

»Charun!« rief Andie, heiser und besänftigend und mit einem kaum hörbaren spanischen Akzent. »Komm zu mir. Komm zu deiner Angel.«

Danbys nächster Schritt kam aus dem Gleichgewicht. Er schwankte verwirrt. »Angel?«

»Deine süße Persephone, Charun«, sagte Andie, setzte ihre Hüften in Bewegung und streckte die offenen Arme nach ihm aus. »Komm zu mir. Wir versuchen noch einmal, den Fluß zu überqueren.«

Danby machte zwei Schritte auf sie zu und fuhr sich mit der Zunge über die Oberlippe, bevor er innehielt. Und ein Ausdruck des Erkennens huschte über seine Züge. »Du bist nicht Angel«, schäumte er. »Du bist eine von den kleinen Schlampen aus Lawton, die mich auf dem Spielplatz immer gehänselt haben, als ich noch ein Kind war! Du hast dich mit ihnen über meine Mutter lustig gemacht!«

Andie erstarrte vor Entsetzen, als er durch den Raum auf sie zupolterte, riesig und böse, und Gallagher sah Joshua Danby vor sich, wie er Sarah Many Horses in der Höhle in die Enge getrieben hatte, bevor er sie tötete.

Gallagher griff nach den losen Seiten des Tagebuchs und hielt sie in die Höhe. »Danby, tu das nicht, sonst verbrenne ich alles!«

Der riesige Schädel des Wahnsinnigen wandte sich ihm zu. Andie nutzte den Augenblick und griff Danby an. Sie traf ihn hart und tief in den massigen Rücken. Danby heulte vor Schmerz auf, wirbelte herum und stieß zu. Man hörte das dumpfe Geräusch einer Faust, die in ein Kissen schlägt, und Andie hustete und sah über die Schulter Gallagher an, wobei ein Ausdruck von Überraschung und Verzweiflung auf ihr Gesicht trat.

Danby bäumte sich wie in Ekstase auf und ließ das Messer los. Andie wankte rückwärts gegen die Wand und rutschte an ihr herunter. Die Klinge des Jagdmessers stak fünf Zentimeter unterhalb ihres rechten Schlüsselbeins. Sie sah auf den Messergriff hinunter und dann mit einem trunkenen Ausdruck zu Gallagher empor.

»Unsere Liebe?« fragte sie nur.

Eine harte, unerklärliche Stille legte sich auf die Hütte. Das Leuchten um sie schwand, und vor Gallagher stieg das Bild seiner völligen Zerstörung auf: ein Mann mit eingesunkenen Augen, der allein im kalten Winterwasser eines Flusses steht und verzweifelt seine Angelschnur über die flache Strömung zu den Tiefen eines fremden Ufers wirft.

Er warf die losen Seiten des Tagebuchs in die Kerzenflamme. So zundertrocken, wie sie nach einem Jahrhundert waren, fingen sie sofort Feuer.

Danby grinste Andie an und freute sich an ihrem verzweifelten Überlebenskampf. »Na, hast du jetzt Angst?« fragte er sie böse.

Dann bemerkte er aus dem Augenwinkel die brennenden Tagebuchseiten. Wütend heulte er auf und rannte auf Gallagher zu, seine Machete fuhr wild durch die Luft. Gallagher kauerte auf den Knien und gab sich geschlagen. Seine blutige Hand lag über der rechten, die den Tomahawk zwischen seinen Schenkeln versteckt hielt. Die Tagebuchseiten flammten ein letztes Mal auf, wurden zu schwarzer Asche, hoben sich leicht und zerkrümelten in der stillen, übelriechenden Luft.

»Jetzt rudert dich Charun über den Fluß, Bruder!« röhrte Danby.

Gallagher starrte in sein Gesicht und sah den Tod, hatte jedoch keine Angst. »Tu's doch, du elendes Schwein!«

Danby hob seine Machete mit beiden Händen, so wie ein Holzfäller die Axt vor einem gefällten Stamm heben mag. Als er den höchsten Punkt über seiner linken Schulter erreicht hatte, wirbelte Gallagher auf den Knien herum und hieb mit dem Tomahawk nach vorn und nach oben.

Die Steinklinge zertrümmerte die unteren Rippen von Danbys Brustkorb und grub sich tief in die Lungen. Eine unerklärliche elektrische Ladung schlug den Beilgriff hinunter, krachte durch Gallaghers Gelenke und explodierte in seinem Körper. Gallaghers Blick füllte sich mit schwarzen und zinnfarbenen Schatten. Er hörte eine Eule schreien. Er roch den Gestank fauligen Flußwassers.

Danby versuchte zu schreien, doch alles, was aus ihm herausdrang, war eine Folge von langen, rasselnden Geräuschen. Die Machete glitt ihm aus der Hand. Er fiel schwankend auf die Knie und dann nach vorn auf die Hände, während sich sein Körper krümmte und sein Kopf von einer Seite auf die andere kippte.

Dann sah er die roten Lederbeutel, die Monsignore McColl vor den Kerzenstummeln aufgeschichtet hatte, und er streckte vergeblich die Hand danach aus. Seine Fingerspitzen streiften die Asche der verbrannten Tagebuchseiten, und sie zerfielen zu Staub.

Danby fiel schwer auf die Seite, seine besudelten Finger tasteten voller Angst und Verlangen, seine steinernen Augen starrten durch die erlöschende Flamme der letzten Kerze, und seine Lippen bewegten sich ein letztes Mal.

»Persephone!« flüsterte er.

KAPITEL 49

»Ich habe das Gefühl, als wenn ich ertrinke«, stöhnte Andie.

Um den Griff des Jagdmessers war überraschend wenig Blut zu sehen, er schien wie ein Pfropfen zu wirken. Doch bei jedem Atemzug war ein Brodeln zu hören, und Gallagher wußte, daß ihre Lunge durchstoßen war, sich füllte und Gefahr lief, in sich zusammenzufallen.

»Werde ich sterben?« fragte sie.

»Wir sterben niemals«, antwortete er und kniete sich neben sie. »Ein Teil von uns lebt immer weiter. Du glaubst doch daran, nicht wahr? Daß unsere Liebe weiterlebt?«

»Ich will es glauben«, sagte Andie und lächelte verträumt bei dem Gedanken. Sie legte ihm die Hand auf den Unterarm und drückte ihn ganz sanft. Dann schloß sie die Augen, und ihr Kopf sank zur Seite.

Blinde Panik ergriff Gallagher. »Nein! Nein, nicht jetzt!« schrie er in die Dunkelheit hinein. »Laß sie nicht jetzt gehen! Ich ergebe mich für immer, wenn du sie mir jetzt nicht nimmst!«

Gallagher legte seinen Gürtel ab, zog sein Hemd aus und riß es mit den Zähnen in Streifen. Einer der Stoffetzen band die tiefe Wunde auf seinem Oberarm ab. Mit einem zweiten Streifen befestigte er den Messergriff an Andies Körper, damit das Messer sich nicht bewegte und noch mehr Schaden anrichtete. Dann schlang er sich den Gürtel wie eine Schlinge um den Hals, um seinen verletzten Arm zu stützen, und hob Andie hoch.

Die Luft draußen vor der Hütte war feucht und schwer und voller Insekten. Der Vollmond ging über Danbyville auf und sandte seine Schatten wie Greifarme durch den Laubwald. Er lief nach Osten über die Lichtung, an den schwarzen Baumstümpfen und dem Feuerring vorbei, wo Terrance Danby vor langer Zeit zum ersten Mal in seinem Leben das Geheimnis des Todes erfahren und sich Gedanken darüber gemacht hatte.

Gallagher fand den Pfad, den Andie und er bei ihrem ersten Besuch auf der Lichtung benutzt hatten, aber er hielt an, bevor er weiter vorwärts ging. Danby hatte Fallen im Wald gelegt. Das war Chief Mike Kerris dort hinten in der Fallgrube mit den Holzspießen. Gallagher war sich ganz sicher. Kerris mußte Danbys grünen Camper gefunden haben, als er auf den Berg kam, um den verlorenen Scheinwerfer seines Cousins zu suchen. Er hatte den Bus als das Fahrzeug erkannt, das vom Tatort des Mordes an Nyren geflohen war, und war hierhergekommen, um nachzusehen. Und starb dabei.

Andie rang in Gallaghers Armen schwer nach Luft. Monsignore McColl hatte es irgendwie geschafft, sicher hierherzugelangen. Er würde das Risiko ebenfalls eingehen.

Gallagher bog vom Pfad ab und stürzte sich geradewegs ins Dickicht. Abhänge hinab, immer wieder im Schlamm ausrutschend. Die Wunde an seinem Arm blutete wieder. Er hatte in den letzten sechsunddreißig Stunden keine drei Stunden geschlafen. Als er in der Nähe eines Rinnsals, dem Ursprung des Bluekill Rivers, auf eine Lichtung wankte, wurde ihm schwindlig, und er legte Andie zu Boden, um einen Moment auszuruhen.

Das Mondlicht, das durch das Laubdach des Waldes auf sie fiel, löste in Gallagher die Erinnerung an Many Horses aus, so wie sie ihm in seinem ersten Traum erschienen war – eine in viele einzelne Teile aufgelöste, wie mit elektrischer Energie geladene Gestalt, die in einem Schneesturm verschwand.

Als Gallagher Andie wieder aufhob und mit ihr weiterlief,

war er sich des Waldes vor ihm durchaus bewußt, doch vor seinem inneren Auge sah er das Bild einer zu Tode erschrockenen Frau, die vor langer, langer Zeit in einer Vollmondnacht wie dieser durch den verschneiten Wald gerannt war.

Der eisige Wind wehte den Pulverschnee vor sich her, der auf der ungeschützten Haut prickelte. Im Wald hinter Many Horses verständigten sich Männer mit lauten Rufen. Ihre Lungen brannten, als sie über einen Felsvorsprung kam und unter sich eine Laterne sah und in ihrem Licht Joshua Danby. Joshua nahm einen Schluck aus einer braunen Flasche und rief den anderen aufmunternde Worte zu, als er sah, wie frisch die Spur war. Many Horses faßte das lederne Bündel fester, in dem sich die Geheimnisse ihres Volkes befanden, und rannte bergauf.

Andies Atem ging flach und schnell, als Gallagher den Wald verließ und auf die Schotterstraße kam, die nach Lawton zurückführte. Er schluchzte, als er auf die Kluft im Gorm Ridge zustürzte, die ihm in seinem verwirrten Zustand vorkam, als läge sie im Schneetreiben.

Er hatte die Halluzination einer Höhle oben am Hang, und ihm war, als leuchtete ein Licht an ihrem Eingang. Mit jedem Schritt, den er tat, wurde die Höhle heller.

Painted Horses und Ten Trees standen wartend am Höhleneingang. Dann traten sie zur Seite und gaben den Blick frei auf ein Feuer.

Gallagher legte Andie vor das Feuer, das Funken sprühte und in ein blendendes Licht überging. Er versuchte, seine Augen davor zu schützen, hielt jedoch inne, als er schattenhafte Formen in und um die Flammen tanzen sah. Er trat in ihren Kreis und tanzte den Geistertanz, so wie Sarah Many Horses es getan haben mußte, als die Stimmen ihrer Verfolger sich von allen Seiten näherten.

KAPITEL 50

Samstag, 10. Juni 1999

Früh an diesem Morgen wurde ihr Sarg in einer offenen Kutsche, vor die ein einzelnes schwarzes Pferd gespannt war, durch die Straßen von Lawton gezogen. Der Juniwind hatte fast eine Woche lang aus Südosten geweht und schwere, heiße Luft nördlich über die Green Mountains gebracht. Zikaden zirpten. Doch die Vögel waren eigenartig still.

Die Glocken im Turm der St.-Edwards-Kirche läuteten einen langsamen, metallischen Trauergesang, der melancholisch über den Höhen des nun sommerlich grünen Lawton Mountain verhallte.

Still traten die Einwohner von Lawton aus Läden, Häusern und Schulen, um ihr die letzte Ehre zu erweisen. Als Gallagher den Hufschlag des Zugpferdes näher kommen hörte, lehnte er seinen Kopf gegen die Rinde einer Eiche an der Ecke der Whelton Lane; er konnte nicht hinsehen. Seine Füße fühlten sich so taub an wie sein linker Arm, der trotz mehrerer Operationen sein Gefühl noch nicht vollständig zurückerlangt hatte. Doch wenn er sich Mühe gäbe, so hatte der Arzt gesagt, dann würde er sich langsam ganz erholen.

Gallagher selbst war sich in diesem Punkt nicht so sicher. Er wußte, daß er in vielerlei Beziehung nie mehr derselbe sein würde, der er gewesen war, bevor er nach Lawton kam.

Der Hufschlag des Pferdes auf dem Pflaster hallte durch die schwüle Luft. Eine Hand legte sich ihm sanft auf die Schulter. »Du siehst aus, als hättest du einen Geist gesehen.«

»Das habe ich auch«, antwortete er.

»Ist der Geist schön oder schrecklich anzusehen?«

»Sie ist das Wunderschönste, das ich auf der Welt habe.«

Andie lehnte sich neben ihm gegen den Stamm und küßte

ihn. »Das Flugzeug wartet schon in West Lebanon auf Sarah«, sagte sie. »Wir sollten uns auf den Weg machen.«

Der Flug nach North Dakota dauerte vier Stunden. Gallagher verbrachte die meiste Zeit damit, aus dem Fenster über das riesige Gebiet zu sehen, das Sarah Many Horses nach dem Massaker am Wounded Knee durchquert hatte. Und er dachte über die Tiefe und Weite ihres Herzens nach und begriff, daß ihm ihre Geschichte eine unbekannte Welt der Hoffnung geöffnet hatte.

Andie schlief den größten Teil des Fluges. Es war jetzt über ein Jahr her, daß sie am Lawton Mountain gegen den Tod gekämpft hatten, und auch ihre Narben waren noch nicht verschwunden. Ihr Haar war an den Schläfen silberner geworden. Und sie wollte immer noch hohe Kragen tragen, um die Wunden zu verbergen, einschließlich des Luftröhrenschnitts, den der Notarzt hatte vornehmen müssen, nachdem Phil Gavrilis Gallagher gefunden hatte, wie er in wirrer Ekstase um Andies daliegenden Körper herumtanzte.

Gavrilis war auf der Suche nach Chief Kerris und Gallagher den Berg hinaufgekommen, nachdem er die Geschichte aus Bernie Chittenden herausgepreßt hatte. Innerhalb weniger Stunden kreisten Hubschrauber über Danbyville und leuchteten mit ihren Scheinwerfern das Gelände nach den Trümmern des Wahnsinns ab.

Um die Mittagszeit landete die Maschine in Bismarck. Die Fahrt nach Süden in das Indianerreservat von Standing Rock dauerte zwei Stunden. Eine Menge von mehreren hundert Menschen erwartete sie. Sechs junge Sioux-Indianer luden den Sarg mit den Gebeinen von Many Horses vom Wagen. Auf den Schultern trugen sie ihn auf einen Felsvorsprung über Many Horses' geliebten Grand River.

Der Grand River floß weißschäumend und glitzernd in

zwei Arme. Dazwischen lag eine schmale Insel, auf der saftiges Süßgras in einem Wäldchen aus sehr hellen Pappeln wuchs. Ein warmer Wind wehte sanft durch das Wäldchen und zupfte an den Blättern, als sie ihren Sarg absetzten.

Lieutenant Bowman hatte Sarah Many Horses' Gebeine in einem Sack im Kofferraum von Monsignore McColls Wagen gefunden, der im Wald in der Nähe des Gorm Ridge versteckt war. Die Gebeine waren mit Erde bedeckt, die die gleiche war wie die aus dem Grab im Garten des Pfarrhauses. Pater D'Angelo hatte sie unter dem Vogelbecken beerdigt und die letzten zwanzig Jahre seines Lebens ihre Reliquien bewacht.

Gallagher war zu dem Schluß gekommen, daß es eine nicht zu beantwortende Frage war, ob Pater D'Angelo seine Heilkraft von jenen Gebeinen erhalten hatte. Aber sicher hatte Monsignore McColl geglaubt, daß Many Horses' Gebeine wie die Gebeine von Heiligen waren: immer noch mit der Kraft einer unendlich großmütigen Seele ausgestattet und deshalb fähig, zu heilen und zu vergeben.

In den Monaten nach der Nacht des Grauens auf dem Lawton Mountain traten Menschen aus den verschiedenen Heimen und Pfarrgemeinden, in denen McColl gearbeitet hatte, aus dem Schatten heraus und bezeugten den Mißbrauch und psychologischen Terror, den er ausgeübt hatte, um sie unter Kontrolle zu halten.

Die ganze Geschichte über die Verwicklung von Bürgermeister Powells Familie in den Mord an Many Horses kam auch ans Licht. Und das eröffnete eine Flut von Berichten über andere Verbrechen, die die Familie über die Jahre vertuscht hatte, einschließlich Chief Kerris' Überfall auf Andie vor zwanzig Jahren. Im März wurde Bürgermeister Powell formell angeklagt, von dem Unternehmer aus New Jersey, der im Skigebiet am Lawton Mountain den Hotel- und Apartmentkomplex bauen wollte, Schmiergelder angenommen zu haben.

Aber für Gallagher erwies es sich als schwieriger, zu irgendeinem Schluß über Danby zu kommen. Er hatte im vergangenen Jahr viel Zeit damit verbracht, mehr über Harold und seine Beziehung zu Danby zu erfahren. Doch hatte er wenig Erfolg dabei gehabt, den Mann zu finden, und es war ihm mehrfach offiziell geraten worden, es nicht weiter zu versuchen. Gallagher hielt Harold schließlich für eines jener orakelhaften Wesen, die die Helden in den Mythen auf ihrer Reise durch die Hölle treffen müssen.

Indem er die anderen Kontakte seines Partners nutzte, hatte Gallagher jedoch einen schmalen Abriß von Terrance Danbys Leben zwischen dem Zeitpunkt, als er den Job bei Harold aufgegeben hatte, und dem Mord an Hank Potter zusammenstellen können.

Danby hatte als Auftragskiller in ganz Mittel- und Südamerika gearbeitet. Bei einer Party vor vier Jahren hatte er Angel Abatido kennengelernt, die atemberaubend schöne Tochter eines ultrarechten Obersts der Armee von El Salvador.

Drei Monate bevor die Morde in Lawton begannen, betrat eine Putzfrau Abatidos Apartment in einem eleganten Viertel von San Salvador und fand ihre Leiche. Angel lag nackt auf dem Bett, ein Strick war fest um ihren Hals geschlungen. Die Polizei fand dreizehn verschiedene halluzinogene Substanzen in dem Apartment. Es gab Hinweise darauf, daß der Mörder nach ihrem Tode noch lange bei ihr gelegen hatte.

Gallagher war zu dem Schluß gekommen, daß Angels Tod der Mechanismus war, der alles weitere in Gang setzte. Doch verstand er besser als die meisten, daß die gequälte Mordmaschine, zu der Danby geworden war, schon vor langer Zeit entstanden war, durch schreckliche Vorgänge, die Danby wahrscheinlich selbst niemals auch nur annähernd hatte begreifen können. Auf seine besondere Weise war Danby jemand wie er selbst. Er hatte nach Beweisen dafür gesucht, daß es jenseits der häßlichen Verhältnisse, die ihm als Kind so furchtbar zugesetzt hatten, noch etwas anderes gab. Auch wenn seine Verbrechen unmoralisch und böse waren, konnte Gallagher doch nicht umhin, etwas bei Danby zu erkennen, das ihm Mitleid einflößte.

Der Schamane hieß Henry Long Lance. Er war ein leidenschaftlicher, stolzer Mann mit wehendem schwarzem Haar und dem Auftreten eines stoischen alten Kriegers. Doch an diesem Nachmittag, als der Sarg mit Sarah Many Horses' Gebeinen in die Erde über dem Grand River gesenkt werden sollte, nicht weit von der Stelle entfernt, wo ihr Onkel Sitting Bull ermordet worden war und sie ihre lange Reise nach Vermont begonnen hatte, wo sie selbst umgebracht wurde, flossen die Augen von Henry Long Lance über von Freudentränen.

In einer Hand hielt er einen mit Adlerfedern geschmückten Stab und in der anderen eine heilige Pfeife, die aus dem gereinigten Pfeifenkopf gemacht war, der einstmals Ten Trees gehört hatte. Er hob die Pfeife und den Stab mit den Adlerfedern zum Himmel empor und begann zu beten.

Die Menge war angewachsen und zählte jetzt vielleicht tausend Köpfe, junge und alte Menschen, die von den verschiedenen Reservaten der Lakota gekommen waren, um ihrem Begräbnis beizuwohnen.

Andie und Gallagher standen in respektvollem Abstand von der Menge neben William Barrett, dem Professor aus Dartmouth, der fast ein Jahr damit verbracht hatte, ihnen dabei zu helfen, Sarah nach Hause zu bringen. Als Gegenleistung hatten sie ihn als ersten das Tagebuch von Many Horses sehen lassen. Barrett nannte es eine bemerkenswerte anthropologische Entdeckung, konnte jedoch seine Enttäuschung nicht verbergen, daß Gallagher ausgerechnet die Seiten verbrannt hatte, auf denen ihre Version der Geistertanzzeremonie während der letzten grausamen Augenblicke des Kampfes mit dem Bösen beschrieben waren.

Long Lance hob die heilige Pfeife empor und sang in der Sprache der Lakota. Viele in der Menge schlossen sich ihm an, und bei jeder Pause zwischen den Strophen wandten sie sich in eine andere Himmelsrichtung: von Westen nach Norden, dann nach Osten und schließlich nach Süden.

Jemand in der Menge blies auf einer Pfeife aus Adlerknochen, und der schrille Klang schwebte davon, prallte an einem weit entfernten Berg ab und kam zurück. Gallagher mußte an die Gespräche denken, die er in den letzten Monaten mit Professor Barrett gehabt hatte. Sie waren oft darum gekreist, ob Sarah Many Horses wirklich mit den Toten sprechen konnte; und ob er und Andie während Danbys wahnsinniger Neuinszenierung des längst vergessenen Rituals tatsächlich auf die andere Seite gewechselt waren oder ob sie einfach unter dem chemischen Einfluß der halluzinogenen Mixtur gestanden hatten, die der Mörder sie hatte rauchen lassen.

Gallagher hatte es von vielen Seiten her betrachtet und war zu der Überzeugung gelangt, daß die von Ten Trees, Painted Horses, Sitting Bull und Wovoka weitergegebenen Rituale eine so reale Kraft besaßen, weil jemand wie Sarah Many Horses ein Leben lang den Glauben an sie bewahrt hatte. Sie glaubte ganz einfach fest daran, daß sie mit ihren Toten sprechen konnte, und Gallagher glaubte es auch.

Jetzt begann Long Lance in der Sprache der Lakota zu beten. Andie schlang ihre Arme um Gallagher und legte ihren Kopf an seine Brust, und er konnte nicht umhin zu denken, daß Emily auf eine Weise recht behalten hatte, wie es ihr am Tage, als sie ihn verließ, nicht bewußt gewesen war. Sie hatte gesagt, daß Gallagher erst an dieses Leben glauben müsse, wenn er an ein Leben nach dem Tode glauben wolle. Und das erfordert den Glauben an die Liebe.

Gallagher zog Andie nah an sich und ergänzte das, was seine Exfrau ihm hatte zeigen wollen, durch seine eigene Deutung: Wenn man einen anderen Geist wie Sarah Many Horses oder Andie Nightingale bei sich aufnimmt und mit ihm lebt, dann können sie niemals sterben. Und man selbst auch nicht, denn die Aufnahme bedeutet, daß man zum Gefäß der Liebe geworden ist, der unsterblichen Kraft, die Leben und Tod überwindet.

Gallagher hatte zugelassen, daß Many Horses' Geschichte in ihm lebte, so wie sie offensichtlich auch viele Jahre lang in Pater D'Angelo gelebt hatte; und deshalb war ihm die Kraft verliehen worden, Wunder zu tun. Gallagher hatte eine Vision vom Leben nach dem Tode empfangen, durch die er nicht nur überleben, sondern schließlich auch sein Leben mit allem Guten und Bedrohlichen annehmen konnte.

Eine Gruppe Männer trat hervor und ließ Many Horses' Sarg ins Grab hinunter. Sie schaufelten Erde in die Grube, und Long Lance begann wieder zu singen. Während er sang, malte er einen Kreis auf den Boden neben dem Grab. Mit Erde, die er aus dem Kreis nahm, formte er einen zweiten Kreis und ein Kreuz, das von West nach Ost und von Süd nach Nord reichte.

Auf die südliche Spitze des Kreuzes im zweiten Kreis legte er Ten Trees' Pfeife und einen Lederbeutel, der Many Horses' Haarlocke, ihre Steine und ein Stück des Papiers enthielt, auf das sie ihr Tagebuch geschrieben hatte.

Barrett beugte sich zu ihnen herüber und flüsterte: »Jetzt beginnt er den Ritus, mit dem die Seele freigelassen wird.«

Andie und Gallagher hielten einander fester. Gallagher betete, daß sie in ihm die gleiche Stärke spüren möge, die er in ihr fühlte. Andie hatte keinen Schluck mehr getrunken seit der Nacht, als er sie bewußtlos neben dem Tagebuchteil ihrer Mutter gefunden hatte. Und kein einziges Mal hatte sie seither das Bedürfnis nach Alkohol geäußert. Sie drehte sich in seinen Armen, so daß sie mit dem Rücken an ihm stand. Dann legte sie die freie Hand auf ihren Bauch und lächelte ihn an, während die Zeremonie in dem sich sanft neigenden Sonnenlicht dieses Juninachmittags in Dakota weiterging.

Long Lance hörte auf zu singen. Er rauchte und gab die Pfeife an die Versammelten weiter. Ein Weidenpfahl war neben dem Grab mit den Kreisen aufgestellt, an dem ein Mantel aus Büffelfell und ein Stück Hirschleder hingen, auf das ein Gesicht gemalt war. Professor Barrett flüsterte, daß das Bild Many Horses' Seele darstelle. Frauen mit Schalen, die mit Nahrungsmitteln gefüllt waren, umrundeten das Grab, die Kreise und den Pfahl. Sie umarmten das Bild und setzten dann ihre Schalen davor ab.

Dann traten vier junge Mädchen nach vorn, und Long Lance legte ein Stückchen Nahrung in ihren Mund und ließ sie aus einer Schale trinken, die Kirschsaft enthielt, wie Barrett erklärte.

Als sie geendet hatten, nahm Long Lance das Lederbündel auf und sagte: »Du wirst jetzt auf eine lange Reise gehen. Dein Vater und deine Mutter und deine Verwandten und viele andere Menschen haben dich geliebt.«

Dann ging er viermal um den zweiten Kreis herum. Als er die ersten drei Male an den südlichsten Punkt des Kreises kam, hielt Long Lance Many Horses' Bündel in die Höhe und rief: »Sieh immer auf dein Volk zurück, auf daß es den heiligen Pfad mit festem Schritt gehen möge!«

Tief unter ihnen am Fluß blies eine Böe bleiches Laub von

den Pappeln, und es wirbelte im Licht des späten Nachmittags empor. Barrett beugte sich noch einmal herüber, um etwas zu erklären, aber Gallagher kam ihm zuvor.

»Ich weiß«, flüsterte er gebannt. »Many Horses geht über den Fluß.«

»Nicht alles von ihr«, flüsterte Andie. Sie drückte Gallaghers Hand auf ihren Bauch, der schon sechs Monate wuchs. »Ein Teil von Sarah ist hier. Kannst du sie nicht fühlen?«

DANKSAGUNGEN

Ich stehe tief in der Schuld meiner Agentin Linda Chester, meiner weisen Ratgeberin und Freundin, und ihrer unermüdlichen Partnerin Joanna Pulcini. Ihre unaufhörliche Begeisterung und Unterstützung haben mich über die Jahre getragen. Genauso danke ich Ann McKay Thorman, meiner Lektorin, und Lou Aronica, meiner Verlegerin, für ihre Geduld und ihren Rat, während dieser Roman Gestalt gewann.

Dank auch an meinen Freund Damian Slattery, dessen kritische Reaktionen und freundliche Aufmunterung mich zu einem besseren Autor gemacht haben; und meiner Frau Betsy, die immer meine erste Leserin ist.

Viel schulde ich den folgenden Anthropologen und Ethnologen: Pater Raymond Bucko; Richard (Fire) Lame Deer und Richard Erdoes, den Autoren von *Lame Deer, Seeker of Visions;* William S. Lyon, Autor von *Black Elk: Then and Now;* William K. Powers, Autor von *Yuwipi: Vision and Experience in Oglala Ritual;* Joseph Epes Brown, Herausgeber von *The Sacred Pipe: Black Elk's Account of the Seven Rites of the Oglala Sioux;* Renée Sampson Flood, Autor von *Los Bird of Wounded Knee;* und Richard Jensen, R. Eli Paul und John E. Carter, Autoren von *Eyewitness at Wounded Knee.* Ihre Arbeiten gaben mir Einblick in das Denken der Sioux-Schamanen. Jeder Irrtum bei der Interpretation geht jedoch allein zu meinen Lasten.

Ich danke auch Steve Eddy, Joe Citro und Chris Whelton dafür, daß sie ihre Kenntnisse und Forschungen über die spiritualistischen Aktivitäten der Gebrüder Eddy aus Chittenden, Vermont, im neunzehnten Jahrhundert mit mir geteilt haben; und ich danke Bobby Sand für seine Erläuterungen zum Rechtssystem des Staates Vermont.